El dosier del rey

El dosier del rey

Fernando Rueda

Rocaeditorial

© Fernando Rueda, 2016

Primera edición: abril de 2016

© de esta edición: Roca Editorial de Libros, S. L.
Av. Marquès de l'Argentera 17, pral.
08003 Barcelona
actualidad@rocaeditorial.com
www.rocalibros.com

Impreso por RODESA
Villatuerta (Navarra)

ISBN: 978-84-16498-02-4
Depósito legal: B. 4.909-2016
Código IBIC: FF; FH

RE98024

Para Alicia,
que me cuida, me mima y siempre me sonríe

Para una farmacéutica llamada Elena
y una diseñadora gráfica llamada Sandra,
los orgullos de mi vida

Capítulo 1

20 de febrero de 1980, miércoles

Aquel inmenso archivo no era precisamente la fortaleza protegida que erigieron los egipcios para preservar el registro de las propiedades, una de las tareas imprescindibles que sostienen el Estado. Mucho menos se acercaba al templo de Júpiter, el dios de dioses en la mitología romana, donde se conservaban los tratados de paz y las alianzas. Pero era el centro neurálgico para el buen hacer del Centro Superior de Información de la Defensa, el CESID.

Un hombre oculto en la oscuridad, con un ligero temblor en los dedos con los que sujetaba una linterna, se movía entre las estanterías de tres metros de alto que lo rodeaban con la misma precaución que hubiera tenido si fueran sarcófagos con momias egipcias o esculturas de emperadores romanos. El efluvio que lo aturdía, producido por el olor a papel antiguo y a espacio cerrado, no distaría mucho del destilado por los féretros encerrados en las pirámides.

Estaba solo, rodeado de sus propios fantasmas, imaginando figuras y países lejanos que siempre había querido visitar, pero que nunca le darían la bienvenida merecida a un amante silencioso de la historia. Se centró en la misión que lo había llevado hasta allí de madrugada, cuando la propia sombra es la única compañera fiable. La aparición de cualquier agente de la división de Contrainteligencia supondría su fracaso.

Ya había visitado antes el archivo para preparar el asalto. Durante dos días, ensayó cada uno de sus movimientos, el tiempo exacto a invertir en cada acción, las precauciones para no dejar ningún rastro que pudiera llevar a su identificación. Nadie iba a descubrirlo, estaba seguro, pero siempre prefería prever la tesitura más negativa.

Había memorizado a la perfección cómo estaba distribuido el mobiliario en aquella amplia estancia de techos altos y paredes repletas de carpetas que batallaban en vano contra el deterioro del tiempo. Notaba la nariz seca, a pesar de la humedad que enfermaría a todos aquellos documentos archivados.

Las mesas de trabajo estaban ubicadas en el centro formando una rara figura geométrica. Se dirigió a la única que estaba un poco apartada, la que utilizaba el jefe de Documentación. Con la linterna buscó la lámpara colocada en un extremo y la encendió. Proyectaba una luz focalizada y discreta que apenas se veía desde el exterior. Por motivos de seguridad, el archivo era la sección más alejada de la entrada del edificio, y esa precaución paradójicamente beneficiaba ahora al intruso.

Apagó la linterna y la guardó en un bolsillo de su cazadora negra. Cada uno de sus pasos seguía siendo metódico y escrupuloso. Contaba con la ventaja de saber exactamente lo que buscaba y dónde encontrarlo, pero no podía relajarse. Miró los escasos objetos que había sobre la mesa haciendo un ejercicio de memoria. Todo debía quedar exactamente igual a como lo había encontrado. La tarea parecía fácil: las normas internas del servicio secreto prohibían dejar a la vista ningún material de trabajo, so pena de sanción para el infractor. Encima de aquella mesa solo se veía la lámpara a un lado, en el otro un marco con la foto de una mujer y tres niños, y en el centro un cubilete con bolígrafos y lápices vulgares.

Entre la penumbra llegó hasta el estante donde estaba el Archivo Jano, el objetivo que lo había llevado hasta allí para robar una parte ínfima, pero sustancial, de los secretos que escondía. En los antiguos imperios de Roma y Egipto, si alguien lograba sustraer esos secretos suponía la muerte más horrible para los encargados de velar por su seguridad. Tras esta penetración, no habría castigo: nadie descubriría la violación que él iba a ejecutar.

El Archivo Jano era el compendio más increíble de informes sobre miles de políticos, empresarios, sacerdotes y, en general, sobre los españoles que en un futuro podían ser influyentes en cualquier actividad. Para su elaboración, los espías habían llevado a cabo investigaciones minuciosas sin límite legal sobre la vida pública y privada de los afectados. Había datos sacados de sus biografías oficiales, como la universidad en la que estudiaron o las empresas en las que habían trabajado. Pero el meollo de los dosieres era la parte secreta, la que hablaba de esa vida privada y a menudo oculta que nadie quería ventilar, esos deslices amorosos, comisiones recibidas ilegalmente o contactos con personas calificadas como enemigos del Estado. Jano comenzó a ser elaborado durante el franquismo, así que algunas revelaciones ya habían perdido la carga de amenaza que pudieron suponer en su momento.

Sabía cuál era su primer objetivo, de modo que extrajo la carpeta correspondiente y se la llevó bajo la lámpara. La abrió y contempló con atención el primer folio. Del bolsillo del pantalón extrajo una cámara tan pequeña que parecía de juguete. En ese momento volvió a notar el temblor de los dedos, un percance nimio que no le impidió concentrarse en cumplir el siguiente paso de su trabajo. Cogió la cámara con las dos manos, enfocó buscando la máxima nitidez y fotografió uno a uno los papeles escritos a máquina adosados al expediente.

Quería acabar cuanto antes y salir de allí. La carpeta no era muy voluminosa, pero le parecía que estaba invirtiendo más tiempo del previsto. Aunque de nada le serviría haber corrido aquel riesgo si luego las fotos no permitían una lectura nítida de los informes.

Miró el reloj con preocupación. Todavía le quedaban muchas páginas. Si estuviera en el templo de Júpiter, seguro que los dioses lo perseguirían eternamente para vengarse de semejante fechoría. Por suerte, estaba en una de las sedes del servicio secreto.

Antonio Goicoechea, el segundo jefe de la división de Contrainteligencia, vivía en cuerpo y alma para su trabajo, mucho más importante incluso que su mujer, una maña a la

11

que conoció en Zaragoza durante los años que estudió en la Academia General del Ejército de Tierra. Tenían dos hijos, a los que no veía entre semana, y a cambio les organizaba algún plan los sábados para distraer sus escasos remordimientos. Los dos lo entenderían cuando fueran militares como él. Entonces les explicaría que su padre, ahora comandante, había trabajado en realidad como espía. Muchas veces imaginaba cómo se lanzarían a sus brazos con lágrimas en los ojos y le transmitirían cuánto orgullo sentían por él.

Esa noche había ido a cenar y luego a un tablao flamenco con un jefe del MI5 británico de visita en Madrid. Era la ruta habitual para agasajar a los representantes de otros servicios. A veces se los llevaba a un prostíbulo de lujo, pero el inglés no había atendido su discreta propuesta.

Al día siguiente habían quedado a las nueve para una reunión bilateral y, antes de la retirada nocturna, se dio cuenta de que se había olvidado en el despacho la carpeta con la presentación que les iba a ofrecer. Se encontraba cerca de la madrileña avenida de Menéndez Pelayo, donde estaba la sede de la que familiarmente llamaban La Contra, y decidió arreglar el desaguisado en ese momento. Así, al día siguiente podría ir a la embajada británica desde su casa, donde había quedado en que fuera a recogerlo el chófer media hora antes de la cita.

Eran algo más de las tres de la madrugada cuando abrió el portal de hierro negro del edificio en el que su división ocupaba varios pisos. Una de las puertas del bajo, con la leyenda «Comisión de estudios», daba acceso a varias dependencias, entre ellas su despacho. El nombre indeterminado era una tapadera para que los vecinos no sospecharan que convivían con espías dedicados a evitar que otros servicios de inteligencia espiaran en España. A veces en la calle coincidían aparcados varios coches de lujo negros que llamaban demasiado la atención, pero si alguien se había mosqueado, nunca había preguntado al portero, al que untaban con generosidad por hacer de informador.

Aunque tenía la llave de la puerta, privilegios del cargo, por la noche había que tocar el timbre para avisar al suboficial encargado de la vigilancia. Era un guardia civil por encima de los cincuenta años que había estado destinado mucho tiempo en el País Vasco, con una hoja de servicios digna de encomio.

Pasaron unos segundos que le parecieron minutos por el cansancio, las copas de más y las ganas de meterse en la cama. Pulsó el timbre de nuevo y el silencio de la noche no lo ayudó a distinguir algún ruido en el interior. Se preocupó. El protocolo establecía que la alarma debía estar encendida, de modo que si detectaba movimiento se activaría y montaría un buen follón. Dudó un momento, aunque la mera sospecha de que hubiera sucedido algo extraño lo movió a buscar su llave. Si el suboficial se había quedado dormido, le esperaba una sanción de campeonato.

Abrió la puerta y el único sonido que percibió fue el de sus latidos acelerados. En el cajón de su mesa tenía una pistola que casi nunca llevaba encima. Habría sido ridículo colocarse una pistolera debajo de la chaqueta de su traje mientras echaba unas risas con el agente del MI5.

Atravesó el pequeño recibidor con un mostrador y una silla alta a la derecha en la que de día había un agente de seguridad que controlaba el acceso. A la izquierda había tres sillas iguales para hacer cómoda la espera a los visitantes, cuyos nombres eran registrados en un libro y luego debían esperar hasta que alguien en el interior accediera a recibirlos. Enfrente veía la puerta que daba acceso a las dependencias de la unidad y solo podría ser abierta desde allí por el responsable de seguridad.

«¡Escobar!», llamó a voces al suboficial de guardia y lo repitió tres veces. Después apretó el botón escondido para abrir la puerta interior y entró. No había ninguna bombilla encendida ni se oía nada. Cerró la puerta guiado por esa manía de la protección que le habían inculcado cuando seis años antes ingresó en el entonces llamado SECED, todavía bajo la dictadura de Franco. Se dirigió al cuarto del agente de servicio, situado al comienzo del pasillo, a la derecha. La puerta estaba abierta y pulsó el interruptor de la luz. Todo estaba ordenado, aparentemente en su sitio, nada revelaba una pelea o una entrada clandestina. Caminó hacia su despacho gritando «¡Escobar!» una y otra vez. La necesidad de buscar protección en su pistola ya alcanzaba la categoría de obsesión. Así que reco-

13

rrió la corta distancia que lo separaba de su despacho y acercó su mano al picaporte, que no cedió. Los nervios le habían hecho olvidar que todas las puertas debían quedar cerradas al finalizar cada jornada. Buscó la llave en el bolsillo del pantalón con celeridad e inclinó el cuerpo para introducirla en una cerradura que conocía bien pero que la oscuridad le impedía ver con claridad. No hizo nada más. Una silueta oscura con movimientos felinos le propinó un golpe certero en la cabeza y lo dejó sin sentido.

Capítulo 2

21 de febrero, jueves

*J*osé Miguel Torres Suárez caminaba por el paseo de La Concha de San Sebastián junto a su compañero Raimundo Aguirre, como si fueran un par de excursionistas fascinados por el paisaje. Hacía frío, pero el mar templaba la temperatura. A pesar de que eran las once de la mañana de un día laborable de invierno, bastante gente se cruzaba con ellos disfrutando de la impresionante bahía. Los bebés en carritos empujados por chicas jóvenes o por sus abuelas, los trabajadores acelerados que preferían desplazarse desde la Parte Vieja al centro de la ciudad por el paseo pegado a la playa y los bañistas jubilados que se adentraban con los hombros bien altos en el mar helado formaban una estampa que parecía embelesar a los dos hombres vestidos con vaqueros, cazadoras y zapatos cómodos.

Cuando llegaron casi a la altura del antiguo hotel Niza, en el que ambos habían dormido por trabajo en una ocasión, se acercaron a la elegante barandilla blanca que delimitaba todo el paseo y permanecieron parados de cara al mar.

—¿Tú crees que todos esos abuelos que se han metido en el agua han dejado pasar tres horas después del desayuno? —preguntó Raimundo con su deje vasco.

—Claro, en caso contrario no tardarán en aparecer sus madres a recordarles la importancia de haber hecho la digestión.

—La de veces que me he achicharrado al sol de pequeño porque no habían pasado exactamente las tres horas.

Los dos se rieron. Raimundo acababa de comprar en un

quiosco la revista *Lui* y le enseñó a José Miguel la chica semidesnuda que aparecía en la portada.

—Esto que hemos ganado sin Franco, ¡podemos ver chicas así sin escondernos!

—Estás más salido cada día. Tienes veinticuatro años, eres guapo, un auténtico cachas, vamos, un caramelito para cualquier chica. Lo que tienes que hacer es buscar mujeres de carne y hueso con las que salir y dejarte de mirar fotos.

—No existen chicas como esta en la vida real.

—¡Anda ya! Siempre las ha habido tan guapas o más.

Algo en apariencia tan intrascendente como un encuentro entre dos hombres en la orilla del mar puso en alerta las antenas de José Miguel. Estaban a cincuenta metros de distancia y no distinguía bien sus caras. Con la cabeza le hizo un gesto a Raimundo en dirección a la mochila que llevaba colgada al hombro. Su colaborador sacó una cámara de fotos, como la de cualquier turista francés de los que visitaban la ciudad en primavera y verano. Se la pasó a su jefe, que miró por el teleobjetivo un momento y se desesperó.

—Podría ser él, pero sin verle bien la cara no puedo asegurarlo al cien por cien. Tendremos que acercarnos.

—¿Qué dices? Si te reconocen, la jodemos. Todos los etarras se arrancarían voluntariamente una oreja a cambio de matarte.

—Ya he estado cerca de muchos y nunca han sospechado que estaban junto a El Lobo.

—Porque había agentes armados que los habrían matado antes de que desenfundaran.

—No siempre, Rai, no siempre. Si te acojona, espérame aquí. Voy a ir rápido por el paseo para bajar por aquella escalera y cruzarme con ellos de frente.

—Esto no me lo pierdo, pero como se entere Leblanc te corta el cuello.

El hombre a quien su DNI identificaba como José Miguel Torres Suárez, en realidad Mikel Lejarza, hizo caso omiso del comentario referido a su controlador del CESID y aceleró el paso para ganar terreno a los dos supuestos etarras. Cuando alcanzó la escalera, esperó a Raimundo y bajaron juntos hasta la playa.

—Mira las novias esculturales de los jugadores de fútbol —siguió José Miguel recuperando el hilo de la conversación banal y el tono tranquilo—. Ellos son tan jóvenes o más que tú.

—Pero ganan una pasta. No es que me queje de lo que me pagas. —Soltó una risita nerviosa que mostraba su estado alterado por el encuentro que se avecinaba—. Pero, vamos, que para un yate no me da.

—Todos los jóvenes estáis igual de locos. No me extraña, os criasteis viendo en la tele a Los Chiripitifláuticos: Valentina, Locomotoro, el Capitán Tan…

—El Tío Aquiles y los hermanos Malasombra —completó Rai—. La diferencia es que los futbolistas van a ganar la Eurocopa de Italia este verano y pasarán a la historia.

—No te lo crees ni tú, Kubala es buen entrenador, pero nos eliminarán pronto, como siempre.

—Ya verás como ganamos —defendió Raimundo fijándose en los dos hombres que paseaban por la playa en sentido contrario y que iban a llegar a su altura en unos segundos—. Tenemos un equipazo: Arconada, Gordillo, Del Bosque, Juanito…

—Entre las chicas y el fútbol te vas a volver tonto, Rai. Pero bueno, estás en la edad.

—¡Anda que tú!, me llevas seis años. Claro que las mujeres se derriten por tu poblado bigote.

—Deja de decir tonterías y vamos al tajo, que quiero fijarme bien en la jeta de nuestro pepe.

Raimundo se apartó de la línea de mar para no chocar con los dos «pepes», como llamaban en clave a los objetivos, y casi le estalla el corazón cuando vio a su jefe pararse delante de ellos.

—Buenos días, ¿no tendríais un pitillo? Se me han acabado y no me quedan uñas que morderme.

—Claro —respondió el hombre al que querían identificar—. Son Celtas, sin filtro.

—Genial, los prefiero a los largos. —Lo cogió sin quitarse los guantes.

—¿Quieres también fuego?

—Si eres tan amable y me disparas, me haces el servicio completo.

17

—Eres el primer vasco que veo fumando con los guantes puestos. Porque eres vasco aunque no tengas acento, ¿verdad?

—Pues claro, solo un auténtico vasco es capaz de fumar con los guantes puestos.

Le dio las gracias como si le hubiera hecho feliz para el resto del día y se unió a Raimundo, que un metro más allá había abierto su bolsa y tenía el dedo puesto en el gatillo de la pistola.

Caminaron sin hablar y un par de minutos después se alejaron de la arena que se les había metido en los zapatos y regresaron al paseo por la siguiente escalera. El Lobo tiró inmediatamente el pitillo y lo aplastó con el zapato.

—¡Qué asco de tabaco! Es él —afirmó.

—¿Estás seguro?

—¿Cómo no lo voy a estar? Estuvimos juntos varias semanas en el caserío de Bidatxe cuando la organización nos dio el curso previo antes de integrarnos en los comandos. Le soportaba el careto desde que me levantaba hasta que me acostaba.

Raimundo había escuchado a Miguel contar la historia de las peores semanas de su vida en el sur de Francia, algo que no le gustaba nada rememorar. Esos minutos que parecían horas cuando pensaba que lo habían descubierto y podrían pegarle un tiro en cualquier momento y enterrarlo en un trozo de tierra donde nadie encontraría jamás su cuerpo; las conferencias ideológicas, en las que siempre se mostraba como uno de los más radicales; las pruebas de tiro, en las que sobresalía por su buena puntería a pesar de sentirse atenazado por la posibilidad de tener que disparar en el futuro a un inocente; o esas noches en las que peleaba para no quedarse dormido y rezaba para no hablar en sueños y delatar su papel de infiltrado.

—¿Os llevabais bien?

—No hicimos amistad. Fue una experiencia intensa para todos. Habíamos huido de España con el deseo de integrarnos en la organización y estábamos dispuestos a jugarnos la vida para cambiar el mundo.

—Ellos pensaban que iban a cambiar el mundo —le corrigió Raimundo—, tú lo que querías era acabar con ellos, Mikel.

—Te he dicho mil veces que no me llames así cuando estamos rodeados de desconocidos.

—Perdona, Miguel, estaba pensando en lo que daría ese etarra por saber que ha dado fuego al infiltrado, antiguo colega, que más daño les ha hecho en su historia. Por si se cruzan contigo, todos llevan en la recámara de su pistola una bala para ti.

Mikel Lejarza caminaba por el paseo sin apartar la mirada de los dos hombres que hablaban apartados de la gente mientras el agua del mar intentaba mojarlos. Desconocía el contenido de su conversación, pero estaba seguro de que no tardarían mucho en contárselo a la Policía cuando los detuviera. Hasta que llegara ese momento, otro equipo del CESID los controlaría para intentar descubrir contactos, vehículos, pisos…, si no se les escapaban.

—La diferencia —siguió Miguel— es que yo los puedo identificar y ellos no saben quién soy.

—Las ventajas de que te hayan operado la cara.

—No solo es la cara —replicó extendiendo las manos enguantadas—, ya te lo he explicado muchas veces. El peinado, la barba, engordar o adelgazar, perder el acento, la forma de vestir. Todo te hace distinto.

—Ellos no hacen eso —añadió Rai con alivio.

—Claro que lo hacen, y cada vez mejor. No son tontos, lo que pasa es que en nuestro trabajo es muy importante ser buen fisonomista. Identificar a los malos cuando están en un ambiente distinto es complicado.

Siguieron andando en dirección al hotel Londres, donde Miguel sabía que dirigentes políticos vascos mantenían con frecuencia reuniones conspiratorias. Por delante de ellos, a su mismo paso, cerca del agua, iban los dos miembros de ETA.

—Ahora vamos a buscar un ángulo desde el que puedas fotografiarlos. Necesitamos tener una imagen lo más nítida posible de los dos juntos. En cuanto la hagas, te acercas al coche del servicio y les dices que he identificado sin ninguna duda al pepe, que va con un amigo y que a partir de ahora les pasamos los paquetes.

Anduvieron deprisa un rato olvidándose ya de conversaciones intrascendentes hasta que Rai encontró el ángulo

19

oportuno. Miguel se colocó delante de la cámara para disimular y su ayudante hizo numerosas fotos usando un teleobjetivo que redujo considerablemente la distancia que los separaba de los dos etarras.

Cuando el ahora llamado José Miguel Torres se quedó solo, siguió caminando en dirección al Ayuntamiento de San Sebastián. Al llegar a la altura del hotel Londres se le acercó una pareja de jóvenes. Florencio Higueras, rubio y delgaducho, era más serio y maduro que Rai, aunque solo le llevaba tres años. Quizás el paso por la universidad lo había asentado más, o su familia valenciana lo había atado más corto, mientras que Rai se había criado en el País Vasco con unos padres que le habían dado más libertad.

Silvia Zabala también era valenciana y a sus veinticinco años había demostrado ser capaz de afrontar cualquier situación conflictiva con solvencia. Era lista y mostraba una permanente rebeldía, inducida por una familia adinerada que había tratado de convertirla en una señorita. La ropa cómoda fuera de temporada era su particular grito de indisciplina contra todo el tiempo que sus padres la habían vestido en las tiendas más caras. El hombre que hacía cinco años había estado infiltrado en ETA la captó porque descubrió su pasión por el trabajo clandestino, su coraje, la rapidez de reflejos y su sinceridad. Cualidades innatas para ser una buena espía que atesoraba por encima de sus dos compañeros.

—Son esos dos tíos situados a las diez, ¿verdad? —preguntó la chica sin dejar de mirar hacia delante.

—Sí —respondió Miguel—, Rai ha ido a avisar. En cuanto el equipo operativo de La Casa se ponga con ellos, habremos acabado.

—¿Crees que participaron en el asesinato de ayer?

—No. El chivatazo de que uno de ellos iba a estar por aquí nos lo dieron hace un par de días. Si fueran los asesinos, estarían escondidos en algún piso y no se mostrarían en la playa. Pero quizás nos lleven a ellos.

—Hay que ser muy cobarde para asesinar a un coronel retirado por la espalda y rematarle en el suelo —intervino Floren.

—Sí. El coronel Saracíbar regresaba cada día a casa dando

un paseo por el mismo camino, un objetivo fácil. Espero que los asesinos se pudran en la cárcel.

—O les peguen un tiro.

—No lo digas ni en broma. Nadie puede tomarse la justicia por su mano.

Rai regresó y se puso a caminar junto a ellos.

—Me han pedido diez minutos antes de retirarnos. Y me han dado un mensaje para ti, Miguel. Han recibido un cable de Madrid para que cojas el primer tren, Leblanc quiere hablar contigo.

—Vaya faena —dijo sin mostrar el mínimo signo de contrariedad en el rostro—. Tenía una reunión mañana por la tarde.

—Podemos ir alguno de nosotros —se ofreció Rai.

—Es un asunto personal.

—No tenemos nada que hacer en San Sebastián —intervino Floren—. Si quieres, te acompañamos a Madrid.

—Prefiero que os quedéis, las aguas están revueltas tras el atentado. Dentro de poco son las primeras elecciones autonómicas y hay que estar al quite.

Silvia, Floren y Rai formaban el equipo con el que Miguel trabajaba. Él les pagaba todos los meses con dinero de los fondos reservados que le entregaba el servicio secreto, al que a veces se añadían gratificaciones entregadas por la Guardia Civil cuando les hacían algún trabajo. Oficialmente eran colaboradores del CESID y Miguel prefería que siguieran en el País Vasco para dejar claro que dependían de él, pero estaban para servir a La Casa.

Los había conocido en Valencia, meses después de su precipitada salida de ETA. Más de doscientos detenidos y la incautación de pisos operativos por toda España habían desatado el odio en la banda terrorista contra el hombre que se había hecho pasar por uno de ellos y los había engañado sin que fueran capaces de detectarlo. Aunque después lo sometieron a una operación de estética en la cara, no era suficiente para evitar represalias. Lo quitaron de en medio una temporada enviándolo al hospital de la Fe de Valencia para que se hiciera pasar por inspector de Estadística. Su misión era identificar varios movimientos sindicales ilegales.

21

Alquiló un piso en El Saler, en las afueras de la ciudad, e intimó con el hombre que se lo alquiló, Floren, quien lo vio muy solo y le presentó a algunos amigos. Los lobillos, como les llamaban en el CESID, aparecieron en su vida como por arte de magia. El Lobo solo pensaba en el espionaje y en la forma más apropiada y rápida para volver a la lucha contra ETA. Analizaba, como lo hiciera un reclutador, a sus nuevas amistades. Buscaba emprendedores con criterio, capaces de controlar sus nervios, que supieran mentir y engañar, audaces y con capacidad de observación y retentiva. La luz roja se le encendió cuando conoció a los tres.

Conectó rápidamente con Rai y Floren. Eran muy diferentes en todo, pero despiertos, hábiles, discretos y sin miedo a nada. En unos meses los puso a prueba trabajando en el caso de los sindicalistas en el hospital valenciano y corroboró que no se había equivocado.

Con Silvia fue otra historia. Era exactamente su tipo de mujer: rubia, con unos ojos que a veces parecían verdes y en ocasiones azules, delgada sin exageración, deportista. No tardaron mucho tiempo en intimar y poco más en que Miguel la convirtiera en una de sus agentes. No solo era la cara dura que le echaba a la vida, sino que se enfrentaba a los problemas adoptando siempre la vía más adecuada, por loca y arriesgada que fuera. Llevaban tres años trabajando juntos y habían demostrado al CESID que no se habían equivocado al apostar por ellos.

Miguel se despidió de su equipo, no sin antes prometerles que si los necesitaba les avisaría. Le extrañaba la llamada inesperada de su controlador, Frédéric Leblanc. ETA acababa de atentar en San Sebastián, no en Madrid. Algo había pasado para que le hiciera viajar con urgencia.

Capítulo 3

22 de febrero, viernes

*E*l CESID carecía de una sede central en la que convivieran
todos sus agentes al estilo de la que tenía la CIA en Langley,
Virginia, o el BND en Pullach, próxima a Múnich. La dirección y las divisiones estaban en pisos o chalés camuflados dis-
tribuidos por Madrid. Por eso no era de extrañar que Mikel
Lejarza visitara por primera vez la sede de la Contrainteligencia en la amplia y transitada avenida de Menéndez Pelayo, enfrente del parque de El Retiro, uno de los pulmones
de Madrid. La elegante fachada representaba a unos vecinos
pudientes que buscaban tranquilidad cerca del centro de la
ciudad pero apartados de su ajetreo. Unos vecinos que se habrían pensado dos veces comprar un piso allí si se hubieran
sabido rodeados de espías.

Saludó a distancia al portero y llamó al timbre de uno de los
pisos bajos, el que lucía en la puerta la placa dorada de «Comisión de estudios». Le había atacado una urticaria, no la dolencia real que aparece en la piel con escozor, sino la mental que
bloquea el cerebro por temores personales. Siempre sentía
esos picores cuando trabajaba en áreas distintas a la antiterrorista, donde se movía como pez en el agua, y le daba aler-
gia relacionarse con mandos militares. Leblanc lo era, pero
más o menos le tenía cogido el tranquillo. A muchos uniformados les molestaba que civiles como él, cuya única experiencia castrense había sido el servicio militar obligatorio, se
codearan con ellos. Exigían una disciplina y un respeto reve-
rencial a los que El Lobo era reacio.

Le abrió la puerta un hombre maduro trajeado.

—Soy José Miguel Torres Suárez, el señor Villalba me está esperando.

El tipo, con aspecto de suboficial, lo invitó a entrar y le señaló una silla para que esperara. Sin quitarle el ojo de encima, se sentó detrás del mostrador, descolgó el teléfono y anunció la visita. Llevaba un minuto en el recibidor y Miguel ya se sentía inmerso en un ambiente hostil. Iba a estar rodeado de severos militares que le iban a encargar un trabajo que Leblanc no le había querido anticipar. Le aseguró que Reina, el jefe de la división de Inteligencia Interior, a la que pertenecía el área de Antiterrorismo en la que su controlador era segundo jefe, solo le había transmitido que los ayudara en lo que necesitaran.

El agente de seguridad le pidió la documentación para registrar sus datos en el cuaderno de visitas. Miguel le presentó su infrautilizado carné de subinspector de Policía, una concesión que el Servicio le hizo antes de infiltrarse en ETA y que le otorgaba cierta respetabilidad en ocasiones como esa.

Volvió a sentarse y su incomodidad le llevó a recordar una escena que nunca había vivido, de la que se había enterado por casualidad, pero que con frecuencia acudía a su mente. Terminada su infiltración en septiembre de 1975, los jefes del SECED, como se llamaba entonces el CESID, se reunieron para decidir si lo mataban o lo dejaban con vida. Convertidos en dioses para debatir si lo que no había conseguido ETA lo iban a llevar a cabo ellos, los imaginaba vestidos de uniforme caqui, con sus bigotes autoritarios, el escaso pelo de la cabeza recortado en el cuello por donde marcaban las ordenanzas, despojados de cualquier atisbo de humanidad. Eran hombres borrachos de euforia que se sentían los reyes del mambo. Un jefe preguntó: «¿Y el niño?», y otro con más poder respondió: «Bueno, ya veremos qué hacemos con el niño». Era una forma de minusvalorar un trabajo en el que había demostrado ser más valiente que nadie. Decidieron dejarlo con vida. Nunca entendería cómo habían sido capaces de plantearse siquiera la posibilidad de quitarse de en medio a un infiltrado que había triunfado en su misión.

Estaba inmerso en esa visión cuando el suboficial pulsó un botón escondido que abrió a distancia una puerta interior y le permitió entrar. Lo precedió por un pasillo estrecho hasta uno de los despachos, llamó con los nudillos y sin esperar respuesta abrió.

—¿Da su permiso?

—Que pase —ordenó un hombre elegante sentado detrás de un impresionante escritorio.

La estancia era una mezcla de antigüedades con muebles modernos que creaba un clima de prestancia y tradición. La mesa de despacho victoriana, de líneas nobles, superficie en cuero verde botella, tenía una estructura robusta, aunque resultaba un poco armatoste para un espacio tan reducido. La butaca de roble macizo que la acompañaba, en la que debían haberse aposentado en su siglo de vida personajes muy distinguidos, disponía de unos reposabrazos en apariencia confortables. Las dos sillas para las visitas también eran de madera, pero no tenían más de diez años, aunque estaban pintadas del mismo tono marrón que el resto de los muebles, incluida una estantería pegada a la pared, también adquirida a bajo precio en los últimos tiempos.

Junto al hombre que presidía el despacho había otro trajeado y con corbata, como todos allí menos Miguel, sentado en uno de los dos confidentes. Tenía un pequeño vendaje que resultaba aparatoso porque le tapaba parte de su cabello negro. Los dos lo miraron con seriedad, sin levantarse ni hacer ademán de estrecharle la mano.

—Siéntese, por favor. Soy Villalba, jefe de la división de Contrainteligencia. Este es mi segundo, Goicoechea.

El Lobo se acomodó en la silla libre sin abrir la boca. No destacaban por su amabilidad, pero tampoco se había hecho ilusiones. Villalba era un militar estirado, con un bigote fino que pretendía aportarle personalidad, pero que a él le pareció un poco ridículo. El suyo, por el contrario, caía de una forma más poblada y moderna sobre el labio superior, ocultándolo parcialmente.

—Le hemos llamado porque nos han dicho que podía colaborar con nosotros en una pequeña misión. No tengo que recordarle que todo lo que hablemos aquí debe quedar entre estas cuatro paredes.

Esperó a que Miguel asintiera, pero no lo hizo. Este lo miraba fríamente y ni siquiera movió la cabeza.

25

—Lleva varios años trabajando en la lucha contra ETA, no debería suponerle mucha dificultad este encargo. No necesita una preparación especial. Si todo lo que cuentan que ha hecho hasta ahora es cierto, será pan comido.

Ese «si lo que cuentan es cierto» lo recibió Miguel como un golpe intencionadamente bajo impulsado por la desconfianza. Ponía en cuestión los buenos resultados de los seis años que llevaba dejándose la piel para el servicio secreto.

—Podrá comprobar en los próximos días que no es lo mismo trabajar para Antiterrorismo que hacerlo para nosotros. Aquí el individualismo no existe, trabajamos en equipo. Las órdenes las doy yo y se cumplen a rajatabla. Quiero dejárselo claro porque en su expediente figuran actuaciones que dan a entender cierta autonomía. Si se lo permiten sus jefes habituales, aquí no lo admitimos.

Miguel estaba en mitad de un chaparrón. Había acudido a la reunión porque no le quedaba más remedio, pero le sorprendió que empezaran leyéndole la cartilla. ¿Quién narices se creía Villalba que era para tratarlo con tanto desprecio? Admitía lecciones de pocas personas, y nunca de un extraño.

—Lo que esperamos de usted es muy simple. Se lo podía haber encargado a cualquiera de mis agentes, que carecen de su fama, pero que habitualmente realizan un gran trabajo, aunque por desgracia para ellos no es tan reconocido como el suyo.

El Lobo estaba a punto de estallar, no sabía cuánto más podría aguantar callado, pero algo desde dentro lo frenaba. No quería defenderse ante alguien a quien no conocía y que se creía el creador del universo. Además, el hombre sentado a su izquierda apoyaba con gestos afirmativos de la cabeza herida cada menosprecio que un erguido Villalba le lanzaba desafiante.

—Durante unas semanas, espero que sean pocas, dejará el tema de ETA por un trabajo más placentero. Tiene que conseguir relacionarse con una chica alemana que trabaja en una empresa a la que sospechamos que es desleal. El empresario nos ha pedido el favor y nos interesa que quede contento por motivos que no le voy a explicar. Salga con ella, indague en su vida privada y en sus contactos hasta descubrir comportamientos extraños… y misión cumplida. Cuentan que es un ligón, así que el trabajo será un paseo para usted.

Miguel, con las cejas arqueadas por la incredulidad, se alegró de no haberse encarado antes a Villalba. Su paciencia había sido premiada con la oportunidad de responder en el terreno más propicio para sus intereses.

—Señor Villalba —siempre el tratamiento al principio, para que no pudiera alegar que le había faltado al respeto—, le agradezco mucho sus palabras, pero el director del CESID me comunicó hace tiempo que solo recibo órdenes de mi controlador, el señor Lemos —nombre operativo de Leblanc—. Y no lo veo por aquí.

Villalba cambió el gesto hosco por el de irritación. Ni siquiera reparó en la indignación de su segundo. Una sensación de calor trepó por todo su cuerpo hasta quemarlo. Si hubieran estado en un cuartel vestidos todos de uniforme le habría respondido con un puñetazo.

—Usted desconoce la gravedad de lo que ha dicho, ni a quién se lo ha dicho. En los años que lleva trabajando para nosotros no ha aprendido nada. Se cree alguien porque participó en una operación antiterrorista de éxito. Usted es un agente más a quien no le han enseñado lo que es la disciplina y mucho menos el respeto y el honor. Le echaría ahora mismo de mi despacho y haría que no volviera a trabajar para La Casa, pero es uno de esos civiles chulitos con los que tenemos que cargar.

La bronca iba subiendo de tono según Villalba veía que la expresión de Miguel no solo no acusaba el efecto intimidatorio de sus agresivas palabras, sino que esbozaba lo que parecía un inicio de sonrisa.

—Soy el teniente coronel jefe de la división de Contrainteligencia —dijo casi gritando y golpeó con el puño cerrado encima de la mesa— y usted es un miserable agente. Su controlador es un comandante que no está a mi nivel y que hace lo que los superiores le ordenamos, igual que usted.

—Señor Villalba, mis órdenes proceden del director —intervino El Lobo aprovechando una pausa en la bronca—, que según tengo entendido manda más que usted, excepto que me equivoque.

27

—¡Cállese! O le echo a patadas —dijo poniéndose en pie—. Todas las operaciones en marcha las autoriza el director. Él es quien ha ordenado que contemos con usted, porque en caso contrario nunca le habría dejado entrar en esta división. ¿Pone en duda lo que digo? —gritó—. ¿Lo pone en duda?

Arrellanado en la silla, más tranquilo tras haber conseguido sacarle de sus casillas, Miguel respondió:

—Señor Villalba, las órdenes del director me las transmite personalmente mi controlador, nadie más.

—Es usted un becerro —lo insultó y se sentó—. Una cosa le aseguro, le vamos a enseñar disciplina, aunque sea a golpes.

—¿Me está amenazando?

—¿Yo? —dijo recomponiéndose—. Jamás lo haría. Váyase y, cuando vuelva con las orejas gachas, procure no darme el mínimo motivo para que proponga su expulsión del Servicio.

Miguel se levantó. Antes de que llegara a la puerta, Villalba remató:

—Aunque quizás no haga falta que me dé motivos. Nadie me reta, no tardará en aprenderlo.

No habían pasado dos horas cuando Mikel Lejarza y Frédéric Leblanc se encontraron en el cercano parque de El Retiro. El efecto del frío y el viento había desnudado los árboles, que mostraban un tristón color marrón, aunque ajeno a los dos hombres mientras paseaban por un camino lateral de tierra, alejado de otro empedrado más concurrido por paseantes y deportistas. Mikel había telefoneado a Leblanc tras desayunar con tranquilidad en la Cruz Blanca, un bar próximo a la sede de la Contrainteligencia, y se encontró con que Reina, el jefe de la división a la que pertenecía Antiterrorismo, ya lo había alertado de su trifulca con Villalba.

—Estoy desbordado de trabajo y he tenido que dejarlo todo porque tú te has dedicado a insultarlo.

Pelo corto, estatura media, en buena forma física, el espía perfecto de aspecto vulgar que no llama la atención por nada, a sus cuarenta y un años Leblanc portaba un gesto de irritación que ennegrecía la entonación de sus palabras. Caminaba acelerado, como si intentara huir de Mikel.

—Pero Fred…

—Ni Fred ni nada. No soy tu niñera, ni tu padre. Si algo te molesta, la solución no es montar un pollo como si tuvieras doce años. ¡Joder, ya has cumplido los treinta y tienes encima más mili que el palo de la bandera! —Sacudió la cabeza lentamente con perplejidad.

—Fue él quien me provocó —se defendió Mikel con una pésima excusa.

El comandante del Ejército, que llevaba años sin vestir el uniforme excepto para actos sociales, se detuvo tras comprobar que no había nadie alrededor y lo encaró.

—ETA ha reivindicado el asesinato del coronel Saracíbar y han tenido la desfachatez de pedir el voto para Herri Batasuna en las próximas elecciones vascas. Este es un tema importante al que debía dedicar mi tiempo. Tenemos pistas sobre los asesinos, pero he tenido que abandonarlo todo para reunirme contigo.

—¿Cómo va el seguimiento de los tipos que identificamos el otro día en la playa de La Concha?

—¿A ti qué te importa? Estás fuera del caso y de todo lo que tenga que ver con ETA. Te lo dije ayer cuando te anuncié que tenías que ir a la Contra. La culpa es mía por tratarte con tantos miramientos.

Se frotó las manos para espantar la sensación de frío que lo había invadido al estar parado y reanudó la marcha. Mikel se mantuvo a su lado, pero optó por no meter el dedo en la llaga. Era mejor dejarlo en paz cuando estaba enfadado. El paisaje de El Retiro le gustaba mucho en verano, pero en invierno siempre le parecía que los árboles estaban flacuchos y las ramas a punto de morir. Si hubiera estado paseando con una novia habría sido el lugar perfecto para romper la relación, pero no le parecía nada adecuado para tratar con un jefe colérico. Pasaron por delante de un banco clavado al suelo en el que había tres jóvenes sentados, ajenos a su entorno, escuchando música moderna.

—Me gustan las canciones de Loquillo y los Intocables, especialmente esa que está sonando de *Los tiempos están cambiando.*

—A mí no me gustan nada.

—Claro, tú eres más de Julio Iglesias y sus baladas.

—No intentes reconciliarte conmigo hablando de música. Todavía no se me ha pasado el enfado por la bronca de mi jefe por tu comportamiento impropio.

—Es que el tío ese es un borde de narices.

—Estás loco, Mikel —añadió señalando con los dedos índices las partes laterales de su propia cabeza—, nadie se enfrenta abiertamente a Villalba. ¡Es que no has aprendido nada! Te he explicado cien veces que no seas bruto, que con frecuencia la línea más corta entre dos puntos no es la recta, a veces hay que trazar curvas para alcanzar el objetivo.

Mikel sabía que tenía razón, pero al mismo tiempo se sentía encantado de haber sacado de sus casillas a Villalba. Nadie se merecía ser tratado de una forma tan despectiva.

—Villalba es el jefe —siguió Leblanc— y en el futuro no tendrás que reunirte con él. Te designarán un enlace que te transmitirá las órdenes y a quien informarás de las novedades. Es una operación de la Contra y lo lógico es que la lleven ellos, que son los que la han abierto. Yo seguiré siendo tu controlador para cualquier cosa que necesites. —Hizo una pausa y remarcó cada una de sus siguientes palabras—: Siempre que no tenga que ver con la misión en marcha.

—No me apetece nada.

—Pues te aguantas, es lo que hay. Eres un agente oscuro que trabaja para el CESID, que es quien te encarga lo que considera más oportuno. Mira, Mikel —optó por suavizar la agresividad de sus palabras—, eres un buen tipo y un gran agente. En La Casa se te respeta y por eso te han adjudicado esta misión. Eso sí, o te pones en primer tiempo de saludo o prescindirán de tus servicios y echarán a la calle a tus lobillos.

Palabras duras envueltas en papel de seda. A Mikel no le quedaba más opción que recoger velas, pero era muy terco.

—No entiendo por qué me sacáis del País Vasco —dijo quejoso—. Este año lleva camino de haber más atentados que cualquier otro. Los malos se están creciendo y hasta los de Herri Batasuna osaron en un acto público desafiar al rey cantando el himno del soldado vasco. Yo lo que hago bien, y de lo que sé, es de luchar contra ETA, déjame que siga en ello.

—No hay alternativa, no me hagas repetírtelo cien veces. Para tu tranquilidad te diré que tenemos informaciones de que ETA no volverá a atentar hasta después de las primeras elecciones al Parlamento vasco, el 9 de marzo. Una especie de tregua no declarada.

Habían comenzado el accidentado paseo en el lado este de El Retiro, entrando por una de las puertas de hierro forjado abiertas en la avenida de Menéndez Pelayo, cerca de donde estaba la Contra, y estaban llegando al lado norte, por cuya puerta principal se accede a la calle de Alcalá. Se sentaron en un banco cerca de robles, olmos y bojs.

—Se me han quedado las manos heladas —dijo Leblanc.

—Pues lleva guantes como yo.

—Desde que fuiste al curso de la CIA y te dijeron lo fácil que es reconocer a la gente por las manos, los llevas hasta para dormir. Finiquitemos el tema: las órdenes se cumplen escrupulosamente. La forma de aplicarlas durante la operación es la que da juego a la iniciativa personal.

—A veces hay que tomar decisiones a costa de jugártela. Te recuerdo que, tras la operación de la cara, me mandasteis una temporada larga a Valencia para quitarme de en medio.

—Por tu seguridad, hasta que se tranquilizara el tema —le interrumpió.

—Por lo que quieras. Yo, obediente, me fui disciplinadamente a un hospital de Valencia para perseguir a sindicalistas inofensivos. El hecho es que si un día, por mi propia cuenta, no cojo mi moto y me largo a Hendaya para probar que mis viejos compañeros terroristas eran incapaces de reconocerme con mi nuevo aspecto, jamás me habríais dejado volver a la lucha contra ETA.

—Puede que tengas razón, pero ese caso no justifica que tú decidas en qué temas tienes que intervenir y en cuáles no. Yo te apoyé cuando propusiste crear un grupo de agentes para que trabajara contigo. Nuestro jefe del área de Antiterrorismo no lo veía claro, yo lo puenteé con Reina, el jefe de mi división, y conseguí que diera el visto bueno.

—Es verdad, pero me reconocerás que fue una decisión acertada.

—Conseguida gracias a que seguimos con cierta libertad

31

las normas de funcionamiento del Servicio. A ver si te enteras.

Leblanc se levantó y se encaminó hacia la calle de Alcalá, donde tenía intención de tomar un taxi que lo llevara rápidamente de regreso a su despacho. Mikel lo siguió.

—Si te han elegido a ti para la misión, será por algo. Lo que a simple vista parece un trabajo sencillo quizás no lo sea tanto. Los de la Contra viven aislados en su propio mundo y si han pedido que los ayudes es porque tienen entre manos algo gordo.

—No es lo que me ha contado Villalba. Dice que es una imposición del director.

—No te creas todo lo que dice ese hombre, fantasea más que habla. El director está muy ocupado como para preocuparse de esas minucias.

—Pero si Villalba a ti también te cae mal...

—No vuelvas a lo mismo —le cortó—, tema zanjado. No me gusta, es cierto, y cuando trabajes para ellos me darás la razón, pero nunca antes. Controla tus impulsos y piensa las cosas varias veces antes de actuar, como haces habitualmente. Hazte el tonto, déjales creer que te tienen comiendo de su mano. No te fíes de ellos, pero, joder, que no se te note.

Habían llegado a la plaza de la Independencia y Leblanc comenzó a buscar con la mirada un taxi libre.

—Sé que mis consejos estarían de más en una situación normal, porque eres un experto agente de campo, pero hay situaciones que te bloquean y estás en una de ellas. No olvides nunca que el espionaje es un oficio duro, mal pagado e incomprendido.

—Tú lo has dicho, no me fío de Villalba, ni de mucha gente, y tengo poderosas razones para ello: me ha intentado matar la Policía, ETA y la propia gente del Servicio.

Leblanc dejó de buscar taxi y volvió la mirada a Mikel.

—Eso último sabes que no es cierto.

—No me refiero solo a que debatieran matarme tras la infiltración en ETA. Después de lo de Valencia me enviaron a enrolarme en la Legión y tuve que desertar con un par de compañeros a los que manipulé. Nos fuimos a Argelia a una misión contra los terroristas canarios del MPAIAC que salió mal y en la que estuvieron a punto de matarme en varios momentos. Los jefes sabían que era un trabajo suicida y esperaban que en el camino alguien me pegara dos tiros sin que ellos tuvieran que apretar el gatillo. En esa y otras misiones sin retorno recibí zancadillas, traiciones y odios, viví un infierno en el que fue muy difícil sobrevivir sin pegarme un tiro, algo que siempre pensé que algunos buscaban.

—No fue así y no voy a discutir contigo ahora. En el futuro habrá operaciones arriesgadas en las que te jugarás la vida, pero no en esta, aquí, en Madrid.

—Villalba ha prometido echarme del CESID.

—No des tanta importancia a sus amenazas, no voy a dejar de estar detrás de ti. Si necesitas algo, que espero que no, me lo dices.

En ese momento pasaba un taxi y lo llamó.

—Una cosa más —dijo Mikel agarrándolo por el brazo para conseguir su atención—. En la reunión estaba su segundo, un tal Goicoechea.

—Es tan peligroso como su jefe, ándate con cuidado también con él.

—Tenía una venda en la cabeza.

—Le habrá cascado su mujer con el rodillo de cocina un día que se fue de golfas y llegó tarde. Es un conocido putero.

33

Antonio Goicoechea abandonó el piso de Menéndez Pelayo poco después de que José Miguel Torres saliera escopetado. El departamento de Seguridad le había pedido que asistiera al interrogatorio a Raúl Escobar, el guardia civil que estaba de servicio la noche que unos desconocidos asaltaron la sede de la división de Contrainteligencia.

Al entrar en el chalé operativo situado en el pueblo de Fuencarral, un barrio al norte de la capital, lo recibió con un gesto marcial Somonte, el subteniente de la Guardia Civil responsable del caso, un tipo al que ya conocía, de baja estatura y aspecto vigoroso. Esperaba encontrarse al comandante encargado del departamento, pero había tenido que salir, algo que dado su rango no le pareció apropiado y le mosqueó.

Le preguntó a Somonte por la marcha de la investigación. Según las primeras indagaciones, todo apuntaba a que el asalto había sido planificado por profesionales cualificados de un servicio secreto extranjero. Nunca en la historia del antiguo SECED y del actual CESID, en los años que Somonte había estado en puestos de seguridad interior, se había producido un ataque tan inteligentemente preparado. Su padre y su abuelo, también guardias, le habían enseñado a desconfiar de cualquiera que estuviera presente en la escena de un delito, algo que había cumplido a rajatabla en los treinta años que llevaba en el instituto armado.

—No tenemos pistas, ni buenas ni malas ni intermedias. De momento, únicamente contamos con su testimonio y el de Escobar, que solo nos permiten especular. Podemos fusilar a Escobar, pero sería por unas pocas incongruencias que harían que san Pedro no me dejara entrar en el cielo.

—¿Tiene un informe previo que entregarme?

—Ni a usted ni a mi jefe, que es quien respetando el conducto reglamentario le proporcionará una copia cuando esté acabado, si lo considera oportuno. Tenemos la certeza de que no ha sido una penetración para colocar chinches, el barrido en la sede ha dado negativo. Vamos a hablar otra vez con el sargento estando usted presente, a ver si se le refresca la mollera y a usted se le ocurre algo nuevo tras la declaración que nos hizo anteayer.

—Procedamos entonces, tengo un día ajetreado.

—Le aconsejo que, si está tenso, haga deporte. Yo cada mañana corro cinco kilómetros antes de venir a trabajar y por las noches, antes de regresar a casa, voy a un gimnasio a hacer puños. El boxeo ayuda a despejar la mente.

Goicoechea no se fiaba de los ademanes amistosos y formales del suboficial. No eran un impedimento para que en cuanto pudiera lo apuñalara por la espalda. Lo había notado en sus fríos ojos marrones, que lo escrutaban como si fuera uno de los delincuentes que había pillado mintiéndole en sus muchos años de servicio.

Los dos bajaron a una amplia sala en el sótano, donde los esperaban dos agentes de seguridad y el sargento Raúl Escobar. Era un cuarto de reposo para los agentes libres de servicio de la unidad que se aprovechaba en ocasiones para los interrogatorios. Había muchos sofás y sillas y una televisión en un extremo. Las cortinas de las pequeñas ventanas estaban corridas y las lámparas encendidas. El sargento y el subteniente de la Guardia Civil se sentaron en dos sillas enfrentadas, el comandante Goicoechea a un lado en un sillón y los agentes de seguridad permanecieron en pie junto a la puerta.

—Escobar, hoy vamos a repasar los hechos que tuvieron lugar hace un par de días —empezó Somonte—. Le he pedido al comandante que esté presente para que intentemos aclarar entre todos algunos puntos oscuros. ¿Cuál fue la señal que le alertó de que algo raro pasaba?

Escobar era un guardia civil que, como el resto de sus compañeros, sentía más respeto y prevención por los propios mandos que usaban tricornio que por cualquier otro que llevara gorra de plato caqui. Criado en un pueblo de Extremadura en el que su padre, cabo de la Benemérita, era el rey, siempre había deseado seguir sus pasos. Era un orgullo para su padre y un honor soñado para él. Rozando la cincuentena, con el color moreno de la piel que da haber recorrido durante años a pie los pueblos más soleados de España, le llenaba de satisfacción que su hijo también hubiera ingresado en el Cuerpo y que su padre hubiera vivido para asistir a su entrega de despachos, aunque fuera en un pésimo estado físico.

—Como ya he declarado —Escobar habló con un tono formal—, estaba en mi puesto en la sala de seguridad de la división...

—¿Estaba despierto?

—Por supuesto que sí, mi subteniente.

—Apee el trato y siga.

—Escuché un ruido procedente del recibidor y miré la pantalla por si la cámara allí instalada me mostraba algo. No vi a nadie y salí a comprobarlo personalmente.

—¿Es su forma habitual de actuar?

—Habitual, lo que se dice habitual, no. Era la primera vez en los años que llevó en la división que pasaba algo así.

—Correcto. Salió del puesto de seguridad, ¿qué pasó?

—Abrí la puerta que da al recibidor y dos hombres se abalanzaron sobre mí, uno me puso en la boca un trapo con un olor fuerte y agradable y perdí el sentido.

—Cloroformo, ya le he dicho que ese tipo de olor responde a lo que científicamente llaman cloroformo. Pero Escobar, cuénteme, ¿cómo es posible que dos hombres entraran en el piso sin que usted se diera cuenta?

—No lo sé, mi subteniente, perdone, Somonte.

—Otra cosa, ¿cómo sabe que eran dos y además hombres? Podían ser una mujer y un hombre, o dos mujeres.

—Porque eran muy fuertes y no tuve posibilidad de reaccionar.

—A usted, señor Goicoechea —dijo volviendo parcialmente el cuerpo hacia el segundo jefe de la Contrainteligencia—, solo le atacó un hombre, que quizás era una mujer.

Desde su mullido sillón bastante más cómodo que la rígida silla del sargento, el comandante contestó sin inmutarse:

—No le podría decir. Sentí un golpe en la cabeza y ya está. Obviamente me lo dio una sola persona.

—Cuando usted llegó, ¿vio algún signo de lucha en el recibidor o algo que le extrañara?

—Ya le dije el otro día que no. Lo que me extrañó fue llamar a la puerta de la calle y que nadie me abriera. Después entré pensando que saltaría la alarma, pero no lo hizo.

—¿Usted había apagado la alarma, Escobar?

—No, señor. En cuanto se fue el último agente, como hago siempre, la conecté. Lo que pasó fue que al oír un ruido, antes de acercarme a la entrada, la desconecté para que no sonara.

—Entonces estaba puesta cuando escuchó el ruido y los dos hombres ya estaban en el piso.

—Seguro.

—¿Me puede explicar cómo accedieron a la base sin que la alarma avisara de su presencia?

—Lo desconozco. Solo se me ocurre que la desconectaran de alguna forma y cuando yo la quité ya no funcionara.

—Buena explicación, aunque eso no explica cómo hicieron para neutralizarla. Sigamos con otra cuestión: ¿Qué pasó cuando se despertó?

—Estaba aturdido, tirado en el suelo de uno de los despachos.

—Cuya puerta, que estaba cerrada antes del asalto, abrieron los dos hombres o más que entraron —siguió Somonte para acelerar el relato.

—Así es, señor. En ese momento no lo pensé. Salí del despacho y me encontré en el suelo al señor Goicoechea. Me asusté al ver sangre en su cabeza, lo agité para ver si estaba vivo y reaccionó con rapidez. Después, siguiendo el protocolo, llamé al número del departamento de Seguridad.

—¿Cuándo se dio cuenta de que le faltaban las llaves?

—Quise echar un vistazo para comprobar si se habían llevado algo y fui a buscarlas.

—Antes de que llegaran mis hombres.

—Sí. Las busqué pero no estaban, las encontré puestas en la cerradura del despacho en el que me habían dejado tirado.

—Notó también que la cinta de grabación faltaba.

—No, me lo comentaron sus agentes al poco de llegar.

—Señor Goicoechea, ¿puede recordar algo de esos momentos posteriores tras recobrar el sentido?

—Poca cosa, no coordinaba bien. Vi a Escobar, me ayudó a tumbarme en el sofá y le pedí que mirara si se habían llevado algo.

El subteniente asintió con la cabeza y se giró hacia el sargento. Su gesto cambió como del día a la noche, pasó a observarlo con hostilidad y suspicacia.

—Escobar, no sé si se da cuenta de que su relato es más falso que una película de John Wayne. Se lo ha inventado todo para ocultar que fue usted el único asaltante que hubo esa noche en la sede.

El sargento se quedó descolocado, fue a responder, pero el subteniente lo frenó con un gesto autoritario de la mano.

—Había planeado robar documentos aprovechándose de la confianza que todos habíamos depositado en usted. Estaba solo, controlaba la cámara de grabación y la alarma, nadie debía molestarle y nadie debía enterarse. Pero en sus planes no estaba que el señor Goicoechea apareciera por sorpresa y le pillara. ¡Maldita suerte la suya! Tuvo que improvisar. Se escondió para no ser descubierto, esperó el momento para sorprender al señor Goicoechea y le arreó un buen testarazo.

—¡No fue así! —bramó Escobar—, yo jamás habría hecho eso. Llevo un montón de años sirviendo a España, mi hoja de servicio está limpia como una patena. No soy un traidor.

37

—Ya que habla de traición, espero que nos cuente para quién ha robado los papeles —le espetó en tono desabrido mirándolo a los ojos y esperando una respuesta que, cuando se iba a producir, cortó de nuevo de raíz—: No me lo diga, se lo diré yo: usted ha vendido su alma al diablo, a los rusos. ¿A cambio de qué, Escobar?, ¿de treinta monedas como Judas? O es que usted es maricón, le descubrieron y ha trabajado para ellos a cambio de que no se lo cuenten a su mujer.

Las crueles acusaciones fueron seguidas del silencio. Escobar había dejado de mirar a Somonte cuando empezó a cercarlo con sus palabras incriminatorias, su mandíbula se había pegado al pecho y unos segundos después comenzaron a escucharse tímidos sollozos rápidamente reprimidos, los guardias civiles no lloran. Ninguno de los cuatro hombres que había en la sala con él se ablandó, esperaban que el sargento reconociera su pecado mortal.

—Nada es verdad —sentenció con una voz entrecortada que reflejaba su desesperación—. Nunca nadie me había acusado de algo tan horrible. Llevo años de lealtad inquebrantable y ahora se inventan unas acusaciones que son mentira, mentira y mentira.

—Es preferible que se sincere ahora, Escobar —siguió Somonte en el mismo tono huraño—. Si lo hace, intentaremos que su familia no huela su mierda. Más aún, le garantizo que si lo reconoce ahora y nos cuenta para quién trabaja, no se enterarán ni su padre, ni su mujer ni su hijo.

Escobar empezó a recomponerse al escuchar la mención a su familia. Levantó la cabeza con gallardía, abrió bien los ojos y miró primero a Goicoechea y luego al subteniente que lo estaba acosando. Habló en tono mesurado, pronunciando con lentitud cada una de sus palabras.

—Todo lo que dice es un invento, no he hecho nada. Soy la víctima, igual que lo es el comandante. No tienen un sospechoso al que culpar y me usan a mí como chivo expiatorio. No, señor, me niego a reconocer algo en lo que no he tenido nada que ver.

Goicoechea se levantó y comenzó a andar por la pequeña sala. Estaba intentando ensamblar las piezas de lo que había pasado la noche del asalto.

—Escobar, la situación es muy grave. Como segundo jefe de la división de Contrainteligencia le propongo un trato: usted nos cuenta qué es lo que ha robado y nos dice para quién trabaja y por qué, y nosotros nos olvidamos del caso. Vuelve a un destino en la Guardia Civil acorde con su edad y se acabó, nadie se enterará de nada.

El sargento lo miró desafiante, pero evitó decir en alto lo que pensaba de su falsa oferta. Era mejor no enfrentarse con uno de sus jefes.

—Le aseguro que no he hecho nada de lo que me acusan. Nadie me chantajea, no necesito más dinero del que necesitaba hace diez o veinte años. Soy un empleado leal.

Somonte acompañó a Goicoechea hasta la puerta subiendo las escaleras de tres en tres. No hablaron hasta llegar a la puerta exterior del chalé.

—No tenemos ninguna prueba sobre la que sustentar la acusación y la verdad es que no es el único al que podemos cargarle el mochuelo —afirmó con sinceridad el encargado de investigar el caso.

—¿No cree que haya podido ser él?

—Igual podría haber sido usted.

—¿Qué dice?

—Usted podría haber llegado acompañado de un compinche, haber utilizado su llave para entrar y haber dejado grogui a Escobar. Después tuvo tiempo para robar lo que fuera de su interés y que su amigo le propinara un buen golpe en la cabeza para darle una coartada. Pudo haber inutilizado la alarma durante el día y cuando Escobar la puso no se dio cuenta de que no funcionaba. Ah, esos documentos que se olvidó, motivo de su regreso a la sede, serían un argumento pobre en su defensa, cuando usted suele ser una persona exageradamente ordenada.

—¿Me ha investigado, Somonte?

—Es mi trabajo, señor Goicoechea. Lo que pasa es que, sin pruebas, todo son elucubraciones. Porque, al margen de que haya podido ser cualquiera de ustedes dos, alguno de los agentes de la Contra o un equipo operativo ajeno, lo más importante será descubrir lo que nos han robado y quién se ha beneficiado del robo. No lo puedo demostrar todavía, pero me jugaría un dedo de la mano derecha a que el culpable o los culpables trabajan para el KGB. Quieren saberlo todo de nosotros y no se andan con chiquitas. Mi padre combatió en la División Azul y le aseguro que los rusos son un verdadero peligro.

Goicoechea estaba a punto de subir a su coche oficial, el chófer ya lo esperaba con la puerta abierta, pero le formuló una última pregunta.

—¿Cuáles van a ser sus siguientes pasos?

—Hemos acojonado a Escobar y confío en que haga algún movimiento raro y lo pillemos, aunque dudo de que un agente de la Guardia Civil con una trayectoria tan larga sea el culpable. Lo tendremos bajo control el tiempo que haga falta, pero me temo que es un disparo al aire. Ustedes denle un trabajo en el que no tenga acceso a información reservada y que abandone las guardias de noche, nunca debe quedarse solo en la sede. Revisaremos sus cuentas bancarias y las de todos los miembros de su unidad por si alguien ha recibido ingresos sin justificar en los últimos meses. Los del archivo no han encontrado nada extraño hasta el momento, aunque usted sabe que los asaltantes debieron fotografiar los documentos que les interesaban. Confiemos en que terminen encontrando algo raro. Y, claro, estamos preparando un plan para aumentar su nivel de seguridad. Desconozco qué tipo de documentos guardan allí, pero deben ser muy sabrosos para muchos servicios enemigos.

—Confío en que encuentren algo.

—Ayúdeme poniéndoles las pilas a sus chicos del archivo.

—Lo haré, y espero que sus hombres no me den mucho la paliza.

—Solo la necesaria. Confío plenamente en usted, señor Goicoechea. Que no le quepa duda. Puede irse tranquilo.

No lo creyó.

Al regresar a la sede de la Contrainteligencia, Goicoechea se acercó a su despacho a colgar el abrigo, se quitó la chaqueta y se acercó a dar novedades a su jefe.

40

—Vengo del departamento de Seguridad, de asistir a un interrogatorio a Escobar. Le han apretado las tuercas, pero lo niega todo.

—No ha sido él, esto lo han hecho los rusos, estoy seguro.

También sin chaqueta, con la corbata perfectamente anudada, Villalba siempre sentaba cátedra en cada una de sus afirmaciones y su dilatada experiencia había convencido a sus jefes de que sus juicios solían ser certeros.

—Lo malo es que no han dejado pistas.

—No las hemos encontrado aún, Antonio, pero si seguimos buscando aparecerán. Nadie entra en un sitio como este y se larga sin haber cometido aunque sea un pequeñísimo error. Por muy bien que trabajen los rusos, los descubriremos.

—Me ha dicho el de Seguridad que lleva el caso, un subteniente de la Guardia Civil prepotente que va de listillo, que no protegemos bien nuestra información.

—¡Qué sabrá ese tío! No dejes que los de Seguridad nos toquen las narices. Cuando hay algún incidente intentan acorralarte como hienas.

—Me ha pedido que presione a los del archivo para que encuentren algo que los asaltantes hayan podido fotografiar. Le habría gustado que sus hombres husmearan en persona, pero no se ha atrevido a pedírmelo.

—Lo habrá intentado con el director y se lo habrá negado. Ya le informé cuando llegó al cargo que aquí guardamos mucha información con los datos privados de los chanchullos de cientos de españolitos muy bien situados. Cuanta menos gente lo sepa, mejor.

—Lo importante —siguió Goicoechea— es que el barrido ha dado negativo y nadie nos ha colocado chinches para escuchar nuestras conversaciones. Ahora tenemos que descubrir lo que se han llevado y quién lo ha hecho.

—Aquí vienen representantes de muchos servicios extranjeros, pero dudo que ellos osaran irrumpir en nuestra intimidad. Si ha habido un cerdo de dentro que los ha ayudado, lo pagará. Yo me encargaré personalmente de expulsar al tipo del KGB que haya organizado el asalto.

—Debemos mirar también hacia los alemanes orientales

41

o los búlgaros. Son unos kamikazes a los que los rusos encargan muchos de sus trabajos sucios en España.

—De ese tema me ocupo yo —dijo Villalba, que antes de proseguir separó su espalda del respaldo de la silla, apoyó las manos en la mesa y se acercó en plan confidencial a su segundo—: De esto, ni una palabra a los de la CIA. Es un asunto que no les compete. No quiero que nos toquen las pelotas.

—Dalo por hecho.

—Otra cosa. El Lobo volverá por aquí antes de que acabe la mañana para ponerse hoy mismo con el tema. Átale corto, lo enviaría a galeras, pero su aura triunfal ahora nos viene bien para impresionar. Ya tendremos tiempo de darle una patada en el culo.

—No te preocupes, no lo perderé de vista y le bajaré los humos.

—Por nada del mundo le des más información de la que necesite saber en cada momento. Es nuestro peón, lo moveremos como queramos sin que conozca las intenciones del rey. Házselo saber hoy mismo, en esta partida no es un aguerrido caballo ni un intuitivo alfil, solo un simple peón del que podremos prescindir en cualquier momento.

—Intentaré mantenerlo dentro de su casilla del tablero, aunque nunca hay que fiarse de los golfillos.

La chica salió del portal donde estaba ubicada su empresa con la urgencia de quien deja atrás el pesado trabajo un viernes por la tarde a las cinco y pretende desenchufar lo antes posible para poder conectarse a su vida privada durante el fin de semana. Tomó la calle de Ríos Rosas, frenó un poco al pasar delante de una pastelería para contemplar los exquisitos pecados exhibidos en el escaparate, continuó en dirección al paseo de la Castellana y varias calles antes giró a la derecha por Modesto Lafuente. Para ella podía ser el tranquilo camino de cada jornada, quizás no, pero José Miguel Torres debía estar en alerta porque era el primer contacto visual con Erika Meller, la mujer a la que debía investigar, de la que apenas sabía nada.

Goicoechea lo había recibido poco antes de la hora de la

comida en el piso de la Contrainteligencia. Iba a ser su enlace directo durante el tiempo que durara la operación: «Nos corre mucha prisa resolver este asunto. Estamos a viernes y la mujer no se pierde una visita a la discoteca en días como hoy, una ocasión perfecta para que te acerques a ella, te la ligues y empieces una relación que te permita desnudar su pasado y su presente». A Miguel le pareció un planteamiento incomprensiblemente simplista: «Es bastante evidente que esa es la forma de encarar el trabajo —le explicó el militar basándose en su experiencia—. Estas soltero, las chicas se te dan bien y no hay nada como una relación amorosa para conseguir la información que oculta cualquier objetivo».

Después vino la historia con la que le ilustró, como si fuera un colegial a quien hace falta ayudarlo a entender la materia con ejemplos. En la Segunda Guerra Mundial el MI5 disponía de un gran cazador de espías llamado Orestes Pinto. Entre los sospechosos encerrados en prisión estaba una joven y atractiva sospechosa de trabajar para la Abwehr, el servicio de espionaje de Alemania. Durante varias semanas la entrevistó bajo la sospecha de haber llevado a cabo sabotajes en Inglaterra. Ella no solo lo negó todo, sino que puso un muro defensivo respecto a su procedencia alemana: ni hablaba ni entendía una sola palabra en el idioma de Hitler. Orestes Pinto la tuvo que dejar en libertad, pero le tendió una trampa. Le encargó a un joven agente de veinticinco años que estaba a su servicio que se hiciera el encontradizo y la sedujera, para ver si era posible descubrir algo sobre ella en la intimidad. El espía inglés hizo muy bien su trabajo y cuando acabaron en la cama —aquí Goicoechea se deleitó con detalles subidos de tono—, ella perdió el control ante tan soberbio amante y en el momento culminante bajó la guardia y gritó «Oh, Dios mío» en alemán. Esas palabras supusieron su condena a muerte.

Vestida con una gabardina beige con cinturón, una bufanda cruzada en el cuello y botas azules de agua, Erika Meller llevaba un bolso grande colgado en bandolera y un paraguas azul que utilizaba a modo de bastón, aunque a sus treinta y ocho años no le hacía falta. El Lobo la contemplaba a veinte metros desde la acera de enfrente. Había estado cerca de una hora observando a la gente que salía del edificio en el que estaba instalada la compañía de ascensores germana en la que trabajaba. Goicoechea le había enseñado una foto de ella de 13 por 18 centímetros. «Es una chica introvertida, con poca vida social en España, aunque viaja con frecuencia. Nació en Alemania y lleva dos años viviendo en Madrid.» Poseía memoria fotográfica y la identificó en cuanto apareció. Había entresacado sus rasgos distintivos de la imagen que algún agente operativo le había robado mientras compraba en un mercado: guapa sin exageración, unos pocos kilos de más, moderna en el vestir, rubia ceniza y llamativas pecas.

No parecía una mujer peligrosa, pero su experiencia le había enseñado a no valorar a las personas por su aspecto. Había que conocerlas bien antes de dar un diagnóstico, muchas parecían mosquitas muertas y eran avispas con el aguijón retorcido.

Su belleza era tranquila, pero bastantes hombres le dedicaban una mirada. Las mujeres nórdicas, pensó, siempre han tenido mucho éxito entre los españoles, no es sueca, pero como si lo fuera. Paseaba con tranquilidad, como si el camino fuera el habitual de regreso a casa. Nada de coger el Metro de Ríos Rosas que quedaba junto a su trabajo. Las escasas referencias que le había facilitado Goicoechea al menos le servían para llegar a esa conclusión: «En esta hoja te he escrito las direcciones de su lugar de trabajo y residencia, y el nombre de sus personas más cercanas, que como verás son pocas. Trabaja en una empresa de origen alemán que se dedica a fabricar ascensores, pero allí no hay nada que pueda sernos de utilidad. Vive sola, no tiene novio o amigo íntimo conocido, vamos, que lleva una vida aparentemente aburrida, excepto por su afición a viajar sola o acompañada por España y Europa. Los viernes es su día para desfogarse, sale por las noches con unas amigas a cenar y luego se van a una discoteca hasta las tantas de la madrugada».

Al final de la calle Modesto Lafuente, Erika giró a la derecha por la más poblada Martínez Campos y se mezcló con muchas niñas de uniforme azul que salían del colegio y ocupaban la acera para despedirse emocionadamente de sus amigas como si comenzaran las vacaciones de verano aunque iban a volver a verlas el lunes. Como Miguel preveía, seguía el trayecto más corto para regresar a casa. A él también le gustaba patearse las ciudades, aunque solía cambiar las rutas para tener mejor conocimiento de las vías en que podía moverse. Si había algún contratiempo, estaba más capacitado para encontrar caminos alternativos.

Su nuevo controlador daba por sagrados planteamientos imposibles de aceptar: «Tu misión consiste en acercarte a Erika Meller y conseguir toda la información posible sobre su vida privada. Está actuando ilegalmente, te lo garantizo, y necesitamos encontrar todo aquello que haya de extraño en sus movimientos. ¿Alguna pregunta?». Que si tenía preguntas; las tenía a patadas. Parecía el encargo de un marido cornudo y no el de un servicio secreto. La foto que le había enseñado y los detalles sobre su rutina demostraban que un equipo operativo la había estado siguiendo durante muchas jornadas. Seguro que habían averiguado comportamientos sabrosos de su personalidad que lo habrían ayudado a elaborar su perfil sicológico. Conocerían sus gustos y algunos datos de su pasado que le habrían sido de gran utilidad para encontrar la forma más inteligente y discreta de aproximarse a ella.

El cuerpo le pidió explicarle a Goicoechea que aquello le parecía un pitorreo, era evidente que había algún motivo más gordo para controlarla. Optó por la vía diplomática: había decidido convertir en un mero trámite la reunión con su enlace para no darle argumentos que acabaran en nuevas quejas a Fred.

—Me ayudaría enormemente que me diera una pista sobre en qué sospechan que está metida Erika Meller. Y otra cosa, ¿por qué están tan seguros de que en su empresa no hay nada que rascar, cuando lo lógico sería investigar también allí?

—No te hace falta saberlo. Si eres tan buen agente como dice tu expediente personal, limítate a hacer un informe sobre todo lo relacionado con los puntos oscuros de su vida y estate atento a aquellos elementos que te parezcan sospechosos: encuentros a horas intempestivas, llamadas extrañas, comportamientos fuera de lugar, personas con las que habla en mitad de la noche y cosas así.

45

—Cualquier agente debe conocer hacia dónde va la investigación en que va a participar.

—Imagínate que estamos contemplando una partida de ajedrez —Goicoechea recordó el símil de Villalba—. Tú eres un peón y debes comportarte como tal. Quien mueve las piezas y decide la estrategia es el ajedrecista, papel que no está a tu alcance.

Mientras seguía a Erika e intentaba ordenar la escasa información con la que arrancaba, pensó en la mejor forma de ganarse su confianza. Como Fred le había recordado por la mañana, la distancia más corta entre dos puntos no era siempre la línea recta. Goicoechea creía que una aventura con la chica abriría todas las puertas, una posibilidad real, pero había otras alternativas. Era mayor que él y había bastantes posibilidades de que tuviera una larga experiencia en cualquiera que fuera el sucio negocio al que se dedicaba.

Lo primero sería descubrir qué tipo de trabajo desarrollaba en la empresa alemana de ascensores y por qué había venido a vivir a España. ¿En qué narices estaba metida? Se acordó de algo que hacía tiempo le había explicado Leblanc citando a otro espía: «Traicionar la confianza es la esencia del espionaje, incluso del más inocuo. Puede decirse que este es el elemento definitivo, ya que sin él no hay espionaje». ¿A quién habría traicionado Erika Meller?

Goicoechea no le parecía trigo limpio y entendía que, si alguien le había dado un buen golpe en la cabeza para que necesitara llevar una venda, seguro que se lo tenía merecido. Se propuso descubrir la razón por la que le ocultaban información de una forma tan misteriosa e incomprensible. Recordó una de las perlas de su última entrevista:

«Mira, José Miguel, ¿o prefieres que te llame Miguel?»

«José Miguel está bien, gracias.»

«Pues José Miguel. Tómatelo como unas semanas de descanso. Aprovecha para pasártelo bien, Madrid es una ciudad divertida, así te relajas del tema de ETA. Las alemanas son muy abiertas, aprovecha para que te dé buenos masajes. —Goicoechea se rio estruendosamente con su insinuación—. ¿Tema cerrado?».

La alemana entró en la plaza de Quevedo y estaba a punto de llegar a su casa, una dirección que Goicoechea había tenido a bien facilitarle, un lujo, pensó mordaz. Había bastante gente por la calle, lo que lo ayudaba a pasar desapercibido, aunque la chica no mostraba ningún signo de estar preocupada por si alguien la seguía.

Erika redujo el paso al ver a un señor que vendía manzanas recubiertas de caramelo, con un color rojo intenso que las hacía parecer muy apetitosas, colocadas a los lados de un alto palo de madera. Pensó en comprar una, pero controló la tentación y pasó de largo. Dos metros más allá se paró en un puesto de castañas asadas que desprendían un calor acogedor, compró un cucurucho de papel y se las llevó. Antes de tomarse la primera, las sostuvo en la mano con el deseo de transmitir la calidez que desprendían a todo el cuerpo. Luego cogió una y empezó a pelarla con cuidado para no quemarse. Una experta en las tradiciones españolas, dedujo El Lobo.

Pocos minutos después llegó al portal de su casa, en cuyo interior desapareció tras intercambiar unas frases y una sonrisa con el portero. Eran poco más de las seis de la tarde. Si salía a cenar con sus amigas no lo haría antes de las ocho y media o las nueve, con lo que tenía un par de horas para prepararse. Recordó las palabras de despedida de su nuevo jefe:

«No hace falta que te explique que debes informarme de cada uno de tus pasos. —Sacó una tarjeta y escribió algo en ella—. Aquí tienes mi número directo de la oficina y el de casa, utilízalo solo para una urgencia. No hagas nada sin informarme previamente y si encuentras alguna información relevante no esperes, házmela saber de inmediato. Con lo bueno que dicen que eres, espero que actúes con discreción, ya sabes que si te metes en algún lío negaremos conocerte».

«Estuve dos años dentro de ETA y llevo cinco más persiguiéndolos. Conozco el trabajo de campo mucho mejor que usted —estalló sin poder remediarlo, dándose cuenta de que al final había entrado en su juego».

«Todavía eres muy joven —dijo Goicoechea levantándose—, tienes mucho que aprender. El trabajo de calle lo puede hacer cualquiera con un poco de preparación, pero el que nosotros realizamos en el despacho exige cualidades intelectuales que tú nunca tendrás. Date prisa en cumplir tu labor y no olvides en ningún momento que estás a mi servicio. Ahora vete y demuéstrame que no nos hemos equivocado al aceptar que participes en esta misión».

Habían pasado pocas horas de ese encuentro. Tras un primer acercamiento al objetivo, pensó que le sería más fácil trastear con Erika que con sus nuevos jefes, con los que debía estar muy atento para que no lo tiraran por un barranco.

Iría a vestirse adecuadamente para comenzar a actuar esa noche. Pasara lo que pasara, no perdería de vista la tela de araña en la que comenzaba a sentirse atrapado.

El hombre adusto, de pelo exageradamente corto que dejaba a la vista unas enormes orejas de soplillo, lo vio alejarse de la plaza de Quevedo. Había seguido a Miguel durante todo el trayecto en el que había tenido su primer contacto con la alemana. Vigilar a un hombre experto en seguimientos era una tarea complicada, por lo que extremó las medidas de precaución para no ser descubierto.

En un par de momentos había sentido su mirada escrutadora, pero evitó que sus ojos descubrieran interés en los suyos y sospechara. Había realizado esa tarea innumerables veces en países mucho más peligrosos y nunca lo habían descubierto.

En la plaza de Quevedo redujo la velocidad de sus pasos y se cambió de acera tras comprobar que su compañero de misión, más bajo que él, con un poco más de pelo y bastante menos musculoso, lo sustituía en la cabecera del seguimiento. Aunque no los hubiera detectado, no había que confiarse y era obligado cambiar los rostros cercanos.

José Miguel Torres llevaba dos horas paseando por los alrededores del restaurante L'Alsace, mientras las tres mujeres que se habían convertido en su objetivo degustaban plácidamente una cena francesa. Los extranjeros se adaptaban encantados al nocturno horario español y, para su desgracia ese día, se convertían en trasnochadoras en un abrir y cerrar de ojos.

Erika Meller había abandonado su casa a las nueve de la noche y se había subido al taxi que la esperaba con sus dos amigas dentro, Gisela y Frieda, nombres incluidos entre los pocos datos que había tenido a bien facilitarle Goicoechea. En menos de diez minutos habían llegado al restaurante de moda y allí seguían.

El hecho de que Erika fuera acompañada complicaba el trabajo de Miguel. No le molestaba la pesada tarea de seguir a unos pepes, si bien hubiera preferido disponer de la compañía y cobertura de sus lobillos. No le parecía una operación para actuar en solitario, si es que había alguna en la que se pudiera trabajar de esa forma. Una cosa era la necesidad de que las infiltraciones en organizaciones terroristas y grupos mafiosos fueran individuales, y otra bien distinta carecer de apoyos para agilizar el seguimiento, cubrir diversos flancos y, por qué negarlo, gozar de una cierta protección personal.

Si los de Contrainteligencia querían que trabajara aislado y Fred lo había abandonado a su suerte, le bastaron las pocas horas que llevaba en la operación para darse cuenta de que debía recuperar las riendas y actuar a su estilo. Terminó de pergeñar el plan mientras cenaban las alemanas —con esos nombres no había duda de que lo eran— y se acercó a una cabina telefónica, desde donde llamó a Floren.

—¿Os han encargado algo urgente?

—Nada, la cosa está tranquila. Les cuesta hacernos caso sin estar tú.

—Veníos lo antes posible. No digáis nada a nadie, que sigan pensando que estáis en San Sebastián.

—¿Ocurre algo?

—Quiero que me ayudéis. Ya os contaré.

—Genial, llamo a Rai y a Silvia y nos vamos ahora mismo.

—Por mí esperad a mañana.

—De eso nada. Cuando salga el sol estaremos en Madrid.

Ya que estaba cerca de un teléfono, aprovechó para hacer una llamada pendiente relacionada con la supuesta reunión de trabajo a la que no pudo asistir en San Sebastián cuando le ordenaron viajar a Madrid precipitadamente.

—Hola, Cristina, siento el plantón de hoy.

—Eres un malqueda. Tenía dos días y medio libres y te largas. Tú te lo pierdes.

—No sabes lo mal que me ha sentado. Me llamó el jefe y tuve que venirme a Madrid.

—El lunes vuelvo a volar y tengo una semana de no parar.

—Los franchutes serán muy exigentes, pero por dinero no te quejarás: Air France paga genial por ser una cocacolera.

—Oye, guapo, que las azafatas hacemos muchas más cosas que servir bebidas.

—¿Los de La Casa te siguen tratando bien?

—Depende de cómo lo mires. Soy una paloma mensajera bien pagada, pero cuando tengo unos días de descanso y pienso que voy a estar contigo, te trasladan a Madrid.

—Espero que me seas fiel.

—Tanto como tú a mí.

—No seas mala. Cuando tengas la programación, me avisas de tus días libres y si puedo me escapo y nos vemos.

—Por cierto, mi controlador me preguntó el otro día si te había visto últimamente.

—Le dirías que no.

—Sé perfectamente que lo nuestro se acabó cuando entré a trabajar para el Servicio. Rompimos nuestra historia de amor para poder servir a la patria.

—Son unos tocapelotas, no te fíes de ellos.

—¿Estás con algo interesante?

—Nada relacionado con los malos, un tema menor, pero Fred me ha obligado a aceptar.

—Te dejo, he quedado a tomar unas copas con unas amigas.

—¿Las conozco?

—No seas celoso y deja que me lo pase bien. Tú fuiste el que me reclutó, ¿tengo que recordártelo?

—Anda tú, porque estabas como loca por ser espía.

—Bueno, ten cuidado. Hablamos la semana que viene.

Conocía el barrio de Vallehermoso, en cuya calle Domenico Scarlatti estaba L'Alsace, una zona universitaria donde había hecho seguimientos a estudiantes etarras. Aunque de poco le serviría si se iban a bailar lejos. Habría necesitado una moto, que no le había dado tiempo a alquilar, para seguir a

Erika y sus amigas. Tendría que cruzar los dedos para no perderlas cuando salieran del restaurante. Había decidido hacer el primer acercamiento en la discoteca, más por convicción propia que por seguir la recomendación de Goicoechea, pero esos locales abundaban tanto en Madrid que, con lo poco que sabía sobre ella, no podía predecir a cuál irían.

Faltaba poco para la medianoche cuando las tres aparecieron cogidas del brazo andando en dirección a la calle Isaac Peral, donde pararon un taxi. La suerte le vino a ver en forma de un segundo taxi que apareció por arte de magia.

—Buenas noches, amigo —le dijo a un conductor cincuentón con una calva circular—, haga el favor de seguir con discreción a ese taxi. Lleva a mi mujer y a dos amigas. Le ruego que no las pierda.

—No me diga más: le ha dicho que salía a cenar con unas amigas y en realidad se va de juerga.

—Cómo lo sabe usted de bien. Llevo tiempo sospechando de ella y hoy me he decidido a seguirla. He dejado a los niños con mi madre porque juraría que me es infiel, aunque espero equivocarme.

—Hombre de Dios, si es usted muy joven para que su mujer le ponga ya los cuernos.

Había mucho tráfico ese viernes por la noche, pero el taxista se transformó en un profesional del seguimiento y no perdía de vista el coche de la infiel.

—Cada vez hay menos mujeres decentes y la culpa es de esta maldita democracia. Antes no osaban enfrentarse al marido y ahora ya ve, salen por la noche para buscar carne fresca. Una bofetada les daba yo.

Miguel seguía con la vista el vehículo de Erika y apenas prestaba atención a las mezquindades del conductor, que se calentaba él solo.

—Con hijos, y los deja en casa para irse de pingoneo con las amigas. Yo a mi mujer no se lo permitiría y usted tampoco debería. —Como Miguel no le respondía, siguió hablando—: Qué desgracia la muerte de Franco. Las calles se han llenado de rojos y de putas. Se creen que España es suya, le aseguro que esto solo lo solucionan los militares.

El Lobo respiró tranquilo cuando vio que el coche se dete-

51

nía en la calle Barceló, junto a un local con el cartel enorme de «Teatro Pachá». Pagó al conductor, le dio las gracias y antes de salir escuchó su último consejo:

—Hágame caso, un hombre de bien le daría a su mujer un par de guantazos y se la llevaría a rastras a su casa. Se lo agradecerá.

Miguel vio que las tres mujeres se pusieron en la cola para entrar, él remoloneó unos minutos y se sumó a la larga fila. Escuchando conversaciones ajenas, una de las recetas del buen espía, se enteró de que la discoteca había abierto hacía pocas semanas y que era «lo más», según las palabras de la niña pija que tenía delante. Detrás de él, un chico animaba a su novia: «Te va a encantar, es como el Studio 54 de Nueva York». Vio a un grupo de tipos encorbatados que entraban directamente tras estrechar la mano del portero, un tipo alto y robusto con pinta de guardia civil. Unos segundos después, con una cara mucho menos amable, el guardián de la noche se encaró a un posible cliente, que nunca llegaría a serlo, porque con calcetines blancos y deportivas no permitía entrar a nadie.

Al llegar a la altura del portero soportó con estoicismo una mirada de arriba abajo antes de permitirle pasar. Por suerte, debajo del abrigo se había puesto una chaqueta azul que pegaba con todo y zapatos negros. Pagó su entrada mientras un hombre de unos cuarenta años, con un pañuelo rojo en el bolsillo de la chaqueta, le pedía a una tal Marilé que le consiguiera una tarjeta vip para acceder sin problemas. Había perdido de vista a las alemanas, lo que le preocupó un poco cuando constató que Pachá era la discoteca más grande en la que había estado. Varios pisos, zonas reservadas para famosos y gente de dinero, y una pista de baile descomunal. Se lo tomó con paciencia y la recorrió por partes. En una de las barras pidió un cubalibre mientras escuchaba música de los Beatles y de Barry White, y contemplaba a la gente moderna de Madrid bailando codo con codo con multitud de extranjeros.

Por fin las encontró sentadas en la planta baja, no muy lejos de la pista de baile. Cuando el camarero les sirvió las copas en la mesa, las tres se levantaron a mover el esqueleto, momento en el que por fin pudo estudiarlas mientras bailaba cerca de ellas. Erika iba con pantalones ajustados de flores que se ensanchaban en el bajo y con un top blanco de tirantes, un aspecto similar al de Frieda, con colores más oscuros. Gisela, por el contrario, llevaba un vestido vaporoso, escotado y un par de dedos por encima de las rodillas. Las tres eran rubias, independientes, estaban sin compañía masculina y parecían disfrutar intensamente del momento, el tipo de chicas que atraía a los ligones de cualquier discoteca. Estudió su aspecto y los gestos, como hacía con todos sus objetivos, intentando desentrañar su personalidad y estado de ánimo. Procesó la información y sobre la marcha adoptó la estrategia que le pareció más adecuada. Goicoechea no compartiría su parecer, pero era el agente sobre el terreno el que debía tomar las decisiones.

Se acercó a las tres chicas introduciéndose en el pequeño círculo que habían formado para bailar juntas y se colocó estratégicamente junto a Gisela. Sus labios carnosos, una piel muy blanca y unas manos delicadas con largos dedos y uñas muy cuidadas resaltaban su aspecto divertido. No es que a Miguel le entusiasmara bailar, pero no lo hacía mal. Primero a una cierta distancia, observando de reojo a la chica que parecía la más joven de las tres. Después volviéndose hacia ella y moviendo la cabeza al son de la música mientras sus miradas se encontraban. Luego repitiendo la maniobra con Frieda, bastante más fría y distante, que estaba a su izquierda.

Fingir, disimular y seducir eran las tres palabras que se repetía mientras daba vueltas haciendo el tonto en la pista. Por mucho que los hombres creyeran que el ligue era una iniciativa masculina, él pensaba que las mujeres presentaban una ductilidad y rapidez de reflejos superior, y que además dominaban por naturaleza el arte de atraer y fascinar.

Frank Sinatra comenzó a cantar para las más de quinientas personas que abarrotaban Pachá. Todos gritaron, las tres mujeres se sumaron a los vítores y Miguel con ellas. Un joven de poco más de veinte años se acercó por detrás a Erika, la agarró por la cintura y le dio la vuelta. La chica le apartó el brazo y bailó con él dando la espalda a Miguel. El agente del servicio secreto aprovechó la coyuntura para coger de la

53

mano a Gisela y hacerle dar una vuelta sobre sí misma, provocando su hilaridad.

Solo le quedaba la aproximación a Erika. Bailaban como sardinas en lata, lo que le facilitó chocar con ella, disculparse tímidamente con una inmensa sonrisa y plantarse delante levantando los brazos muy separados al mismo tiempo que sus pies parecían flotar imitando a John Travolta en la película *Grease*.

Con esos malabarismos y bobadas inocentes siguieron veinte minutos más hasta que Frieda les dijo algo a sus amigas en alemán y se dispuso a volver a la mesa, Erika la acompañó y Miguel le pidió a Gisela que no se fuera. La chica dudó un momento y se quedó. La mirada de Miguel había sido todo el tiempo limpia, casi inocente, la de un hombre que se lo está pasando bien y no actúa bruscamente como el cazador que solo piensa en tener delante a su pieza y disparar antes de que se le escape. Tontearon un rato más, ahora bailando separados, ahora acercándose un poco, hasta que la chica le dijo que estaba cansada, le cogió la mano, lo llevó hasta la mesa y le hizo sentarse con ellas.

54

La música estaba tan alta que era complicado entenderse. Gisela cogió un pitillo del paquete de Winston que había sobre la mesa y le ofreció uno.

—No, gracias, no fumo. Me llamo Miguel y soy de España —dijo entre risas acercando los labios a su oído para hacerse entender.

—Yo soy Gisela y estas son Frieda y Erika, las tres somos de Alemania —dijo mientras las señalaba a modo de presentación, arrancando un escueto saludo de mano de sus amigas.

—No sé por qué, pero había deducido que no sois de aquí.

—Un chico listo —le dijo Gisela dándole un golpe en la pierna—. ¿Tienes novia y cuánto ganas? Contesta a lo segundo.

Los dos rieron la ocurrencia.

—Esta discoteca es fantástica —afirmó ella.

—Me recuerda a Estudio 54, ya sabes, la de Nueva York.

—Eso dicen. ¿A qué te dedicas?

—Soy detective privado, infidelidades y cosas así. Me

contratan muchas mujeres para que siga a sus maridos y demuestre que las engañan.

—¡Qué interesante! Imagino que los tienes que fotografiar con la amante secreta.

—Cuando puedo, pero muchas veces es complicado. Hay maridos que piensan que sus mujeres son tan tontas que nunca sospecharán y pasean por la calle agarrados con la amante y besuqueándose.

—Los habrá más precavidos.

—Algunos entran en los hoteles por una puerta y su nueva novia por otra. No se dejan ver. Esos son los casos difíciles.

—Un día me tienes que llevar a perseguir infieles.

—Cuenta con ello. Y vosotras, ¿a qué os dedicáis?

—Erika y yo trabajamos de secretarias en una empresa. Frieda es economista —respondió susurrándole tan cerca del oído que Miguel sintió que su aliento le hacía cosquillas.

—Hablas muy bien español, casi sin acento.

—Mi madre es española y la de Erika, cubana. Nos conocimos en un colegio en Alemania donde daban clases de español.

—Sois amigas de toda la vida, qué suerte.

—Sí, la verdad.

—Eres más que guapa —dijo posando su mirada en sus ojos alegres.

—Gracias, Miguel, tú no estás nada mal. ¿Vienes mucho por aquí?

—Es la primera vez. Estoy solo en la ciudad, salgo poco y hoy he decidido darme un respiro después de tanto trabajo.

—¿Cómo un chico tan guapo puede estar solo?

La timidez que mostraba El Lobo estaba dando pie a Gisela para tomar la iniciativa.

—Lo mismo te podría preguntar yo. Con ese flequillo tan bonito, que por suerte no tapa esos ojazos, es difícil creer que no tengas un novio escondido por ahí.

—No lo tengo, créeme, los hombres se me dan fatal.

—Pues vaya, hemos ido a encontrarnos dos solitarios, porque yo tampoco he encontrado a una mujer que me aguante.

Un rato después, Gisela y Frieda se fueron al servicio.

—No se te ocurra irte, *Hübsch* —le dijo la chica del vestido escotado con una mueca que pretendía ser amenazante.

Miguel se cambió de silla y se sentó junto a Erika.

—Hola, me llamo Miguel.

—Yo Erika.

—¿Qué tal vives en España?

—Bien, me gusta mucho tu país. Es divertido.

—¿Llevas mucho tiempo aquí?

—Dos años, más o menos.

Le encantaban esas erres que arrastraba al hablar español tanto como su naturalidad. Se veía que ya dominaba el idioma antes de llegar a Madrid.

—Me encantaría hablar alemán, pero solo sé un poco de latín.

—¿Latín?

—Sí, lo estudié en el colegio. Qué suerte estar aquí con tu amiga de toda la vida.

—Gisela es genial.

—No hace falta que me lo digas, es una mujer alucinante, además de guapa.

—Es muy buena chica, pero solo la conoces de hace una hora.

—Me encantaría conocerla más, bueno y a ti y a Frieda también. Es tan complicado tratar con mujeres de mi edad que sean normales.

—De tu edad, de tu edad, más bien un poco mayores.

—Anda ya, yo tengo treinta y vosotros estáis por ahí.

—Yo tengo treinta y ocho, y Gisela treinta y cuatro.

—Creía que habíais ido a la misma clase…

—Al mismo colegio. Nuestros padres eran muy amigos y coincidíamos mucho.

—Me encantaría tener amigos de hace tantos años, pero no soy tan afortunado. ¿Os vinisteis juntas a vivir a España?

—Ella llegó antes. Yo quería cambiar de aires —dijo alejándose de él y cogiendo el vaso para beber, como si necesitara tiempo para pensar en la contestación—. Y me ofrecieron un trabajo en Madrid. Me pareció una buena idea.

—Y tan buena, así he podido conoceros.

Erika le sonrió en el momento en que regresaban sus amigas. Acababan de poner música lenta y muchas parejas bailaban agarradas. Gisela le pidió a Miguel que la acompañara, prácticamente lo arrastró. Siguieron el tonteo, ahora los dos solos, sin hablar, solo con gestos corporales, miradas dulces, roces de las caras y algunas frases breves intercambiadas al oído.

Al rato, en la pista, ese radar que Miguel siempre llevaba alerta se activó. Le llamó la atención un tipo moreno, con el pelo muy corto, con orejas de soplillo. Quizás estaba más cachas que la mayoría de los hombres allí, pero no fue eso lo que alertó sus defensas. No era la primera vez que veía su cara ese día. Se había cruzado con él en algún sitio. Siempre estaba pendiente de su entorno y mentalmente lo fotografiaba todo. El desasosiego subió varios grados cuando, tras intercambiar una mirada furtiva, desapareció. Gisela notó a Miguel despistado y con la mano suavemente enfocó su cara hacia la suya hasta dejar sus labios a unos centímetros. Era realmente preciosa y solo llevaba una copa encima, lo que le hacía presuponer que al día siguiente la seguiría viendo igual de atractiva.

La noche concluyó cerca de las cuatro de la madrugada. La mayor parte del tiempo lo pasó con Gisela, aunque no desaprovechó ninguna ocasión para charlar con Erika de todo tipo de banalidades. Vio desfilar a unos cuantos hombres que intentaban ligar con ella y con Frieda, aunque ninguno tuvo éxito. Erika era simpática y amable con todos, con algunos llegaba a tontear, pero no pareció mostrar el mínimo interés por ninguno.

Miguel pagó la consumición de todos, su madre le había enseñado a invitar a las chicas. Salieron a la calle, donde el portero seguía decidiendo quiénes entraban por la vía rápida y quienes debían pagar el tributo de helarse un rato antes de acceder al paraíso de Pachá.

—Me encantaría acompañaros a casa —dijo Miguel amable—, pero no he traído el coche.

—No te preocupes, *Hübsch* —intervino Gisela rompiendo la magia de la noche—, nosotras cogemos un solo taxi que nos reparte en cada una de nuestras casas, como hacemos siempre.

—Nos alegramos de haberte conocido —dijeron al unísono con sinceridad Erika y Frieda.

Miguel les dio besos a las dos antes de que se alejaran un poco para buscar el taxi. Gisela se acercó y lo besó en los labios mientras le pasaba una mano por el cuello. Con la otra agarró la suya, le dejó una nota y desapareció con sus amigas. Miguel esperó a que se hubieran ido para ver el mensaje escrito con carmín rojo en una servilleta de papel: un dibujo de unos labios, su teléfono y una dirección.

Cuando las vio partir, cruzó con celeridad la calle simulando irse y se ocultó detrás de un coche. Desde allí miró hacia la puerta y vio al hombre cachas de orejas llamativas que había despertado su atención en la discoteca junto a otro con el pelo menos rapado y algo más bajo. Los dos miraban nerviosos a todas partes, lo estaban buscando.

El taxi con las tres mujeres hizo una primera parada para dejar a Erika. Antes de bajar, le dijo a Gisela que el chico era muy guapo pero que no se fiara y salió a la calle. Con la mano se despidió de ellas y se dirigió al portal. Sacó las llaves, volvió el cuerpo para repetir el gesto de adiós y abrió la puerta. Entró en el vestíbulo, caminó unos pasos hasta desaparecer de la vista de las ocupantes del taxi, esperó unos segundos, regresó a la puerta y miró hacia la calle para comprobar que el coche ya había partido.

Esperó un poco más antes de volver a abrir el portal y regresar a la acera vacía a esas altas horas de la madrugada. Con tranquilidad, siguió la ruta de las farolas hasta la avenida próxima, por la que había más tráfico, y paró el primer taxi que pasó. Todavía tardaría varias horas antes de poder acostarse.

Capítulo 4

25 de febrero, lunes

*R*onald Sánchez, primer secretario de la embajada de Estados Unidos y jefe de estación de la CIA en España, entró con campechanía, como cada fin de mes, en el despacho del jefe de la división de Contrainteligencia del CESID, Francisco Villalba. Le estrechó la mano con firmeza y sin esperar a que lo invitara a sentarse descargó su metro noventa y sus cien kilos en la silla en la que unos días antes se había sentado José Miguel Torres.

—Bueno, flaco, ¿cómo van las cosas?

Villalba no contestó hasta que el estadounidense se encendió un pitillo con una cerilla de madera que no apagó hasta el momento crítico en que la llama rozaba la yema de sus dedos.

—Perfectamente, Ronald. Hemos activado a Mikel Lejarza. No sabes lo que me ha costado, los de Antiterrorismo no querían prestármelo.

—Necesitábamos a alguien que no fuera un pelagatos y que le haga una buena cogida a esa Erika Meller para arrancarle la información que oculta.

—El Lobo es un agente competente, hará un gran trabajo.

—Eso espero, flaco. No le habrás contado que nosotros estamos detrás de la investigación…

—Por supuesto que no, habíamos quedado en guardarlo en secreto.

—No hay que fiarse de nadie, por mucha confianza que despierte su hoja de servicios. Muchos buenos agentes a veces se comportan como babachos.

—¿Como qué? —inquirió Villalba.

—Babacho…, estúpido. Españoles y latinos deberíais compartir las mismas palabras, después de tantos años en aquellos países no voy a estar traduciéndolo todo.

—No creo que en Texas, donde naciste, tu padre mexicano utilizara esos vocablos.

—Utilizaba otros que tampoco usáis aquí. Deberíais utilizar esas palabras, son muy claras.

—Estamos en ello, es una de las prioridades del presidente Suárez —dijo con sarcasmo.

Los dos se rieron y Sánchez cambió de tema:

—¿Cómo va la Operación Naranja?

—Todo en marcha según lo pactado. Hay pocas novedades, vosotros escucháis directamente los micros que metimos el otro día durante la penetración en la embajada de China.

—Por supuesto, son nuestros.

—Claro —concedió sin entrar al trapo, los dos sabían que el CESID carecía de tecnología propia en ese terreno, pero también que habían sido agentes operativos españoles los que habían corrido el riesgo de esconderlos—. Los equipos de seguimiento no han descubierto nada relevante de sus diplomáticos, pero llevan poco tiempo en la faena.

—Los chinos son un gran problema para el mundo, hay que saberlo todo de ellos. Tengo órdenes de muy arriba de ayudaros en todo lo que haga falta frente a la amenaza amarilla. Confío en que tu Gobierno sea consciente del daño que os pueden hacer.

—Por supuesto, reciben nuestros informes y muestran mucho interés.

Villalba mentía y dudaba si Sánchez se creía sus propias palabras o eran un mero paripé. La amenaza china era una preocupación para una superpotencia como Estados Unidos, pero en España el interés era nulo. ¿A quién le podía importar lo que sucediera tan lejos cuando el país estaba acosado por el terrorismo de ETA, el ruido de sables en los cuarteles, las continuas manifestaciones reivindicativas o los enfrentamientos descarnados entre los partidos? Una cosa era evitar el espionaje de los chinos en España, pero montar la Operación Naranja había sido una extravagancia. Jamás habría conseguido la autorización del director del CESID para llevarla a cabo, con tan escaso personal y medios insuficientes para hacer frente a tantos riesgos interiores, si no hubiera recurrido a inventarse un peligro concreto inexistente y añadirle el agradecimiento que despertaría en el Gobierno estadounidense.

—Hay mucho bufarrón en este país que no entiende que en Estados Unidos nos preocupa que España vaya por el buen camino de la democracia.

Villalba había aprendido que Sánchez utilizaba como insulto frecuente el término bufarrón, por 'homosexual'. Todos los que no le gustaban eran bufarrones, incluso muchos con los que parecía simpatizar.

—Claro que lo saben y también que consideráis que España es de vital importancia para vuestros intereses en Occidente. Tener un Gobierno favorable aquí es estratégico.

—Sin nuestro apoyo, España sería ahora un país caótico —le corrigió.

—No te lo creas, Ronald. España ha pasado de la dictadura a la democracia por su propio interés.

Un gesto de irritación invadió el rostro del jefe de estación de la CIA, al que siguió otro de concesión magnánima del que no quiere entrar en pequeñas discusiones para no humillar a su interlocutor.

—Te he traído lo prometido, los americanos siempre cumplimos nuestras promesas. Tú me ayudas con la pendeja alemana esa y yo te facilito la identidad del agente marroquí que se hace pasar aquí en Madrid por miembro del Frente Polisario del Sahara.

—Te lo agradezco, es un buen intercambio.

Sánchez se había agachado para abrir su voluminosa cartera de cuero y sacar una carpeta sin inscripciones, en cuyo interior había varios folios mecanografiados, carentes de referencias en el encabezamiento sobre quién los había escrito. Cuando volvió a estirarse miró a Villalba con gesto huraño.

—No digas pendejadas, flaco. Lleváis como locos un montón de tiempo buscando sin éxito su identidad y yo te la sirvo en bandeja. A cambio me ofreces la colaboración de un agente cuyo único trabajo es chingar con una alemana que no es nada fulera…, fea, como decís en España.

—Si no te parecía bien el trato, se lo podías haber encargado a alguno de tus hombres.

El estadounidense apagó el pitillo en el cenicero que estaba sobre el escritorio de madera antigua e inmediatamente encendió otro, de nuevo con una cerilla de madera a la que solo sopló cuando el fuego amenazaba con chamuscar su dedo. Luego respondió sin la sutileza que se le supone al diplomático y que nunca había habitado en su vida de espía.

—No me seas güevón. Vuestros operativos descubrieron por casualidad al equipo que estaba controlando los movimientos de Meller y aprovechaste la circunstancia para sacar provecho. Habrías jodido a cualquiera de los españoles que trabajan para mí si los hubiera puesto a hacer esa labor.

—Es mejor intercambiar información, es lo que dices siempre. Por eso hacemos la vista gorda a muchas de las cosas que hacéis en España, colaboramos en algunas operaciones y os tenemos al tanto de lo que hacen en nuestro suelo las agencias de espionaje del Pacto de Varsovia.

Sánchez volvió a agacharse. Abrió otra vez la cartera y sacó un sobre abultado, cerrado con papel celo, en el que estaba escrito el nombre de Villalba.

—Favores que te pago generosamente cada mes. A ti y a algunos de tus hombres. ¿O es que se quedan a trabajar por la tarde, cuando ha acabado su horario militar, para hacer un favor a la patria?

Villalba cogió su recompensa y la guardó en el primer cajón de los siete de que disponía la mesa que tanto le gustaba.

—Pagas por un trabajo que hacemos a tu favor porque sois aliados de España y nos ayudáis. A esta democracia endeble le viene bien vuestra ayuda —señaló intentando mostrar empatía.

—Ese tema me chupa un huevo, flaco. Nunca olvides que damos mucho y esperamos resultados impecables.

Apoyó la cartera en la silla vacía que estaba junto a él y sacó varios sobres que colocó con lentitud uno a uno encima de la mesa, justo delante de Villalba. Todos llevaban escritos el nombre y los dos apellidos de directivos de la Contra, precedidos por una M de míster.

—Preferiría entregarlos personalmente, como hacían mis

antecesores, pero entiendo que los tiempos han cambiado y desees hacerlo tú.

Cerró la cartera, la cogió con su mano inmensa por el asa desgastada y se levantó todo lo largo que era. Con la cara embrutecida, el pelo cano casi rapado, a sus cerca de cincuenta años mantenía el aspecto violento del marine que fue antes de ingresar en la CIA y comenzar su carrera exitosa en operaciones clandestinas por países latinoamericanos. Una imagen de agresividad que quedaba acentuada por el bulto en la chaqueta que daba notoriedad a su arma guardada en la pistolera.

—Hay una cagada de la que no me has mencionado ni una palabra.

El dardo pilló a Villalba incorporándose de su butaca de madera para despedirlo. Se quedó un momento paralizado por el disgusto de comprobar que nada de lo que allí pasaba permanecía oculto a ese hombre.

—Es un tema privado.

—Nada de lo que ocurre aquí y nos puede afectar es privado —le corrigió con autoridad—. Si alguien ha entrado provocando un agujero en vuestra seguridad, y probablemente en la nuestra, estamos obligados a localizar el daño y a su causante.

Villalba siempre intentaba medir las palabras cuando estaba con Sánchez. Era una relación complicada con un tipo prepotente que gozaba de una libertad de acción en España que los de la CIA llevaban disfrutando veintisiete años, desde que Franco consiguió romper el bloqueo internacional tras la Guerra Civil gracias a la firma del primer convenio de colaboración bilateral a cambio de que instalaran bases militares en España. No le gustaba el marine, pero lo necesitaba.

—Estamos en ello, ha ocurrido aquí y somos nosotros los que investigamos. Puede haber sido cualquiera, incluso vosotros.

—No digas pendejadas. Sabemos de vosotros lo que nos interesa, lo demás son vuestros asuntos. Si alguien ha entrado, y probablemente habrán sido los rusos o los chinos, necesitamos saber qué se han llevado. Hace tiempo te ofrecí un moderno sistema de seguridad por el que no os cobraríamos nada y que ahora nos aportaría información importante.

Claro, pensó el jefe de la Contra, para poder tenernos controlados las veinticuatro horas del día. Ni se le pasó por la cabeza verbalizarlo.

—De nuestra seguridad nos ocupamos nosotros, gracias. Estamos investigando, cuando tengamos algo te lo comentaré.

—¿Qué sabéis hasta ahora?

—Solo lo que te han contado.

Los dos hombres se miraron fijamente. Sánchez notó el desafío en los ojos y las palabras de Villalba. Al contarle que conocía la penetración clandestina en la sede, había presumido de disponer de fuentes de información entre sus hombres, que iban como locos a filtrarle lo que allí sucedía. Lo dejó pasar, aunque no pudo evitar lanzarle un dardo final:

—Me voy para que puedas repartir los sobresueldos... entre nuestros hombres.

64

José Miguel Torres se levantó a las diez de la mañana después de una noche pesada llena de malos momentos en los que se le abrían los ojos inconscientemente, no por pesadillas reconocibles, sino por la intranquilidad con la que se había acostado. Desde la infiltración en ETA padecía problemas para conciliar el sueño y más si por la cabeza le danzaban ideas que no paraban de agitarse. El viernes anterior, más bien en la madrugada del sábado, dio esquinazo a los dos sospechosos que detectó en la discoteca. Darse a la fuga no le borró el mal sabor de boca. Carecían de barba y llevaban el pelo demasiado corto, lo que en apariencia los alejaba del perfil tipo del etarra, pero nunca había que fiarse. Seguramente serían agentes del CESID enviados por Villalba y Goicoechea para reunir información de primera mano sobre sus movimientos.

Esa noche terminó en casa de Gisela, una mujer adorable que hablaba sin parar como una ametralladora. Retozaron hasta que la luz del sol entró por la ventana y luego durmieron hasta cerca de la hora de la comida. Parecía que se iba a acabar el mundo y a la alemana le urgiese saberlo todo de él y contarle cada extremo divertido o triste de su vida. Tras el café, se inventó un seguimiento pendiente de su trabajo como detective para encontrarse con los lobillos y tomarse un respiro. Por la noche regresó y Gisela le preparó una cena romántica con velas. Charlaron sobre los dos, recordaron más momentos buenos y malos de su vida pasada y de los retos que se planteaban para el futuro. Miguel tenía que ganarse su confianza, un objetivo que no le costó ningún esfuerzo. Se dejó llevar por la magia del momento, una copa de vino y la compañía de una mujer divertida, llena de energía, afable y extrovertida. ¿Dónde estaba la tan cacareada frialdad de la que acusaban a los naturales del norte de Europa? No apareció en ningún momento, Gisela parecía una española, con la expresión de los ojos siempre cálida, aprovechando con intensidad la llegada de una nueva relación. Era demasiado pronto para mencionar a Erika, ya tendría tiempo de interrogarla sobre ella sin dejar en evidencia que ese era su auténtico interés y el motivo de su acercamiento. El domingo por la tarde salió de la casa con un regusto amargo, dejando a una mujer feliz que se había abierto a él con una sinceridad no correspondida. La misma cantinela de siempre, en la que él había mostrado su talento para la duplicidad. Recibir mucho, dar poco, sin que se notara. Quedaron para cenar al día siguiente, él reservaría el restaurante.

El pequeño apartamento de la calle Galileo en el que vivía era similar al que le dio cobijo antes de la redada contra los comandos de ETA que en septiembre de 1975 puso punto final a su infiltración. Un dormitorio, un baño y un cuarto de estar con muebles que estaban bien, aunque hacía años que habían perdido el lustre. Lo pagaba el Servicio y lo utilizaba cada vez que se quedaba en Madrid, aunque nunca estaba demasiado tiempo. Para dar credibilidad a su tapadera como detective, había una mesa de despacho discreta colocada delante de una estantería con volúmenes de Derecho comprados al peso.

Se sentó en la silla que estaba entre los libros y la mesa, dio un sorbo al café que se había preparado para desayunar, descolgó el teléfono y se dejó llevar por el impulso de llamar a Leblanc.

—Hola, Fred.

—Mikel, ¿te has vuelto a pelear con Villalba?

—No, tranquilo. Ahora mi contacto es Goicoechea, pero tampoco me he peleado con él, no hasta ahora.

—Pues sigue así.

—He dicho hasta ahora, quizás me pelee en un rato.

—¿Qué ha pasado?

—El viernes comencé el trabajo y descubrí que dos hombres me siguen.

—¿Estás seguro?

—Vi al mismo tipo dos veces y no era un viejito chocho.

—Pudo ser casualidad.

—No lo fue, seguro.

—¿Podían ser de ETA?

—Eran dos cachas de la AOME.

Los dos sabían que la Agrupación Operativa de Misiones Especiales, la unidad de James Bond del CESID, estaba integrada por guardias civiles duchos en la lucha contra ETA y por militares procedentes de los comandos especiales posteriormente entrenados para misiones clandestinas.

—Vamos a ver, Mikel —dijo Leblanc—, quizás los de la Contra no son tan malos como piensas y te han puesto protección.

—Para que la chica no me mate, ¡venga ya!

—No seas neurótico, podían estar allí por otro motivo. Quizás la mujer sea parte de una trama criminal, qué sé yo. Limítate a cumplir tu labor y olvídate de lo demás.

—No me gusta esta misión, ya te lo he dicho.

—Lo único que sé es que desde el principio te has torcido y ves problemas por todas partes. Haz tu trabajo, evita los problemas y regresa pronto con nosotros.

Cuando colgó se levantó y comenzó a pasear por el apartamento, así se concentraba mejor. Esperaba algo más de Leblanc, sentía que lo había dejado solo en un mundo desconocido. A veces lo mejor era utilizar el camino indirecto para resolver un problema, pero no había que renunciar a la línea recta. Volvió a sentarse y a telefonear.

—Buenos días, señor Goicoechea, soy Torres.

—Hola, José Miguel, ¿alguna novedad?

—El viernes hice el primer acercamiento al objetivo, casi todo fue bien.

—¿Casi todo?

—Algo pasó que no me gustó: descubrí a los dos hombres que han mandado para seguirme.

—Eres un demente, nosotros no hemos mandado a nadie.

—Son agentes de la AOME.

—Te he dicho que no y basta. Ni de la AOME ni de la madre que los parió. Esta misión la llevas tú solo, y nadie más que Villalba y yo conocemos tu trabajo.

—Le he dicho que dos hombres me siguieron el viernes y nunca me equivoco.

—Esta vez sí, no seas tan prepotente. Son tus fantasmas los que te persiguen. Después de infiltrarte en ETA, debes verlos por todas partes.

—No estoy loco, sé lo que digo.

—Preocúpate de la chica y déjate de memeces. ¿Cómo fue el otro día?

—La conocí y me acerqué a una amiga.

—Vaya, dos chicas en lugar de una, eres un fenómeno. En cuanto tengas novedades, me llamas.

Goicoechea dio por concluida la conversación sin darle tiempo a responder. No estaba dispuesto a seguir escuchando la película lacrimosa de El Lobo. Se levantó y se acercó al despacho de su jefe.

—Francisco —le dijo yendo al grano—, me ha llamado Lejarza. Ha detectado a los ciáticos que siguen a la chica y ahora a él.

—Vaya con los americanos, se creen tan buenos y a las primeras de cambio los pillan. No te preocupes, ahora llamo a Sánchez para que tengan más cuidado.

Miguel salió de su piso cerca de las dos y se acercó al bar La Escala de la calle Narváez, esquina O'Donnell, para comer a base de raciones. Iba allí con frecuencia cuando estaba en Madrid y sabía que tenían un teléfono público al fondo del local. Saludó a Juanjo, el dueño, con el que siempre conversaba de la vida y de fútbol. Le pidió un vaso de vino y una ración de calamares, y se fue a telefonear. Una de sus hermanas le había avisado de que sus padres ese día almorzarían en casa de una íntima amiga en Galdácano. Descolgó el teléfono, escuchó la voz de una mujer y le pidió que le pasara con su madre.

—*Kaixo, amatxu*, soy Mikel.

—Hijo, *maitea* —la voz emocionada no emitió más sonidos.

—*Ama*, tranquilízate, tengo poco tiempo y no sé cuándo podré volver a llamarte.

—Mikel, *laztana*, mi pequeño.

—No llores, por favor, te llamo para escuchar tu voz.

—*Zer moduz?* —le preguntó con esfuerzo cómo se encontraba.

—Genial, *ama*. Todo me va muy bien.

—¿Dónde estás?, ¿qué haces?

—No me preguntes eso, no quiero mentirte. Sabes que no debo decírtelo y es mejor que lo ignores. Te echo mucho de menos.

—Y yo a ti, hijo. Pienso mucho en ti, estoy muy orgullosa de lo que haces.

—Lo sé, *ama*. ¿Cómo están mis hermanas?

—Muy bien, me encantaría que conocieras a tu nuevo sobrino. Es riquísimo, un *potxolo*. Pero cuéntame cosas de ti. ¿Tienes novia?

—No, *ama*. —Solo a su madre se le podía ocurrir preguntarle eso cuando apenas tenían un minuto para hablar—. Ya sabes que llevo una vida complicada.

—Pues deberías, necesitas una mujer que te cuide, una *etxekoandre* —dijo refiriéndose a una mujer de la casa que lo controlara todo.

—Ya lo hago yo solo.

—Mikel, hazme caso. Busca una chica buena que te quiera.

—Lo haré, *ama*.

El teléfono estaba cerca del baño y un hombre se acercó, provocando que el infiltrado hablara más bajo.

—Solo quería oír tu voz y saber que estás bien. Sé que el sábado vas al bautizo de tu nieto.

—No será lo mismo sin ti, hijo.

—Ponte bien guapa, que veré las fotos y quiero seguir presumiendo de *ama*.

—Ay, Mikel, cómo eres.

—Pásame a *aita*, que quiero saludarlo también.

Su padre debía estar cerca del teléfono porque no tardó en escuchar su voz.

—*Kaixo*, Mikel, muchacho, nos has dado una gran alegría.

—*Eskerrik asko, aita*, la mayor alegría es mía por poder hablar con vosotros.

—*Nola zaude?* —le preguntó cómo le iba—. ¿Sigues con protección, escondido?

—Sí, *aita*, todo muy aburrido. Vosotros ¿cómo vais?

—Tranquilos, hace tiempo que nos dejaron en paz. Los de ETA ya se han olvidado de nosotros, pero a ti ni se te ocurra venir a vernos, en el pueblo hay mucho chivato.

—No te preocupes, no me dejan pisar el País Vasco. Espero que todo se tranquilice y poder daros un beso.

—Para todo habrá tiempo, hijo. Llama cuando puedas, que a la *ama* le gusta mucho escucharte y siempre está preocupada por ti.

—Ahora tengo que dejarte. Un beso muy fuerte para los dos. *Mosu bat, agur.*

Colgó el teléfono y se quedó quieto unos segundos para recomponerse, le había invadido la sensación de pérdida que siempre le dejaban las escasas conversaciones que mantenía con sus padres. Había superado la desubicación y el abandono que le produjo cambiar de vida y de identidad, pero la separación de su familia, especialmente de sus padres, le seguía doliendo. Haber traído al mundo al infiltrado que había engañado a tantos etarras era algo que no les perdonarían nunca.

Se acercó a la barra, que ocupaba todo un lateral del bar, se sentó en un taburete y le dio un sorbo al vino que lo estaba esperando. Juanjo, bonachón y parlanchín, hacía tiempo que no lo veía y le preguntó cómo le iba la vida. No era la típica pregunta que se hace a cualquier cliente para ser amable, el dueño del local era una persona con corazón.

—Trabajar de camionero tiene estas cosas, ya sabes. Hoy estás aquí, mañana allí y pasado ni te importa.

—No lo sé, yo nunca salgo del bar. Mañana, tarde y noche trabajando sin parar. No me quejo.

—Yo tampoco. ¿Qué tal tu hijo Jose? ¿Aprende bien el oficio?

—Está en ello, es un chico muy despierto, gran trabajador, con buena voluntad y un corazón enorme. Algún día este bar será suyo y tendrá más clientes que yo. De momento me alegra que trabajemos juntos, con mi mujer Azucena, como algún día lo hará él con su hijo. Así tendría que ser siempre la vida: padres e hijos, codo con codo, peleando para salir adelante.

—No podría estar más de acuerdo contigo.

Cenar a las ocho y media era demasiado pronto para el estómago de Miguel, pero en eso Gisela no se había adaptado a las costumbres españolas. La había llamado a primera hora de la tarde al trabajo para darle la dirección del restaurante y la charla se prolongó durante quince minutos, hasta que la mujer se despidió precipitadamente lanzándole un *Hübsch* cuando oyó una voz varonil que gritaba algo en alemán y sonaba bastante desagradable. Todo con ella sucedía a la velocidad de un vendaval que te pilla desprevenido. Hablaba y hablaba con tal entusiasmo que era difícil no dejarse llevar. Le acababa de contar detalles del trabajo, sus problemas con el jefe mandón, las ganas locas que tenía de verlo, lo bien que se lo pasaba con él, cuánto le gustaba su bigote y, nuevamente, las ganas locas de verlo. Miguel esperaba que mencionara por iniciativa propia a su amiga Erika, pero para su desgracia no sucedió. Nadie habla de su mejor amiga cuando hace tres días que ha conocido a un chico. Tendría que sacarla él a colación.

Ocuparon una mesa junto a la barra al fondo del restaurante El Viejo León, especializado en comida francesa, una elección intencionada de Miguel.

—Espero que te guste la comida de nuestros vecinos.

—Me encanta, precisamente el viernes cené con mis amigas en un restaurante francés.

—No me digas, ¡vaya fracaso de elección!

—No te preocupes, está muy bien.

Por debajo del mantel, Miguel rozó con su zapato la rodilla de Gisela, casi al descubierto gracias a una minifalda que convertía sus piernas en una eternidad. Ella no paraba de sonreír.

—Te he traído un pequeño regalo, es un detalle sin importancia.

Gisela lo desenvolvió con cuidado para no romper el papel. Se veía que era un vinilo.

—Un disco de Pink Floyd —gritó con entusiasmo—. ¿Cómo sabes que me encantan?

—No lo sabía, pero era fácil deducir que te gustaba el rock cantado por melenudos guapos.

—No lo son tanto como tú, *Hübsch,* aunque deberías cortarte un poco el bigote, tienes unos labios muy bonitos y apenas se te ven.

—Lo haré en cuanto llegue a casa. ¿Qué significa eso que me llamas?

—*Hübsch* es 'guapo' en alemán.

Tontearon mientras daban cuenta de dos Chateaubriand al whisky que regaron con una botella de vino blanco, hablaron sin parar y, cuando llegaron los sorbetes, Miguel introdujo el motivo de su interés.

—Tus amigas son muy simpáticas. Me contaste que trabajas en la misma empresa que Erika.

—Sí, yo le encontré el puesto. Un día me llamó para contarme que deseaba salir de Alemania, estaba harta del trabajo, que por qué no le buscaba algo en Madrid.

—¿Llevabas mucho tiempo aquí?

—Me llamó hace unos dos años. —Hizo cuentas mentalmente—. Y yo había llegado un año antes. Es una empresa alemana y los que nacimos allí somos bien recibidos.

—Claro, como en las empresas españolas en el extranjero.

—Tardó un par de meses en quedarse libre una plaza, pero en cuanto la avisé se vino. ¿Sabes?, es muy buena chica. De jóvenes nos lo pasábamos muy bien, a pesar de la diferencia de edad. Me encantaba salir con ella, sus amigos eran mayores y me lo pasaba genial. —Esbozó una amplia sonrisa—. Ahora me encantan los jovencitos como tú.

71

—¿Te puedo preguntar algo? —Ella asintió con la cabeza y le cogió la mano sobre la mesa en la que estaban uno frente al otro—. ¿Cómo es posible que dos chicas tan bonitas no tengan novio?

—Gracias por el piropo, Miguel. Las dos tuvimos relaciones y nos salió peor que mal. Ya ves, parecemos gemelas.

—Si Erika es como tú, me resulta inexplicable.

—Las relaciones con los hombres no son nuestro punto fuerte. Yo tuve un novio tres años, pensaba que nos casaríamos pronto porque los dos éramos independientes y teníamos trabajo. No había forma de que juntáramos nuestras casas. No lo entendí hasta que me di cuenta de que estaba siendo fiel a un hombre que me la pegaba con cualquiera que llevara faldas.

—Un idiota.

—Lo era. Cuando me di cuenta, me vine a España y rompí con mi pasado. Quería divertirme, ser feliz y en eso estoy. Esa historia ya la he olvidado.

—¿A tu amiga le pasó lo mismo?

—Bueno, esto es confidencial, que nunca se entere de que te lo he contado. —Le dio la vuelta a la mano de Miguel y la atrapó entre las dos suyas—. Tuvo un novio misterioso en Múnich, del que nunca habla, con el que estuvo varios meses. Yo, que la conozco bien, te puedo asegurar que estuvo muy enganchada, porque la ruptura es una espina que después de tanto tiempo no ha podido arrancarse.

—Seguro que fue él quien la dejó —dijo Miguel para animarla a seguir con su relato—. Se sufre mucho más cuando te dejan que cuando dejas.

—¿Lo sabes por experiencia? —preguntó mirándolo a los ojos.

—Por supuesto. Me han dejado tantas veces… —Y se rio.

—Puede que tengas razón, yo también lo he pensado, pero Erika no suelta prenda.

—¿Tú que piensas?, eres muy buena sicóloga.

—Creo que algo gordo debió pasar. Algo que la tiene traumatizada. Fíjate que yo me enteré de que tenía novio después de varios meses y solo lo sabían sus padres, que viven muy lejos, en Miami.

—¿Sus padres viven en Miami?

—Desde hace tiempo. Les encanta eso de pasar calor, el frío de Alemania les hartó. Y como la madre es cubana…

—Qué historia tan curiosa. Sois tan amigas y no te contó que tenía novio.

—¿Verdad que sí?, me enfadé muchísimo. Me dijo que no era nada serio. Anda ya, le contesté. Le pedí que me hablara de él, que me enseñara una foto, que me dijera a qué se dedicaba…

—¿Y…? —la urgió Miguel.

—Y nada, ni una palabra. Si sale bien, me dijo, te lo contaré todo, pero creo que no es el hombre de mi vida.

—No entiendo nada.

—Yo tampoco, y menos cuando se vino a vivir a Madrid tan precipitadamente. Ante mis nuevas preguntas, solo le saqué que aquello no había funcionado y que buscaba aires nuevos, como yo.

Eran solo las diez y media de la noche cuando Gisela le dijo que podían irse a tomar una copa a algún sitio. Miguel aceptó y pidió la cuenta. Todavía no había clausurado su obsesión por conseguir información de Erika, así que volvió al ataque abriendo un nuevo frente. Montó el escenario dándole sin prisa varios besos en la mano y después sonrió con malicia.

—¿Tú crees que las personas guardamos secretos inconfesables?

—¿Secretos?, claro. Si no lo hiciéramos, estaríamos como desnudos.

—¿Quién no los tiene? Yo los tengo.

—Yo también —añadió Gisela con rapidez.

—Soy un poco mago —dijo Miguel poniendo gesto pícaro—. Se me pone la piel de gallina cuando estoy con una persona que esconde secretos gordos que afectan a su vida diaria.

—Me das miedo —dijo risueña siguiéndole la corriente—. Ahora va a resultar que tienes poderes sobrenaturales.

—Los tengo, no lo pongas en duda. Por ejemplo, el viernes tuve la sensación de que Erika escondía partes importantes de su vida.

—No vale, ya sabes lo del novio oculto.

—Algo más, sé que en su vida hay otra cosa de la que no quiere hablar.

La alemana le soltó la mano, dio un pequeño salto en el asiento, se frotó las manos y, ante la cara de sorpresa de Miguel, le retó:

—Tiene otro secreto, pero no es tan grande. Si eres tan buen adivino, dime cuál.

—Déjame pensar. —Se llevó las dos manos a la cabeza simulando concentración—. Tiene que ver con su vida en Alemania.

—No me puedo creer que lo sepas. Si no se lo cuenta a nadie...

—Es algo muy importante para ella. —Melodramatizó esa generalidad para ganar tiempo y disfrazar que estaba lanzando dardos a ciegas—. Algo que afectaba a su día a día.

El efecto del vino blanco ayudaba a que Gisela estuviera sorprendida, incapaz de descubrir un juego tan inocente.

—Si te lo cuento, me prometes que nunca se lo comentarás a Erika.

—Te lo prometo por mi madre, que está en el cielo.

—Es un secreto gordísimo. El otro día en Pachá te vi hablando con Erika varias veces, se ve que te cae bien, y no me gustaría que metieras la pata cuando vuelvas a verla.

—Claro que me cayó muy bien, es encantadora.

—Es genial, aunque ella tiene bastantes recelos sobre ti. Bueno, a lo que vamos, ¿prometes no decir nada?

—Ya te he dicho que sí, dispara.

—Erika estuvo muchos años trabajando como espía.

—¿Qué me dices? —se sorprendió Miguel—. ¿Cómo esos que aparecen en las películas?

—Sí, fue una Mata Hari. De hecho, las dos nos presentamos a las pruebas, aunque a mí no me cogieron. Yo creí que trabajaría en el BND toda su vida, hasta la jubilación.

—¿Qué es el BND? —inquirió Miguel simulando inocencia.

—El servicio secreto de mi país.

—¿Y lo dejó?

—Sí, tampoco creas que me lo ha explicado bien, parece

que se cansó. Al principio le costó adaptarse a tanto secretismo, luego estuvo encantada y finalmente lo tiró todo por la borda.

—No entiendo. ¿Se vino a España por culpa del novio o del trabajo de espía?

—Chssss —le cortó cuando pronunció la palabra «espía», moviendo las manos con un gesto exagerado provocado por las copas ingeridas de más—. Es un secreto, dejaría de hablarme si se entera de que te lo he contado. Aunque no lo entiendo, porque si ya no es eso que no se puede pronunciar, por qué no se va a poder hablar de ello.

—Pero si ella no quiere, mejor nos olvidamos. Tú no lo has dicho y yo no lo he escuchado.

Salieron a la calle diez minutos después y Miguel le preguntó adónde quería ir a tomar la copa. Ella se agarró a él.

—A tu casa, mi adivino, *Hübsch*.

Capítulo 5

26 de febrero, martes

Erika Meller salió de su trabajo unos minutos después de las cinco y emprendió con prisa el camino habitual de regreso a casa. Era un día oscuro, de esos en los que el sol es reticente a enviar sus mejores rayos y está deseando irse a dormir. Para protegerse de las gotas de lluvia, llevaba puesta la capucha de la gabardina y la bufanda anudada al cuello, dejando al aire únicamente los ojos. Un rato después, a punto de girar por el paseo de Martínez Campos y cruzarse con las uniformadas alumnas del colegio, se encontró de frente con un acelerado José Miguel Torres que pareció no verla.

—Miguel —le llamó poniéndose delante de él—, ¡qué casualidad!

—Hola —respondió sorprendido—, acabo de terminar de trabajar y voy de regreso a casa, y tú, ¿qué haces por este barrio?

—Trabajo cerca de aquí.

Miguel se fijó en ella, parecía una niña pequeña a la que sus padres han embutido en todo tipo de ropa antes de llevarla al colegio en un día invernal. Si no hubiera organizado ese encuentro haciéndolo pasar por casual, nunca la habría reconocido.

—¿Quieres que nos tomemos un café?

—Tengo que hacer la compra.

—Venga, por un rato no te van a cerrar el mercado.

Se acercaron a un bar que estaba a diez pasos. Olía a pollo asado, no había mucha clientela y se sentaron en unos taburetes altos junto a la barra para tomar un par de cafés.

—Me lo pasé muy bien con vosotras el viernes. Sois muy divertidas.

—Nosotras también, aunque te lo pasaste especialmente bien con Gisela.

El nombre de su amiga sonaba más sobrio pronunciado por Erika con acento alemán, mientras que su propio deje francés lo envolvía con un tinte más romántico.

—Es un amor, me encanta estar con ella. Sonríe a la vida como hace tiempo que no conocía a nadie.

—Vive el momento sin hacer daño a otras personas. Si no quieres tener una relación, no la dejes hacerse ilusiones.

Miguel se quedó aturdido por la embestida.

—Yo no sé…

—No me des explicaciones —dijo sin ningún tipo de agresividad—. No eres un hombre que parezca buscar una relación seria. Ella tampoco, pero muchas veces, sin darnos cuenta, terminamos enamorándonos, aunque digamos lo contrario.

—Te aseguro que no es mi intención hacerle daño. —Se recompuso: Erika parecía mucho más seria y reflexiva que Gisela—. Al contrario, me he encontrado con una mujer cariñosa dispuesta a ser feliz. No sé lo que pasará en el futuro, pero no quiero separarme de ella. Hace tiempo que no estoy con nadie que me guste tanto.

—Sé cómo es Gisela, es amiga mía desde hace muchos años, pero a ti te conocí el viernes.

—Soy un tipo normal, trabajo de detective privado muchas más horas de las que tiene el día. Si te quedas más tranquila, te diré que me tiene absolutamente entregado. La vida nos coloca a su antojo en situaciones inesperadas y respondemos en cada momento como mejor creemos.

—No te justifiques —le dijo sin mirarlo mientras vertía un terrón de azúcar en su café—. Es guapa, sexy, divertida, soñadora. Todos los hombres se vuelven locos por ella, no eres el primero ni serás el último.

No paraba de arrearle, aunque era una reacción que en otro momento habría interpretado positivamente, pues denotaba que Gisela le había hablado de él con entusiasmo y ella temía que su amiga se pegara un batacazo.

—Tú pareces la antítesis de ella.

—¿La qué?

—Lo contrario que ella. A menudo, las amigas tienden a parecerse.

—Te equivocas. Los amigos los elegimos voluntariamente, pero en general son personas diferentes a nosotros, a los que aceptamos como son. Nos dan una visión distinta de la vida, tienen sueños que a veces no comprendemos y nos generan problemas imprevisibles. Si son buenos amigos, los aceptas sin cuestionarlos y ya está.

—Me encantaría tener algún día una amiga como tú.

—No digas tonterías. Seguro que tus amigos te aprecian tal y como eres.

—Tampoco creas que tengo tantos. Ninguno de ellos le enseñaría los dientes a un desconocido para advertirle de que se portara bien conmigo.

—¿Enseñar los dientes?

—Echar la bronca —dijo entre risas.

—No te he echado la bronca.

—Si no me importa…, al contrario, me has impactado. —Se quitó la cazadora por la diferencia de temperatura con la calle, aunque Erika se había limitado a desabrocharse los botones de la gabardina y a rebajar la presión de la bufanda sobre el cuello—. Eres una mujer fría de cabeza y preocupada por las personas que te rodean. Creí que no quedaban personas así.

—Gracias, pero no quería… enseñarte los dientes.

Los dos sonrieron. Miguel se dio cuenta de que ese gesto relajado dibujaba unos hoyitos en sus mejillas. Siempre le habían gustado las mujeres distintas, con fuerte personalidad, esas que nunca se rendían a sus pies a las primeras de cambio.

—Me encantan las personas que defienden a su gente, como tú. Es algo grande. Creo de verdad en la amistad y el respeto. Tuve una novia hace varios años de la que estuve muy enamorado y me dejó por mi mejor amigo. Me quedé destrozado y jamás he vuelto a verla. Antes de separarnos la llamé de todo y con el paso del tiempo me arrepentí de mi comportamiento pueril.

—El amor es complejo y enrevesado. Y para algunas personas, engorroso.

—¿Llevas mucho tiempo sin pareja?

—Tampoco es necesario mirar atrás todo el tiempo. Prefiero fijarme en el día a día y lo que tenga que pasar, pasará.

No había contestado a la pregunta, Miguel se lanzó a un nuevo intento modificando el enfoque:

—Los líos de las demás personas se conocen mejor cuando uno mismo los ha padecido antes. Por ejemplo, seguro que tú sufres más pensando en Gisela porque has tenido alguna experiencia desagradable en la misma situación en que ella está ahora conmigo.

Erika se levantó para regresar a la calle.

—Dicen en el sur de Europa que los del norte somos gente fría, y en parte es verdad, aunque no se paran a pensar que nuestras formas de ver la vida son distintas. En Navidad tomamos Glühwein, un vino caliente que nos permite andar por la calle a muy bajas temperaturas, a pesar de lo cual nadie se arriesga a hablar para que no se le hiele la garganta.

Miguel la miró sorprendido sin entender el significado de sus palabras.

—Otro día seguiremos hablando, ahora tengo que irme. Gracias por el café.

El Lobo permaneció en el bar. Había acertado en acercarse primero a Gisela. Erika era una mujer complicada, con muchas aristas difíciles de descubrir e interpretar. No era distante, pero tampoco cercana. Ocultaba su pasado amoroso y no pensaba abrirse a un hombre al que apenas conocía. Tampoco lo había hecho con su mejor amiga, algo que sí estaba fuera de cualquier explicación razonable. Había sido espía del servicio secreto alemán, lo cual era un dato que todavía no sabía dónde colocar para descifrarlo adecuadamente. Gracias a esa experiencia había adquirido unos recursos dialécticos que iban a complicarle la obtención de información. ¿Qué es lo que Villalba y Goicoechea querían saber de ella? ¿Qué información delicada había justificado sacarle a él de su trabajo habitual y dedicarle única y exclusivamente a perseguirla? Quizás Erika Meller nunca había abandonado el espionaje alemán y llevaba a cabo actividades ilícitas en suelo español, algo complicado de

FERNANDO RUEDA

entender cuando los alemanes eran de los mejores aliados de
España. De nuevo se dejó llevar por un impulso.

—Hola, señor Goicoechea —saludó formalmente tras llamarle desde el teléfono de monedas del bar y escuchar su voz.

—Cuéntame, José Miguel.

—Hay una cosa que no entiendo.

—¿Qué te ha pasado con la chica?

—Con ella nada, es con ustedes. ¿Por qué no me dijeron
que trabajó para nuestros colegas en su país? —Además del camarero, solo había una señora mayor en el bar, pero prefería
hablar sin dar detalles.

Goicoechea tardó unos segundos en responder. No pudo
evitar el asombro por el descubrimiento tan rápido que había
hecho El Lobo del pasado del pepe. Al mismo tiempo, alguien
había llamado a la puerta y entró en su despacho, pero con un
gesto de la mano le pidió que esperara fuera.

—Disculpa, tenía una visita. Veo que vas haciendo tu trabajo. Ese dato no es nuevo, ya lo conocíamos, tu misión es bu-
cear en su vida privada y hacer un retrato de ella.

—Esa no es una contestación —criticó Miguel, molesto
porque no entendía que le soltaran solo en la selva sin un plano
básico que lo ayudara a desplazarse de árbol en árbol con mayor rapidez.

—Yo soy el que lleva la operación y tú el que consigue la
información sobre el terreno. La necesidad de saber es un concepto que veo que no entiendes: cada nivel que participa en una
operación debe saber lo que le afecta y desconocer aquello que
no le aporta nada. Busca lo que te pido y olvídate de pedirme
explicaciones. Sigue acostándote con la amiga si ves que ese es
el camino, pero acuérdate de que a quien tienes que investigar
es a Erika.

Miguel pensó en contarle lo del novio misterioso, pero optó
por callárselo. En ese punto de la operación, ya sabía que debía
esconder información y confirmarla antes de transmitirla. El
novio podía tener alguna relevancia o ser un simple elemento
decorativo.

—Los agentes de campo sabemos lo que hay que hacer.

—Envidia me das. Yo acabo cada día a las tantas dale que te
pego en mi despacho analizando la información. Ya quisiera

hacer un trabajito tan duro como el tuyo: ahora me acuesto con esta, ahora con esta otra. Si necesitas ayuda, ya me dirás.

Miguel le colgó el teléfono, era más de lo que podía soportar. Salió del bar y vio en la acera de enfrente a dos de sus lobillos.

—No hay moros en la costa, jefe —le dijo alegre Rai.

—¿Estáis seguros?

—Sí —confirmó Silvia.

—Habrán relajado el seguimiento, aunque los de la AOME volverán, seguro. ¿Y Floren?

—Se ha ido detrás del pepe.

Hacía tiempo que nadie le colgaba el teléfono a Antonio Goicoechea. No se lo tomó mal: había conseguido volver a poner de los nervios a El Lobo. Era su forma de mantener la distancia entre ellos y dejarle claro quién mandaba y quién obedecía. Ese hombre está acostumbrado a vivir entre algodones, pensó, alguien debe bajarle los humos de una vez. Gritó «Adelante» para que entrara en su despacho el hombre al que antes había pedido que esperara fuera.

—Buenas tardes, Estévez, usted me dirá.

El sargento, en mangas de camisa y con pinta de funcionario de Ministerio, era el jefe de Documentación, a cargo por tanto del archivo.

—Señor Goicoechea, no hemos encontrado nada extraño, ¿sabe?, tras la última revisión realizada entre todos los papeles.

Permanecía en pie a medio metro de la tosca mesa de oficina detrás de la cual Goicoechea estaba sentado, nada que ver con la antigüedad de la madera barnizada de Villalba. Su postura era bastante cercana a la de firmes, respetuosa y obediente, solo que en vez de mantenerla dentro de una formación en el patio de armas enorme de un regimiento, lo hacía en un espacio de no más de doce metros cuadrados.

—No puede ser que estén haciendo tan mal su trabajo.

—Señor...

—Alguien entró aquí para robarnos información —afirmó disgustado—. Todos pareceremos culpables mientras usted y su gente no descubran qué vinieron a buscar.

81

—En una penetración clandestina, ¿sabe?, los buenos agentes operativos no dejan huella. Quizás colocaran micrófonos.

—No, Estévez, ya sabemos que no hay chinches, lo que quiere decir que querían información. Y yo me pregunto: ¿dónde guardamos la información?

El sargento de cuarenta y cinco años, perteneciente al Ejército de Tierra, había realizado toda su carrera en oficinas de cuarteles hasta que un día le ofrecieron más sueldo por trabajar en el CESID. ¡Maldito sea el día que acepté!, pensó.

—Ha pasado demasiado tiempo —prosiguió Goicoechea— sin que hayan descubierto siquiera un indicio. Nadie conoce como uno mismo su parcela de trabajo. Yo me pondría a investigar qué papeles han podido manipular los asaltantes, pero en el archivo quien manda es usted. ¿Es así?

—Sí, señor.

—Pues entonces, regrese allí ahora mismo. Usted y sus hombres van a mirar papel por papel, se van a fijar en cada arruga de las hojas, en lo que sea importante para ustedes que denote los motivos que llevaron a los asaltantes a penetrar aquí. Y no salgan de esta sede hasta que encuentren algo que mostrarme. Mañana por la mañana espero verle aquí con la información que buscamos. Gracias, Estévez, puede irse.

Capítulo 6

27 de febrero, miércoles

Antonio Goicoechea entró en la oficina a las ocho de la mañana, puntual a su hora para comenzar el trabajo. La noche anterior había llegado tarde a casa por culpa de una cena con un colega francés que le había tratado de sonsacar información sobre los rumores referidos a que los cuarteles estaban revueltos como reacción a los salvajes atentados de ETA y también a la puesta en marcha del Estado de las autonomías que, según ellos, acababa con la España una y grande. Le contó al francés lo poco que sabía, añadió otro poco que intuía acerca de dos asuntos que eran ajenos a su rutina como espía, y se inventó con todo lujo de detalles lo demás. Siempre era útil facilitar información en apariencia de calidad a otros servicios para cobrársela cuando lo necesitara. Había dormido seis horas, más que suficiente.

En el recibidor se encontró con Escobar, el sargento al que dejaron sin conocimiento junto a él quienes asaltaron la sede de la Contrainteligencia.

—¿Cómo vamos? —le preguntó para guardar las formas.

—Bien, señor, ¿puedo hacerle una pregunta?

—Claro, Escobar, le escucho.

—Me preguntaba cuánto tiempo tendré que estar trabajando en el turno de día. Es que pierdo el plus de nocturnidad y ese dinero me venía muy bien ahora que tengo ingresado a mi padre en una residencia.

—Lo entiendo, pero dé gracias a que no le tenemos encerrado en casa. Los de Seguridad querían incluso detenerle —mintió— y yo personalmente me opuse. De momento, aguante hasta que concluya la investigación y todo quede aclarado.

Apenas había abierto la puerta de su despacho cuando un excitado Estévez apareció para pedirle que se acercara hasta el archivo. Colgó la chaqueta en el perchero y lo siguió hasta el final del pasillo, donde estaba el departamento de Documentación.

—Mis hombres y yo llevamos aquí toda la noche —comenzó vendiéndole su esfuerzo— y hemos encontrado una cosa que nos ha extrañado. No sabemos si será la respuesta que busca, pero es lo único que no nos cuadra en la revisión que hemos hecho tras poner patas arriba el archivo.

—Cuénteme, Estévez.

Los dos hombres permanecían de pie en el centro de la dependencia, pegados a la mesa del jefe de Documentación, en la que había una carpeta solitaria colocada en el centro, como una isla en mitad del mar.

—No podemos asegurar al cien por cien que tenga que ver con el ataque, ¿sabe? —Utilizaba la primera persona del plural, le hacía sentirse arropado por sus compañeros—. Puede haber sido un error nuestro, pero ya nos extrañaría. No solemos cometer este tipo de fallos.

—Arranque de una vez, Estévez.

—Disculpe, señor. El caso es que hemos encontrado una carpeta fuera de su lugar, ¿sabe? Es muy extraño.

—¿Quiere explicarme qué hay de extraño en qué?

—Es una carpeta que no es estrictamente de la división de Contrainteligencia, ¿sabe?, pertenece a uno de los archivos que guardamos aquí, pero que no los hemos generado nosotros. Es el Archivo Jano.

Goicoechea conocía ese extremo y no le interrumpió, ni preguntó nada como parecía esperar el jefe de Documentación.

—En esos archivos externos hay una carpeta sobre el rey.

—No me diga —manifestó con un gesto de sorpresa el subjefe de la Contra.

—Es esta.

Goicoechea la cogió en sus manos y leyó el título: «Borbón, Juan Carlos. Rey». La obsesión por ahorrar de los mili-

EL DOSIER DEL REY

tares permitía descubrir a simple vista que el expediente se había abierto cuando era príncipe, pues todavía se distinguía esa palabra, aunque tachada. Las tres letras del vocablo «rey» habían sido escritas por una persona distinta a la que escribió el nombre y el apellido.

—No entiendo la razón que le ha llevado a sacar esa conclusión —afirmó Goicoechea centrándose en ese detalle y haciendo caso omiso al hecho de que existiera una carpeta del monarca, sobre la que ni él ni nadie de la Contrainteligencia tenían la mínima responsabilidad, pues el Archivo Jano fue elaborado en la época de Franco por el SECED.

—Tenemos una regla estricta para evitar que se nos traspapelen informes, por ejemplo, sobre altos cargos o nobles: siempre los archivamos por la primera letra del apellido de la persona, sea quien sea. La confirmación de que está bien nos la da la forma en que está escrito el nombre y los apellidos que figuran en la portada del expediente.

—No me dé más detalles, lo tengo claro, aunque sigo sin comprender.

—El expediente no estaba en la B de Borbón, sino en la R de rey.

—Está bien —concluyó al captar el intríngulis alfabético—, me voy a llevar la carpeta.

—Lo imaginaba. Si es tan amable, rellene el control de salida —le pidió mostrándole una hoja de registro que, sin excepciones, todos los miembros de la división debían rubricar para poder sacar documentos.

Goicoechea se fue directamente a hablar con Villalba y se encontró con que no había llegado, estaba en una reunión en el paseo de la Castellana, donde estaba ubicada la dirección de La Casa. Optó por refugiarse en su despacho. Se sentó, puso la carpeta sobre la mesa y relajó el nudo de la corbata, que de repente había pasado a apretarle el cuello con una sensación de ahogo muy desagradable.

Una hora después oyó que su jefe había regresado, cogió el expediente y se fue a su despacho. Entró e hizo salir de malas formas al agente con el que estaba despachando.

—¿Qué pasa, Antonio?, ¿por qué traes esa cara de carnero degollado? —le preguntó Villalba.

85

—Hemos encontrado el motivo que impulsó a los asaltantes a entrar.

Le pasó la carpeta sin darle más explicaciones.

—¿Tenemos una carpeta del rey? ¡No me jodas!

—Yo tampoco lo sabía, estaba en uno de los archivos antiguos del SECED.

—Sabía que en el pasado buscábamos información sobre él porque Franco no terminaba de fiarse, pero no que se hubiera guardado.

—Con el Generalísimo, el príncipe también era sospechoso —ratificó—, pero con su llegada al trono yo habría visto lógico que se hubiera destruido para evitar que futuros directores tuvieran que lidiar con esas actuaciones ordenadas por quien tenía potestad para ello en su momento, aunque fueran un tanto irregulares.

Villalba no entró en matices y comenzó a revisar por encima los documentos. Como buen jugador de mus, no hizo ningún gesto que pudiera mostrar su sorpresa ante los informes elaborados por algunos colegas suyos.

—Después de leerlos, Antonio, ¿te queda alguna duda sobre quién ha violado nuestra intimidad?

Goicoechea descruzó las piernas e inclinó el cuerpo hacia delante hasta sentarse en el borde de la silla.

—Los rusos. Son los que más se beneficiarían de su difusión pública.

—Son documentos de hace pocos años que dejan de culo a los americanos y especialmente al rey. ¡Coño!, esto había que haberlo quemado. ¿Quiénes podrían conocer su existencia?

—Me temo que mucha gente, todos compañeros nuestros, y algunos políticos.

—Vete tú a saber quién de ellos se ha ido de la lengua y ha pasado la información a los rusos.

—La pregunta es qué hacemos ahora.

—Vamos a pensarlo. —No miraba en ningún momento a Goicoechea, fascinado por el contenido de aquella carpeta—. No me queda otra alternativa que informar al director, no sea que alguien trate de chantajear al rey y nos acusen de haberlo ocultado o, lo que es peor, de no habernos enterado.

—Estoy de acuerdo. La responsabilidad no es nuestra, será de nuestros antiguos jefes y compañeros, debieron romper los papeles o avisarnos de que estaban guardados aquí.

—Excusas que esgrimiré si hace falta. Que otros se coman el marrón, nosotros no hemos tenido nada que ver.

—Reina, el jefe de Inteligencia Interior, fue uno de los responsables del Archivo Jano. Lo conocía mejor que la palma de su mano, él debía haber alertado en su momento, incluso haber propuesto su destrucción cuando don Juan Carlos ocupó el trono.

—Es cierto, jamás debió permitir que se mantuviera archivado este dosier. Anda pavoneándose de lo bien que trabaja su división y comete fallos tan imperdonables como este.

Goicoechea le explicó su versión de los hechos tras las explicaciones que había recibido de Estévez. Durante la penetración clandestina, el agente encargado de fotografiar los documentos debería haber dejado, según el protocolo habitual, una marca en el lugar de donde lo había sacado con la intención de reintegrarlo allí. Entre la ubicación de las carpetas que comenzaban por B y por R había cierta distancia, pero no mucha, a pesar de lo cual un error así no parecía nada previsible. Además, el golpe se complicó cuando él apareció inesperadamente en la sede. Quizás la persona que ejecutó esa parte de la misión se puso nerviosa, no había dejado la marca indicativa y las prisas le jugaron una mala pasada.

—El asalto estuvo bien planificado porque consiguió sus objetivos sin dejar pruebas —concluyó Goicoechea—. La clave está en esa precipitación.

—Cualquiera puede equivocarse en un momento de máxima tensión, cuando piensa que pueden descubrirlo y pasarse años encerrado en una cárcel.

—Veo un problema. Si se lo contamos a los del departamento de Seguridad, tendremos que mencionarles la carpeta del rey para explicar el error de colocarlo en la R y no en la B.

—Más gente conociendo la cagada de tener una carpeta del jefe del Estado en nuestras dependencias.

—Si no se lo contamos, les resultará más complicado conseguir pruebas contra los culpables.

87

—Esos cabrones tienen que pagarlo.

—Ahora bien —Goicoechea terminó su argumentación—, el propio Somonte me dijo que los rusos eran sus principales sospechosos y, al margen de que conozca el contenido exacto de lo que nos han robado sobre el rey, dirigirá igualmente sus pesquisas contra ellos.

—Hablaré con el director, que él decida.

—Con los americanos, ¿qué hacemos?

—Habrá que informarles porque este tema afecta al rey, pero también va contra ellos. Eso sí, nunca antes de que hable con el director. Al margen de Estévez, solo lo sabemos tú y yo, así que espero que nadie más se entere.

—Parecíamos unos maniáticos acusando a los rusos, pero está claro que no nos equivocábamos.

—Lo pagarán, te lo aseguro. Ahora vete, quiero leer estos documentos y pensar cuándo y cómo se lo cuento al gran jefe.

Goicoechea se levantó y Villalba espero a que alcanzara la puerta para lanzarle un dardo en forma de pregunta:

—¿No habrás hecho una copia del dosier, verdad?

—Por supuesto que no, ¿por quién me tomas? Cuanto más lejos estén esos papeles de mí, mejor.

Villalba abrió la carpeta y comenzó a estudiar los papeles uno por uno. Leyó que el general Vernon Walter, en nombre del presidente Nixon, había impulsado los pasos que debía dar el príncipe Juan Carlos para sustituir a Franco. Walter, un antiguo militar que luego sería designado director adjunto de la CIA, era el todopoderoso enviado de Estados Unidos para España, el que se había movido por las alcantarillas del poder para ayudar a conseguir una transición pacífica que beneficiara a su país. Se comenzó a diseñar en 1971 tras una entrevista del militar con Franco, después de la cual convenció al vicepresidente del Gobierno, Luis Carrero Blanco, de la necesidad de que la CIA y la Secretaría de Estado estadounidense garantizaran que la transición en España no fuera un caos, para lo que propuso coordinarse con el servicio secreto español. El jefe de la Contrainteligencia desconocía esos detalles, pero en conjunto no le resultaban extraordinariamente novedosos. Todos sabían en el CESID, y especialmente en su división, que Carrero Blanco estaba obsesionado con el comunismo y la necesidad de evitar su asentamiento en España, por lo que debió aceptar encantado el apoyo prestado desde Washington.

Tampoco le extrañó leer sobre la Operación Tránsito. Iba en la misma línea que el documento anterior, preparar la sucesión de Franco por el Príncipe. En ella se establecían los pasos que debía dar el nuevo rey en las primeras seis semanas de su mandato. Villalba lo conocía, en los meses de su elaboración había comentado su contenido en tono jocoso con algunos compañeros: Juan Carlos debía ser efusivo con presidentes europeos como el alemán y distante con otros como el dictador chileno Augusto Pinochet. Era un documento habitual de los que se elaboraban en el SECED, aunque desconocía que la CIA hubiera estado al tanto, incluso que lo hubiera supervisado.

Sí le resultó llamativo leer que el Príncipe aceptara parar cualquier acción contra Marruecos antes de la cesión del Sahara. De nuevo aparecía el «fontanero» Vernon Walter manipulando a favor de Marruecos para que consiguiera anexionarse el territorio español en África y, aprovechándose del mal estado físico de Franco y la consiguiente debilidad política de España, anular cualquier oposición a sus pretensiones. El Príncipe tomó postura para evitar una guerra que Hassan II incitó con la Marcha Verde y decidió retirar las tropas del Sahara. El documento dejaba claro que el futuro rey tuvo que dar prioridad a los intereses estadounidenses y marroquíes sobre los españoles. Meditó un momento y la versión que acababa de leer le pareció creíble: Estados Unidos y su CIA traficaban con todo y estaban prestos a intercambiar cualquier tipo de favores para conseguir sus objetivos, especialmente los espurios.

Cuando llegó al cuarto documento, no le hizo falta leerlo al completo. Todos sabían que el rey deseaba integrar a España en Occidente y para conseguirlo era imprescindible contar con el apoyo de Estados Unidos, que a cambio de darle su respaldo quería mantener sus bases militares en España y conseguir la entrada en la OTAN. Él había asistido a reuniones en las que los jefes de estación de la CIA vendían como inevitable que España entrara en la Alianza

89

Atlántica y se aprovechaban de que los militares españoles consideraban esa la única vía para tener unas Fuerzas Armadas competitivas.

Iba a descansar un poco de la lectura cuando vio que el quinto y último documento se llamaba Operación Compás, una denominación que nunca había escuchado. Fue una maniobra del SECED, que comenzó en 1970, cuando él ya trabajaba allí, para evitar que Alfonso de Borbón intentara disputar la sucesión a su primo Juan Carlos. Leyó línea por línea con sumo interés y descubrió que fue una acción impulsada por el entonces príncipe para arruinar las esperanzas de Alfonso, casado con la «nietísima» Carmen Martínez Bordiú, para que Franco no escuchara los cantos de sirena de su familia y cambiara en el último momento a su sucesor. Según se relataba, José Ignacio San Martín, entonces director del servicio secreto, encargó a varios agentes de su confianza, entre los que no estaba él, que realizaran una investigación callada, pero intensa, sobre todas las actividades del marqués de Villaverde, yerno del dictador y padre de Carmen, para desentrañar los apoyos que estaba recolectando para coronar reina a su hija. Había detrás de esta operación muchos franquistas, propietarios de grandes empresas y banqueros. Durante varios años, llevaron a cabo un trabajo metódico en el que acumularon una información ingente que demostraba que el marqués estaba incluso dispuesto a apoyar a grupos masones para que se posicionaran a favor de Alfonso, a cambio de conceder en España el privilegio de que las mujeres pudieran apuntarse a las logias. Franco leyó el informe años después y tachó a Alfonso y a su nieta con la uña rabiosa.

Respiró hondo. La gravedad de las acusaciones vertidas en aquel dosier dejaba desnudo al rey y ponía en evidencia a la CIA y, por consiguiente, al CESID, que colaboraba con ellos. Una cosa era que a él algunas informaciones no le resultaran exageradamente novedosas y otra que llegaran a ciertos políticos o a determinados medios de comunicación. Fue consciente del tremendo estropicio que se podía formar en el país si se descubrían esos tejemanejes, en especial la manipulación para quitar de en medio al primo del rey en la carrera por la Corona.

Su siguiente paso fue dirigirse a la puerta para echar el cerrojo. Después abrió uno de los cajones de su mesa y buscó una pequeña cámara que había birlado discretamente en sus comienzos como agente secreto y que llevaba años sin utilizar. Tenía un carrete dentro que era difícil de revelar en establecimientos normales; no le importó, quizás nunca lo hiciera. Fotografió la mayor parte de las páginas, aquellas que le parecieron más representativas. Después volvió a guardar la cámara en su cajón y lo cerró con llave.

91

Capítulo 7

28 de febrero, jueves

*E*rika se quedó sorprendida cuando se encontró a José Miguel Torres esperándola a la misma hora en la esquina en que se habían encontrado dos días antes. Le sonreía, con la misma cazadora de la otra vez, las manos enguantadas y ese gesto suyo de morder con los dientes los pelos del bigote.

—Te estaba esperando —dijo Miguel—. Los alemanes sois personas de costumbres e imaginaba que a las cinco y cuarto pasarías por aquí.

—Podía haber regresado a casa por otro camino.

—En ese caso habría vuelto mañana.

—¿Pasa algo?

—Quería repetir el café del otro día. No pongas pretextos, por favor.

Entraron en el mismo bar, con tan poca clientela como en la ocasión anterior, y con el mismo olor a pollo asado. Erika se quitó el abrigo. Vestía pantalones de campana y una rebeca gruesa de lana. Solo llevaba una suave capa de maquillaje y una raya pintada en los ojos. Miguel intuyó en ella una cierta despreocupación por su aspecto.

—El otro día me quedé con mal sabor de boca después de nuestra conversación —empezó Miguel.

—No fue mi intención.

—No fue culpa tuya. Tengo una relación bonita con Gisela, sé que no llevamos juntos ni una semana, no soy tan tonto como para hacer planes a largo plazo, pero sé que sois como hermanas y no querría que tuvieras una opinión negativa de mí.

—No la tengo, ella es mi mejor amiga y me pareció oportuno decirte lo que pensaba.

Miguel se quitó la cazadora y los guantes, como quien necesita desarroparse para combatir el agobio sofocante por los problemas que carga en las espaldas.

—Llevo todo el día trabajando en el barrio, de un lado para otro, siguiendo a un ama de casa que, según su marido, le está poniendo los cuernos con otro hombre cuando él está en la oficina. Pues no he podido dejar de pensar ni un momento en qué es lo que no te gusta de mí.

—No tienes que preocuparte de mis opiniones, solo de Gisela. Está muy a gusto contigo y eso es lo que cuenta.

—¿Eso te parece?

—¡Claro, hombre!, no te agobies —dijo en tono animoso, aunque Miguel la percibió fría, cualquiera habría hecho algún gesto amable para enfatizar sus palabras—. ¿Has pillado a la señora con un amante? Seguro que la pobre mujer tiene razones para engañarlo.

—No es tarea mía juzgarla, cobro por probar si es cierto o falso.

Los dos se quedaron callados. Recurrieron al unísono a tomar café para disimular la falta de conexión.

—Los tíos, cuando ligamos con una chica guapa, tenemos que cargar con la leyenda de que lo único que nos interesa es acostarnos con ella.

—Gisela ya es mayorcita para tomar sus decisiones y a mí me parece bien que esté contigo. Simplemente opino que no debe hacerse ilusiones tan deprisa y se lo he dicho. Construye montañas en el aire y luego se derrumban.

—¿Te importaría decirme qué es lo que te molesta, por qué tienes tantas reticencias a que estemos juntos?

—Gisela es más débil de lo que parece y me preocupo por ella. No eres tú el problema. Aparquemos el asunto, cuéntame algo más de ti.

Miguel no se esperaba esa invitación a entrar en su intimidad, aunque notó que era un mero pretexto para no seguir hablando de su amiga. Aprovechó el boquete para atacar.

—Solo si luego me hablas de ti. —Erika hizo un gesto de asentimiento con la cabeza—. Nací en Valencia, tengo treinta años, quise ser policía, pero no me cogieron, así que me hice detective. Me habría quedado a vivir toda la vida cerca de la playa, pero tras el desengaño amoroso que te conté decidí volar por el mundo y acabé en Madrid. Antes intenté ganarme la vida en el sur de Francia, pero no tuve suerte. Y ya ves, estoy aquí de huelebraguetas.

—¿De qué?

—Es como nos llaman. Como nos dedicamos a investigar las vidas conyugales ajenas, nos denominan huelebraguetas. Aunque también tengo otro tipo de encargos. Busco personas perdidas y hasta investigo robos y otros delitos en empresas.

—¿Te gusta lo que haces?

—La verdad es que sí, me permite ser mi propio jefe. Ahora te toca a ti.

—Hay poco que contar. Nací en Múnich, una ciudad alemana importante. Mi padre es empresario y desde niña quise seguir sus pasos. Estudié en la universidad y comencé a trabajar en una empresa.

—¿Distinta a la de tu padre?

—Preferí aprender el oficio por mi cuenta y luego ya decidiría.

—Aquí trabajas de secretaria.

—Sí, como Gisela. Quería salir de Alemania y es lo que había. Quizás más adelante busque otra cosa.

—¿Por qué te fuiste de tu fría Alemania? —dijo escenificando que tiritaba.

—Necesitaba cambiar, como tú. Mi padre había montado una sucursal de su empresa en Miami y se había ido a vivir allí con mi madre. El clima cálido les había enamorado, bueno, mi madre es cubana y allí estaba como en casa. Yo decidí probar en un país con sol como España, aunque lo que más influyó es que hablo español con mi madre desde pequeña.

—¿Nada te ataba a Alemania?

—Quieres decir un novio, ¿no?

—¿Has estado casada?

—He tenido algunas relaciones, pero no eran los hombres de mi vida.

—Háblame de ellos.

—Hoy no, Miguel. Ya te dije el martes que el pasado está ahí, pero cuando no es bueno prefiero que no me ate y mirar hacia delante.

—Claro, Erika, espero que mañana nos veamos. ¿Vais a ir a Pachá?

—Seguro, a las chicas les encanta.

Erika Meller regresó directamente a su casa. Cerca de las siete, una hora después, salió. Se encontró al portero en la calle y se acercó a comentarle algo sin importancia mientras miraba a todas partes girando poco la cabeza y mucho los ojos. Después emprendió su camino. Nada había cambiado en su aspecto, excepto que había sustituido su pequeño bolso colgado al cuello por otro de mano más voluminoso. Caminaba más rápido de lo habitual. Veinte minutos después llegó a la plaza de Chamberí, cuyo principal espacio estaba dedicado al disfrute de los niños con toboganes y columpios sobre un suelo de arena incómoda que se colaba en los zapatos. Desde los bancos, las pacientes madres vigilaban las trastadas de sus hijos. Quedaban pocos niños jugando y algunas personas mayores estaban sentadas pasando el tiempo. El sol se había ido a descansar y el frío arreciaba.

Había varios bancos libres, pero prefirió sentarse en uno en el que había un jubilado leyendo un libro. Le hizo una pequeña inclinación de cabeza, se sentó en el otro extremo y sacó un libro y un bolígrafo. Miró el reloj de muñeca, echó un vistazo a derecha e izquierda y se puso a leer. Diez minutos después su compañero de banco se puso de pie y se despidió.

—No es que haga mucho frío, pero los huesos se me están quedando helados. Usted es joven y va bien abrigada, así que disfrute.

—No crea, yo también siento frío. Aunque a veces es preferible estar al aire libre que encerrado en casa.

—Diga usted que sí. Si tuviera cuarenta años menos no se me habría ocurrido levantarme, aunque entonces era tan tímido que no me habría atrevido a hablarle. Quede usted con Dios.

El hombre estrechó su mano mientras Erika fue a incorporarse y él no se lo permitió. La mujer lo observó mientras se alejaba y metió la mano en el bolso que había dejado en el banco, junto a ella. Sacó un pitillo del paquete de tabaco, lo encendió con un mechero de plástico y lo devolvió todo al bolso, en cuyo interior se entretuvo en buscar algo que atrapó con la mano. Parecía entretenida mirando a los últimos niños que jugaban en el parque, olvidándose del libro que había depositado en el asiento. Cuando apagó el pitillo lo hizo en el lado derecho del suelo, de una forma incómoda para ella, mientras introducía lo que llevaba en la mano derecha en una pequeña bolsa pegada debajo del banco.

Fue todo muy rápido y mecánico, ya lo había hecho otras veces. Esperó cinco minutos y se alejó de los jardines de la plaza. Regresó a casa con el paso aún más rápido, como si se hubiera quitado un peso de encima.

Silvia se quedó en la plaza mientras Rai seguía los pasos de Erika. Los lobillos habían comenzado a seguirla tras su encuentro con Mikel Lejarza en el bar. En cuanto la vieron acomodarse en un banco junto a aquel viejo, se dieron cuenta de que algo raro pasaba, o bien aquella mujer era una excéntrica y prefería irse a leer en mitad de la tarde a un parque pasando frío cuando podía hacerlo con la calefacción puesta en casa. Floren se pegó al viejo, aparentemente nada sospechoso, por si era un contacto de la chica. Los habían visto hablar desde lejos, pero no habían podido escuchar sus palabras.

Con sus dos compañeros ocupados, Silvia se encargó de comprobar si la alemana disponía de un buzón muerto donde esconder mensajes para un contacto. Hacía años, la Guerra Fría había desatado las hostilidades en Europa entre el Pacto de Varsovia y la OTAN. Ambas partes agudizaron su capacidad de inventiva para pasarse recados secretos en sitios insospechados. Miguel se lo había explicado a los tres: muchas veces los ojos no tienen capacidad para ver lo que está pasando, aunque la escena nos pille cerca.

Después de que la alemana llegara al parque, Silvia se había sentado en un banco que estaba fuera de su campo visual, lo que le permitía contemplarla sin llamar su atención. O había dado algún mensaje en clave al viejo mientras se estrechaban la mano o lo había escondido en el banco cuando se quedó sola. Debía acercarse a leerlo con urgencia para que el posible receptor no la descubriera metiendo la mano donde nadie la llamaba.

Se dirigió al banco y simuló que dudaba si sentarse o no. Lo contempló desde medio metro de distancia y encontró lo que buscaba: tres pequeñas cruces pintadas con bolígrafo y al lado una raya horizontal aislada. Sonrió para sus adentros: la mujer acababa de cargar el buzón y lo advertía con ese signo que alertaba sobre la existencia de un correo y llevaría a la persona que lo descargara a pintar sobre esa raya otra vertical cuando lo hubiera recogido. Se sentó donde había estado Erika y buscó a tientas debajo del asiento. Notó la bolsa y cogió lo que había dentro, una pequeña hoja rectangular. La miró y se quedó alucinada: una factura de la tintorería. ¿Qué significaba aquello? No se lo pensó dos veces, el tiempo apremiaba, podían estar observándola. Habría necesitado la cobertura de uno de sus compañeros, pero ante su ausencia buscó sospechosos que la vigilaran sin descubrir a nadie. Sacó con rapidez una cámara fotográfica de su bolso, hizo varias instantáneas del papel, lo devolvió a su sitio y se fue como alma que lleva el diablo. Quizás la habían visto copiar el documento, pero no la pillarían con él.

—¿Qué quiere decir este mensaje? —preguntó El Lobo.

Mikel y sus tres agentes estaban en una casa segura que había alquilado con dinero que salía de su bolsillo para que sus colaboradores tuvieran un sitio donde quedarse cuando estaban en Madrid, desconocido incluso para el CESID. También él se refugiaba allí cuando quería estar fuera del control de sus propios jefes. Las manecillas del reloj habían coincidido en las doce hacía un rato.

Silvia había salido de la escena del intercambio de mensajes y se había dirigido al punto de encuentro establecido, cerca del domicilio de Erika. Rai le notificó la ausencia de novedades: la mujer había regresado a casa sin paradas intermedias y allí seguía. Floren tardó una hora en aparecer. El señor mayor también se había ido a su hogar, no parecía culpable de nada excepto de llevar una vida solitaria. Habló con el portero haciéndose pasar por inspector de Hacienda y le sacó que el viejo tenía tres hijos que iban a verlo los domingos y que el pobre se pasaba el día paseando por la calle. Se había convertido en un experto de la limpieza solo para poder incordiar a la asistenta que acudía a su casa por las mañanas.

Silvia les desveló su descubrimiento y decidieron irse a su piso, donde disponían de un equipo de revelado, y alertar a Mikel. Erika llevaba a cabo algún tipo de misión clandestina, pero con el material que habían conseguido era imposible ir más allá en las conclusiones. Esperaban que su jefe rellenara sus lagunas. Nada más alejado de la realidad.

—Vamos a analizar la factura.

El Lobo estaba sentado a una mesa circular de hierro pintada de blanco, sacada como el resto del mobiliario de la adquisición a muy bajo precio de un lote de muebles de un chalé en el campo. En su momento le pareció una oportunidad y le importó muy poco que no pegaran nada en una casa en plena ciudad. Junto a él, sus tres agentes miraban la foto en blanco y negro, un poco borrosa, a gran tamaño, que Floren acababa de revelar.

—El nombre del cliente está borrado, pero la tintorería está cerca de la casa de Erika, por lo que sin duda la factura es de ella. Es por un servicio de limpieza de una camisa y un vestido por 220 pesetas.

Se quedó callado esperando que alguien hiciera un comentario, pero a nadie se le ocurrió una interpretación que aportara más datos.

—Está bien, vamos a ver. ¿Por qué una antigua agente del Servicio Federal de Inteligencia, el BND, deja su factura del tinte debajo de un banco, en lo que sin duda es un buzón para intercambio de mensajes?

—¿Para que se la paguen? —preguntó tímidamente Rai.

Todos se echaron a reír.

—Buen intento —respondió Mikel—, pero fallido. Esta factura tiene una información que no vemos, pero que está aquí. Por cierto, Silvia, debiste quedarte para ver a la persona que recogía el mensaje.

—Lo siento, Mikel. Tras fotografiarlo pensé que el receptor podía llegar en cualquier momento o que quizás ya estaba allí y me había visto. Ante esa disyuntiva preferí desaparecer. Como nos habíamos dispersado y Rai y Floren no estaban, interpreté que podía haberme delatado al fotografiar el papel.

—Está bien, ya no tiene solución. Démosle vueltas e intentemos descubrir qué quiere decir este mensaje. La información la tenemos aquí delante, solo hay que verla.

—Hay tres palabras clave —dijo Floren—: camisa, vestido y 220 pesetas. Todo lo demás son datos de la tintorería.

—220 puede ser el número de una calle —añadió Rai.

—O puede tener un significado en clave previamente convenido —dijo Silvia.

Mikel no opinó, solo quería escuchar ideas. Siguió preguntando:

—Camisa, vestido, ¿qué pueden significar?

—Son claves, Mikel —intervino Silvia—, que significan algo para el emisor y el receptor, pero sin disponer del código que lo interpreta nunca lo sabremos.

—Quizás sí y quizás no —respondió El Lobo—. Esa es una explicación, pero tendremos que buscar otras. Así que todos a pensar.

En ese momento, una pareja de edad madura abría el portal del edificio en el que vivía José Miguel Torres. Entraron dejando que la puerta se cerrara sola detrás de ellos, lo que no llegó a suceder porque una mano colocó un trozo de cartón en el marco. Un par de minutos después, aparecieron cuatro hombres. Uno se quedó en la calle, paseando por delante del portal, y los otros tres subieron despacio por las escaleras hasta la puerta de su casa. Sin hacer el mínimo ruido, casi a oscuras, uno se dedicó a hurgar en la cerradura hasta que cedió. Encendieron unas linternas y se repartieron las habitaciones. Abrieron cajones y armarios, palparon el interior cuidando de no descolocar nada. Sacaron uno a uno los libros y buscaron papeles o huecos dentro de ellos. Miraron en el baño los escasos productos de aseo, golpearon los azulejos a la caza de compartimentos escondidos. Levantaron la alfombra del cuarto de estar y pisaron cada centímetro de suelo. Leyeron las hojas guardadas en los cajones de la mesa de despacho. Veinte minutos después salieron dejándolo todo exactamente como lo habían encontrado. Cerraron la puerta y abandonaron el edificio bajando por las escaleras. Unos minutos después habían desaparecido en la oscuridad sin dejar rastro de su presencia.

Capítulo 8

29 de febrero, viernes

*F*rédéric Leblanc residía en un edificio de casas militares en la céntrica plaza de San Bernardo. El alquiler era bajo y a su mujer le encantaba el barrio, aunque a él le resultaba incómodo vivir rodeado de compañeros que lo miraban con desconfianza porque trabajaba en el CESID y consideraban que los espías no eran auténticos profesionales de la milicia. De hecho, muchos se mofaban del vicepresidente del Gobierno, el teniente general Manuel Gutiérrez Mellado, del que aseguraban que por muy militar que fuera nunca había combatido en la Guerra Civil porque había sido un simple espía.

Leblanc era uno de los pocos que salía a la calle vestido de paisano. La mayoría seguía desplazándose en uniforme a pesar de que ETA los asesinaba en muchas ocasiones tras identificarlos al azar por su vestimenta. No por ello era inmune a un atentado y lo sabía muy bien, pues dedicaba todos sus esfuerzos a luchar contra la banda terrorista.

Al igual que cada día, bajó en ascensor al aparcamiento para coger su Ford Escort y desplazarse al trabajo. Como medida de precaución, cuando atravesaba la puerta automática que daba a la calle siempre llevaba bajados los seguros y subidas las ventanillas. Salía despacio y en cuanto podía pegaba un acelerón. Algo pasó ese día que disparó sus pulsaciones: un hombre se puso delante del coche obligándolo a frenar. Tras el vuelco que le dio el corazón, se percató de que no era un terrorista, sino Mikel Lejarza, que se acercó a la puerta delantera del acompañante y le pidió que abriera. Antes de entrar, Leblanc quitó del asiento su pistola.

—Eres un pedazo de cabrón. Si apareces de esta forma otra vez, lo mismo te pego un tiro.

—Tranquilo, Fred, necesito hablar contigo urgentemente.

—Avisa antes, coño, que no te cuesta nada.

—Lo siento, no te cabrees.

—Mira, Mikel —dijo emprendiendo la marcha—, eres un compañero especial, pero no montes encuentros sorpresa para reunirte conmigo. Y no me gusta que controles mis horarios.

—Tú mismo me dijiste antes de mi infiltración en ETA que soy un lobo que tiene que vivir su soledad esteparia y acechar a sus piezas. No fiarme de nadie, no confiar en nadie, vivir en soledad y estar siempre al acecho.

—Yo no soy tu enemigo, eso no vale conmigo. No puedo creer que esa mujer alemana te haya sacado de tus casillas.

—La chica no, la misión es la que no me gusta un carajo. Me fastidian los de la Contra, no me quieren decir qué es lo que tengo que buscar. Me mandaron un par de operativos para vigilarme y cuando los identifiqué los cambiaron y me enviaron otros —mintió. Los lobillos no habían descubierto a nadie hasta el momento, pero se aprovechó de que Leblanc lo desconocía—. Me están manipulando, no me gusta.

—Eso lo sabes porque tus tres chicos te están haciendo la contravigilancia, claro. Ya me llamaron desde el País Vasco para decirme que habían desaparecido.

—Se han tomado unas vacaciones. No les encargaban nada y me pidieron irse a Valencia a descansar unas semanas. Desde que trabajan para el CESID apenas han tenido vacaciones.

Leblanc giró la cabeza hacia él para transmitirle un gesto de incredulidad y siguió conduciendo.

—Haz lo que te digan, Mikel, cumple las órdenes y ya está. Ya te he explicado que el infiltrado solo conoce una parte de la misión, no necesita estar al tanto de cada detalle.

—Créeme, no son trigo limpio. Necesito que me ayudes.

—Los estás juzgando injustamente. Todos trabajamos para la misma empresa. Pueden no ser muy buena gente, pero hacen bien su trabajo.

—Siempre he confiado en ti —dijo poniéndole la mano en el brazo que reposaba en el cambio de marchas—, aunque algunas veces me fallaste. Ahora te digo que hay cosas raras.

El semáforo se había puesto rojo, Leblanc frenó de golpe y miró a Lejarza con severidad.

—A ver, dime de una vez qué narices te ha pasado.

—La chica fue agente del BND y no me lo dijeron. Si creen que sigue trabajando para ellos y está haciendo algo ilegal aquí, que me lo digan, joder. Si piensan que se ha vendido a los rusos o a los americanos, que me lo digan. Si pertenece a un cártel de la droga, pues lo mismo.

—Puedo entenderte, pero no es para que te pongas así. —Dejó de mirar a Lejarza y siguió conduciendo—. Cada maestrillo tiene su librillo.

—Ayer entraron en mi casa —afirmó lacónicamente mirando al frente.

—¿Te la habían revuelto? —preguntó Leblanc más calmado, siempre pendiente del tráfico.

—No había nada extraño. Simplemente no estaban los pelos de seguridad que siempre coloco entre la puerta y su marco, y en uno de los cajones de la mesa de trabajo.

—En el CESID no se hacen esas cosas a un agente de plena confianza.

—Para ti soy de confianza, no para ellos.

—Quizás tenga que ver con algo relacionado con la alemana.

—Todavía no lo sé y no me gusta jugar en terreno desconocido. Esto no es como la movida madrileña en la que todos se lo pasan genial, esta es una movida peligrosa, en la que estoy corriendo riesgos desconocidos.

—Me sorprende que estés tan acelerado. Estuviste un año dentro de ETA sin saber lo que iba a pasar al día siguiente y jugándote la vida cada minuto. Esto es un juego de niños comparado con aquello.

—Quiero dejar el caso.

Leblanc dio un volantazo y aparcó el coche en doble fila aprovechando la escasez de tráfico. Se giró hacia El Lobo y lo increpó con dureza recordándole sus obligaciones y lo que había hecho por él. Lejarza le soltó varios improperios, le gritó que en el Servicio eran unos desagradecidos y que él lo había dejado tirado en esta operación.

—ETA lleva una semana sin cometer atentados, en lo que

103

parece una tregua no declarada para ganar votos de cara a las elecciones autonómicas de la semana que viene. Ese es mi trabajo, no soy tu dama de compañía. Estoy desbordado, trato de evitar que esa pandilla de malnacidos mate a más inocentes. ¿Es que crees que tú eres más importante que ellos?

—Solo te pido que me eches una mano, que descubras qué es lo que no me cuentan. No creo que te lleve mucho tiempo.

—Está bien —accedió Leblanc tranquilizándose—, veré de qué me puedo enterar, pero sin comprometerme yo y sin comprometerte a ti. Tengo una familia que mantener y no voy a saltarme las reglas porque tengas un presentimiento. Y ahora sal de mi coche, ve a dar un voltio para despejar tus ideas y no me llames; cuando sepa algo yo me pondré en contacto contigo.

La discoteca Pachá estaba tan abarrotada como el viernes anterior. Se mantenía la mezcla de clientela moderna con otra más tradicional, de jóvenes y menos jóvenes. Todos con cierto pedigrí y nadie con deportivas y calcetines blancos. Algo que no habría permitido el portero, que de día ejercía de guardia civil.

Miguel entró pasada la una y media de la madrugada, cuando calculó que ya habrían llegado las tres alemanas. Se cumplía una semana desde que ligó con Gisela allí mismo, una semana intensa en la que habían conversado más de lo que lo había hecho con nadie en tan corto periodo de tiempo. Los dos se sentían muy a gusto juntos, un éxito escaso si tenía en cuenta que el objetivo real que lo había aproximado a ellas era Erika y no Gisela. Había descubierto datos interesantes, pero necesitaba afianzar un clima de confianza con ella para poder escarbar en su vida pasada y presente, como le pedía Goicoechea.

Mujeres de costumbres, estaban en la misma zona cercana a la pista de baile que en la anterior ocasión. Durante el tiempo que tardó en recorrer los diez metros que lo separaban de ellas, se metió mentalmente en el papel que debía representar. Sabía cuál era su objetivo esa noche, pero se recordó que no debía desviarse de la idiosincrasia de su personaje, de sus hábitos, filias y fobias. Tenía que representar al mismo tipo de hombre de una forma espontánea y viva.

—*Guten Abend!* —gritó sonriente intentando darles un susto, para a continuación acercarse a Gisela, abrazarla y darle un beso en los labios. Después saludó a Frieda y a Erika.

—Hola, amor —respondió Gisela—, te echaba de menos, siéntate aquí a mi lado.

Acercó una silla y se colocó entre su chica y Erika.

—No sé si tu amiga querrá que me siente cerca de ella, me temo que no le caigo muy bien.

—¿Qué dices?, si Erika está encantada contigo.

—No sé si le habrá gustado que la esperara a la salida del trabajo.

Gisela intervino sin esperar a que lo hiciera Erika.

—Todo lo contrario, a las dos nos encanta que te preocupe tanto tener una buena relación.

—Cariño —dijo Miguel cogiéndole la mano—, creo que es Erika quien tiene que decir lo que piensa.

La aludida estaba más cómoda sin hablar, pero no le quedó más remedio que intervenir:

—Ya te dije ayer que si Gisela es feliz, yo también. Dejemos ese tema, que hoy estamos de fiesta.

Gisela se levantó y Miguel la contempló con unos ojos tiernos que iban más allá del papel que estaba representando. El vestido ajustado blanco y la felicidad de su cara realzaban su belleza rubia y acrecentaban su atractivo natural. Se fueron a bailar los dos solos y al rato se sumó Frieda, excusa que Miguel aprovechó para decirle al oído a su chica que iba a sentarse. Gisela le guiñó un ojo y lo besó mientras lo abrazaba como si fueran a despedirse por un viaje de un año. El Lobo se sentó junto a Erika.

—Hoy hace un calor que te mueres, seguro que han quitado el aire acondicionado para que bebamos más alcohol. ¿No bailas?

—Hoy me apetece menos, estoy un poco cansada.

—El otro día me quedé un poco preocupado por lo que no me contaste de Gisela.

—¿Qué no te conté?

105

—Algo sobre que había tenido problemas en el pasado.

—No recuerdo.

—Vale, olvídalo. Tengo una duda. ¿Qué te gusta más, Alemania o Miami?

Erika se echó a reír.

—Realmente eres un tipo curioso. No vas a parar hasta que consideres que me caes bien, ¿verdad?

—Para mí es importante. Gisela no para de hablar de ti y tengo ganas de tenerte de mi lado.

—Vale —dijo en tono de cesión—. Me encanta Alemania, es mi país, me he criado en el frío y prefiero la nieve al sol. Mi madre nunca se adaptó y la quiero tanto que verla feliz en Miami me hace feliz a mí.

—Yo me he criado al sol de Valencia y estoy acostumbrado a personas cálidas y a tomar copas en la calle en mitad del invierno.

—En algunos países del norte también lo hacemos, solo que hay que ponerse una manta para no morirse de frío.

—Tengo que ir a Alemania, espero poder visitarla algún día con Gisela. Aunque tendré que encargar unos patucos para dormir.

—¿Patucos?

—Mi abuela era muy friolera y nos hacía una especie de calcetines a todos cuando éramos pequeños.

—Yo también dormí durante mucho tiempo con calcetines gordos de deporte, los pies están más calientes.

Cinco minutos después, Erika se disculpó y se fue al baño.

La alemana tuvo que abrirse camino entre la gente que abarrotaba cada rincón de la discoteca para acercarse a la puerta del aseo de mujeres. Le faltaban un par de metros para llegar cuando alguien la cogió del brazo sin muchos miramientos. Se dio la vuelta, vio la cara de un hombre mayor que ella y miró inquieta para todos lados.

—Nadie atiende mis llamadas, me estoy hartando —dijo enfadado el tipo.

—Venir aquí no ha sido una buena idea, no es bueno para ti.

—Querrás decir que no es bueno para los dos.

—Yo tengo poco que perder, tú mucho.

—Van a descubrirme y lo sabes.

—Nadie va a hacerlo, estás seguro donde estás. Sigue así y no te pongas nervioso.

La gente pasaba por su lado sin prestarles más atención que la curiosidad de ver a un tipo mayor agarrando del brazo a una mujer más joven.

—Me prometiste protección.

—Si la necesitabas, y no es el caso.

—Tú lo sabes mejor que yo, claro.

—Lo sé y es suficiente. Lo importante para ti ahora es que nadie nos relacione y con tu aparición aquí podrías estropearlo todo.

—Nadie contesta mis llamadas, puedo hacer que todo estalle.

—Tranquilízate —dijo mirando la mano del hombre que la sujetaba, aunque su gesto no consiguió que la soltara—, nadie sabe nada.

—Si yo caigo, tú caes.

—¿Me matarás?

—Te entregaré.

Gisela no tardó en aparecer ante la mesa donde Miguel estaba sentado solo.

—¿Qué tal con mi amiga?

—Muy bien, no es la mitad de guapa que tú, pero tiene buenas piernas.

—Tonto —le dijo dándole un manotazo en el hombro.

—Es que no sé la razón por la que le caía mal. El día que me la encontré estaba muy molesta.

—No te conoce, ya verás como será amiga tuya.

—Lo que de verdad me importa es verte sonreír. Y también que pasen pronto las horas para…

—Me voy a bailar, vente.

—Voy un momento al retrete y te acompaño.

En el pasillo que daba a los baños había gente charlando y vio a lo lejos a Erika con un hombre mayor, no parecían mantener una conversación muy agradable. Ella vio que él se acercaba y puso fin a la conversación.

—¡Qué pesado ese viejo! —le dijo al cruzarse con Miguel—. Los españoles creen que porque somos extranjeras nos vamos a ir a la cama con ellos. Se creen irresistibles.

Erika regresó a la pista de baile. Miguel siguió su camino hacia el cuarto de baño, el ligón había desaparecido. Le dio la sensación de que había visto a aquel hombre alguna vez, posiblemente era un fijo de la discoteca, aunque no estaba seguro, llevaba una semana reteniendo caras y ya su archivo mental estaba saturado. En cualquier caso, no tenía pinta de ligón de discoteca. Cuando regresó, la mesa estaba vacía. Miró a la pista de baile y Gisela, divertida, le lanzó una mirada cariñosa y le gritó su palabra preferida en alemán: *Hübsch.*

Capítulo 9

1 de marzo, sábado

Mientras esperaba sentado en un rincón a que el director de La Casa lo recibiera, Villalba intentaba concentrarse para que su larga experiencia en las aguas turbias del espionaje y el manejo de los ardides de la diplomacia le mostraran el camino para salir airoso de la situación en la que lo habían metido los errores ajenos. El jefe de Gabinete y una secretaria trabajaban sin prestarle atención en la antesala del despacho de Figueras, jefe del CESID, en el paseo de la Castellana número 5, un edificio del siglo XIX compartido con el Ministerio del Interior. El jefe de la Contrainteligencia esperaba recibir una «bronca de narices»: guardaban una carpeta con información secreta y perjudicial para el rey y, para colmo de males, su contenido había sido fotografiado por el peor de sus enemigos. No le quedaba más remedio que explicarle el desaguisado al director para que el Servicio levantara un cortafuegos antes de que todos se abrasaran.

Confiaba, sin demasiado convencimiento, en que Figueras entendiera su carencia de responsabilidad: las penetraciones clandestinas estaban a la orden del día en el ámbito del espionaje y era imposible vacunarse contra ellas con total garantía. Numerosas embajadas en Madrid de países como China, Argelia o Libia habían sufrido la invasión clandestina de los agentes operativos españoles para colocar micrófonos o fotografiar papeles, sin que las especiales medidas de seguridad adoptadas hubieran servido para evitarlo.

El jefe de Gabinete le abrió la puerta para que pasara a ver al director sin dirigirle una palabra ni mirarle a la cara, como si fuera un cristiano al que invitara a entrar en el circo romano para ser devorado por los leones.

—A sus órdenes, director, ¿da su permiso?

—Pase, Villalba, siéntese.

El despacho era tan grande como cinco de sus cubículos y todos sus muebles eran antigüedades, como a él le gustaba, aunque para sí mismo solo había conseguido una mesa de despacho y un sillón de cien años, que debieron ser pulidos por un soldado de reemplazo al que se lo agradeció con un apretón de manos. Los pisos y chalés de trabajo de los agentes de las divisiones estaban alejados del empaque de los edificios oficiales y cada vez que iba a Castellana le impresionaba. Se sentó frente a Figueras, un general de brigada de los calificados como guerreros, con una carrera plagada de destinos operativos y cuya única relación con el espionaje había nacido el día de su nombramiento como director del CESID.

—Bien, Villalba, usted me contará la urgencia de la reunión. Hoy es sábado y en lugar de estar con mi familia, como corresponde, estoy aprovechando para despachar algunos asuntos pendientes, así que no me retrase mucho, que no quiero marcharme tarde.

Los dos militares, ahora en el servicio secreto, compartían bigote, expresión dura, cuerpo bregado en muchas maniobras en el campo y una ausencia total de ganas de intercambiar confidencias que no fueran estrictamente sobre temas laborales. También coincidían en sendas entradas en el pelo, que se había aclarado en el caso de Figueras y todavía era negro azabache en la cabeza de Villalba. El director no había renunciado a vestir el uniforme caqui del Ejército de Tierra, mientras que su subordinado siempre iba con traje.

—Ha pasado algo muy grave, director. Hemos descubierto que los asaltantes de la sede de Contrainteligencia entraron para fotografiar una carpeta sobre el rey.

Figueras estaba terminando de leer un informe mientras su subordinado había comenzado a hablar. En cuanto oyó su alarmante anuncio tiró los folios sobre la mesa y se quitó las gafas, que corregían su vista cansada, para escrutarlo con una mirada confundida.

—¿Qué está diciendo? ¿Han espiado ustedes al rey sin mi consentimiento?

—No, señor. Esa carpeta estaba en nuestro archivo desde hace años, nosotros desconocíamos su existencia.

—¿Cómo que estaba en sus archivos y no lo sabían? —dijo incrédulo en tono imperativo.

—En la Contrainteligencia hay varios archivos procedentes del SECED que alguien decidió que guardáramos nosotros. Cuando fui nombrado me informaron de su existencia, pero nadie inspeccionó su contenido, yo no lo habría permitido.

—¡Madre de Dios! ¿Quiere decirme que tenemos una carpeta del jefe supremo de las Fuerzas Armadas, que además es el jefe del Estado, y no lo sabíamos? Y yo me lo tengo que creer.

—Se lo aseguro, director. ¿Por qué iba a ocultárselo?, no habría tenido ningún sentido.

—Esto es algo gravísimo, Villalba, me pone a los pies de los caballos. ¿Cómo le explico al rey la próxima vez que vaya a despachar con él que tenemos guardadas las investigaciones que nuestros antecesores hicieron sobre sus actividades? Pensará, con razón, que las escondíamos para utilizarlas contra él por si en algún momento nos hacían falta. Nuestro deber es informarle y protegerle, y le hemos hecho un flaco servicio. Más aún, hemos puesto en peligro la Monarquía.

Villalba no previó aquella serie de zurdazos tan dolorosos. O paraba ya la bola de nieve que se estaba agrandando en la cabeza del director o en un rato le costaría el cese deshonroso de su puesto.

—Yo desconocía la existencia de ese dosier, así que no pude informarle a usted. Si los directivos del SECED que lo elaboraron, como Reina, el jefe de la división de Inteligencia Interior, nos lo hubieran contado, habríamos podido destruirlo, que es lo que yo le habría recomendado a usted. Con la colaboración de Reina se puede determinar quiénes llevaron a cabo ese trabajo, incluso identificar a los responsables de que todavía exista el expediente que le he traído. Si quiere, los busco y ordeno detenerlos a todos.

La contundencia de sus palabras sirvió para que al di-

111

rector dejara de hinchársele una vena en el cuello que amenazaba con estallar, aunque no apartó su mirada inquisitiva de Villalba. Le había dado otro culpable contra el que dirigir su ira.

—Este centro se rige por el patriotismo y por el compañerismo. En su caso, lo primero no lo pongo en duda, pero sí lo segundo.

—Director, me estoy limitando a darle una información.

—Que no tiene nada que ver, imagino, con el hecho de que voy a nombrar próximamente un subdirector y usted y Reina son los principales candidatos.

—Lo desconocía completamente.

—Venga, Villalba, en este centro existen muchos menos secretos de lo que a mí me gustaría.

—Le aseguro, señor…

—Entréguéme esas notas informativas inmediatamente.

El jefe de la Contrainteligencia abrió una cartera de cuero negro que le habían prestado en la división para transportar el informe, lo sacó y se lo pasó. Figueras lo leyó en silencio, olvidándose por un momento de la presencia del subordinado que le había amargado el fin de semana. Durante unos minutos pareció que incluso sus corazones latían sin hacer ruido. Súbitamente, lanzó un lamento:

—¡No me fastidie!, ¿cómo que el rey habría negociado directamente con la CIA la retirada española del Sahara, en un momento delicado para España y a pocos meses de ser designado rey, llevado por el deseo de Estados Unidos de reforzar a Marruecos como uno de sus aliados primordiales?

Villalba se había olvidado de que Figueras había sido jefe del Estado Mayor de las fuerzas militares del sector del Sahara hasta su total evacuación en 1975.

—No tengo ni idea, director. Me he quedado tan sorprendido como usted por ese tema y por los demás.

—¿Ha leído el dosier?

—Sí, señor, era necesario para valorar la dimensión del agujero que nos han hecho.

—El rey metido en esto, no me lo puedo creer. Si se enteran los tenientes generales del Consejo Superior del Ejército de su posible connivencia con la CIA, aquí hay movida.

—Puede ser falso o estar redactado de tal forma que parezca lo que no es.

—Da igual, el simple hecho de que aparezca en un informe nuestro puede traernos un montón de líos. ¿Qué quiere que explique cinco años después de su elaboración, que los que lo redactaron eran unos ineptos o unos conspiradores? Y yo, el director del CESID, totalmente fuera de juego.

Figueras buscó la calificación de las notas informativas realizadas por los responsables de su elaboración, escritas al principio de cada documento.

—Para colmo, están consideradas información negra. Solo una aparece como gris. Si al menos fueran informaciones blancas, podríamos decir que son meros rumores.

En los servicios secretos, se considera información negra la facilitada por infiltrados, por lo que se le otorga la máxima credibilidad. La gris procede de fuentes abiertas cotejadas con fuentes personales de los agentes, mientras que la blanca es de dudosa veracidad.

Villalba se quedó callado, era preferible no meter el dedo sucio en la herida abierta.

—¿Qué propone que hagamos?

—Creo, director, que lo mejor sería destruir las investigaciones, como se tenía que haber hecho hace mucho tiempo.

—Querrá decir que rompamos esta copia, porque hay otra en manos de Dios sabe quién.

—Le recomiendo destruirla como primer paso. El segundo será encontrar a los culpables de la penetración y recuperarla. No tenemos dudas de que ha sido una operación urdida por nuestros enemigos del KGB.

—Eso está muy bien, pero por mucho que consiguiera, que no lo creo, que los rusos la devolvieran, nadie les podrá impedir usarla en su beneficio.

—Podremos conseguirlo. Utilizaremos alguna información que a ellos les perjudique para pactar el silencio.

—¿Ha conseguido pruebas de su responsabilidad?

—Solo puede haber sido el KGB o algún servicio secreto del Pacto de Varsovia. Son los únicos a los que puede beneficiar que se haga pública la relación del rey con los americanos y su actuación para conseguir llegar al trono.

—Pues considere que en su división no hay más tema que este, dedique todos sus esfuerzos, pida lo que necesite, recurra a lo que haga falta, pero demuestre sus sospechas fuera de cualquier duda razonable —respiró hondo—. Lo hace o se busca otro destino.

—Lo haré, señor, se lo prometo. —Tragó saliva antes de seguir—. Aún existe otro problema.

—¿Más gordo que este? —preguntó preocupado.

—Los del departamento de Seguridad están buscando a los responsables. Lo normal en cualquier otro caso sería que les notificáramos lo que ha descubierto nuestro personal de Documentación, pero si lo hacemos conocerán la existencia de la carpeta sobre el rey.

—Ni una palabra a nadie. ¿En qué punto están de su investigación?

—Me temo que perdidos, han interrogado a Goicoechea y al suboficial que estaba de guardia, los dos agredidos durante el asalto. Pero no nos han comunicado nada interesante, excepto que todo apunta al KGB.

Figueras se quedó mirándolo, se recostó en su asiento y se atusó el bigote.

—Voy a convocar una reunión con los jefes de división en la que les desvelaré la existencia del dosier extraído y ordenaré que nunca se repita una operación contra el jefe del Estado. Son cosas del pasado que debo reprobar públicamente para que todo el mundo se dé por enterado. Todos sabrán que me acabo de enterar y que no permitiré ese tipo de actuaciones. Aquí no se espía a militares, no mientras yo esté al frente. Si cae alguien por este escándalo, no seré yo. Celebrada la reunión, iré a contárselo al rey.

—Es un buen plan, director. En lo que pueda ayudar, cuente conmigo. Con su permiso, creo necesario informar al jefe de estación de la CIA; el asunto les perjudica casi tanto como a nosotros y se tomarán mucho interés en ayudarnos a descubrir la implicación de los rusos. También me pondré en contacto con el BND, que dispone de una información inmejorable sobre las actividades del KGB y sus socios en Europa, porque son los que más les sufren. A Bachmann, el delegado del servicio alemán, al que ya conoce, le diré que nos han robado documentos valiosos, pero no le mencionaré al rey.

—Encárguese personalmente de la investigación. Haga lo que tenga que hacer, Villalba, quiero soluciones y las quiero ya.

Figueras se quedó solo en su despacho y volvió a repasar el contenido de los documentos que le habían espantado. Le importaba un pimiento si la CIA había colaborado para la llegada de la democracia en España, incluso que el SECED montara una operación a petición de Juan Carlos para desprestigiar a Alfonso de Borbón en sus deseos de disputarle la sucesión. Pero lo de la connivencia con la CIA para entregar el Sahara a Marruecos le había clavado una espina muy dolorosa en el corazón. Entendía que la coyuntura política era muy complicada en 1975. Franco estaba muriéndose y la alternativa de una guerra no era un plato apetitoso. Los que estaban en el Sahara habrían dado su vida por defender el territorio. ¿Qué narices pintaban los americanos apoyando a los marroquíes?

Meditó los pasos que había decidido dar para que la situación no le explotara en las manos y avisó a su jefe de Gabinete de que en media hora regresaría a casa, él y la secretaria podían irse ya. Su ayudante le respondió atentamente que no tenía prisa, podía esperar el tiempo que hiciera falta. Figueras se lo agradeció, pero le ordenó que avisara a su chófer y a los escoltas de que tuvieran preparado el coche oficial. Una vez cumplida la orden, no quería ver a nadie allí.

Esperó diez minutos y salió con la carpeta al antedespacho vacío. Encendió la fotocopiadora, esperó con nerviosismo a que se calentara y reprodujo una por una todas las hojas. Luego regresó a su despacho y con un bolígrafo rojo escribió con grandes letras en la portada del dosier original la palabra «Destruir». A continuación lo guardó en uno de los cajones de su mesa y lo cerró con llave. Miró durante unos segundos la otra carpeta con las copias del original y la introdujo en su cartera. Su familia lo esperaba.

Υ

—¿Qué es eso tan urgente que necesitas contarme?

Erika lanzó la pregunta a José Miguel Torres en cuanto se encontró con él en la plaza de Quevedo, confluencia de varias grandes arterias de la ciudad, a un minuto andando desde su casa. Había recibido su llamada media hora antes. La noche anterior, en la discoteca, se había mostrado mucho más comprensiva con la relación que mantenía con Gisela y dedujo que solo volvería a verlo cuando salieran en grupo. Se equivocaba. Ese hombre guapo, con sonrisa bigotuda que generaba confianza y una facilidad de palabra con la que engatusaba, había seducido a su mejor amiga y seguía empeñado en ganarse su confianza. Mantenía ciertos reparos sobre él, pero tenía que reconocer que la divertía y parecía buen tío.

Cuando escuchó su amable voz por el teléfono no podía creer que hubiera conseguido su número y mucho menos que le pidiera que quedaran para contarle algo urgente. No estaba dispuesta a aceptar, eran las ocho de la tarde, la disgustaban los planes repentinos y en lo que a ella se refería era solo el reciente novio de Gisela, no un amigo por el que dejarlo todo sin pensártelo.

«Es que tengo una cena en dos horas», verbalizó el mejor pretexto que se le ocurrió para colocar un muro entre los dos. Miguel actuó como un avezado saltador de obstáculos: «Te prometo que llegarás de sobra a tu compromiso, será solo un rato. Es algo grave relacionado con Gisela». Mencionar a su amiga fue la llave maestra que acabó por convencerla, ¿le habría pasado algo? Pudo haberse negado, pero se tragó el cebo movida por la curiosidad y las ansias de proteger a esa mujer a la que tanto quería desde la infancia.

Se puso una gabardina sobre la cómoda ropa de estar por casa, se miró al espejo, se dio un poco de vaselina en los labios y decidió no pintarse ni una raya en los ojos. Iba a charlar un rato con un conocido un poco plasta.

Lo vio esperándola en la plaza y, en cuanto se acercó, no se anduvo con rodeos para preguntarle por qué la había sacado de su casa calentita en mitad de la lluvia. Llevaba abierto el paraguas y él se resguardó del agua acercándose a ella, sin pegarse demasiado, por lo que una parte de su cuerpo quedó desprotegida.

—No llueve tanto —dijo Miguel—, y como he prometido que devolvería a Cenicienta a su palacio en un ratito, si quieres paseamos y así regresas pronto y te da tiempo a llegar a tu cena.

Estaba frente a ella, mirándola a los ojos mientras las gotas de agua le resbalaban por el rostro. Erika le entregó el paraguas, se agarró a su brazo y comenzó a andar.

—¿Qué le ocurre a Gisela?

Parecía que había oscurecido más de lo habitual, las nubes negras tapaban los esfuerzos de la luna por iluminar las calles. Hacía frío, algo que no parecía preocupar a ninguno de los dos.

—Como sabes, ayer salimos tarde de la discoteca. Cuando llegamos a casa de Gisela nos tomamos una última copa. Creo que los dos habíamos bebido demasiado, aunque no te das cuenta cuando estás bailando y pasándotelo bien. Toda la noche había estado feliz y relajada, ya la viste. No paramos de hablar, de besarnos, de bailar muy pegados.

—Ya lo sé, Miguel, estaba allí. No es que quiera interrumpirte, pero si me relatas lo bien que lo pasasteis no me estás contando nada que no sepa.

—Te lo decía para que entiendas mejor mi congoja.

—Sigue, no volveré a interrumpirte.

—El caso es que cuando volvimos a casa seguimos igual de cariñosos, con una parada para tomarnos otra copa. Después charlamos unos minutos, comencé a besarla y de repente, sin que pasara nada extraño, todo cambió.

Los dos caminaban del brazo con la mirada perdida en el horizonte. El barrio ofrecía cierta intimidad gracias a la tarde tan desabrida. Miguel daba la impresión de sentir que la lluvia era una agradable compañera que intentaba aclararle las ideas.

—Se puso muy seria, se le escapó una lágrima y enseguida se puso a llorar con desconsuelo. No entendía qué había pasado, pensé en los efectos perniciosos del alcohol, pero no tardé en darme cuenta de mi error.

Erika guardaba silencio al mismo tiempo que el cuerpo se le tensaba. Empezaba a imaginar lo que Miguel iba a contarle.

—Tardé un rato en calmarla y en conseguir que me ha-

117

blara. Luego me lo contó todo, aunque tuve que utilizar un sacacorchos. Me dijo que en la última relación seria que mantuvo en Alemania con ese cabrón que la engañaba con cualquiera, incluidas alguna amiga y una compañera de trabajo, se sintió tan decepcionada que intentó suicidarse tomándose quince pastillas de un tranquilizante.

El infiltrado hizo una pequeña pausa, aunque no pudo ver el efecto de sus palabras sobre Erika porque caminaban hombro con hombro y su cara estaba fuera de su campo de visión.

—Deberías habérmelo dicho —le reprochó—, podría haber estado preparado para el caso de que se sincerara.

—Estuve a un tris de hacerlo el otro día, pero era preferible que te lo contara ella si quería. Es su vida íntima, no tengo por qué inmiscuirme.

—Es que no sé si la he ayudado o lo he estropeado todo.

—Seguro que lo hiciste bien. Está ilusionada contigo y ha visto que podría enamorarse de ti, lo que le ha despertado sentimientos de inseguridad.

—Intenté calmarla, pero no sé si le he dado la mejor de las respuestas. ¿No te ha dicho nada hoy?

—Ni una palabra, lo cual es buena señal. Las mujeres nos lo contamos casi todo, pero hay asuntos que primero preferimos resolver con el hombre que nos gusta. Gisela ha visto algo en ti.

—No sé si la merezco, ayer me sentí muy desbordado.

—Es normal, os conocéis poco y ella te ha desvelado su gran secreto.

Miguel estaba menos violento de lo que aparentaba. Había manipulado con cautela la narración de la conversación que mantuvo con Gisela, en la que él había sido quien le había dado pie a sincerarse, tras percatarse por Erika de que escondía algún secreto turbio. El momento había sido desagradable pero había conseguido que su amante se calmara y confiara en que su relación podía salir bien o mal, pero que siempre sería sincero con ella. «¿Me lo prometes?», le preguntó. «Te doy mi palabra de honor», respondió él. Ese descubrimiento le había servido como pretexto para conseguir reunirse con Erika y estrechar su relación con ella, el verdadero objetivo de la misión que tenía entre manos y que necesitaba hacer avanzar como fuera. No disfrutaba comportándose así, pero no le quedaba otra salida que engañar, eso sí, con ductilidad e imaginación, utilizando sus rápidos reflejos.

Pararon debajo del toldo de una tienda de ultramarinos que, como el resto de comercios de la zona, había dado por concluida la jornada. Cerró el paraguas y se colocó frente a Erika, mirándola a la cara. La luz de la farola más cercana apenas les llegaba, por lo que sus rostros quedaban entre sombras.

—Siento haberte hecho salir de tu casa en mitad de la lluvia, necesitaba decírselo a alguien.

—Has hecho bien, te lo agradezco.

—Te voy a pedir un favor: no le comentes a Gisela que lo he compartido contigo, no sería bueno para ella que piense que soy débil.

—¡Cómo sois los tíos!, a las mujeres nos encanta que tengáis sentimientos y sufráis por nosotras.

Dos hombres pasaron por su lado sin que les prestaran la más mínima atención. Por sorpresa, cada uno se colocó detrás de uno de ellos y esgrimieron sendas navajas que colocaron rozando sus cuellos.

—¡Esto es un atraco! —gritó el que amenazaba la vida de Erika—. Dadnos rápidamente las carteras sin hacer nada extraño y os aseguro que nos largaremos sin haceros daño.

—Suelta inmediatamente a mi amiga —gritó Miguel con el cuello estirado, mirando de reojo el filo de la hoja que lo amenazaba.

—No seas chulito, haznos caso o le corto el cuello a tu puta —le respondió el atracador que llevaba la voz cantante.

—Eres un cabrón, si le haces algo te mataré.

Los dos hombres llevaban puestas las capuchas de los anorak, que con la escasa luz impedían distinguir sus rasgos.

—A ver, putita, dame tu bolso antes de que tenga que arrancarle el corazón al mierda de tu chulo.

Erika reaccionó de inmediato sacándose la correa del bolso por la cabeza y entregándoselo sin dejar de mirar con pavor la navaja que amenazaba la vida de Miguel.

—Y ahora tú, gallito, danos tu cartera para que nos podamos ir sin manchar la acera con vuestra sangre sucia.

Miguel abrió su cazadora empapada, metió la mano en el bolsillo interior y la sacó. Cuando el asaltante silencioso iba a quitársela con la mano libre pasaron por su lado dos mujeres mayores.

—Sigan su camino —les gritó el que llevaba la voz cantante—, no sea que vayamos a robarles también a ustedes.

Las dos señoras soltaron un improperio y salieron corriendo muertas de miedo.

—Ahora nos vamos. No quiero que os mováis de aquí hasta dentro de cinco minutos o volveremos a mataros. ¿Está claro?

Ninguno de los dos respondió, aunque Erika movió la cabeza asintiendo.

—Y tú, machote, que disfrutes con esta puta, que está muy buena.

El hombre que amenazaba a Erika acercó su boca, que apestaba a alcohol, a su cara y empezó a restregarle la lengua. Miguel reaccionó dándole un golpe con el codo en el estómago al ladrón que tenía detrás, que respondió propinándole un navajazo en la mano y un golpe en la cabeza que lo tiró al suelo. La mujer intentó moverse, pero el asaltante la agarró fuerte, convirtiéndola en espectadora de la paliza con pies y manos que recibió Miguel. Unos segundos después, los dos huyeron corriendo. Erika se acercó a su amigo, que estaba inconsciente, y pidió ayuda a gritos.

Frédéric Leblanc salió corriendo al hospital de la Paz tras abandonar la cena que compartía con dos matrimonios amigos y pedirles que acercaran a su mujer a casa. Rai, uno de los lobillos, había telefoneado al restaurante para anunciarle el ingreso de Mikel después de ser atacado en la calle. Los médicos estaban encerrados con él curándole las heridas y desconocía los detalles.

Cuando Leblanc estacionó su coche en el aparcamiento del hospital era más de medianoche. La lluvia no había parado en todo el día y él había aprovechado para quedarse por la tarde tranquilamente en casa leyendo, viendo la televisión y jugando con sus dos hijos. Creía que la cena con amigos sería el broche ideal para una jornada de asueto, pero se equivocó. Habían atacado a Mikel, la única persona fuera de su núcleo familiar que despertaba su instinto de protección. Era su criatura, ya crecidita e independiente, a la que había captado para el servicio secreto y con quien mantenía una íntima relación de amor-odio que duraba ya siete años.

Durante su infiltración en ETA había pasado por momentos tremendamente peligrosos. Recordaba la decisión de los jefes del Servicio de colocar una bomba para matar a la cúpula de ETA durante una reunión a la que asistió Mikel. En ese caso, y en otros muchos, la pericia y la divina suerte del infiltrado lo acompañaron sin producirle ni un rasguño. Ahora, cuando estaba en una misión aparentemente inocua, lo agredían.

No tardó mucho en dar con la sala de urgencias. En la puerta se encontró con los tres lobillos.

—Hola, chicos, ¿cómo está Mikel?

—Lo acaban de meter en Observación —respondió Rai mientras los cuatro formaban un círculo en el pasillo—. El médico dice que solo tiene contusiones y un corte leve en la mano, en el que le ha dado unos cuantos puntos. Como perdió el sentido, lo va a dejar toda la noche ingresado por precaución y mañana podrá volver a casa.

—¿Le han hecho radiografías?, ¿están seguros de que no tiene nada por dentro, ni en la cabeza?

—Eso dice el médico. Parecía demasiado joven, pero aparentaba saber lo que tenía entre manos.

—¿Qué pasó?

—He hablado poco con Mikel porque quieren que descanse. Estaba con la chica alemana, con Erika, y dos hombres los atracaron. Uno de ellos se pasó con la mujer y a Mikel le salió la vena de superhéroe y se enfrentó a ellos. Le dieron una buena paliza.

—¿La chica?

—Cuando llegamos estaba aquí y dejamos que Silvia diera la cara.

—Me llamaron del hospital cuando Mikel despertó y les

dio mi teléfono —siguió la lobilla—. Al llegar me la encontré muy impresionada. Me contó que cuando intentaron abusar de ella Mikel no lo permitió y golpeó a uno de los asaltantes, lo que les encendió. No les vio la cara, ni tiene ningún dato que nos permita identificarlos, más allá de que eran dos chulos violentos.

—¿Dónde está ahora?

—Se ha ido con la Policía a comisaría para presentar la denuncia. Le he dicho que soy prima de Miguel, su única familia en Madrid, y que la avisaré si hay cualquier novedad. Se siente responsable. El médico comprobó que no tenía nada, le dio un tranquilizante y le dijo que se fuera a dormir a casa.

—Voy a entrar a verlo. Vosotros esperad aquí.

La sala de observación, de paredes blancas y vacías, estaba llena de pacientes, la mayor parte de ellos adormilados y con un gotero en el brazo. Mikel estaba en la cama del fondo acostado boca arriba, parecía dormido, pero en cuanto oyó unos pasos giró la cabeza.

—Hola, Fred, siento haberte jodido la noche del sábado.

—Déjate de gilipolleces, estás encantado de verme, como siempre. —Le sonrió—. ¿Qué narices te ha pasado?

—Unos atracadores, no me han jodido mucho.

Fred se situó en el lado de la cama próximo a la pared, el más alejado del resto de enfermos. Llevaba puesta la gabardina con las solapas levantadas. Olía a hospital, una extraña mezcla de medicinas y fluidos corporales. Una enfermera se acercó para pedirle que saliera de allí.

—Soy policía, señorita, inspector de Policía. Necesito urgentemente hablar con este hombre, solo serán unos minutos, le prometo que me iré sin molestar a sus pacientes.

Resultó convincente y la enfermera se retiró tras autorizarle «solo unos minutos».

—¿Ha habido algo extraño en el atraco? —preguntó Leblanc.

—¿Extraño?, ¿a qué te refieres?

—No lo sé, quizás me has contagiado tu paranoia, prefiero descartar cualquier posibilidad.

—¿Qué sabes que yo desconozco?

—He estado indagando, el lunes pensaba llamarte. El

caso en el que estás es un encargo de la CIA. Han pedido ayuda a la Contra, en lugar de hacerlo ellos, por algún motivo que desconozco. Piensan que Erika puede estar trabajando para el KGB.

—¿Cómo? —preguntó sorprendido Mikel. Se revolvió para colocarse de lado y dejó escapar un gesto de dolor.

—La gente que te seguía no son de los nuestros, al menos nadie ha pedido oficialmente apoyo a los operativos de la AOME. Lo que quiere decir que los chicos de la CIA pueden estar controlando los movimientos de la chica y también los tuyos.

—O los del KGB. Quizás están protegiéndola.

—O los dos Servicios.

—Cualquiera de ellos pudo penetrar en mi casa.

—Es más probable que fueran los rusos. Aparece en la vida de su agente un hombre desconocido y sospechoso y quieren saber si eres realmente detective. Los de la CIA te conocen de sobra.

—¿Crees que los americanos nos han podido atacar hoy?

—No sé por qué querrían hacerlo.

—Quizás piensan que voy lento y quieren acelerar que Erika y yo nos unamos para que me cuente cosas.

—O quizás estamos desvariando. Puede haber sido un simple atraco y ya está.

—Todo es muy enrevesado, no sé si los americanos son capaces de estas cosas.

—De eso y más, tú no sabes lo peligrosos que son. Por cierto, he visto a tus lobillos ahí fuera, aunque me lo negaras el otro día, imaginaba que los tenías de apoyo.

—Era sábado y no quise molestarlos. Era un simple encuentro con Erika. Relacionarme con ella para obtener frutos es algo complicado. —De repente, se acordó de algo—: Ahora que mencionas a mis chicos. Hace unos días estaban controlando los movimientos de Erika y la siguieron hasta un parque, donde escondió una nota debajo de un banco. Ahora ya sé para quién era.

—¿Qué decía en esa nota… a los rusos?

—Ni idea —contestó Mikel abstraído en sus pensamientos.

—¿Cómo que ni idea?

—Era la factura de una tintorería. No había nada escrito. Le dimos vueltas a los números y palabras que aparecían, pero no llegamos a ninguna conclusión, debe estar en clave.

—Deberías enseñársela a Goicoechea.

—Quizás lo haga.

—Me voy antes de que la enfermera vuelva. Que los lobillos no te dejen solo ni un minuto. Vas a requerir protección, por si acaso.

—¿Tendrás los oídos bien abiertos?

—Los tendré. Descansa y recupérate. Vas a necesitar todas las energías del mundo para lidiar a la vez con los de la Contra, los de la CIA y los del KGB. ¡Vaya mezcla!

Capítulo 10

2 de marzo, domingo

*E*l salón era un espacio abierto al que se accedía directamente desde la puerta de la calle. Era amplio y prometía habitaciones espaciosas, algo que Miguel no pudo comprobar pues no salió de allí en todo el tiempo que estuvo esa tarde en casa de Erika. La decoración era algo extravagante, nada acorde con la personalidad sobria de la alemana, lo que invitaba a pensar que lo había alquilado amueblado. No podía ser idea suya colocar una barra semicircular de madera estilo oeste americano delante de la intersección de dos paredes empapeladas parcialmente con un espejo hasta el techo, con baldas de cristal para botellas. El único detalle que acreditaba que ella vivía allí lo aportaban varias fotos de una pareja madura que debían de ser sus padres y de ella con amigos encima de una mesa baja. Muchos libros escritos en alemán en la estantería, una televisión grande y unas agujas de hacer punto eran los toques distintivos de sus aficiones.

—Lo último que me habría podido imaginar es que hicieras bufandas —dijo apartando las agujas antes de sentarse en un sofá verde demasiado blando como para ayudarlo a olvidar sus magulladuras.

—Me enseñó mi madre. Otros al llegar a casa después de una bronca con el jefe se sirven un whisky, yo hago punto.

Miguel tenía el pómulo hinchado de un color mezcla de morado y rojo con bastante mala pinta. Era la única marca a la vista, junto con el vendaje en la mano, de la agresión del día anterior. Erika no podía apartar la mirada de las heridas mientras imaginaba otras más llamativas ocultas bajo la ropa.

—Cuando estabas tirado en el suelo, te llamaba y no me contestabas. Por un momento te creí muerto, aunque luego sentí los latidos de tu corazón. Fuiste muy valiente enfrentándote a ellos.

—Muy valiente pero me dieron una buena tunda. No me arrepiento, prefiero el dolor de los golpes a estar bien y haber permitido que nos humillaran.

—Que me humillaran, querrás decir.

—Somos amigos, lo que a ti te pase es como si me pasara a mí. Cambiemos de tema: tienes una casa muy bonita.

—Un poco grande para mí sola. No salgo mucho y paso tiempo aquí. —De nuevo fijó la mirada afligida en la cara magullada de Miguel—. Anoche dudé si avisar a Gisela, no me parecía bien que no se enterara. Esta mañana me arrepentí cuando me contó que se ha pasado toda la noche en la sala de espera de urgencias sin que la dejaran verte, acompañada de tu prima.

—Hiciste bien, quizás habría sido mejor esperar, pero eso en aquel momento no lo podías saber. Estabas en *shock* y tu reacción fue la normal. Esta mañana me ha hecho mucha ilusión verla, la pobre estaba agotada y al mismo tiempo feliz al verme bien. Me ha llevado a su casa y me ha costado convencerla de que se echara una siesta mientras venía a charlar un rato contigo y ver cómo estabas. Le he tenido que prometer que me iría pronto a casa y me metería en la cama. Todo fue muy aparatoso, pero la verdad es que solo tengo unos golpes y el corte de la mano.

—Lo de ayer fue mala suerte, aunque desde hace un tiempo me persigue la fatalidad.

—Le puede pasar a cualquiera. Te encuentras en el sitio equivocado y aparecen los hombres equivocados.

—Yo atraigo la mala suerte.

—¿Por qué dices eso?

—Hay cosas de mi vida que no sabes y que es mejor que desconozcas. ¿Quieres beber algo?

—Me vendría fenomenal una Coca-Cola para levantarme el ánimo.

Erika se levantó y salió del salón. Miguel supo que tendría que lidiar con sumo cuidado para echar un vistazo a su lado oscuro. El atraco había roto una barrera y ella sentía que le debía algo por su actuación decidida para defenderla. Era el mejor momento para que se sincerase, aunque no la presionaría, se limitaría a guiarla con mucho tacto. Una exagente del BND sospechosa de trabajar para el KGB ofrecía un retrato de Erika mucho más complicado del que él había elaborado en un primer momento. Bien mirado, no era tan extraño: él mismo llevaba siete años trabajando para el servicio de inteligencia español y nadie había descubierto que tras ese hombre aparentemente sencillo y simpático se parapetaba un agente que se pasaba la vida luchando contra los más fieros enemigos del Estado.

Erika regresó con dos Coca-Colas.

—No salí de Alemania solo porque quisiera buscar nuevos aires —reconoció en un ataque de sinceridad nada más sentarse en un sillón también verde, que formaba un ángulo de noventa grados con el sofá donde estaba Miguel.

El infiltrado guardó silencio para no interrumpir lo que parecía una confesión. Su mirada amable estaba fija en la cara tensa de Erika.

127

—Me puse enferma y me detectaron una dolencia en el corazón. Me cansaba más de lo normal cuando hacía ejercicio. No era incompatible con mi trabajo, aunque mis jefes me dieron unas semanas de vacaciones. Aproveché para visitar a mis padres en Miami. Allí, entre los mimos de papá y mamá, decidí romper con las incomodidades del pasado. Primero pensé en quedarme en Estados Unidos a trabajar en la empresa de mi padre y luego recapacité: lo que deseaba de verdad era comenzar una nueva vida sola.

Ni una mención al novio extraño, ni al trabajo que desempeñaba en Alemania. Miguel la miraba realmente sorprendido, intentando descifrar un cuadro impresionista en el que descubría nuevas combinaciones de colores sin percibir su significado.

—Antes de regresar a Alemania telefoneé a Gisela para pedirle que me buscara trabajo en España, me daba igual de qué.

Erika posó su mirada por primera vez en Miguel tras rehusar hacerlo desde que había vuelto con los refrescos. El infiltrado sabía escuchar y no hizo el menor gesto que pudiera ser interpretado como un intento de romper su monólogo.

—Lo que no te he dicho es que antes de venir a España trabajaba en el servicio secreto de mi país. No me mires con esa cara de asombro. —Rio por primera vez al ver el gesto de Miguel—. Era una espía, sí, pero en nada parecida a las que aparecen en las pelis de James Bond. No puedo hablar de la labor que realizaba, pero era básicamente papeleo y burocracia.

—¡Eras una espía! —intervino Miguel esbozando una amplia sonrisa—, lo último que me podría haber imaginado. ¿Lo dejaste por la enfermedad del corazón?

—Fue el pretexto, no me gustaba lo que hacía. Ser agente del BND, como se llama nuestro Servicio, requiere tener los nervios templados, trabajar las veinticuatro horas del día, carecer de escrúpulos y guardar absoluto secreto sobre lo que haces, incluso sobre tu pertenencia al espionaje, con todas las personas que te rodean. Mis padres y Gisela eran los únicos que sabían a qué me dedicaba. Y con Gisela me salté las normas al contárselo.

—¡Vaya vida solitaria!

Miguel estaba hecho un lío. ¿A qué venía que de repente le contara la historia oculta de su vida? ¿Se estaba sincerando impulsada por el impacto sicológico del atraco compartido? ¿Qué pintaba el KGB en sus últimos años? ¿Le había ocurrido algo en el BND para que deseara abandonarlo?

—Vi muchas cosas que me disgustaron. No digo que no hubiera que hacerlas, pero me producían rechazo. Podía haber seguido toda mi vida allí, si bien preferí arriesgarme y venir a España. Estás en mi casa, una casa que cuesta bastantes pesetas, y es evidente que mis padres me pasan todos los meses dinero, la paga, como dicen ellos en broma. Querían comprarme una casa y como me negué en redondo sufragan el alquiler. El sueldo no me da para mucho, vamos, que progresar, lo que se dice progresar, no he progresado mucho.

—Lógico que quieran lo mejor para su hija.

—Tendrás curiosidad por saber la razón por la cual te cuento esto después de que hasta ahora me he mostrado esquiva para hablar de mis cosas.

Miguel esperó a que ella respondiera su propia pregunta. Estaba ansioso por enterarse.

—He tenido una vida complicada y después de que te la jugaras por mí mereces que me sincere. Lo de ayer fue muy desagradable y veo conspiraciones detrás de todo lo que me sucede. No hice nada en mi pasado para tener enemigos, pero estar en el mundo del espionaje me ha vuelto un poco maniaca.

—No te entiendo —dijo Miguel atrapando sus manos entre las suyas para calmarla—. ¿Qué te ocurre?

—Quiero que te alejes de mí y que en lo posible alejes también a Gisela —dijo con la voz templada—. Soy una solitaria y así estoy bien. Tengo una vida que muchos desearían, pero en realidad paso miedo.

Miguel no llegaba a descifrar sus palabras. Erika quería explicarle su sentimiento de congoja, sin aclarar lo que le pasaba por la cabeza. Le pedía ayuda y al mismo tiempo le rogaba que él y Gisela marcaran distancia respecto a ella. Quizás se equivocaba, pero era el momento de lanzar un órdago, a lo mejor funcionaba o a lo peor se cargaba la operación. Le había abierto la puerta para descubrir sus secretos inconfesables y debía entrar antes de que la cerrara. Lo que no podía aclarar es si su decisión de dar un paso adelante tenía algo que ver con la simpatía que esa mujer guapa y desolada le despertaba, y con la urgencia que estaba sintiendo de protegerla frente a algo indeterminado que la desbordaba. Quien no se arriesga, no gana, pensó.

—Puedes contarme lo que te pasa sin temor a que no te entienda. Mi pasado también ha sido turbio y llevo años intentando huir de él.

Miró la cara de sorpresa de Erika, parecía sincera. Se acercó un poco más a ella, intentando crear un ambiente propicio para las confidencias.

—Tú me has contado algo que no sabe nadie y en correspondencia voy a hacer lo mismo. Digo que soy valenciano pero nací en el País Vasco. Hace años me captó el servicio secreto español para que me infiltrara en ETA.

Los ojos de Erika, fijos en él, parecían vacíos, como si estuviera sobrevolando la escena.

129

—Era un joven idealista convencido de que la libertad de mi pueblo no pasaba por hacer lo que impusiera un grupo terrorista. También era un aventurero, por qué negarlo. Acepté y conseguí infiltrarme. Estuve un año entero dentro de la banda informando a mi Servicio. Fue un éxito total, aunque las medallas se las pusieron otros y a mí casi ni me dan las gracias.

Miguel notaba la presión creciente de las manos de Erika sobre las suyas y sus ojos bien abiertos, casi no pestañeaba.

—Meses antes del golpe final, varios etarras estuvieron a punto de asesinarme ante la sospecha de que era un infiltrado. También hubo una redada en pleno centro de Madrid contra el comando del que yo formaba parte, de la que no me avisaron, y, lo que fue aún peor, nadie alertó a los policías que venían a detenernos o matarnos de que yo era uno de ellos. Tuve que esquivar varias balas y hasta disparar cerca de un policía para evitar que los de mi bando me asesinaran.

Los ojos de Erika se tornaron acuosos. La frialdad con la que había narrado acontecimientos de su vida no le habían despertado los mismos sentimientos de descontrol que la historia de Miguel. Consciente de su debilidad, liberó sus manos y se apoyó en el respaldo del sillón, alejándose físicamente del hombre que estaba desnudando sus recuerdos. Ahora con amargura, pues resumió la duda de sus jefes sobre si quitárselo de en medio.

—Tuvieron la mala suerte de que me enteré de sus pretensiones. Me había jugado la vida por mi país y a ellos eso les importaba un bledo. Decidí dejarlo todo y empezar de cero. Más o menos como tú. Ahora soy un detective privado con un trabajo más aburrido, pero mando en mi vida, nadie decide por mí y nadie quiere matarme. Bueno, a excepción de los cabrones de ayer.

Erika no entendió lo que pretendía ser una broma macabra. Estaba con las manos en el regazo y la mirada ausente.

—Yo también he sufrido, Erika, llevo en mi corazón heridas abiertas mucho más profundas que las de ayer. Los puntos en el corte de la mano me tiran y los golpes me duelen, me ponga en la postura en que me ponga. Todo eso pasará pero lo que soporté durante aquellos años dentro de ETA lo llevaré siempre clavado en el corazón.

Mientras Miguel remataba su historia, Erika había bebido un sorbo de Coca-Cola, se había sonado con un pañuelo y se había estirado el pantalón como si tuviera alguna arruga. Luego había roto el contacto visual y físico que había mantenido con él. Comenzaba a reponerse, a controlar sus emociones. El desasosiego había desaparecido de su rostro.

—Siento mucho lo que has pasado y más haber despertado tus recuerdos al contarte mis rollos mentales. Me alegro de que hayas sido capaz de rehacer tu vida, sabía que detrás de tu imagen frívola había una buena persona. Créeme, lo supe desde el principio, aunque te enseñara los dientes en un intento de proteger a mi amiga.

—Te lo he contado porque deseo ayudarte, quiero que sepas que estoy a tu lado para lo que necesites. Aunque te diré que si el trabajo deja heridas, las relaciones con las mujeres también me han abierto algunas muy profundas.

Mientras hablaba, Miguel se acordó de que estaba terminando el domingo y con tanto ajetreo se había olvidado de telefonear a Cristina. Su relación se estaba apagando y no le perdonaría que ni siquiera se acordara de llamarla. Como no debía contarle la agresión del atraco, tendría que inventarse un buen pretexto y pedirle perdón de todas las formas imaginables.

—Los males del corazón… —retomó ella— son otros males.

—Enamorarse y que te dejen, como a mí me pasó hace unos meses, también es muy duro y desestabiliza que no te imaginas.

—Quizás tengas razón, pero no es mi caso —zanjó Erika—. Tienes que irte a descansar, estás dolorido y te tengo sentado en un sofá contándote mis penas.

—Y yo a ti las mías, no sabes lo bien que sienta.

—Eso es cierto. —Se levantó—. Vete a tu casa y duerme todo lo que puedas. Si no, Gisela me matará.

—¿Podremos seguir viéndonos? Seguro que a Gisela le encanta que salgamos los tres juntos.

—Claro que sí, lo que dos delincuentes han unido que no lo separe el hombre.

—Aúpa, Erika. Te llamaré para seguir charlando.

—El miércoles me voy de viaje.

—¿Adónde?

—A visitar a mis padres a Miami. Estaré pocos días, pero hace tiempo que no los veo y necesito que me transmitan su energía positiva.

—Haces bien. Antes te llamo y hablamos. El susto de ayer ha podido dejar aflorar sentimientos negativos, pero no te dejes hundir por ellos.

—Me alegrará escuchar la voz de un amigo.

Ya en casa se tomó las pastillas para el dolor y telefoneó a Cristina. Su azafata estaba mucho menos molesta de lo que se había imaginado por no haberle prestado atención en todo el fin de semana, lo que para su propia sorpresa le dejó frío. Había sido una historia de amor bonita e intensa, pero al proponerle a Fred que la fichara para la lucha antiterrorista había dado el paso definitivo para crear distancia entre ambos. El alejamiento trajo mundos y problemas diferentes, y al final el desamor. Iría a verla cuando acabara esa operación en Madrid. Se despedirían para siempre. Solo llevaba unos años buceando en el mundo del espionaje y sentía que la velocidad de los acontecimientos le impedía disfrutar de los buenos momentos a los que tenía derecho. Cada día le suponía un ejercicio de concentración en la misión que desarrollaba, lo que lo obligaba a concentrar sus energías en lo que estaba haciendo y a olvidar todo lo que no tuviera relación con la misión en curso, todo. Hacía bien su trabajo, pero el coste era demasiado elevado: nunca podría tener a su lado a una mujer que lo cuidara y a la que cuidar, con la que compartir sus sueños y criar unos chicos rebeldes como él.

Después telefoneó a Gisela. Le dijo que había notado a Erika muy afectada, no sabía bien de qué se trataba, pero el atraco había despertado en ella un miedo extraño. Le pidió que no le contara que él se lo había dicho, porque intuía que escondía algún problema grave. Ya hablarían, él se iba a descansar, no se encontraba muy bien.

Se recostó en la cama con la lámpara de la mesilla encendida. Le dolía todo el cuerpo, aunque en un rato las medicinas que se acababa de tomar harían su efecto y lo ayudarían a dormir. Pensó en Erika y trató de aclarar qué tipo de temores pasaban por su cabeza.

A bocajarro le había confesado que trabajó para el espionaje alemán y que lo dejó, harta del mundo de las alcantarillas, quizás por problemas morales, pretextando una dolencia del corazón. Parecía una mujer deprimida, triste, con la brújula de la vida estropeada. Quería desvelarle algo, que luego no sacó del armario de los recuerdos escondidos. ¿Qué era lo que había vivido en su etapa del BND que la había hecho detestar el mundo del espionaje? ¿Lo había dejado todo para desplazarse a España para cumplir una misión al servicio del KGB?

Lo más incomprensible era el manto de silencio sobre ese novio que Gisela le contó que había conquistado su corazón. ¿Por qué le desvelaba su secreto del BND y era reacia a mencionar el daño moral que le produjo ese hombre? Tal vez, no podía descartarlo, había construido un castillo de arena sobre ese desconocido y simplemente había sido una aventura pasajera.

Él se la había jugado descubriéndole su secreto como infiltrado en ETA. Fue un impulso repentino de los que no solían fallarle para estrechar lazos con el objetivo y hacerle más fácil exteriorizar sus problemas. ¿Éxito o fracaso? De momento lo segundo, aunque esperaba que en los próximos días las tornas cambiaran.

Quizás sacar a la luz su pasado en el espionaje había sido una treta para provocarle y que él le contara su trabajo para el CESID. Si había sido así, había quedado como un pardillo.

Su impulso podía haber sido debido a que Erika le despertó un sentimiento de compasión, algo que nunca le había pasado antes. Apenas la conocía, no podía contemplar que hubiera caído en la trampa de la lástima, ese peligro que sobrevuela a todos los infiltrados, una especie de síndrome de Estocolmo que nubla la racionalidad en medio de una operación. Una mujer difícil y distante que de improviso muestra su lado más vulnerable puede provocar que bajes la guardia, creas ciegamente en sus palabras y te veas impelido a protegerla.

133

Erika no le parecía una mujer normal. ¿Por qué creer que se había dedicado solo a tareas burocráticas? Los calmantes debían haberle afectado el raciocinio: no era posible que albergara sensaciones especiales por una mujer a la que apenas conocía y que era el objetivo de la investigación que estaba llevando a cabo. Una cosa era tener corazón y otra bien distinta ser tonto.

Por su cabeza no pasó nada más. El sueño lo venció, inducido por los calmantes.

Capítulo 11

3 de marzo, lunes

Alas ocho y media de la mañana, el jefe de estación de la CIA en España, Ronald Sánchez, traspasó la puerta de la sede de la división de Contrainteligencia. Escobar, que estaba en el control de entrada, había sido avisado de su visita y sin pedirle la documentación le abrió la puerta interior que daba a las oficinas, lo que permitió al estadounidense tardar medio minuto en estar sentado en el despacho del máximo responsable de la unidad. Villalba había ordenado a su secretaria que preparara un café aguado para su visitante y otro muy concentrado para él.

—Hola, flaco, ¿qué novedades hay?

Villalba se lo explicó sin rodeos. Había conseguido el beneplácito del director para dirigir personalmente la situación de crisis provocada por la carpeta sobre el rey. Cualquier medida que tomara, mientras no tuviera publicidad, sería aceptada. Sánchez era el mejor aliado que podía encontrar en la lucha contra la plaga del KGB. La Guerra Fría había sembrado de odio el mundo, especialmente en la vieja Europa. Los servicios secretos de las dos superpotencias, y los de sus aliados de la OTAN y el Pacto de Varsovia, se batían con barra libre para espiar y evitar ser espiados, aunque en el camino se perdieran algunas vidas. Cualquier cosa servía para asestar al contrario un golpe donde más le doliera, con la única obligación de guardar una cierta discreción sobre sus intervenciones, como si nada pasara.

Le explicó los últimos descubrimientos paso a paso, extendiéndose en cada detalle, por nimio que fuera, que pudiera encender el ánimo de su colega, que entró al trapo sobre la evidencia del apoyo de Estados Unidos al nuevo rey de España.

—Eso lo hizo porque Franco estaba muriéndose y España no iba a montar una guerra con Marruecos. Hassan II es un tipo muy hábil que aprovechó el momento de debilidad para desplegar su multitudinaria Marcha Verde sobre el Sahara y conseguir echarles de allí.

—Estoy seguro de ello, da igual lo que pasara en la realidad. En los documentos del SECED se ofrece una versión distinta y es la que tiene en su poder el KGB.

El jefe de la Contra le explicó que esos documentos podrían aparecer publicados en cualquier momento, aunque él pensaba que los rusos esperarían a filtrarlos a que el Partido Socialista ganara unas elecciones y de esa forma afianzar su postura antiamericana. Nunca le perdonarían a Estados Unidos que con su respaldo hubieran facilitado cuarenta años de dictadura de Franco.

—Ya sabes que vosotros no les gustáis nada a los socialistas y la OTAN les espanta hasta el punto de que se manifiestan abiertamente en contra del ingreso de España.

Sánchez, incómodo ante lo que escuchaba, le había interrumpido varias veces durante su pormenorizado relato y al final estalló:

—Son unos bufarrones que no tienen ni puta idea de cómo funciona el mundo, esperemos que tarde mucho en llegar el momento en el que ganen unas elecciones.

El estadounidense se levantó y comenzó a caminar por el despacho como si fuera el suyo. Se encendió un pitillo y, como hacía siempre, esperó a sentir en el dedo el calor de la cerilla de madera antes de apagarla.

—No es momento de arrugarse, sino de tomar la iniciativa e ir a por ellos. Nadie viene a nuestro territorio a robarnos y a chantajearnos. España es aliado especial de Estados Unidos y no vamos a permitir que nadie intente romper una alianza estratégica de veinticinco años.

Villalba se sintió orgulloso de sí mismo, había conseguido excitar el lado más barriobajero del representante de la CIA, paso imprescindible para salir con éxito del lío que le afectaba a él personalmente en su relación con el director y facilitaría su nombramiento como subdirector del CESID, si daba con una resolución satisfactoria.

—Voy a desplegar a todos los agentes que pueda para investigar quién extrajo el documento. Necesitaría tener una copia.

—Ya me gustaría, Ronald, el director me lo ha prohibido expresamente, me excomulgaría. No quiere que nadie lo conozca, aún más, lo va a destruir él mismo. Cuando vaya a contárselo al rey no quiere que haya copias.

—Excepto la que tienen los rusos, claro.

Villalba optó por callarse y ampararse detrás de las órdenes de su jefe, un argumento que a Sánchez no le gustaba, pero que entendería.

—Tendré que hablar con Langley para que pidan información a nuestros agentes en Moscú, a ver si hay suerte y algún topo ha oído algo. Nosotros lo que tenemos que hacer es descubrir cómo y quiénes ejecutaron el asalto, imprescindible para que esto no quede como una victoria del KGB. ¡Habéis echado un buen moco!

—¿Cómo?

—Que os habéis equivocado gravemente, joder. Nunca debisteis permitir que entraran aquí.

El español ni se molestó en responder a su exabrupto. Lo tenía exactamente en la postura que había buscado, diseñando activamente el camino para reaccionar ante el chantaje al rey.

—¿Cómo se os ocurre guardar información del jefe del Estado?

—Como si vosotros no espiarais a todo el mundo.

—A nosotros no nos la roban.

—Era la época de Franco, que no se fiaba de nadie, incluido el Príncipe. Al general le gustaba comprobar de vez en cuando su lealtad.

—Pues vaya barbachos tus antiguos colegas. Ellos la lían y nosotros tenemos que sacarles del pozo. A lo que vamos: actuemos por separado para que cundan más los esfuerzos. Vosotros encargaros de comprobar si alguien de aquí es un topo de los comunistas.

—El departamento de Seguridad es el responsable de esa

137

parte del trabajo. Han abierto una investigación sobre todo el personal, pero lleva su tiempo. De momento no tienen nada.

—Seguro que hay un güevón en tu división que los ayudó en la cagada. Al menos estaréis buscando en la comunidad rusa con vuestros contactos, confidentes…, qué sé yo.

—Lo estamos haciendo, de momento sin resultados claros.

—Nosotros encontraremos algo, los pillaremos. Toda la estación se pondrá inmediatamente manos a la obra.

Villalba dejaba que Sánchez se sintiera como si fuera él quien llevara la investigación. Había esperado a tenerlo calentito para introducir uno de los temas clave.

—Más allá de tomar represalias con los rusos, tengo que proponerle a mi director hoy mismo la mejor manera para evitar los daños que conllevaría la difusión del documento.

—¿Antes de que llegue a la oposición política y lo utilicen para atacar al rey?

—Exactamente. Quizás podríamos intentar llegar a un acuerdo con el KGB para que se olviden de él a cambio de pactar el silencio sobre algo que los perjudique.

—No aceptarían y el coste sería muy elevado. Tendríamos que ofrecerles algo muy sustancioso, en Langley no aceptarían.

—Tú me dirás entonces cómo evitamos que utilicen el documento en contra de Estados Unidos.

Villalba sabía que tenía que poner los intereses americanos en primer plano para motivar a Sánchez.

—Tendréis que elaborar un duplicado de esos documentos en los que cambiéis los textos más comprometidos por otros que justifiquen la actuación de vuestro rey para consolidar la democracia. A nosotros dejadnos quedar como los malos para que los socialistas se lo crean más fácilmente. Luego se los enviáis discretamente al entorno de la dirección del PSOE. Así, cuando les llegue la filtración de los rusos, ahora o más adelante, quedará abierta la posibilidad de que los hayan manipulado y no se los crean.

—Buena idea, Ronald.

—Ya lo sé. —Lanzó una bocanada de humo al aire—. Lo importante ahora es descubrir cómo lo han hecho y quiénes lo ejecutaron. Nosotros haremos lo que esté en nuestra mano, pero vosotros tenéis que actuar ya.

—Lo hacemos, no existe otro tema para nosotros en este momento. Una cosa más te digo: cuando sepamos quiénes han sido, las represalias correrán de nuestra cuenta. Quiero que aprendan que no pueden hacer en nuestro territorio lo que les dé la gana. Hemos expulsado en los últimos años a quince de sus agentes, pero parece que no se dan por enterados.

—¿Cuánta gente os han expulsado ellos como represalia?

—A nadie, a todos los pillamos con las manos en la masa o con pruebas fuera de toda duda.

—Está bien, vosotros responderéis al ataque. Buscad al topo, ese puede volver a robar información cualquier día.

—Tranquilo, si lo hay, lo encontraremos y le daremos su merecido. Una cosa más: en un rato vendrá a verme Bachmann, el del BND, su ayuda nos vendrá bien.

—Los alemanes conocen perfectamente a los rusos y a los de la STASI. Cualquier colaboración será bienvenida, sobre todo si les dices que nosotros estamos en el tema. Querrán quedar bien con vosotros y que les debáis un favor.

—Así funcionan las cosas.

—Hablando de alemanes: ¿cómo van las cosas con El Lobo? Los informes que me habéis ido pasando y los de mi gente que lo siguen hablan de que vuestro hombre está haciendo progresos, pero no remata. No ha encontrado ninguna vinculación de la mujer con el KGB.

—Pero ha conseguido mucha información sobre su vida privada que os será muy útil cuando la detengáis y la interroguéis. Sin confiarle el objetivo del trabajo es más complicado conseguir resultados.

—No tenemos tiempo, en unos días quiero cerrar la operación. Langley pretende que actuemos cuanto antes.

—Espero que algún día me cuentes cómo surgió la Operación Claudia.

—Eso, flaco, no te lo contaré jamás.

139

Capítulo 12

En las afueras de Londres, dos meses antes

—Andrey, siéntese por favor.

—Preferiría pasear un poco, si no le importa. No soy capaz de recordar el número de días que llevo sentándome en esa silla cada mañana, cada tarde y a veces por las noches. Empiezo a estar agotado de responder a las mismas preguntas.

—Estamos acabando, se lo aseguro, aguante un poco más. Lo está haciendo muy bien.

Andrey Petrov, corpulento, jersey de cuello alto negro, pelo peinado hacia atrás y perilla, cedió tras lanzar un suspiro de hartazgo y se recostó en la silla de caoba fabricada hacía un siglo y restaurada unos años atrás. El encargado de la CIA de adquirir el mobiliario para la que denominaban «casa segura», convertida en alojamiento de sus agentes clandestinos o para escondite de colaboradores sin dejar rastro en hoteles o pensiones, quiso impregnarla de un aire distinguido y se fue de compras por la ruta de los anticuarios. No debió enterarse bien de que en la vetusta casa de campo comprada a los herederos de un lord inglés jamás ofrecerían una fiesta de etiqueta.

Tres semanas antes, en pleno centro de Londres, Petrov salió de una boca del metro y ocho agentes de la CIA, que parecían sacados de una película de *Rambo,* lo separaron del gentío que circulaba por Piccadilly Circus para llevarlo no al habitual zulo tenebroso, sino a una sorprendente mansión llena de grandes cristaleras, un lugar nada habitual donde esconder a un prófugo tan valioso. Estaba acostumbrado a las medidas de seguridad aparatosas, había convivido con ellas durante sus más de veinte años como directivo del KGB soviético. Pero ser protegido por un despliegue tan voluminoso de agentes enemigos y acabar en una especie de castillo le produjo ganas de burlarse de sí mismo y de la situación.

Entrar en su dormitorio y encontrar una cama con dosel colocada frente a la pared del fondo terminó de sacarle el buen humor y consiguió espantar los fantasmas que lo habían perseguido durante meses, tras tomar la decisión de desertar aprovechando su puesto de residente jefe en la embajada en Londres y negociar un pacto con los espías estadounidenses: vida confortable y segura a cambio de valiosos secretos.

Habían puesto a salvo a su esposa en otro lugar de Inglaterra, mientras él acometía las semanas de vaciamiento de información con una tranquilidad que desapareció en cuanto su interrogador, que se presentó como Ethan Smith, el tipo de hombre que no destacaba físicamente por nada, cambió su tono amable por uno más incisivo y desconfiado.

Ese día se había levantado hastiado de su cama de caballero de la Edad Media. Quería acabar de una vez, salir del país y empezar una nueva vida en Estados Unidos. Sus antiguos subordinados del KGB lo estarían buscando frenéticamente para matarlo. La casa estaba rodeada por un amplio terreno bordeado por árboles de más de diez metros de alto, lo que no impedía que los gorilas lo siguieran a tres pasos de distancia cuando salía a estirar las piernas y respirar aire fresco.

—Esta tarde quería repasar un caso concreto con usted —empezó Smith, acomodado en una silla detrás de una pequeña mesa de ruedas situada a un metro de su interrogado—. Me ha hablado en varias ocasiones de una agente del espionaje alemán occidental que trabajaba para la STASI. ¿Puede volver a contarme todo lo que recuerde sobre ella?

—Sé poco, Ethan, ya se lo dije. No se me ocurre nada más que añadir —respondió con desgana.

—Haga un último esfuerzo. Ya está próximo el día en que pueda dejar atrás todo esto.

—Está bien, vamos allá. —Cruzó las piernas para ponerse lo más cómodo posible en aquel martirio de silla—. A principios de 1978, quizás era el mes de enero, trabajaba como sabe en el Primer Alto Directorio. Escuché por casualidad a dos compañeros que se ocupaban de Alemania Occidental hablar de una colaboradora a la que llamaban Claudia.

—Siga, sea tan amable —le animó Smith con paciencia al darse cuenta de que había desviado la mirada a la pared de la derecha y se había quedado abstraído contemplando el cuadro de un antiguo lord inglés a caballo.

—Yo pasaba por allí y les escuché decir que la tal Claudia había conseguido documentación blanca para un residente ilegal. Estallaron de alegría como dos niños, hasta el punto de que me metí donde nadie me llamaba y les propuse abrir una botella de vodka para celebrar lo que fuera que les había animado tanto. Era una broma —matizó—, porque en los despachos de la Lubianka no se puede beber.

—¿Qué más escuchó?

—Eso es todo, se lo he contado varias veces.

—¿Cuáles fueron exactamente las palabras que pronunciaron?

El coronel Petrov suspiró, igual que decenas de veces en esas semanas, como gesto de autocontrol y fastidio.

142

—Más o menos uno de ellos dijo: «Claudia acaba de confirmar por vía segura que ha conseguido los papeles blancos».

—¿No especificó un nombre o algo que nos permita identificarlo?

—Nunca se habla de nombres en el trabajo.

—Sin embargo, mencionó a Claudia.

—Se le debió escapar el alias, pero no es tan grave: casi nadie en Moscú conoce la identidad de los colaboradores en el extranjero. Y más si han sido captados por la STASI de Alemania Oriental, que suele ser lo normal. Su jefe, Markus Wolff, es muy celoso con la identidad de sus confidentes.

—¿Usaron el término «residente ilegal» o es una interpretación suya?

—Es cosa mía. ¿Usted cree que tanta alegría por conseguir una documentación válida en un país enemigo puede ser para alguien que no sea un ilegal?

Hablaban como dos viejos colegas, sin cambios de humor. Ya habían dejado atrás los momentos tensos del interrogatorio en el que uno pinchaba con su pico y el otro se defendía como podía.

—¿Qué le llevó a interpretar que Claudia trabajaba para el servicio de inteligencia de Alemania Occidental?

Petrov descruzó las piernas y las volvió a cruzar hacia el otro lado. Sabía que si él estuviera en el lugar de Smith se haría llamar Smirnov o Ivanov y sería igual de pesado. Debía aguantar, ya olía el aroma de la libertad.

—Les pregunté si debíamos hacer un brindis por el BND y me contestaron que, si fuera al revés, ellos lo harían.

—Poco discretos sus compañeros.

—Usted sabe que en el día a día los agentes son menos estrictos con algunos secretos de lo que deberían. No podemos estar cada minuto pensando en que hay traidores en nuestras filas.

Pronunció la palabra «traidor» y se le cambió el rostro. Siempre había utilizado ese término despectivo para referirse a otros y ahora él se había convertido en la peste que tanto había odiado. Solo que a diferencia de muchos agentes de Occidente que se vendían a la URSS a cambio de una cuantiosa cantidad de dinero, a él le movía acabar con esa pandilla de burócratas que mandaban en la URSS, a los que solo les importaba mantener sus privilegios de casta, sin importarles el sufrimiento del pueblo. Le movía eso y la muerte de su inocente hijo, a quien sus jefes habían negado la posibilidad de salvar la vida prohibiendo su traslado a un hospital de Estados Unidos donde trataban enfermedades tan raras como la que él padecía. Murió en sus brazos mientras su madre gritaba desconsoladamente contra una patria que había dejado morir a su hijo.

—Está bien, coronel Petrov, vamos a repasar la historia una vez más.

Smith dio permiso al desertor del KGB para salir a dar una vuelta por el jardín y él se acercó a una habitación cercana en la que estaba el equipo de grabación y el jefe de la operación, al que todos llamaban Fox.

—¿Cómo lo ves? —preguntó nada más entrar y comprobar que, fuera la hora del día que fuera y las horas que llevaran trabajando, jamás se quitaba la chaqueta ni rebajaba la presión del nudo de la corbata sobre su garganta.

—Tenemos pocos datos y resultará especialmente difícil indagar, pero pondremos un equipo a ello. En algún sitio de Alemania Occidental hay un topo de la Unión Soviética espiando con libertad haciéndose pasar por ciudadano de la Alemania libre. Y también hay un agente del BND que le ha conseguido esa identidad falsa y que posiblemente en los dos últimos años ha seguido facilitando documentación a otros residentes ilegales. Algunos serán durmientes que han tenido todo este tiempo para crearse una identidad ficticia y conseguir penetrar en las altas instituciones alemanas.

—¿No les vamos a pasar el tema a los del BND?

—De momento no. Somos aliados, pero fiarse ciegamente de ellos es cosa aparte. Cada dos por tres aparece un traidor en sus filas que trabaja para la STASI o el KGB, que para el caso suponen el mismo peligro. Si un agente ruso como Heinz Felfe fue capaz de llegar a dirigir el departamento de contraespionaje soviético del BND, lo lógico es pensar que haya otros como él trapicheando con la información.

—Eso pasó hace quince años.

—Espero que no me obligues a recordarte los numerosos casos de infiltrados en el BND —añadió Fox cogiendo por el hombro a Smith y llevándoselo a un rincón del cuarto, alejado de los técnicos de grabación—. Hace seis años detuvieron a Günter Guillaume, jefe de gabinete del canciller Willy Brandt, que llevaba veinte espiando para la STASI.

—Intercambiamos una cantidad ingente de información, ellos nos dan y nosotros les damos. Compartimos operaciones y cuando muere uno de los suyos lo sentimos como si fuera de los nuestros.

—El topo o los topos rusos con identidades reales —dijo Fox en tono autoritario—, pues se las ha conseguido un agente del BND, se pueden haber quedado en Alemania o quizás hayan dado el salto y estén viviendo en Estados Unidos. No podemos confiar en que nuestros aliados alemanes, agujereados hasta límites insospechados, vayan a resolver satisfactoriamente un tema que nos puede afectar.

—Ellos conocen a su personal mucho mejor que nosotros.

—Sin duda los conocen bien, aunque nosotros tenemos nuestro propio archivo de agentes alemanes. El espionaje, que-

144

rido amigo, implica que no haya Servicios amigos o enemigos, solo otros Servicios.

—Por lo tanto…

—Por lo tanto —le cortó Fox—, con la información que nos ha dado el coronel Petrov actuaremos únicamente siguiendo nuestros intereses. Pasaremos una parte de su relato al MI6 británico, en lo que se refiere a operaciones en este país, y a otros servicios secretos a los cuales queramos vender favores. Pero de Claudia, ni una palabra a nadie. A Claudia, sea un hombre o una mujer, la cazaremos nosotros.

Capítulo 13

3 de marzo, lunes

José Miguel Torres entró en el despacho llevando debajo del brazo un ejemplar de *La Hoja del Lunes*, el mismo diario que había sobre la mesa de Antonio Goicoechea. Los periodistas descansaban los domingos y las necesidades informativas de la opinión pública las cubrían exclusivamente los diarios editados por las Asociaciones de la Prensa locales.

—Todo el país está pendiente de las elecciones del domingo en el País Vasco —dijo Miguel mientras se sentaba frente a su controlador en la misma silla de la última vez.

—Hay mucha gente cabreada con lo que pasa allí, entre ellos los generales. *La Hoja del Lunes* es algo más objetiva, pero otros diarios no ayudan nada a calmar los ánimos. Pronto volverás a Antiterrorismo y podrás dedicarte a luchar contra ETA, pero antes tienes que hacer un gran esfuerzo en el asunto de Erika Meller.

Eran las diez y media de la mañana. El Lobo estaba cansado, había dormido a ratos. Las pastillas lo habían noqueado al poco de tomárselas, si bien a las cuatro de la madrugada las molestias por todo el cuerpo habían actuado como un despertador. Levantarse fue su primera decisión; la segunda, volver a chutarse. Entre ambas se acercó al baño. Con unos calzoncillos por única ropa, contempló en el espejo su cuerpo entre rojo y amoratado como no lo había visto en su vida. No era grave, pero los cardenales se habían desplegado tanto por el pecho que dio gracias a Dios de que su madre no lo viera. Una imagen que se le quedó grabada en la cabeza y por la mañana lo animó a ponerse un jersey de cuello alto que escondiera al máximo las huellas de la paliza recibida. Solo quedaban a la vista el aparatoso resultado de un puñetazo en la cara y la venda discreta de la mano, que no pareció despertar la atención de Goicoechea al verlo entrar.

—Esto que tengo en el pómulo no es por un descuido en el afeitado —dijo indignado—, sino una de las consecuencias de la paliza que me dieron el sábado dos atracadores cuando estaba paseando con Erika. La mano tampoco la llevo vendada porque me haya picado una avispa —dijo mostrándosela—, sino porque me han dado varios puntos por un navajazo. Sin hablar del resto del cuerpo, que lo tengo sembrado de heridas.

Goicoechea fijó por primera vez su despreciativa mirada sobre él y puso cara de asombro.

—No me habías contado nada.

—Fue por la noche y no estaba para muchas historias.

—Cuestión de mala suerte, en Madrid no se puede andar por algunas zonas a partir de ciertas horas.

—La mala suerte fue que los de la CIA, que nos siguen a todas partes, a todas horas, precisamente el sábado tuvieran oficialmente el día libre, aunque no sé lo que estaban haciendo.

—¿Estás insinuando que os atracaron los ciáticos? —dijo sin reprimir una sonrisa y añadió con ironía—. No lo había pensado, debe ser que por el recorte de fondos procedentes de Estados Unidos, ahora se sacan un sobresueldo atracando a sus objetivos en fin de semana.

—Le parecerá muy gracioso, si la paliza se la hubieran dado a usted yo también me reiría.

—No te enfades, hombre —dijo paternalista—. No entiendo para qué os iban a robar.

—Quizás porque quieren que avance más rápido en la investigación. Erika y yo sufrimos juntos un atraco y así nos hacemos más amigos.

Goicoechea se percató de su metedura de pata, Miguel lo había pillado con las defensas bajas. Se le torció el gesto y sacó la bravura del toro al que acaban de clavar una banderilla.

—¿Quién te ha dicho a ti que la CIA tiene algo que ver con esta operación? Eh, ¿quién?

Se cuenta la información, pero nunca se identifica a la fuente. Si es necesario, se miente hasta la evidencia. Eran los principios inviolables que Mikel Lejarza había aprendido trabajando en situaciones bastante más enrevesadas que esa.

—Usted puede tratar de ningunearme, pero siempre hago mi trabajo lo mejor posible.

—Si alguien se ha ido de la lengua, es un asunto grave, muy grave. Por menos de eso hemos expulsado a agentes.

—Un día le llamé para alertarle de que me seguían y usted se rio en mi cara. Creía que cambiando a los gorilas podría engañarme, pero he vuelto a descubrirlos.

—¿Podrían ser operativos de la AOME dándote cobertura?

—No puede engañarme con patrañas, llevo años en el Servicio y sé distinguirlos.

—La forma en que montemos la operación no es asunto tuyo.

—¡Una mierda! —dijo marcando espacios entre cada una de las palabras y pronunciando con énfasis la segunda—. Una cosa es que me hayan prestado a los americanos y otra cosa es que ni siquiera me lo hayan contado.

—¿Qué más sabes? ¿No me has contado todo lo que has ido descubriendo?

—Se lo he contado todo sobre la personalidad y vida de Erika y a usted parecía bastarle. Me imagino que necesitan información para llevar a cabo un interrogatorio y disponer de datos desconocidos sobre ella. No esperaba que llegara más allá, pero quizás he encontrado pistas que podrían ayudar a sus amigos de la CIA a probar sus sospechas.

Goicoechea se revolvió en la silla. Le molestaba todo de ese hombre y, en especial, su arrogancia. Utilizaba la información para atacarlo, lo que le producía el mismo efecto que si en un partido de fútbol un defensa se dedicara jugada tras jugada a darle patadas en la espinilla.

—Le podría abrir un expediente de expulsión por haber retenido información básica en una investigación.

—Nunca la he retenido —mintió—, pero usted sí me la ha ocultado a mí. El hecho más novedoso es que Erika fue agente del BND hasta que, alegando un problema de corazón, lo dejó todo y se vino a vivir a España. Trabajaba en… —Pareció dudar un segundo—. Al menos sus amigos yanquis le habrán contado en qué trabajaba, ¿o voy a tener que contárselo yo todo?

—Claro que sí, coño, en la sección de identidades falsas.

Goicoechea resultaba fácil de manipular una vez que se conocían sus puntos débiles.

—Pues bien, dejó su trabajo por una enfermedad, aunque quizás pudo haber otro motivo más poderoso. La pregunta del millón de dólares es si la causa tenía que ver o no con esa supuesta relación que la CIA está investigando con sus grandes enemigos, los rusos.

—¿Cuál es ese motivo? —preguntó instintivamente con interés el segundo jefe de la Contra.

—Lo desconozco, es el quid de la cuestión, aunque espero descubrirlo pronto.

—¿Cómo sabes lo del KGB?

—No lo sé, era fácil de deducir. —Volvió a mentir, no pensaba mencionar por nada del mundo a Leblanc—. ¿Con quiénes que no fueran los rusos o la STASI iba a traicionar Erika al BND?

—¿Tienes algo que la relacione directamente con trabajos clandestinos para el KGB?

Miguel pensó en la nota que la mujer había colocado debajo del asiento del parque, esa factura de la tintorería a la que no encontraban significado. Una prueba de que mantenía relaciones ocultas con alguien de una forma muy profesional.

—De momento, nada.

—Los americanos quieren pillarla ya.

—Pues tendrán que esperar al menos una semana.

—¿Tienes algún plan?

Por primera vez Goicoechea le estaba dando el trato digno que se merecía cualquier agente, aunque fuera un civil que ni había pasado por la academia de Policía ni por ninguna otra de los tres ejércitos.

—Sí, pero esta vez actuaré por mi cuenta para garantizarme que los esbirros de la CIA no lo estropean todo. Cuénteles lo que le he dicho, pero no les diga que tengo una última baza para llegar más allá de lo que ellos pensaban.

—Dímelo, seré una tumba.

149

—Hace tiempo alguien me aconsejó que si quería que algo permaneciera secreto, no se lo contara a nadie. Aunque le cueste, confíe en mí, no le decepcionaré.

Goicoechea hizo un gesto de impotencia. No le quedaba más remedio que aceptar su juego. Abrió un cajón de su mesa y sacó un sobre abultado.

—Este dinero de los fondos reservados es para ti. En la división de Contrainteligencia agradecemos muy bien los servicios prestados. Si todo sale bien, al final te daré otro más grande.

Miguel cogió el dinero sin hacer comentarios, parecía caído del cielo en el momento que más lo necesitaba para poner en marcha una operación bastante costosa. La tensión acumulada durante la conversación había avivado el dolor producido por los golpes.

150

Franz Bachmann era cincuentón, moreno, de mediana estatura y con la prominente barriga de Sancho Panza. Mientras permaneciera callado, era difícil identificar su nacionalidad, pero en cuanto pronunciaba unas pocas palabras en español su acento y sus dificultades con el idioma delataban su origen alemán. Villalba lo recibió en su despacho a mediodía sin la campechanía con la que trataba al americano Sánchez, pero con las amables formas que constataban que militares españoles y alemanes se guardaban aprecio y respeto. Una camaradería visible durante la Guerra Civil, acrecentada durante la Segunda Guerra Mundial y mantenida durante toda la dictadura. Bachmann llevaba menos de dos años en Madrid y, por su sobriedad y estilo discreto, había conectado con Villalba.

—Gracias por venir a pesar de haberte avisado con tan poco tiempo de antelación. Necesitamos vuestra colaboración urgente en un tema delicado para todos.

—Te escucho —afirmó el alemán, proclive a no andarse por las ramas, algo muy apreciado por Villalba.

—Hace unos días sufrimos un asalto en esta sede. Nos han robado algunos documentos sobre la OTAN que habíamos elaborado de cara a facilitar nuestra futura entrada en la organización.

No pensaba contarle nada que entrara en el terreno de la seguridad nacional, por muy buenas relaciones que mantuvieran. Había que esconder las debilidades propias y potenciar los puntos de interés común que favorecieran su apoyo. Fuera lo que fuera lo que los impulsara a colaborar, los alemanes apuntarían el favor y se lo cobrarían en cuanto surgiera un tema que les interesara a ellos.

—Asunto muy grave —sentenció arrastrando la erre—. Cuenta, por favor, ¿pistas de que disponéis?

—Todas señalan a los rusos. A nadie le interesa más que a ellos que España no forme parte de la OTAN. Tenemos un Gobierno de centro, pero antes o después ganarán los socialistas, y ya sabes que no les gusta nada la Alianza y desean que no entremos.

—¿Qué necesitáis que hacemos? —ofreció Bachmann, cuyo tono cortante era connatural a su temperamento y a sus problemas con el idioma.

—Queremos descubrir a los responsables y tomar medidas contra ellos. Pueden haber sido los rusos, o los alemanes orientales, o alguien de su entorno.

—Lo primero siempre limpiar mierda —sentenció el del BND.

—Exacto, he hablado hace un rato con Sánchez y ellos ya se han puesto a trabajar. Pero en estos temas en quien de verdad confío es en vosotros. En ese terreno tenéis muy buena información, el espionaje soviético es un problema grave que padecéis en vuestro país.

—Exprimiremos, ¿se dice así?, nuestras fuentes y arriesgaremos todo por vosotros. Vuestros problemas son nuestros. Necesitaremos detalles y daremos al tema máxima prioridad.

Villalba conocía perfectamente el pasado de Bachmann, que jugaba a su favor en el caso que los ocupaba. Su padre fue un mando intermedio de la Gestapo, que con un escaso año en prisión había pagado las brutalidades cometidas durante la Segunda Guerra Mundial. Nazi utilitario, veneraba o insultaba a Hitler dependiendo de quién pagara las copas. En una cena en la casa de campo de un viejo colega, tras beber sin límite, comer de lujo y gritar varios «Heil Hitler», consiguió recomendar a su hijo para la Organización Gehlen, germen del posterior ser-

151

vicio secreto BND. Franz se dedicó inicialmente a la sección rusa, se radicalizó en la militancia anticomunista y no mostró compasión por los espías del Este que pasaron por sus manos. Era un tipo riguroso y frío al que le motivaba montar cualquier operación para dañar a los soviéticos y a los alemanes del otro lado del muro.

—Te he preparado un dosier con todos los datos.

—El hombre KGB a investigar es Alexey Vinogradov. Seguro que le tenéis bajo control. No es jefe de estación KGB, pero sí responsable de operaciones cundestinas.

—Clandestinas.

—Eso es, clandestinas. Está todo el día aquí para allá por Madrid.

—Es un tipo complicado, muy dado a la bebida. Lo tenemos permanentemente vigilado y será nuestro primer objetivo cuando encontremos buenas pistas que lo relacionen de alguna forma con este caso.

—Ese es punto clave. No perder de vista.

—Realizaron la penetración sin dejar apenas pruebas y la investigación está siendo muy complicada.

—También cuidaría palabras de Sánchez.

—No te entiendo —dijo Villalba con sorpresa.

—¿Podemos conversar entre nosotros? —pidió el alemán bajando la voz para reforzar su solicitud.

—Claro. Te escucho.

—Conozco vuestra relación con CIA, nosotros tuvimos parecida hace años cuando Reinhard Gehlen era director BND. Tras derrota en Guerra Mundial, Gehlen montó una organización en Alemania para defendernos de los comunistas con dinero y al servicio de Estados Unidos. En 1956 nos transformamos en BND bajo órdenes de Gobierno Adenauer. Gehlen fue siempre muy fiel Alemania y también a Estados Unidos, hasta que en 1969 tuvo que dimitir por varios escándalos. Ya sabe que murió año pasado.

—Conozco su historia, fue un gran agente de inteligencia.

—No cometan mismo error.

—¿A qué error se refiere? —preguntó como si no conociera la respuesta.

—No se puede servir dos señores, no tienen mismos intereses. Sánchez solo preocupa sí mismo y su país, por este orden. Dice preocupado con España, inventará cualquier cosa para colocarse medalla. Lleva veinte años en operaciones...

—Clandestinas.

—Operaciones clandestinas en Latinoamérica, desestabilizando países, apoyando golpes de Estado. Tú sabes esto.

—Todos tenemos un pasado.

—Por supuesto. No sé si Sánchez ha dejado algún amigo en países en que ha estado trabajando, solo muertos en extrañas circunstancias. No te fíes, un consejo mío para ti. Hará cualquier cosa contra rusos para su beneficio, no para tuyo.

—Gracias, tomo nota.

—Cuando descubra cualquier cosa, informaré.

El Lobo salió de su reunión con Goicoechea y se acercó al bar La Escala, donde había citado a Silvia. La encontró de pie al fondo de la barra, con la sencilla coleta que le resultaba tan atractiva, la cara lavada que realzaba su belleza juvenil y los vaqueros ajustados acampanados. Hablaba con un chico joven que la hacía desternillarse. Cuando se acercó comprobó que era Jose, el vivaracho hijo del dueño del local.

—Es guapa la chica, ¿verdad? —le dijo en cuanto se acercó a ellos.

—Y muy simpática, no sabía que fuera su novia.

—No lo es, me ayuda a veces con algún asunto. Si te gusta, la próxima vez la volveré a citar aquí.

—Yo encantado —respondió el joven de dieciocho años dedicando una mirada pícara a Silvia y desapareció tras constatar que ya no pintaba nada allí.

—¿Te produce celos que me tiren los tejos los imberbes que a ti te ven como un tío mayor? —le dijo Silvia a Mikel cuando se quedaron solos.

—Es que soy un señor mayor de treinta años y tú una jovencita de veinticinco. Para Jose eres una mujer madura que le lleva siete años y con la pinta de sueca que tienes te podrías haber convertido en el sueño de su vida.

—La obsesión de los españoles con compararnos con las suecas es de hacérselo mirar.

—No son solo las suecas, en general nos gustan las del norte de Europa.

—Incluidas las alemanas.

Al otro lado de la barra Juanjo, el dueño del negocio, gritó «Marchando una de calamares» y Mikel reaccionó pidiendo una ración para ellos. Era la hora del aperitivo y el apetito empezaba a llamar a la puerta.

—¿Cómo vas con la alemana? —preguntó Silvia reclinando el cuerpo en un taburete.

—Tras el atraco hemos intimado algo más, aunque no termino de entender bien lo que le pasa. Parece que quiere abrirme su corazón, muestra su congoja por una situación personal que la desborda, pero cuando llega el momento de verbalizarlo pone el freno de mano.

—No creo que sea un problema de sufrimientos, no te engañes. Ha sido espía y creo que lo sigue siendo. Si los ciáticos la investigan es porque tienen pruebas bastante sólidas de que trabaja para los malos. Solo esperan que tú se lo confirmes.

Como era costumbre entre Mikel y los lobillos, en sus conversaciones obviaban referencias concretas para que nadie que los escuchara pudiera entender lo que se decían.

—Tengo algunas dudas sobre ella, ninguna situación es totalmente blanca o negra, hay un montón de tonos grises.

—¿Has mencionado a tu actual jefe el documento que dejó escondido en el banco del parque?

—No. Esa prueba nunca tendría valor en un juicio, pero si les llegara a los ciáticos la considerarían el indicio definitivo de que se ha vendido a los malos. No olvides una cosa, Silvia, tan importante como saber que con lo guapa que eres muchos hombres se vuelven majaretas: en este sucio mundo en el que trabajamos no hace falta que seas culpable de un delito, basta con que alguien lo piense para que se te caiga el mundo encima.

—¿Por qué la defiendes? —preguntó fulminando con sus ojos verdes a Mikel—. Se metió en algo embarazoso que la llevó a huir de su trabajo en Alemania y todo apunta a que se vendió a los malos. Por lo que sabemos, sigue en contacto con ellos en Madrid.

—No lo sabemos, Silvia. Lo que tenemos es una simple fac-

154

tura del tinte que ha dejado en un buzón muerto escondido en un banco.

—Hablaste con ella —le dijo dándole inconscientemente en el hombro un pequeño manotazo con la intención de hacerle reaccionar ante sus pensamientos equivocados, lo que acarreó un gesto de dolor en Mikel—. Perdona, se me había olvidado lo de la paliza. La has pillado varias veces ocultándote información que, si no fuera culpable, habría desvelado sin problema, siempre nos dices que las impresiones del momento son las más importantes.

—Me esconde algo grave que la atormenta, pero no sé el qué.

—Ahora me contarás que no te mencionó al novio porque…

—No tengo ni idea. Es un espacio vacío en su historia, puede ser importante, pero podría no serlo. Hay otros vacíos de información que me señalan que oculta algo, pero no tiene que estar relacionado necesariamente con una traición a su país. Quizás se comunica por mensajes en el parque con su novio que está escondido por ahí, no con los malos.

—Sí, claro. Querido Otto, porque si es alemán tiene que llamarse Otto: la limpieza de una chaqueta y un abrigo me han costado 220 pesetas. La mar de romántico, una relación envidiable. Mikel, ¿no será que esa chica te está nublando la visión? Mantienes una relación con su amiga, que no hace otra cosa que ponerla por las nubes, y luego ella te medio cuenta sus problemas con lágrimas en los ojos, siembra la duda en ti y tú vas y te derrites en apoyo a su causa.

—Silvia, no seas tonta. La he visto poquísimo…, no me da pena…, ni he perdido la objetividad.

—A mí me conociste y a los diez minutos me tiraste los tejos. Eres una persona con los sentimientos a flor de piel, necesitas engañar y manipular para hacer bien tu trabajo y a veces no puedes impedir sentirte mal con tu comportamiento.

—¿Qué tiene que ver eso?

—Que te conozco y tras esa apariencia de dureza que impacta a los que te acaban de conocer, hay un tipo sensible que hasta se emociona cuando ve películas sensibleras. La chica está sufriendo y quieres aferrarte a la posibilidad de que no sea culpable. Por eso te empecinas en no creerte la validez de las pruebas.

—Te equivocas y ya está.

—¿Has conseguido sacarle a tu jefe de ahora en qué departamento trabajaba en su servicio?

—En el de identidades falsas —dijo sabiendo que le estaba dando un argumento para apoyar sus reparos.

—Blanco y en botella, leche.

Jose les sirvió los calamares interrumpiendo la conversación con el descaro de su juventud.

—La mejor ración de la casa para la chica más guapa que tenemos hoy en el bar.

—Gracias, bonito —respondió Silvia sonriéndole.

—Si queréis —intervino Mikel—, me voy a hablar con tu padre y os dejo solos.

Jose desapareció para servir otra ración y Silvia se quedó con los labios en su máxima anchura mirando a Mikel.

—A las mujeres nos gusta que la gente bien educada nos diga palabras agradables. ¡A todas!

—Yo a la alemana también le digo lo que haga falta para conseguir resultados en mi trabajo.

—Ya lo sé, pero no pierdas la perspectiva. Es mi opinión y te la digo, aunque te pongas farruco.

—Vale, lo tendré en cuenta.

Cogió un tenedor y atacó los calamares con verdadera fruición, quitándole a Silvia cualquiera que intentaba pinchar. Tras un rato de juego, Mikel le hizo una caricia en la cara con la palma de la mano como gesto de paz. A continuación, habló bajando la voz.

—Esta semana vamos a tener mucho trabajo, confío en vosotros tres. Necesitaríamos un grupo entero de la AOME, pero somos los que somos, así que cuento con vuestro esfuerzo.

—Rai está con la chica y Floren comenzó ayer a seguir los pasos a Goicoechea, según ordenaste. De momento, sin novedades.

—Estoy seguro de que algo va a pasar y tenemos que estar ahí.

—¿No te fías de tu propio controlador?

—De Fred sí, del de ahora nada. Necesitamos almacenar información sobre él por si la necesitamos en el futuro. Es un tipo siniestro, me da mala espina, quizás no encontremos nada útil, pero hay que intentarlo. Al margen de ello, preparad las maletas, lo mismo tenéis que viajar para buscar información. Ahora me voy, tú quédate aquí con tu amigo Jose.

—Un chico guapo.

Mikel se acercó para darle dos besos y Silvia lo abrazó con las dos manos, arrancándole un grito de dolor.

—Lo siento, lo siento.

—No te preocupes.

—No les tenías que haber dicho a Floren y a Rai que te pegaran con tanto realismo para que Erika se lo creyera.

—Cuando todo esto acabe, ellos y yo tendremos una larga conversación.

157

Capítulo 14

4 de marzo, martes

Ronald Sánchez entró en su Mercedes negro oficial, con matrícula diplomática de la embajada de Estados Unidos, que lo esperaba en la puerta del restaurante cerca de la sede de la dirección del CESID, al principio del paseo de la Castellana. Un escolta todavía más corpulento que él cerró la puerta. Al otro lado del coche, el chófer ayudó a entrar al acompañante de su jefe, Antonio Goicoechea.

Como siempre que quedaban a cenar, había invitado el estadounidense, que sabía cómo agasajar al sibarita de su colega español, al que con frecuencia le decía que si su padre hubiera esparcido sus semillas reproductivas por España, habría apostado a que los dos tenían que ser hermanos de sangre.

Se reunían al menos una vez al mes en lugares públicos selectos. Goicoechea siempre informaba previamente a Villalba por si quería sumarse. Pero el jefe de la Contrainteligencia tenía muy visto al estadounidense y prefería que fuera su segundo quien quedara con él para conspirar. Daba por hecho que Goicoechea le contaba interioridades del Servicio que al día siguiente le recitaba en su despacho, aunque algo se dejaría en el tintero. Villalba soportaba a Sánchez, un majadero prepotente, porque la capacidad y medios de la CIA lo convertían en imprescindible. También porque el americano le pagaba un suculento sobresueldo mensual que le iba a permitir comprarse un apartamento en la playa. Cuando le interesaba algo concreto de él, daba un paso al frente y Goicoechea se hacía a un lado con disciplina.

Tras el despliegue de seguridad montado en la puerta del

restaurante, los dos hombres podían haber ido dando un paseo hasta la plaza de Colón. En un edificio de la calle Génova, próximo a las Torres, el servicio secreto estadounidense disponía de un piso operativo que Sánchez utilizaba de vez en cuando para sus asuntos personales.

Durante la cena habían estado charlando sobre diversas cuestiones que parecían carentes de importancia cuando el americano las abordaba, pero vistas en su conjunto mostraban una lista previa bien preparada. Goicoechea descifraba las preocupaciones de Sánchez no solo por lo que le preguntaba, sino especialmente por lo que callaba. Esa noche no se interesó por el ruido de sables en los cuarteles del que se hablaba en todos los cenáculos influyentes. Achacó su silencio a su vinculación directa o indirecta con el malestar militar creciente por las medidas aperturistas del presidente Suárez y la percepción de que asuntos importantes, como el terrorismo o el Estado de las autonomías, se escapaban de su control.

Sánchez era un especialista en operaciones encubiertas y no era casualidad que un año atrás lo hubieran enviado a España. Sabía de los movimientos golpistas porque su nutrido grupo de agentes, los cientos de colaboradores españoles bien situados en el organigrama del poder y él mismo se reunían con militares y civiles implicados en las diversas tramas que se estaban gestando. Conociendo la faceta conspiranoica de Sánchez, no le cabía duda de que estaba urdiendo algo, aunque prefería quedarse al margen. Los movimientos involucionistas eran competencia de una pequeña área dentro de la división de Inteligencia Interior, lejos de su zona de influencia. Eso justificaba su apatía por las maniobras del estadounidense, aunque fuera consciente de que cualquiera de sus actividades en territorio español era competencia de la Contrainteligencia. Si la CIA llevaba años haciendo lo que quería en España a cambio de su inestimable ayuda, por qué iba su división a poner coto a sus movimientos.

Bastante tenía él en esos momentos con ayudar a Villalba a descubrir quiénes habían sido los responsables del asalto a su sede y con pilotar con mano firme la nave de El Lobo, que zozobraba demasiado para su gusto. Estos dos temas fueron la principal preocupación del americano esa noche.

Sánchez se mostró convencido de que tenían un topo dentro de la división que facilitaba información a los rusos. Había que descubrirlo y meterlo en una sala sin ventanas e insonorizada para arrearle duro hasta que lo contara todo. Él sabía tratar a esos tipejos, «cosa que el flaco Villalba ha olvidado, o es que quizás nunca ha tenido que actuar urgido por las prisas para conseguir información valiosa». Goicoechea también defendió las medidas quirúrgicas —«Cortar aquí y serrar allí hasta que hable», propuso y los dos se echaron a reír a carcajadas—, pero el presidente Suárez era un blando empeñado en respetar los derechos humanos. Además, especificó el español, carecían de un sospechoso y no podían torturar a todos los miembros de la división hasta que alguno se autoinculpara.

Sánchez le preguntó por la reunión de Villalba con Bachmann, «el gordito güevón de la Gestapo». Goicoechea probó el vino tinto carísimo y le explicó que los del BND se habían puesto a investigar el asalto y le habían facilitado algún nombre a su jefe, que apenas comentaba con él nada sobre ese lío que lo tenía obsesionado.

—La próxima vez, flaco, invitaré a cenar a tu jefe, porque tú no me sirves de nada.

Goicoechea ni se inmutó por la grosería, se las escuchaba cada diez minutos y le daban igual. Era parte de un juego en el que Sánchez necesitaba sentirse superior.

—Déjame un par de días, me entero y te lo cuento. Pero la próxima vez que quieras saber algo, lo invitas a cenar a él y a ver si consigues sacárselo.

—Oye —dijo Sánchez más misterioso que nunca, bajando el volumen de su voz—, espero que nuestro asunto particular vaya bien, no metas la pata y hagas que nos descubran.

—Tranquilo, nadie sospecha nada. Ha sido una jugada genial. Espero que todo avance según lo previsto.

—Ya verás como sí, nunca me equivoco.

Risas y más risas. Vasos llenos, vasos vacíos, camarero solícito que escanciaba y se alejaba para demostrar ausencia de interés en su conversación. Americano que empujaba con el dedo hasta el tenedor el maíz de la ensalada que se le escapaba y español que devoraba la carne con la boca bien abierta, como si necesitara airearla antes de tragarla. Las palabras salían de la boca también desbordada de Sánchez, unas veces por la comida y otras por el humo de los pitillos que encendía cada cinco minutos.

—Bachmann no obtendrá nada, venderá una mierda y Villalba se la comprará.

—Excepto que tú le des la pista buena.

—Al final, siempre tengo yo que resolver vuestros problemas.

Hablaban y hablaban. Volvían a reír, a beber y a hablar de mujeres.

—Me han mandado una gata nueva desde Langley que me tiene envergado todo el día.

—¿Una gata?

Más carcajadas, «Papea más y bebe menos», un puñetazo brusco supuestamente amistoso en el hombro de Goicoechea.

—Gatas es como llaman en México, Argentina o qué sé yo el país donde he estado y no me acuerdo, a las mujeres provocativas.

—Nosotros casi no tenemos mujeres en el Servicio, así que tendrás que presentármela.

El camarero apareció para abrir una nueva botella, una señal para que Sánchez bajara el pistón y, sin dejar de mofarse de todos y de todo, preguntara por «el bufarrón de El Lobo».

—Mucho hablar, pero ni se ha tirado a la pájara en cuestión. Mucha profesionalidad, pero se acuesta con la amiga, que está buenísima, y con esta, que no está despreciable, nada de nada, ni un pico.

—Ya ha descubierto que es una operación vuestra y que sospecháis que la pelandusca es del KGB.

—¿Qué habéis hecho mal para dejarnos al descubierto? —dijo poniéndose serio por primera vez.

—¡Venga ya!, ha descubierto varias veces a tus hombres siguiéndolo.

—Imposible.

—Me lo ha contado El Lobo.

—Es un fantasma. Vamos a actuar la semana que viene y no ha conseguido gran cosa para nosotros.

—Me ha dicho que no te diga que en unos días puede demostrar lo que estás buscando.

161

—¿Le crees?

—El tío es bueno —dijo sabiendo que nunca lo repetiría delante de Lejarza, aunque en ese momento era positivo tenerlo en su bando.

—Ya veremos.

—Una cosa, Ronald. El otro día los atracaron a él y a la alemana y los ladrones le dieron una paliza. Piensa que habéis sido vosotros.

—¿Nosotros? Venga ya, ese bufarrón barbacho es un pelagatos, no sabe quién lo ataca y se cree muy importante acusándonos a nosotros.

La cena acabó con los dos comensales despreciando los cafés que podían despejarles la mente y apostando por güisquis dobles con hielo. Sánchez lo invitó a terminar la fiesta en su casa de Colón «y a coger a unas cuantas gatitas». Goicoechea simuló poner cara de asco, para a continuación anunciarle que había conseguido el teléfono de un prostíbulo de lujo que acababan de abrir con azafatas que en sus horas libres se dedicaban al negocio. Decidieron dejarse de palabrería e irse inmediatamente hacia el piso clandestino de la CIA. Por el camino, ya en el coche, Sánchez le dijo que en cuanto llegaran telefoneara para pedir cuatro chicas, dos para cada uno, «si no estás muy mamao, claro».

Floren y Silvia habían tenido suerte cuando se presentaron en el restaurante sin haber hecho reserva. El maître los trató como turistas, la única especie sobre la Tierra que podía ignorar que siempre había que telefonear antes de ir. Por suerte, era martes y para la cena había mesas libres, «porque a la hora de la comida no cabía ni un alfiler».

Habían entrado en el local poco después de que lo hiciera Goicoechea, al que habían seguido hasta allí acompañados por toda la suerte del mundo. A las nueve de la noche, Silvia había optado por sustituir a Floren en el aburrido rastreo al agente del Cesid. En el otro frente, Rai se había ido a dormir cuando constató que Erika se había metido pronto en casa y no era previsible que saliera pues al día siguiente se iba de viaje a Miami.

Silvia había ido en moto a decirle a Floren que se fuera a casa a descansar, cuando vieron salir del despacho de Menéndez Pelayo a su pepe, que cogía un taxi. Los dos decidieron seguirlo por precaución y terminaron en la puerta del restaurante, donde la celeridad de Floren en entrar le permitió verlo acercarse a un tipo fornido con aspecto de extranjero.

Les ofrecieron una mesa alejada de los dos hombres, pero la intervención de Silvia les permitió acercarse a cinco metros: «Es un capricho, lo sé, pero me haría tan feliz si nos pusiera en aquella mesa de allí». El encargado cumplió su deseo.

Goicoechea no había visto nunca a los lobillos, ni siquiera conocía su existencia. Jamás habría podido imaginar que su joven agente prestado pudiera disponer de su propio equipo, pagado además con fondos reservados del CESID.

Floren y Silvia se pegaron el gran banquete, hablaron de los problemas de pareja que no tenían, comentaron que otro día deberían vestirse mejor para acudir a ese restaurante sin precipitaciones, brindaron varias veces con las copas de vino blanco y solo de reojo miraron alguna vez hacia la mesa de su pepe. Silvia sacó su minicámara y les hizo varias fotos para que Miguel intentara identificar al amigo extranjero de Goicoechea. Por lo demás, el volumen de voz de los pepes era tan alto que no tuvieron que hacer grandes esfuerzos para seguir la mayor parte de la conversación.

163

Pudieron pillar algunos detalles sobre la operación de Erika que no terminaron de interpretar, pero lo que entendieron con meridiana claridad fue que a la salida del restaurante Goicoechea se iba a casa del tal Ronald, donde iban a montar una orgía.

Cuando sus dos pepes pidieron la cuenta, Floren hizo lo propio y Silvia se acercó al aseo. El teléfono público estaba en un rincón, pegado a la pared, antes de entrar en el servicio de mujeres. Llamó a Mikel para explicarle lo que se habían encontrado. Su controlador parecía un tipo duro «un poco asqueroso», pero el otro «es como un narcotraficante que te lo encuentras en la calle y sales corriendo antes de que te corte los dedos con unas tenazas». Le describió los rasgos físicos del mafioso, El Lobo lo identificó de inmediato y puso énfasis en que el tal Ronald era muy peligroso, aunque no le explicó la razón.

No contarían con su ayuda, los dos comensales beodos lo conocían. Debían improvisar. Confiaba en ellos.

No era la primera vez que Goicoechea estaba en el piso de la CIA que Sánchez utilizaba para sus fiestas privadas. El salón enorme, con la cocina incorporada, hacía las funciones de distribuidor de dos habitaciones y un baño. La primera vez le pareció que su colega estadounidense había hecho una reforma en la casa diseñada para montar orgías. Luego recapacitó: era un sitio perfecto para esconder personas de las que no se fiaban demasiado y a las que había que vigilar las veinticuatro horas del día, porque un agente sentado en el salón podía controlar todas las vías de escape. O, como reflexionó más tarde, una sola cámara escondida estratégicamente sería capaz de grabar cada rincón.

No le cabía duda de que Sánchez debía disponer de una curiosa cintateca. En esa casa multiusos se habrían escondido muchas personas siniestras, habría servido para reuniones con amigos y enemigos, y también para inmortalizar las perversiones de muchos ciudadanos españoles y de otros países, a los que poder chantajear y mantener leales a su causa. Entre todas esas grabaciones habría unas cuantas de él, pero no le preocupaba: irse de juerga con el jefe de estación de la CIA podía quedar mal si se miraba el cuadro desde una única perspectiva. Ahora bien, él podía darle mucha mayor amplitud rodeándolo de muchas informaciones que había conseguido gracias a su relación con Roland. El espionaje conllevaba ciertos sacrificios, que cínicamente siempre podría justificar ante sus jefes como un medio desagradable para conseguir réditos mayores para su patria. Gracias a él y a las horas que derrochaba intercambiando información con el mando de la CIA, se habían solucionado problemas bilaterales y se habían evitado ataques de otros países a la soberanía española. Un trabajo que Villalba había hecho caer sobre sus hombros y del que no podría echarle nada en cara. Al menos, eso es lo que pensaba en ese momento con unas cuantas copas de más.

Él se encargó de llamar a las prostitutas. Solicitar de golpe cuatro mujeres pilló por sorpresa a la encargada del negocio y más cuando el hombre que telefoneaba ponía tanto énfasis en que las cuatro fueran «azafatas de Iberia». Tomó nota de los requerimientos del tipo que hablaba con la lengua estropajosa, le advirtió del alto coste del servicio y le previno de que debía haber avisado con tiempo, porque solo tenía disponibles a tres, la cuarta tardaría en volver de un servicio al menos una hora. Para que los clientes no se impacientaran enviaría ya a las primeras, a quien les explicaría que la publicidad en la que ofrecían azafatas había dado un gran resultado, por lo que tendrían que jurar a sus clientes que su ocupación habitual era volar en líneas aéreas. Lo que no sabía es de dónde se había sacado lo de «azafatas de Iberia», porque en los anuncios no se mencionaba a la compañía española.

Las tres chicas llegaron cuarenta minutos después al piso cercano a las Torres de Colón. Las recibieron los dos hombres, que no tardaron en quejarse de la ausencia de una cuarta, aunque ellas les explicaron que en media hora «aterrizaría». Mientras tanto, podrían ir intimando.

Cuando la supuesta cuarta azafata de Iberia apareció una hora después, le abrió la puerta una de sus compañeras de agencia, que la invitó a sumarse a la fiesta en el salón.

Una hora y media más tarde, las cuatro chicas abandonaron la casa. Goicoechea ya estaba vestido y se fue enseguida, tras darle las gracias a Sánchez por lo bien que se lo había pasado. Cuando cerraba la puerta escuchó a su colega llamar a su chófer para anunciarle que se quedaría a dormir en el piso y que fuera a buscarle a las ocho de la mañana, es decir, cuatro horas más tarde.

La tranquilidad con que se movían los estadounidenses por Madrid hizo que el coche oficial que transportó a los dos juerguistas al piso de Colón los dejara en la puerta y nadie se quedara para garantizar la seguridad exterior. Silvia y Floren contemplaron su desaparición antes de bajarse de la moto, no podían creerse que les hubieran dejado libre el terreno de juego. Tanto despliegue de gorilas en el restaurante para luego desaparecer como si nada. Evidentemente, no querían testigos de su juerga.

Al rato vieron aparecer a las tres prostitutas y se acercaron a ellas con decisión.

—Somos policías, estamos encargados de la protección de sus clientes —dijo Floren sin necesidad de mostrar acreditación—. Es gente muy importante, tenemos que comprobar sus datos personales, que no quedarán registrados en ninguna parte si lo de esta noche va bien.

Las tres chicas se pusieron muy nerviosas. Una de ellas les advirtió con preocupación que no era azafata y mucho menos de Iberia, pero que en su garito se les había ocurrido esa idea para conseguir nuevos clientes. La joven también les contó que una cuarta compañera, la Margot, llegaría en media hora, era la última que había entrado en el negocio y tenía más clientes que nadie, lo que no le importaba a ninguna de ellas porque la pobre, a sus veinte años, tenía una hija que mantener. Apuntados los datos personales, Floren y Silvia les explicaron que no debían contar a nadie, tampoco a sus clientes, que habían hablado con ellos, que se limitaran a cumplir lo mejor que supieran con su trabajo y «nada de robarles o meterles nada en la bebida».

Tres cuartos de hora después apareció la cuarta falsa azafata. Esta vez fue Silvia la que llevó la voz cantante.

—Hola, Margot, te estábamos esperando.

—¿Quiénes son ustedes? —preguntó con indiferencia sin parar de andar hacia el portal.

—Margot, somos del servicio secreto, de la sección internacional.

—No sé de qué me habla, yo soy española, nacida en Torrejoncillo del Rey, Cuenca.

—No tenemos nada contra ti. —Hizo una pausa intencionada—. Por ahora. Los que nos preocupan son los tipos con los que vas a trabajar.

—¿Son peligrosos?

—No contigo y tus compañeras. Pero sí para el resto de la sociedad. Te hemos seguido desde hace tiempo. —Farol lanzado a la una de la madrugada en situación desesperada—. Sabemos que tienes una hija, que la quieres mucho y que haces horas extras para darle todo lo que necesite.

—¿Me han estado investigando?

—Escucha lo que te voy a decir, no tenemos tiempo. Queremos ficharte para el servicio secreto. Tú seguirás con tu vida normal y nosotros te encargaremos trabajos de vez en cuando. Ahora mismo, el primero.

La Margot estaba confundida.

—Te vamos a pagar 10.000 pesetas ahora y otras 10.000 cuando bajes si cumples bien tu primera misión, algo que es muy fácil.

—¡20.000 pelas! ¿A cambio de qué?

Joven, lista, dispuesta a ganar dinero rápido sin muchas preguntas y con la posibilidad de que aquella extraña pareja le encargara otros trabajos como aquel. Además cobraría lo estipulado por pasar un par de horas con esos dos tipos en compañía de sus amigas. Un negocio redondo que no podía desvelar a nadie, ni a sus colegas. ¿Por qué iba a querer contárselo y verse obligada a compartir la pasta? Quizás algún día dejara la prostitución y se dedicara a ser agente secreto. Incluso podría aparecer en una película de James Bond.

167

Capítulo 15

5 de marzo, miércoles

El hombre del tiempo había anunciado lluvias intensas, vientos fuertes y temperaturas gélidas desde primera hora de la mañana. Erika lo había escuchado en el telediario de la noche anterior sin inmutarse: no permitiría que los malos augurios consiguieran desanimarla de sus planes. Dijo adiós con la mano y una sonrisa radiante a la gabardina colgada en el armario de su habitación, metió en el bolso un paraguas plegable, se abotonó una rebeca sobre la camiseta de manga corta y arrastró su liviana maleta hasta la entrada de su casa. Todo ello unos instantes antes de que el portero llamara al timbre, cargara su equipaje, la alertara de que se iba a empapar si no se ponía un chubasquero y la urgiera a darse prisa porque el taxi ya estaba esperando en la puerta. La mujer ni se molestó en recordarle que se iba a la calurosa Miami.

Se mojó, pero solo durante unos segundos. Podía haber abierto el paraguas, pero ni se le ocurrió. Eran las siete y media de la mañana y la ráfaga de agua la despejó como lo hubiera hecho un revitalizante. Desde dentro del coche vio al empapado portero meter en el maletero el bulto que se llevaba con un par de camisetas, una falda, un pantalón, algo de ropa interior y el neceser del maquillaje. Quería dejar hueco para todo lo que le compraran sus padres, que se obsesionarían con regalarle de todo para demostrarle lo que la echaban de menos. Le indicó al taxista que iba al aeropuerto y se despidió con un gesto de la mano de su portero, un hombre que se portaría con ella igual de bien aunque no le diera una buena propina todos los meses.

Era una de esas escasas personas de las que se fiaba, aunque su larga experiencia en el BND la había convertido en una mujer recelosa. Al principio no había sido consciente del cambio de piel, si bien con el paso de los años tuvo que dar la razón a sus padres y amigos, que tantas veces le habían hablado de los inconvenientes de la incomunicación y de los beneficios de regar las relaciones que la hacían feliz.

Siempre había tenido un vínculo especial con sus padres. Su madre era la manta calentita que siempre estaba esperando para abrigarla, la envolvía en buenos consejos y cariño sin límite, le permitía desnudar sus sentimientos. Su padre era el libro abierto que le ofrecía perspectivas novedosas de los problemas y siempre estaba dispuesto para cambiarle una bombilla, ayudarla a rellenar los impresos de los impuestos o llevarla en coche a cualquier parte. Todo mutó por culpa de su trabajo. Acababa de cumplir veintiséis años cuando entró en el servicio secreto y seguía viviendo en la misma casa en que nació. No podía hablar con ellos de los asuntos que ocupaban su tiempo, nada de mencionar la identidad de sus compañeros, debía mentir sobre el país al que se iba de viaje y ocultar el motivo de llegar con retraso y sin avisar por la noche. La convivencia se convirtió en un lastre y un año después optó por independizarse. A sus padres no les explicó lo incómodo que era cohabitar dentro de las mismas paredes obligada a tratarlos como a dos extraños. La manta calentita y el libro abierto la apoyaron sin poner pegas, si bien no pudo evitar sentirse culpable. Disfrutaba con su trabajo complicado y no valoró bien lo que dejaba atrás. Su vida de espía, la necesidad de guardar secreto sobre lo que hacía de sol a sol, la condujo casi sin notarlo a un aislamiento del exterior.

El distanciamiento con sus amigos de siempre fue paralelo al de sus padres. Veinteañeros comenzando vidas nuevas, cuando se reunían hablaban de sus empresas, de los jefes prepotentes o de los nuevos compañeros trepas, mientras ella debía inventarse detalles de un supuesto trabajo, en un pequeño despacho en el que nunca pasaba nada emocionante, con unos colegas antipáticos a los que prefería no mencionar. No tardó mucho en marcar distancia con la mayoría de ellos y verse forzada a buscar una vía de escape ante el cataclismo que se le avecinaba. Podía infravalorar muchas relaciones, pero se negó a perder a su íntima amiga Gisela. Con ella se atrevió a romper las estrictas normas de silencio. Le desveló que a ella sí la habían admitido en el BND cuando las dos se presentaron a las pruebas, le pidió con los ojos rebosantes de lágrimas un millón de disculpas por habérselo ocultado y le imploró ayuda porque su mundo se le había hundido con tanta falsedad: si no reaccionaba pronto, se quedaría aislada. Gisela fue su tabla de salvación, contribuyó a dotar de sentido y alegría su vida cimentada en la ficción, la ayudó a asimilar que trabajar en lo que le gustaba llevaba aparejado aceptar ciertas renuncias, a pesar de lo cual podía conseguir una estabilidad y un espacio personal de desconexión en el que pudiera ser la Erika feliz por la que siempre había luchado.

Su labor diaria en el servicio secreto la llenaba y más cuando la destinaron a la sección de identidades falsas. No participaba en arriesgadas acciones operativas, no luchaba contra el peligroso espionaje de agencias enemigas en suelo alemán, ella creaba personalidades ficticias para que los más valientes de sus compañeros pudieran desarrollar con garantías misiones delicadas en el extranjero. Empezó utilizando los mecanismos habituales de trabajo del BND y a partir de ahí dejó volar su inventiva. Conseguir que un hombre o una mujer del Servicio cambiara su identidad por otra inexpugnable, con casi nulas posibilidades de ser descubierta en una detallada investigación del enemigo, la obsesionó de tal manera que no paró hasta conseguir las felicitaciones de sus jefes.

Hasta que se convirtió en la diosa de las identidades falsas. Su trabajo no se limitaba a preparar los papeles en la oficina. Planificaba, buscaba, ejecutaba y materializaba. Su gran invento fue conseguir partidas de nacimiento auténticas en países cercanos a Alemania. Acudía en persona a registros civiles de pequeños pueblos, donde a cambio de una considerable cantidad de dinero conseguía que el funcionario inscribiera a nuevos residentes que habían vivido siempre en el extranjero y que, según los papeles manipulados que presentaba, eran hijos de un natural emigrado del país, para que tras un tiempo de estancia consiguieran la nacionalidad. Absolutamente indetectable.

Tras llegar al aeropuerto de Barajas buscó el mostrador para facturar la maleta. Primero iría a Nueva York y después cogería otro vuelo hasta Miami. Mientras esperaba, notó una mano en el hombro, se volvió y no pudo creerse quién era la persona que estaba junto a ella.

—Miguel, ¿qué haces aquí?

—El médico no me deja hacer nada esta semana, así que he decidido tomarme unos días de vacaciones.

—¿Te vas a Nueva York?

—A Miami. No te molestaré, te lo prometo. Cambio de aires, enseño mi cuerpo lleno de moratones en la playa a desconocidos que lo mismo les da y solo te pido que algún día me invites a comer o a cenar.

—¡Eres increíble!

—El médico me ha prohibido ir a trabajar. La perspectiva de pasarme el resto de la semana lamiéndome las heridas encerrado en casa era muy deprimente. Prometo no darte la paliza.

—¿Qué dirá Gisela?

—Ha sido idea de ella. Dice que me hace falta descansar y el clima de Miami ayudará a cicatrizar las heridas.

—Está bien, el viaje es aburrido y en compañía se hace más corto. Sabes que voy a ver a mis padres, me quedaré en su casa y quiero estar con ellos. Aunque les encantará que les presente a un nuevo amigo. No les diremos que hemos ido juntos, para que no piensen nada raro, ¿de acuerdo?

Miguel confiaba en que reaccionara positivamente, aunque no las tenía todas consigo. Había acertado al montar el falso atraco, compartir esas desgracias une mucho y derriba barreras. Lo único malo era que con el cuerpo magullado un viaje de tantas horas sentado en una lata de sardinas lo iba a dejar molido.

Antes de embarcar, Miguel se disculpó ante Erika: «Voy al retrete». Algo normal antes de emprender un viaje si no hubiera sido porque su auténtica intención era reunirse con Rai y Silvia: los dos lobillos iban a viajar con ellos. No sabía qué situaciones complicadas le podría deparar Miami y había optado por llevarse a sus muchachos de apoyo. Los encontró en la puerta de los lavabos, lejos de donde había dejado esperando a la alemana. Silvia lo había telefoneado en cuanto terminó de madrugada la operación contra Goicoechea, por lo que se limitaron a charlar sobre el despliegue en Miami.

—Goicoechea se cabrearía un montón si descubriera que el dinero que me dio lo estamos utilizando para este viaje, pero así nadie podrá decir que esta no es una operación del CESID. Cuando lleguemos, buscad un hotel céntrico y reservadme una habitación. No sé dónde viven sus padres, en cualquier caso es más creíble estar un poco alejados de ellos.

—¿Silvia y yo os seguimos después de aterrizar? —preguntó Rai.

—Id a vuestra bola, no me conocéis de nada. Quizá este viaje sea una mera visita a sus padres, pero podría ser el pretexto para mantener alguna reunión oculta. Mi aparición habrá despertado sus alarmas, si realmente está metida en algo gordo con los rusos no terminará de fiarse de mí. No tenemos que darle más argumentos para la desconfianza.

—Corres el riesgo de quedar como un pesado con ella —sentenció Silvia—. Actúa con cuidado, puede que se haya creído que Gisela te manda con ella para descansar, pero seguro que está mosqueada pensando que puedes seguir trabajando para el CESID.

—Es lista y complicada de entender. Quizás piense que soy un buen chico y que su deber es atender el ruego de su amiga y cuidarme, después de la paliza que me dieron este cabrón y su amigo. —Señaló a Rai, y este miró hacia el techo.

—¿Qué tal fue lo de ayer? ¿Contamos con la ayuda de Gisela?

El Lobo sabía que si le hubiera contado a Fred su arriesgada maniobra, se lo habría desaconsejado. Gisela era impredecible. Pero él era quien la conocía, él quien se movía por el tablero de la partida y a él le correspondía la decisión. Un planteamiento que iba contra la forma establecida de actuar del Servicio, que no daba tanta autonomía al agente de campo. En cualquier caso, su controlador en esa misión era Goicoechea, a quien había ocultado desde el primer momento su operativa, y el viaje a Miami era una nueva demostración de su falta de sintonía.

En la tarde del día anterior se había presentado sin avisar

en casa de Gisela. Antes la había seguido desde el trabajo para comprobar que estaba sola y, cuando llamó a su puerta, le abrió con cara de sorpresa y alegría. Pensaba dedicar la tarde a limpiar un poco la casa, pero prefería estar con él. Se sentaron en el sofá, ella sobre sus piernas, y se estrecharon con pasión como si hiciera un año que no se veían. Tras un rato de tonteo, Miguel la sentó a su lado, ella le ofreció una copa y se fue a prepararla. Su apartamento estaba muy bien cuidado, lleno de adornos un tanto excéntricos y con fotos enmarcadas en las paredes, tomadas en distintos lugares de Alemania y España, en muchas de las cuales aparecía con Erika.

—Qué bien que hayas aparecido por sorpresa, eres siempre tan adorable… —dijo Gisela mirándolo con todo el cariño del mundo.

—Me encanta estar contigo, pero he venido porque necesitaba que charláramos con urgencia. Tenemos una amiga en común, que es tu mejor amiga, que necesita nuestra ayuda.

El gesto de alegría de Gisela se mutó en otro de inesperada preocupación.

—¿Le ha pasado algo? Hace un rato nos hemos despedido en el trabajo porque mañana se va a Miami.

—No sé si irme yo con ella, la verdad. La situación es más grave de lo que había imaginado.

—No entiendo nada. ¿De qué me estás hablando? ¿Por qué te ibas a ir tú a Miami con ella?

—Erika está en peligro y no lo sabe.

—Habla de una vez, me estás poniendo nerviosa.

—Soy detective, llevo algunos años en esto. No te aburriré con mis cualidades, pero un día de los que fui a hablar con ella para intentar que dejara de oponerse a nuestra relación…

—Nunca se opuso.

—Ya me entiendes, estaba reticente. Pues uno de esos días cuando se fue del bar, salí al poco tiempo y detecté a un par de hombres que la seguían. Llevaba encima una pequeña cámara que utilizo para los seguimientos y les hice unas fotos. No le dije nada a ella ni a ti porque pensé que quizás eran cosas mías y no quería asustaros. Enseñé esas fotos a varios amigos policías por si les sonaban, pero nada. Más tarde fui a un co-

173

nocido que tengo en el servicio secreto y lo que me dijo me dejó desolado: son dos conocidos matones al servicio de la embajada rusa.

La historia inventada le pareció más endeble al explicarla que cuando la había preparado. Gisela era una mujer sencilla, sin muchas aristas, emocionalmente muy unida a Erika, por lo que estaría dispuesta a hacer cualquier cosa para ayudarla.

—¿Por qué la siguen los rusos?

—He intentado descubrirlo, no tengo ni idea. Incluso he pensado en contárselo todo a ella. ¿Qué crees que debemos hacer?, ¿se lo decimos?

—Será mejor denunciarlo a la embajada alemana, quizás tenga que ver con su pasado.

—Yo también lo he pensado —mintió—. Fíjate que he puesto a dos de mis hombres a seguirla para evitar que la ataquen.

—¿El atraco del otro día?

—No creo que fueran ellos. En cualquier caso, se me ha ocurrido que quizás tenga que ver con el novio que me contaste.

—No te sigo. ¿Qué puede tener que ver en todo esto?

—Nunca habla de él. Cuando tienes una relación fallida, no es que hables mucho de la persona que te ha dejado o a la que has dejado, pero tampoco la ocultas tanto.

Cuando dijo «relación fallida», notó una corriente de aire frío. Gisela había pasado por ello y superarlo fue una experiencia traumática que la llevó a intentar suicidarse.

—¿El novio puede tener algo que ver con los rusos?

—No lo sé, es lo único que se me ocurre. Quizás a quien persiguen los rusos es a él, y Erika lo protege. Porque desde que rompieron no ha vuelto a tener otra relación.

—Eso es verdad, aunque también puede tener que ver con el hecho de que trabajó en el BND y puede que hiciera algo que los molestara.

—En eso quizás tengas razón —dijo satisfecho cuando comprobó que Gisela ya había entrado en su juego de medias verdades—. Mi amigo del servicio secreto me ha prometido guardar el secreto, pero teme que pueda pasarle algo a Erika si no descubrimos pronto en qué está metida.

—Si me cuentas esta historia es porque crees que puedo hacer algo. Dime qué puedo hacer para ayudar.

—A lo mejor deberíamos decírselo al BND, ellos podrían auxiliarla —dijo de farol, arriesgando en el envite—. Yo no tengo ninguna posibilidad de llegar hasta ellos.

Miguel se quedó mirándola con ojos dubitativos. Era una mujer de belleza dulce, que desprendía aún más bondad vestida con ropa informal de estar por casa y con una coleta tensa. Había comenzado la conversación abrumada por la sorpresa y había ido recomponiéndose dejando a un lado sus sentimientos y volcándose en el problema de su amiga. Se sintió mal al no ser sincero con ella. No era lo mismo actuar con personas enrevesadas y peligrosas que hacerlo con gente buena. Mirar hacia el objetivo final siempre lo ayudaba a superar esos escrúpulos, pero a veces dudaba de la legitimidad que se arrogaba al manipular a personas tan íntegras.

—No conozco a nadie del BND en España.

—¿Y en Alemania?

—Durante un tiempo estuve saliendo con un amigo de Erika que trabajaba allí, aunque hace tiempo que no sé nada de él.

—¿En qué sección trabajaba?

—Nunca me lo dijo y yo no se lo pregunté. Te puede parecer raro, pero como Erika estaba tan obsesionada con el secreto...

—Lo entiendo. ¿Crees que podrías hablar con él?

—Sí, claro. Pero ¿qué le digo? ¿Que tememos por la vida de Erika?

—La verdad, no lo sé. —Paciencia, se dijo a sí mismo Miguel, deja que la fruta caiga sola del árbol cuando esté madura.

—Le puedo llamar y contarle que dos rusos la están siguiendo. Él sabrá qué hacer. Yo creo que para dar la alarma da igual en qué sección trabaje. ¿No te parece? —Gisela iba cogiendo seguridad, aunque se notaba que era un terreno pantanoso para ella.

—Creo que puede ser una buena idea.

—¿Le menciono también lo del novio desconocido?

Miguel simuló pensar su respuesta durante unos segun-

175

dos. La mirada perdida de Gisela, sus manos fuertemente entrelazadas y el movimiento continuo de sus labios le transmitieron su indecisión.

—Antes de eso hay que velar por la seguridad de Erika.

—¿No decías que habías pensado en acompañarla a Miami?

—Tengo dudas.

—Ve con ella, me sentiré más segura. Hazlo por mí.

—Está bien, no hay más que hablar. Intentaré no perderla de vista ni un momento, aunque espero que los rusos no se atrevan a hacer nada contra ella en Estados Unidos... —Hizo una pausa para poner más énfasis en sus siguientes palabras—: Eso nos da un margen de varios días en los que tu amiga va a estar totalmente segura. Quizás deberíamos aprovechar esa circunstancia para indagar primero sobre el novio.

—¿Por qué crees que mi amigo del BND va a saber más de él que yo, que soy la íntima amiga de Erika?

—Porque él es un espía y, si el novio le dio algún problema, es más probable que le pidiera ayuda a él antes que a ti.

—Suponiendo que me cuente algo, que lo dudo, eso no neutraliza la amenaza sobre la vida de Erika.

—De acuerdo, pero si detectamos de dónde procede el problema, podremos hacerle frente mejor. Pero antes de nada sería preferible que se lo contásemos a Erika y que fuera ella quien tomara la iniciativa de avisar a sus antiguos jefes o a quien quisiera. Podría molestarle que nosotros hiciésemos algo sin decírselo.

Miguel constató que Gisela estaba fuera de sí. Tenía la cara compungida, no podía dejar quietas las manos y lo miraba ansiando que resolviera el problema de su amiga.

—No lo había visto así. Es mucho mejor que ella tome la decisión con la información que tú tienes y la que yo pueda conseguir. Aunque no le va a gustar nada que indaguemos en su vida privada.

—No lo haríamos si no fuera para protegerla.

—Tienes razón. Te agradezco que me lo hayas contado. Haré la gestión como amiga de Erika que está preocupada por ella.

—Será complicado, y más por teléfono.

—Pues viajaré a Múnich. Pediré un par de días y me iré a verlo.

—Genial, seguro que encuentras la forma de que te cuente lo que sabe.

—Eso espero. No sabes lo que te agradezco que hagas esto por Erika y que gastes dinero y tiempo en ayudarla.

Ya en el aeropuerto, Miguel se había quedado abstraído pensando en su encuentro con Gisela, pero volvió al presente y contestó a Silvia:

—Lo de ayer fue viento en popa. No sé si obtendremos alguna información, pero saldremos de dudas en unos días. Me voy, Erika me está esperando. Nos vemos en Miami.

La secretaria de Villalba le pasó la llamada de Sánchez, el jefe de estación de la CIA.

—Hola, flaco, tengo noticias para ti.

—Te escucho, Ronald.

—Hace dos semanas llegaron a España con un visado vuestro un par de electricistas para hacer unas reparaciones en la embajada rusa.

—Siempre que tienen que hacer trabajos en el edificio se traen gente desde Moscú.

—Lo sé y tú sabes que pertenecen al KGB. Regresaron a su país hace tres días. Me han informado desde Langley que hace un año los dos estuvieron en Noruega cuando se produjo otro robo de información. Puede ser casualidad, pero no lo creo. Seguro que eran agentes operativos bajo cobertura falsa. Unos bufarrones.

—Voy a hacer una nota informativa para mi director. ¿Algo más?

—De momento no. ¿Vosotros habéis avanzado?

—Tenía alguna duda, pero después de lo que me cuentas voy a pedir permiso para actuar contra Alexey Vinogradov. Ya es hora de que los del KGB sepan que no nos chupamos el dedo y confirmemos su responsabilidad en el caso.

—¡No nos chupamos el dedo! Me gusta esa expresión.

—A Vinogradov no le va a gustar nada.

Sánchez colgó el teléfono satisfecho. Nadie le había informado en Langley de que los dos obreros que habían estado en Madrid hubieran viajado antes a Noruega, pero estaba claro que Villalba necesitaba un empujón para adoptar medidas contra los del KGB. A veces resulta complicado encontrar evidencias, pero el espionaje no es un tribunal de Justicia, algunos hechos son incontestables sin necesidad de aportar pruebas. Los rusos debían pagar por lo que sin duda habían hecho y la respuesta no se podía demorar más.

Capítulo 16

6 de marzo, jueves

*E*l Volvo plateado recorría por encima de la velocidad permitida una de las calles contiguas al estadio Santiago Bernabéu. Su conductor sabía que iba por Padre Damián, identificaba sin problema la mayor parte de las vías de la ciudad, las había estudiado en la academia de la Lubianka, el cuartel general del KGB, durante un curso sobre España previo a su destino en la embajada de Madrid.

Era cerca de la medianoche. Un miembro de la Asociación hispano-soviética lo había invitado a cenar. Una suerte, pues el presupuesto para gastos personales de la embajada era ridículo; los burócratas de Moscú no entendían la necesidad de reunirse con frecuencia en restaurantes caros para obtener información y conseguir contactos.

Estaba llegando a una intersección cuando se fijó en el semáforo verde y apretó el acelerador. No vio al coche que circulaba por la calle perpendicular casi hasta que colisionó contra el suyo, aunque sus buenos reflejos le permitieron dar un volantazo y recibir el golpe por detrás. Sonó como un estallido en mitad de la silenciosa noche, despertando la atención de los escasos viandantes.

El ruso alto, de pelo blanco, ojos cansados, cuarenta y tantos años, traje gris oscuro, salió del Volvo indemne y dio un portazo para intentar descargar la energía negativa que acababa de invadirle. Su maletero apenas había sufrido un insignificante rasguño, mientras el otro vehículo tenía abollada la parte delantera. «Ventajas de conducir este tanque sueco», pensó con cierto orgullo.

Concluida la comprobación visual de daños, decidió largarse de allí cuanto antes. En ese momento oyó el grito conmocionado del otro conductor: «¿Adónde va, hombre de Dios?». El ruso acababa de abrir su coche, lo cerró de otro portazo y se volvió enfurecido hacia él.

—Me voy. La próxima vez no se salte el semáforo, cerdo asqueroso.

—Se lo ha saltado usted. El mío estaba verde —se defendió desde una prudente distancia aconsejado por el miedo que le daba un extranjero pendenciero y agresivo.

—No mienta o le doy una paliza.

—No me amenace.

—Le amenazo si quiero. Déjeme en paz.

Se dio la vuelta, caminó unos pasos hacia su Volvo, se volvió a mirar al hombre con asco, se desanudó la corbata y le espetó:

—¿Cómo dicen ustedes? Ah, sí, ¡gilipollas!

—No puede irse —insistió el otro—, tenemos que hacer el parte de accidente.

—Ese es su problema.

Se metió en el vehículo, dio un tercer portazo y giró la llave de contacto. Un hombre distinto al que había provocado el altercado se acercó y le hizo gestos para que bajara la ventanilla.

—¿Qué quiere?

—Soy policía, haga el favor de salir del coche —dijo en un tono calmado mostrándole la placa.

El ruso optó por atender su petición, aunque su malestar iba aumentando el color rojo de sus mejillas.

—Ese tipo me ha dado un golpe con su coche tras saltarse el semáforo en rojo.

—Es mentira —intervino el otro conductor, que se había acercado a los dos hombres—. Estaba verde cuando he pasado.

—No mienta o lo pagará —se encaró el ruso con él pero se encontró con el policía de paisano, que se interpuso entre los dos.

—Aquí nadie va a atacar a nadie —dijo con autoridad.

Cerca de los cinco transeúntes que contemplaban la animada discusión se paró un coche de la Policía Nacional.

—¿Qué ocurre? —preguntó uno de los uniformados nada más salir mientras se calaba la gorra de plato.

—Este señor se ha saltado el semáforo y quería darse a la fuga sin rellenar el parte —respondió el conductor que había golpeado al Volvo.

—La culpa ha sido de él —gritó el ruso.

—Señor, ¿usted ha bebido? —preguntó el policía nacional acercándose.

—Por supuesto que no.

—Pues lo parece.

—No le permito que me hable así.

—Yo soy el que no se lo admite —dijo con expresión seria mientras dejaba atrás al policía de paisano—. Enséñeme ahora mismo su documentación.

—No tengo por qué hacerlo, soy diplomático soviético, tengo inmunidad.

—Tendrá toda la inmunidad del mundo, pero quiero ver sus papeles.

Sin perder su gesto de cólera, sacó con malas formas de la chaqueta de su traje el pasaporte.

—¿Ve?, tengo inmunidad. Me voy.

Se volvió y fue a abrir la puerta cuando el policía le puso una mano en el hombro. El ruso se dio la vuelta y se la despegó de un manotazo.

—Está usted detenido por resistencia a la autoridad.

—No puede…

—Claro que puedo. ¿Me muestra las manos para que le ponga las esposas o tendremos que hacerlo a la fuerza?

—Exijo llamar a mi embajada —gritó cuando le estaba inmovilizando las muñecas.

—Cuando llegue a comisaría podrá avisar a quien usted quiera.

A las siete de la mañana, un policía de uniforme acudió a la celda y lo despertó.

—Alexey Vinogradov, acompáñeme.

El diplomático ruso había disfrutado la mayor parte de la noche de un sueño inducido por los efectos sedantes del vino y el vodka ingeridos durante la cena. Recordaba muy bien el accidente del que no había tenido culpa, el altercado con el policía nacional y la negativa del inspector que lo interrogó en comisaría a dejarle llamar a su embajada. Él se ocuparía del trámite, le aseguró, y lo encerraron en un calabozo.

Ahora llegaron hasta una puerta cerrada sin indicaciones en el exterior, el policía la abrió sin mediar palabra y con un gesto le ordenó que entrara, como si fuera un delincuente común. En una sala con escasos muebles había un hombre sentado detrás de una mesa de hierro al que conocía por fotos, pero no era el compatriota que esperaba.

—¿Quién es usted? —preguntó en tono desabrido.

—No me decepcione, Alexey Vinogradov, un destacado miembro del KGB como usted no puede hacerle esa pregunta al jefe de la división de Contrainteligencia del CESID.

—Yo no trabajo para el KGB, soy primer secretario de la embajada soviética y le exijo que llame a mi delegación para que vengan a buscarme. Tengo inmunidad diplomática.

—Siéntese, por favor. —Esperó a que lo hiciera enfrente de él—. Está usted en una situación muy delicada. Es la segunda vez que tiene un altercado en mi país inducido por el consumo de alcohol. Hace tres meses participó en otra pelea en la calle.

—Intentaron atracarme, eso no es responsabilidad mía, le puede pasar a cualquiera.

—Dio una paliza a un hombre del que usted afirmó que intentó atracarle.

—Retiró la denuncia.

—Porque desde su embajada le pagaron para que se olvidara del asunto.

—Eso no es verdad, y aunque fuera como usted lo cuenta, no hay nada en los juzgados contra mí.

—Hace una semana, el hombre acudió a una comisaría a presentar denuncia contra usted.

—¿Tres meses después? —Forzó una carcajada falsa—. Tenemos un papel que firmó reconociendo que yo no era culpable de nada.

—Eso lo decidirá un juez, al que la Policía informará de que ayer volvió a participar en otro grave altercado: amenazó e intentó golpear a un agente.

—Eso también es mentira, como la acusación de que me salté un semáforo en rojo.

—No le servirá de nada defender su falsa inocencia. Las pruebas son concluyentes.

—Quiero hablar con mi embajada —exigió de nuevo dando un pequeño golpe en la mesa con la mano y recostándose después con pasotismo en la silla.

—Lo hará, no se preocupe. Estoy aquí para ayudarlo. Si después de nuestra conversación quiere ponerse en contacto con ellos, lo podrá hacer sin ningún problema.

—No tengo nada que hablar con usted. No he hecho nada incorrecto. No pegué al policía.

—Es su palabra contra la de un defensor del orden y me temo que en España la de él y los testigos que lo vieron vale bastante más que la suya. Así que escúcheme y luego decida.

Vinogradov se calló por primera vez.

—La acumulación de dos altercados es motivo suficiente para que el Ministerio de Asuntos Exteriores ordene su expulsión del país, algo que la Policía exigirá y nosotros respaldaremos explicando que usted se dedica en nuestro país a montar operaciones especiales en contra de nuestros intereses.

—Otra mentira —le interrumpió.

183

—Usted volverá a su país y su mujer se llevará un gran disgusto, especialmente porque en el informe de las trifulcas que entregaremos a su embajada constará que en ambos casos usted iba borracho.

—¡Mentira! —gritó indignado.

—Su mujer le abandonará antes o después, por la vergüenza, pero lo de su carrera será peor. Volverá a Moscú con deshonra y lo menos malo será su expulsión del KGB. Lo peor es que le mandarán a Siberia o a algún sitio similar para que se muera de frío y aburrimiento. No volverá a disfrutar de la vida de lujo que ha llevado en España y en otros países.

Vinogradov se estaba derrumbando. Conocía algunos casos de compañeros que habían metido la pata y no se había vuelto a saber nada de ellos. El espía español lo estaba coaccionando y no tardaría en pedirle algo a cambio. Si no aceptaba, tendría que enfrentarse al deprimente panorama que le había dibujado. Su mujer nunca lo acompañaría al destierro, sobre todo después de haberle suplicado tantas veces que se alejara del alcohol.

—Alexey —dijo el espía español con fingida amabilidad—, cuando hace una hora me han avisado de que usted estaba aquí, he pensado: «Quizás lo pueda ayudar si él me ayuda a mí».

—Ahora viene el chantaje.

—Se equivoca, no hay chantaje que valga. Ha ganado un viaje a Siberia usted solo, yo le ofrezco mantener la vida placentera de su mujer en España. Seguro que le encanta ir a El Corte Inglés a comprar ropa y guarda las bolsas tan bonitas que dan.

—Vaya al grano, por favor.

Villalba percibió el cambio de tono del directivo del KGB, le había costado llevarlo hasta el abismo, pero ahora lo tenía donde quería.

—Hace poco se ha producido un asalto en la sede de la Contrainteligencia que montó usted. Quiero que me diga cómo lo hicieron, quiénes son los responsables y qué piensan hacer con el material extraído.

—Nosotros no hemos sido —contestó rápidamente—. Aunque quisiera ayudarle, desconozco de qué me habla.

—Alexey, le garantizo que nadie sabrá que usted nos ha ayudado. Para nosotros es mejor que sus jefes sean ajenos a su colaboración.

—Créame, nosotros no hemos sido.

—Usted es el responsable de operaciones clandestinas.

—Por eso se lo digo. Si algo de eso hubiera pasado, yo lo habría montado o al menos tendría conocimiento.

—Cambiemos el enfoque. Sabemos que los dos obreros que trajeron hace un par de semanas para unas reparaciones en su embajada eran agentes operativos. ¿Para qué misión les hicieron venir?

El ruso puso cara de asombro, lo que Villalba interpretó como un intento teatral de simular desconocimiento.

—Eran un electricista y un fontanero, por favor. Pertenecen al KGB, claro, pero no son agentes secretos —respondió extendiendo los brazos en gesto de incredulidad.

—¿Me toma por tonto? Sabemos que participaron en una acción en Noruega.

—Le han engañado.

—Esto va por mal camino, Alexey, no voy a poder evitarle el viaje de vacaciones a Siberia.

—Le estoy diciendo la verdad y eso debería serle suficiente. Alguna de sus fuentes le engaña.

—Está bien, allá usted.

El espía español llamó a gritos al policía que estaba en la puerta. Cuando entró le pidió que trajera un teléfono. En menos de un minuto lo enganchó a una clavija cercana y lo depositó sobre la mesa, Villalba lo descolgó, pidió a la centralita que le pusieran con la embajada de la URSS y dictó el número de teléfono. Después colgó el aparato.

—Todo ha acabado. Usted no colabora, respeto su voluntad. Le voy a contar a su embajador lo que tenemos contra usted y después se lo pasaré para que le dé su versión. En veinticuatro horas deberá abandonar el país…, con su mujer.

Vinogradov se frotó las manos y bajó la cabeza. Intentaba pensar rápidamente su siguiente paso. Le había echado un órdago y con las malas cartas que llevaba, tenía todas las de perder.

—Está bien, cancele la llamada y hablaremos.

—De eso nada, empiece a hablar y luego ya veré lo que hago.

—Fue una operación nuestra.

—Deme los detalles.

—Trajimos dos agentes especiales, que usted ha descubierto, y ejecutaron el asalto. Fotografiaron los papeles y ya están en la Lubianka, donde habrán informado a las autoridades soviéticas. No tengo ni idea de lo que harán con ellos, esa decisión me supera.

—Contaban con un topo dentro.

—Sí, pero me permitirá que no lo delate. Eso sería demasiado.

—Deme su nombre.

—Si se lo digo, se sabrá que he sido yo su fuente. En ese caso no me mandarán a Siberia, me matarán.

—¿Cómo lo hicieron?

—Fue una penetración clandestina de noche.

—Explíqueme los detalles.

—Se lo he reconocido, lo demás puede intuirlo usted.

185

Villalba descolgó el teléfono y ordenó cancelar la llamada.

—Ahora nos entendemos. Uno de mis hombres le espera fuera con su Volvo y una pequeña gratificación por las molestias causadas. Nos volveremos a ver, seguro.

El jefe de división del CESID se quedó un rato en la sala haciendo llamadas hasta que el policía de paisano que había aparecido en la escena del accidente entró y se sentó frente a él.

—¿Ha caído totalmente?

—Sí, habéis hecho un gran trabajo. En el futuro sospechará que todo lo que vivió anoche fue un montaje, pero ya será tarde para reaccionar. Por suerte, en el CESID tenemos policías como tú en la Brigada Operativa de Apoyo. Da las gracias a los compañeros de esta comisaría que nos han ayudado, les entregaremos un pequeño detalle como agradecimiento.

—El informe se quedará archivado por si en el futuro necesitamos recuperarlo. ¿Quiere algo más?

—Nada, muchas gracias.

Villalba estaba satisfecho. Vinogradov apenas le había aportado detalles del ataque, pero lo importante era que había confirmado la responsabilidad del KGB. El siguiente paso consistiría en organizar la venganza, dar caza al topo y arreglar el desaguisado para que no pudieran utilizar los papeles contra el rey. Nadie le quitaría el puesto de subdirector del CESID. Una de sus primeras decisiones tras su nombramiento sería darle una lección a Reina, el jefe de la división de Inteligencia Interior que también pujaba por el cargo: tendría que buscar destino en algún cuartel, lejos del servicio secreto.

Capítulo 17

7 de marzo, viernes

*E*ra uno de esos días de invierno en Miami donde el cielo azul intenso contrastaba con las palmeras verdes y donde el aire era tan puro y fresco que daban ganas de probarlo. Mikel y Silvia estaban en South Beach paseando descalzos por la playa de arena blanquísima, dando la espalda a una fila de decrépitos hoteles. Los 23 grados de media durante el día habían tardado poco en convencerlos para convertir una parte del dinero de la Contrainteligencia en bermudas y camisetas.

—Hay decisiones que nadie más en el mundo tomaría —dijo Mikel—. Una cosa es que seáis valencianos de nacimiento o adopción y otra que os dejéis aconsejar por un taxista cubano para reservar habitaciones en un hotel pegado a la playa.

—No sabes cómo era el tipo. Fue una suerte dar con él. No solo nos trajo aquí, también nos presentó a un primo suyo para que nos alquilara tres coches por la mitad de lo que cuestan en cualquier *rent a car*.

—Ahorraremos dinero, pero los padres de Erika viven en Fort Lauderdale, que está a un puñado de kilómetros de aquí.

—Nos dijiste que iba a Miami.

—Es lo que me contó, pero su ciudad está a 45 minutos de Miami, y un poco más desde aquí.

—No te quejes, tampoco está siendo tan complicado. Rai y yo nos turnamos vigilándola, y tú has estado aquí disponiendo de una coartada más sólida. Has venido a descansar y lo que toca es playita. Este sol está ayudando a curarte las heridas, el cuerpo se te ha sonrosado y cuando te vea comprobará que estás perdiendo el tiempo miserablemente. —Se rio con un gesto suave y transparente.

—Nunca había pasado unos días tan tranquilos durante una misión.

—Bueno bueno bueno —dijo mirándolo maliciosamente—. Algo raro te pasa. No es para tanto, el miércoles lo pasamos de viaje, no llevamos más que ayer y hoy tranquilos. Te está entrando la morriña que cantaría Julio Iglesias.

—Ahora toca sentarme en el diván del siquiatra, me temo.

—Ya estabas meditabundo antes de venir a Miami, pero aún lo estás más desde que te pasaste un día entero con Erika en aviones y aeropuertos. La cercanía al pepe no te ha hecho bien.

—No puedo creer que de verdad sea una espía rusa...

—Aunque todo indique que lo es —Silvia concluyó la frase añadiendo su propia perspectiva de la incógnita sembrada en la cabeza de su jefe.

—Deja de mirarme como si hubiera perdido la imparcialidad.

—¿La has perdido?

—No. Sé que todo apunta a que se ha vendido al enemigo ruso, como piensa la CIA.

—Que tiene sus pruebas, aunque no las conozcamos.

—Si la investigan es porque tienen datos contra ella.

—Pero no lo suficientemente contundentes como para haberla detenido. —Esta vez Silvia completó la idea que ya había echado raíces en el pensamiento de Mikel—. Y nosotros hemos sumado algunos argumentos más en su contra.

—Espero que Gisela encuentre en Alemania algo que arroje luz sobre el novio misterioso, que sea la pieza que nos falta en el rompecabezas.

—Quizás todo terminó entre ellos porque eran incompatibles, el tipo desapareció y punto final. Me gustas, te quiero, nos acostamos, discutimos y si te he visto no me acuerdo —recitó moviendo mucho las manos con alegría juvenil—. Una vulgar historia de amor como ocurren miles cada día.

—Tengo un pálpito. La clave está ahí, pero no tiene por qué implicarla, quizás pueda exonerarla.

—¿Vas a creer en un pálpito?

—Los sigo muchas veces y me han dado buenos resultados.

—¿Tuviste algún pálpito para seguir a Erika hasta Miami?

—Si es una agente del KGB, lo lógico es que mantenga contactos periódicos en el extranjero.

—Su controlador vivirá en España.

—El del día a día, pero si tiene un jefe en Moscú necesitará reunirse con él alguna que otra vez y tendrá que hacerlo en terreno neutral. Sus padres están aquí y sus viajes a Miami no levantan sospechas. ¿Qué país puedes encontrar que sea menos llamativo para mantener un contacto con un espía ruso que Estados Unidos?

Silvia se detuvo, cruzó una mirada alegre con Mikel, se quitó la camiseta de tirantes y el pantalón corto, se quedó con el bikini rojo que llevaba debajo, salió corriendo hacia el mar, se metió en el agua primero hasta las rodillas y luego se zambulló. Dio unas brazadas, regresó con rapidez y se colocó al lado de El Lobo.

—El sol me estaba quemando y las ideas se me estaban achicharrando —recogió de la arena su ropa y siguió el paseo—. Acabo de entenderte. Crees posible que el novio desaparecido sea el que la captó para el KGB y con el que va a reunirse aquí en Miami.

—Podría ser.

—Eres el agente secreto más sorprendente que conozco.

—Tampoco conoces tantos.

—Vas cinco pueblos por delante de los hechos.

—Construyo probabilidades, pero no me dejo llevar por ellas, no sin pruebas. Es como el ajedrez. Juegas con tus fichas y con las de tu oponente, sin perder de vista lo que pasa por su cabeza. Es más importante aprender a pensar como el contrario que seguir los movimientos del tablero. Al mismo tiempo, tienes que disimular para que él no descubra tu estrategia. Las partidas siempre son sicológicas.

—¿Qué pasa por la cabeza de Erika?

—Está metida en un buen lío, sea cual sea, y mi aparición se lo ha complicado más, no sabe a qué atenerse conmigo. Si hubiera intentado seducirla, habría sospechado de mis intereses. Mi entrada en su vida a través de Gisela la mosqueó, no es-

189

taba segura de a qué jugaba cuando me hice el encontradizo un par de veces. El mensaje del tinte debía ser para pedir una comprobación a los rusos, que no tardaron en asaltar mi casa para descubrir si suponía algún riesgo para ella.

—Erika no sabía dónde vivías.

—Gisela sí.

—No me habías comentado esa teoría.

—No quiero obsesionaros con que es una agente del KGB. Hay que tener mentalidad abierta para estudiar otras alternativas.

—Pero puede llevar mucho tiempo al servicio de los rusos.

—¿Lo crees de verdad?

—No te sigo, eres contradictorio.

—Yo me infiltré en ETA utilizando a un amigo que me conocía bien y que nunca sospechó que trabajaba para el servicio secreto. A partir de ahí tejí una red de confianza, en la que cada eslabón que subía en la organización garantizaba mi pureza ideológica y mi disposición al combate. Llegó un momento en el que la suma de mis comportamientos favorables y las personas que me respaldaban hicieron que todos en ETA creyeran que era un auténtico obsesionado con hacer la guerra contra España para conseguir el gran objetivo de la independencia del País Vasco.

—Lo que quieres decir es que muchas cosas no son lo que parecen.

—Además de guapa, eres muy lista. ¿Te he dicho lo bien que te sienta ese bikini?

—Gracias por el piropo, pero me he perdido. Defiendes una cosa y luego parece que defiendes la contraria.

—Tengo muchas dudas, quizás esté levantando un castillo de arena en la playa y cuando venga una ola lo va a arrasar. Quizás la CIA tenga razón y sea una agente del KGB. O quizás nos estemos equivocando. Merece la pena partir de una hipótesis favorable a ella. Al menos, si se la entregamos a los americanos nadie podrá acusarnos de haber estado mediatizados por prejuicios.

—Es muy loable tu planteamiento, Mikel, aunque me parece que te estás dejando seducir. Tu relación con Gisela, el hecho de que sea su mejor amiga y que consideres de una forma inexplicable que Erika es una víctima te están llevando a agarrarte a un clavo ardiendo para intentar salvarla.

—Ya veremos. Hasta en los hechos comprobados hay zonas oscuras en las que, si te acercas, encuentras preguntas sin respuestas. Hay que ser duro con los culpables, pero no condenarlos antes de tiempo. —Miró el reloj—. Voy a volver al hotel para vestirme. Faltan dos horas para las siete y tengo que ir a buscarla a casa de sus padres en Fort Lauderdale.

—La chica presenta el chico a sus padres —dijo Silvia con malicia.

—Estoy saliendo con su amiga Gisela.

—Me dijiste que no se lo iba a contar a sus padres.

—Cachondéate lo que quieras. Luego me llevará a cenar a algún sitio e intentaré sacarle información.

Rai había tenido problemas el día anterior para encontrar la calle Marion Drive, en Fort Lauderdale. Mikel le entregó la dirección, se compró un mapa y acabó dando vueltas como una noria. Preguntar no le resolvió nada: hablaba poco inglés y escaseaban los latinos en la zona, al contrario que en Miami. Por fin encontró el chalé de una planta con un par de palmeras y un poco de césped en la entrada. «Los tíos tienen pasta», pensó. Erika salió con su padre a pasear dos enormes perros, un par de horas después se fue con su madre de compras y por la tarde los tres cenaron en un restaurante al aire libre junto al mar. Un seguimiento rutinario sin novedad: una hija disfrutando de unas cortas vacaciones con sus padres, ajena a cualquier actividad sospechosa. Era una zona residencial muy tranquila, así que tuvo que salir del coche y moverse para no llamar la atención y evitar que lo confundieran con un ladrón. Cuando el sol se estaba yendo, lo sustituyó Silvia, que tampoco detectó nada extraño.

Eran las seis de la tarde y Mikel tardaría un rato en llegar para recoger a Erika. Rai lo esperaría y después se iría a South Beach a tomar algo con Silvia. Al fin, una noche tranquila en la que pensaba darse un banquetazo. La imagen de los suculentos manjares pescados en el mar ya ocupaba su cabeza mientras paseaba por la calle perpendicular más próxima a la casa del pepe cuando vio que Erika salía y se montaba en uno de los coches familiares. Le extrañó, salió corriendo hacia su vehículo de alquiler. Para su sorpresa, la alemana tomó la carretera en dirección a Miami. Nadie le había avisado del cambio de planes en la cita con Mikel. No tenía forma de comprobarlo, por lo que decidió seguirla a media distancia. El tráfico era un auténtico caos.

Miguel llegó a Fort Lauderdale cinco minutos antes de las siete y aparcó el coche cerca de la entrada de la casa familiar de Erika. Al pantalón y la camisa claros le había unido una chaqueta azul de lino, comprada esa misma mañana, que le aportaba un aire más respetable. Quería gustar a los padres para no provocar obstáculos innecesarios. Tras pulsar el timbre, oyó los ladridos de dos perros y le abrió la puerta un hombre alto, rubio, de buen aspecto, que le habló en inglés.

—¿Miguel? —Esperó a que asintiera—. Pasa, por favor, soy Helmuth. Erika ha tenido que salir en el último momento, no tardará.

Apareció una mujer, también en los sesenta, con un gran parecido con su hija, aunque especialmente delgada y en buena forma física. Le habló en español y todos cambiaron a ese idioma.

—Hola, soy Marita, encantada de conocerte —dijo con su acento suave del Caribe—. Pasa y bebe algo mientras vuelve Erika.

Miguel no se movió ante la presencia intimidante de los dos perros.

—Driza, Winche —les gritó su amo—, dejad en paz a Miguel, es de la familia, no hay nada de lo que preocuparse. ¿Te dan miedo los perros?

—La verdad es que no, pero estos tienen un tamaño intimidante. ¿De qué raza son?

—Bullmastiff, buenos compañeros. A los extraños les asustan, pero comprobarás que se portan muy bien.

Atravesaron un salón enorme abarrotado de recuerdos de Alemania y continuaron hasta el jardín, que daba a los canales que justificaban el sobrenombre de esa ciudad, la Venecia de América. Lo invitaron a sentarse en una de las tumbonas cerca de la piscina, le trajeron una cerveza y Helmuth se sentó junto a él.

—Nos ha dicho Erika que eres español y estás por trabajo en Miami.

—He venido para unas reuniones sobre temas de seguridad, que es a lo que me dedico. La conocí en Madrid hace un año, ha sido una casualidad coincidir aquí. Ya me había contado que ustedes vivían en Miami.

—Nos vinimos hace años. Fuera del calor asfixiante del verano y los huracanes, todo lo demás es perfecto.

Erika condujo sin prisas hasta Miami y aparcó el coche en la calle 8. Rai paró a cierta distancia, en doble fila, y esperó hasta verla entrar en un bar, donde imaginó que había quedado con Miguel. Buscó un sitio para dejar el coche y se acercó a una cabina de teléfono para avisar a Silvia.

— Erika ha entrado en el Versailles. ¿Espero a que llegue Mikel o me voy para allí?

—¿Qué me cuentas, Rai?

—Que estoy en Miami, en una cabina cerca del Versailles...

—Ya te he oído. Algo extraño está pasando, Mikel ha ido a Fort Lauderdale, donde habían quedado a las siete, exactamente ahora.

—No me fastidies.

—Voy para allá, no la pierdas de vista. Esto huele fatal.

—Mi hija suele ser puntual, seguro que no tarda.

—Lo sé, no se preocupe por mí si tiene algo que hacer.

—Mi mujer y yo vamos a cenar fuera, pero no tenemos prisa.

—Será algo urgente, Erika es muy seria.

—Sí que lo es, quizás demasiado. ¿Te sorprende que un padre diga esto? He tenido la suerte de que siempre ha sido una niña muy responsable. Nunca la tuvimos que presionar para estudiar, bien al contrario, la animábamos a salir y divertirse.

—Les ha salido una chica estupenda. No solo ha heredado la belleza de su madre, también es un encanto.

Helmuth interpretó inadecuadamente las palabras amables de Miguel.

—¿Cómo le va la vida en España? Nosotros la vemos tan poco...

—Entre semana trabaja mucho y el fin de semana sale y se divierte, aunque disfruta mucho de su intimidad —contestó Miguel como si la conociera de mucho tiempo atrás y se incorporó en la tumbona para reforzar sus siguientes palabras—: Por favor, que esto quede entre nosotros. No quiero que parezca que cotilleo sobre su vida privada.

—Por supuesto que no, soy su padre, solo quiero que sea feliz, pero su madre y yo apenas sabemos de su vida. Tú eres el primero de sus amigos que conocemos en años.

—Pues pregúnteme lo que quiera, pero no le diga que se lo he contado yo.

Helmuth le tendió la mano.

—Pacto cerrado. —Y se lanzó al ataque—: ¿Tienes una relación con mi hija?

—No. —Se echó a reír—. Me temo que Erika no les ha contado que estoy saliendo con Gisela.

—Perdona, hijo, tenemos tantas ansias de que asiente su vida que no vemos el momento de que se case. Desde que pasó lo de Peter nada ha sido igual.

Rai colgó el teléfono y se acercó al Versailles. Era una mezcla de bar y restaurante de cocina cubana, con camareras caribeñas que no paraban de hablar y tontear sin malicia con los clientes. Erika estaba sentada sola a una mesa del fondo. Cerca de ella había un grupo de hispanos, sin duda cubanos, que debatían sobre Fidel Castro, un nombre que mencionaban una y otra vez en tono despectivo, mientras fumaban puros habanos. Se acomodó a cierta distancia de la mujer y pidió un café cortadito porque pensó que era algo típico tras escuchar que era lo que estaban tomando los cubanos contestatarios.

Todavía no se lo habían servido cuando entró un hombre

vestido con una camisa floreada de grandes solapas que parecía centroeuropeo y fue directo hasta Erika. Les vio saludarse en alemán mientras se estrechaban la mano. El hombre, mayor que Erika, se sentó en el lado de la mesa más cercano a ella y empezó a hablar. Escuchaba algunas de sus palabras sin entender ninguna. Deseó que llegara Silvia porque no veía cómo fotografiarlos sin que lo descubrieran.

—¿Peter es como se llamaba su novio? —preguntó Miguel al padre de Erika.

—¿Te ha hablado de él?

—Sé que tuvo esa relación, pero ni yo ni Gisela le hemos podido sacar ni una palabra. Es como si la hubiese dejado traumatizada.

—Lo está. Con lo buena chica que es…, no sé qué le hizo ni por qué rompieron. Fue una influencia muy negativa.

—El amor a veces es muy complicado. ¿Era ruso?

—No, ¿por qué piensas eso? Era alemán del Este. Cuando lo conoció tardó en enamorarse de él, pero luego se entregó completamente. Bueno, esto que te digo es una interpretación nuestra, nada que nos contara Erika. Nos enteramos cuando llevaban saliendo un par de meses, lo mencionó en una carta. No mostró mucho entusiasmo, como si no quisiera que nos hiciéramos ilusiones.

—Vivía en Múnich.

—Sí, trabajaba en la sucursal de una empresa del Este. Se conocieron por casualidad, a ella le gustaba y él la persiguió hasta que empezaron a salir. Decía que era buen chico, pero veía la relación complicada, no sabía si tenían futuro. Esas cosas de cuando dudas…, no sé cómo explicártelo, la especialista en temas amorosos es mi mujer. A ella le contaba algo más cuando hablaban por teléfono, hasta que algunos meses después le dijo que habían roto.

—¿Llegaron a conocerlo?

—No, por desgracia la mayor parte de nuestra relación es por teléfono y carta.

—Debió ocurrir algo importante entre ellos para que le afectara tanto la ruptura.

195

—Sí, aunque lo desconozco. Más tarde vino su enfermedad y decidió abandonarlo todo.

—¿Era feliz en el BND?

—No sabíamos nada de lo que hacía, lo que complicó su relación con nosotros, pero se la veía bien. Conseguimos que nos contara que sus jefes estaban contentos con ella, y ella con el trabajo. Por eso nos sorprendió que lo dejara. Siento mucho el retraso, Erika no suele comportarse así. Ha quedado con una amiga, pero nos ha dicho que volvería a tiempo.

—No se preocupe, no tengo nada que hacer el resto del día.

Silvia entró en el Versailles con cara de alborozo, se acercó a Rai y le dio un beso en los labios.

—Hola, amor, ¿te estás tomando un café a las siete y media de la tarde?

—Es un cortadito, típico de Cuba —respondió tímido ante el gesto efusivo de su compañera.

Se acercó una camarera, Silvia le pidió lo mismo que estaba tomando su novio y pasó a hablarle al oído.

—¿Les has hecho fotos?

—Te estaba esperando, desde aquí me verán seguro.

—Hablando en alemán la única información que podemos obtener es inmortalizar al tipo. Lo que no entiendo es el plantón que le ha dado a Mikel. Fíjate en la parejita, no parecen llevarse muy bien, están muy fríos, sobre todo ella.

Silvia y Rai cuchicheaban y luego se reían, como dos enamorados.

—Me temo que le ha encasquetado a Miguel a sus padres y luego ha venido a su entrevista liberada de su canguro —dijo Silvia.

—No contaba con nuestra presencia.

—Vamos a hacer la foto, con suerte alguien lo identificará en Madrid. Me temo que esto acaba con la teoría de Miguel a favor de la chica.

Capítulo 18

8 de marzo, sábado

Mikel Lejarza entró en el aeropuerto de Miami llevando la maleta en una mano y en la otra el pasaporte a nombre de José Miguel Torres. Junto a él iba Erika, que se había empeñado en llevarlo en su coche. «Es lo menos que puedo hacer —le dijo la noche anterior— para intentar arreglar mi retraso injustificable». Miguel nunca habría utilizado esa palabra, «injustificable», para referirse a que había llegado tarde a su cita por ir a reunirse con un tipo sospechoso. Tras hora y media de conversación con sus padres, quiso creer que la habían retrasado imponderables ajenos a su voluntad.

Marita y Helmuth estuvieron muy atentos. Habrían dado todo lo que poseían porque Miguel fuera el novio de su hija, que la cuidaba y mimaba, que la hacía sonreír y mirar el lado romántico de la vida. El Lobo averiguó mucho sobre Erika tocando las teclas adecuadas en el corazón de sus padres. Con el pretexto de cotillear cómo era Gisela de pequeña, Marita le mostró varios álbumes de fotos en los que se veía crecer a su hija rodeada de felicidad. El bebé gordo y calvo abrazado a su papá, la niña con coletas llorando el primer día de cole, la adolescente tímida y reacia a posar junto con sus amigas en una fiesta de cumpleaños en casa, la universitaria que miraba de reojo a un chico rubio y guapo, la veinteañera feliz en compañía de sus padres durante un viaje a París, la chica sentada junto a su primer amigo especial rodeada de un grupo de amigos…

Momentos atesorados por sus padres de una vida dorada, similares a los que tantas parejas guardan de sus hijos. ¿Por qué se había convertido en una mujer distinta y distante incluso con sus padres, con los que intentaba disimular sin conseguir engañarlos? Una posible vía que diera una explicación lógica había quedado clausurada: perdió la sinceridad y se hizo más complicada cuando ingresó en el BND, pero esa profesión no era la responsable de su comportamiento de los últimos tiempos. Miguel vio reflejada en las miradas de Marita y Helmuth una demanda de auxilio y se sintió fatal. Todo apuntaba a que su hija se había metido en una cueva lúgubre de la que no podía salir y él sería la persona que la mandaría a los leones para que la devoraran sin compasión.

Ninguno de ellos interpretó la tardanza de Erika como algo excepcional, seguros de que tendría una explicación razonable. A Miguel incluso le vino muy bien el retraso para aquella inmersión familiar. Cuando por fin apareció, acelerada y disculpándose, le pareció una mujer más frágil. Tuvo que oír cómo sus padres la regañaban como si tuviera dieciocho años y apenas prestó atención a los detalles sobre el accidente que había atascado el tráfico.

Fueron a cenar a un bar junto al mar. Hacía calor pero ella se puso un jersey fino, regalo de su madre, aduciendo que se había quedado destemplada. Se fijó en ella discretamente. El mismo pelo corto que ya tenía a los dieciséis, el corte de cara ancho con el que miraba con timidez a aquel chico que le gustaba en su juventud y las manos suaves y los dedos largos con los que en una foto señalaba encantada la torre Eiffel. «¿Qué está pasando por tu cabeza?», se preguntaba Miguel una y otra vez.

Charlaron de banalidades, y Erika en ningún momento abrió un resquicio para comentar nada privado o conflictivo para ella. Miguel dejó de intentarlo pronto; gracias a la larga charla con sus padres, sentía que la conocía mucho mejor. Pero no detectó la tensión que trataba de ocultar, la sonrisa forzada que esbozaba cuando el momento lo requería, los escalofríos que la recorrían sin causa aparente y el baile de san Vito que se había apoderado de sus pies.

Al regresar cerca de la una de la madrugada al hotel se encontró con la nota de Silvia para que pasara por su habitación y antes avisara a Rai. Los dos le contaron la reunión de Erika con el tipo centroeuropeo y a Miguel se le heló la sangre. Pidió todo tipo de detalles y ellos se los contaron. La reunión había durado treinta minutos, primero salió ella y luego él pagó y se fue.

Miguel no comentó nada, había llegado a la misma conclusión que ellos: una reunión clandestina entre agentes secretos. Tampoco mencionó su certeza de que cuando se llevara a Madrid el carrete al día siguiente y lo revelara, alguien de la CIA iba a identificar al tipo no como un ciudadano alemán, sino como un ruso miembro del KGB.

Ese día, en el aeropuerto, con el pasaporte que autentificaba su identidad operativa como José Miguel Torres, pensó que él era el menos falso de los dos. No la miró a los ojos, no fue capaz de mostrarse feliz, ni de ser sincero cuando le declaró sus ganas de volver a verla en Madrid.

Erika le notó raro, pensó que era consecuencia de la falta de sueño, pues Miguel se inventó que la cena le había sentado mal y había estado devolviendo toda la noche. Lo acompañó hasta la puerta de embarque, se dieron dos besos y ella se fue.

Camino de Fort Lauderdale notó que el cuerpo se le destensaba. Miguel se comportaba de una forma extraña con ella. Acompañarla en su viaje a Miami, aunque Gisela se lo hubiera sugerido, sus continuos pequeños detalles y cómo la miraba medio preocupado y medio ansioso eran signos que no sabía cómo interpretar. Le parecía tremendamente atractivo, un hombre atento que invadiría los sueños de cualquier mujer. Gisela era muy afortunada, aunque Miguel había vivido un tiempo en el mundo de las sombras y a veces le parecía que nunca había salido de ellas. Lo conocía desde hacía apenas unos días y no había hablado en los últimos tiempos con ningún desconocido de su vida privada tanto como con él, tenía un algo que la hacía sentirse a gusto. No quería hombres cerca de ella, le despertaban sentimientos negativos que no deseaba cargar sobre sus espaldas. Solo necesitaba a uno de ellos.

La imagen de Peter pasó a primer plano en su memoria, de donde no había salido en los dos últimos años. No era un hombre especialmente guapo, ni un atleta, ni era rico de familia. Era un tipo especial, como ella, lleno de sentimientos y con ganas de exprimir cada momento. El tipo de hombre que siempre había soñado.

Lo conoció en un mercado de Múnich, adonde solía acudir a hacer la compra. Estaba un poco despistado y le pidió ayuda. Era simpático sin exageración y le prestó su colaboración. Tras pagar sus respectivas cestas, salieron juntos a la calle y estuvieron charlando un rato largo parados en mitad de la acera. Estaba solo en una ciudad extraña a la que acababa de llegar, no conectaba demasiado con sus compañeros de trabajo y se sentía aislado. Era un buen chico necesitado de compañía, lo que la movió a aceptar la inofensiva invitación de acompañarlo el sábado siguiente al cine a ver *El tambor de hojalata*, basada en la novela de Günter Grass, uno de sus escritores alemanes favoritos.

Dos almas solitarias encontraron la compañía que buscaban y tras esa primera cita vinieron otras muchas. Peter era un hombre tímido que había vivido toda su vida en la Alemania Oriental, desconfiaba de las personas aún más que ella y le costaba expresar sus afectos. Los dos estaban próximos a los cuarenta y sus vidas amorosas habían sido complicadas. Muchas personas formaban familias antes de cumplir los veinticinco años y allí estaban ellos sin decidirse a dar cualquier paso serio que complicara su tranquila rutina.

Los dos fueron elevando las barreras con el paso de las semanas. Siempre salían solos y no paraban de charlar, como si los temas nunca se acabaran. Durante un tiempo, Erika se sintió segura al no tener que hablar de asuntos laborales, un terreno vedado que deprimía a Peter. Pero todo llega. Un día, su amigo entró en detalles a causa de un enfrentamiento desagradable con un compañero, un prepotente que siempre lo trataba con desprecio. Ella le relató su propia experiencia laboral sin mencionar que trabajaba en el servicio secreto.

Dos meses después del día en que se conocieron en el mercado, habían salido a visitar un museo y luego a cenar a un restaurante elegante, con velas sobre la mesa y un ambiente cálido y silencioso. Como siempre, él la acompañó hasta la puerta de su casa y por primera vez lo invitó a subir. Él no dudó en aceptar. Hicieron el amor y terminaron quedándose dormidos.

Se despertaron a las seis de la mañana y entonces ella, guiada por la aproximación sentimental a un hombre que la abrazaba tiernamente en su cama, sintió que había llegado el momento de acabar con las estacas de la última empalizada: le contó que trabajaba en el BND, aunque sin darle detalles de lo que hacía. Se sintió liberada de una losa. Necesitaba expulsar la sensación de que no estaba siendo del todo sincera con él.

Peter no le dio la más mínima importancia, se burló de que fuera espía. La quería y le hubiera dado igual que hubiera sido secretaria de un político o corista, «Bueno, mientras no enseñaras este cuerpo tan bonito». Erika comenzó a disfrutar la sensación de tener un novio que la acariciara, que pensara en ella en todo momento, que le regalara flores sin pretexto, que muchas noches se quedara en su casa a ver películas románticas y al que cocinaba huevos y salchichas como si fueran exquisitos manjares. Incluso lo sacó de las catacumbas y se lanzó a hablar de él a su padre, a Gisela y al único amigo de confianza que tenía en el BND.

El castillo de naipes se tambaleó una noche en su casa. Peter llegó preocupado, la había alertado por teléfono de que necesitaba comentarle algo desagradable. Lo notó fuera de sí, como nunca antes lo había visto. Vestido con el traje de ejecutivo habitual y barato, se arrancó con rabia la corbata, pasó por alto decirle lo guapa que estaba y, en vez de sentarse a su lado, lo hizo enfrente. Se mascaba la tragedia.

—Erika, mi amor, esta mañana me ha asaltado por la calle un hombre que me ha obligado a acompañarlo a un parque.

Estaba tenso, no la miraba, parecía que en cualquier momento abriría la ventana y se tiraría al vacío. Erika consideró que era mejor no interrumpirle y reprimió las ganas de coger sus manos entre las suyas.

—Se ha identificado como agente de la STASI, el servicio secreto de mi país, nuestra policía secreta, los que se encargan de reprimirnos y hacernos la vida imposible. Me ha dicho que mis padres y mis hermanos están bien y me ha entregado una carta que me habían escrito.

La Guerra Fría se estaba viviendo muy intensamente en el mundo con el enfrentamiento entre Estados Unidos y la URSS. El campo de batalla simbólico eran las calles de las dos Alemanias, cuyos servicios secretos utilizaban todas las argucias a su alcance para asestar duros golpes al bando contrario. Erika lo sabía de sobra, trabajaba para facilitar a sus agentes las mejores condiciones para infiltrarse entre el enemigo, espiarlos y descubrir sus maniobras oscuras.

—Me ha obligado a leerla. Se notaba que mi padre la había escrito bajo presión, no sabes la rabia que he sentido.

Erika se levantó sin decir nada, se acercó a la cocina y le trajo un vaso de agua. Peter sonrió, bebió un sorbo y continuó:

—Me ha dicho que se ha enterado de que salgo contigo, que trabajas en el BND y que si no consigo que colabores con ellos, toda mi familia irá a la peor de las cárceles. Además me obligarán a regresar y no me permitirán volver a verte jamás.

202

Capítulo 19

9 de marzo, domingo

$\mathcal{M}$iguel se despertó desubicado, forzado a resituarse durante unos segundos. Se había quedado dormido en el sofá del apartamento de los lobillos. Se incorporó hasta sentarse y escondió la cabeza entre las manos. El pesado viaje con trasbordo en Nueva York, sumado al cambio horario, aconsejaban un descanso prolongado en el colchón mullido de su cama y no en esa rígida e incómoda superficie. Sentía que volaba entre nubes con agujas clavándosele por todo el cuerpo. ¿Dónde narices estaban las fotos? Las encontró esparcidas por el suelo, donde fueron a parar cuando se quedó dormido.

Había llegado al aeropuerto casi de madrugada y un taxi lo condujo al piso, donde pidió a Floren que revelara el carrete de Silvia. No reconocería al tipo con el que Erika se reunió, pero le urgía encontrar respuestas en los gestos de ella. La comunicación no verbal era muy importante, a veces expresaba más que las palabras.

Floren puso al fuego una cafetera para activarse y se encerró en el cuarto oscuro improvisado. Mientras los líquidos impregnaban el papel y pintaban las imágenes de la reunión en Miami, le informó de que no había habido novedad en el seguimiento a Goicoechea. El sábado se había convertido en un modélico padre de familia acompañando a sus hijos a jugar un partido de baloncesto escolar. Luego, ya con la esposa, habían ido a una hamburguesería.

—¿Qué te parece extraordinario de todo eso? —inquirió Miguel.

—Todo. Podría esperar cualquier cosa de él, pero no que

siendo un tipo tan duro y depravado de lunes a viernes, llevara una vida monacal y familiar el fin de semana.

Se cumplió la corazonada de Miguel: nunca había visto al tipo del bar cubano de Miami. Cogió una lupa para ampliar los ademanes de Erika. Notó tirantez y desasosiego, no se sentía cómoda, aunque le faltaban elementos para interpretar los motivos. Intentó encontrar una explicación razonable a su ya evidente traición, pero solo veía a una agente que había nacido en la Alemania libre trabajando para su mayor enemigo. Sumido en dudas, rechazó la cama que le ofreció Floren, se tumbó en el sofá a meditar y el cansancio lo derrotó.

Eran las diez de la mañana y tenía bastantes planes a lo largo del día. Le pidió a Floren que estuviera pendiente del teléfono por si llamaban Silvia y Rai. Después telefoneó a Gisela, iría a desayunar a su casa.

Gisela lo recibió embutida en un albornoz rosa. Hacía frío en Madrid. Con varios mechones de pelo fuera de la coleta, la cara lavada y unas zapatillas mullidas, le resultó tremendamente atractiva. Respondía a su tipo favorito de mujer, no solo por ser tan guapa y rubia, sino también cariñosa, atenta, dulce y capaz de abrir su corazón a las personas que quería sin poner límites. Erika era bien distinta, la antítesis de Gisela. De joven podría haberse parecido bastante a su amiga, pero en los últimos años se había convertido en una mujer complicada, con aristas punzantes que arañaban si te acercabas demasiado.

La chica lo piropeó por su color de piel moreno y le preguntó por las heridas del atraco, ya casi olvidadas. Después lo invitó a sentarse a una mesa alta de comedor, en la que sirvió un par de tazas de café con leche y unas tostadas para untar con mantequilla y azúcar.

—¿Qué tal Erika?

—Bien, no ha habido novedades. La estuve siguiendo y protegiendo todo el rato. Cené con ella el día antes de volver y tuve la oportunidad de conocer a sus padres.

—Son buenas personas.

—Encantadores. Me enseñaron varios álbumes con fotos

de su hija y comprobé lo preciosísima que eras de jovencita. ¡Qué pena no haberte conocido con dieciocho años!

—¡Qué vergüenza!, te enseñaron mis fotos. Tú en aquella época tendrías trece, mejor no conocernos, habría sido un infanticidio.

—Estabas tan bonita como ahora.

—No sabes lo que te agradezco que cuides de ella, eres un buen tipo —dijo como si no hubiera escuchado el piropo.

Gisela rozó su brazo con la mano y Miguel sintió un espasmo. Con frecuencia pasaba por la vida de personas bondadosas y honradas inmersas en situaciones peligrosas por errores propios o por una relación equivocada o familiar con terroristas. Les sacaba información con frialdad, ocultándoles que podía perjudicar a su ser querido, sin sentir el mínimo remordimiento: en la cárcel el delincuente no mataría a nadie. Entonces, ¿por qué ahora sentía ese desasosiego? Erika no había matado a nadie y era difícil que lo hiciera en el futuro, pero las traiciones que había cometido y las que pudieran venir asestaban un daño considerable a su país de nacimiento, a Occidente en su guerra contra Rusia y, en los dos últimos años, a España. Quizás, como consecuencia de su doble juego, habría delatado a espías aliados o dobles agentes rusos que habrían perdido la vida. Gisela solo quería proteger a su amiga y él era quien tenía que poner punto final a la farsa.

—Hago lo que puedo. Háblame de tu viaje a Múnich.

—¿Quieres azúcar en el café?

—No, gracias, está bien así.

Gisela bebió un sorbo del suyo, le dio un beso a Miguel y empezó a contar.

—Estuve con nuestro amigo.

—¿Cómo se llama?

—Es mejor que no te lo diga, ya sabes...

—Es un espía.

—Eso. Era el único amigo de verdad de Erika en el BND, con el que tenía confianza. Estuvimos cenando juntos y hablamos largo y tendido. No sabes lo mal que lo pasé, no sabía cómo sacar el tema.

—Lo imagino, a mí me habría pasado lo mismo.

—Me preguntó por Erika, la echa de menos. Dice que la ha

205

visto un par de veces desde que se fue, cuando ha viajado a Alemania por algún motivo y le ha llamado.

—¿La veía bien? —preguntó intentando no acelerar el ritmo de la narración.

—Simulaba estarlo, pero la notaba apagada, falta de la energía que siempre la había desbordado. Lo interrogaba por el BND, la marcha del trabajo y esas cosas. Le conté que no se había recuperado anímicamente en estos dos años, que no sé qué le pudo pasar para dejarlo todo y no ser capaz de remontar.

—Habrías sido una gran espía.

—¡Anda ya! —Con su mano le apretó de nuevo el brazo—. Lo achacó a su enfermedad y le contesté que ya estaba mejor. Entonces le mencioné a su novio. Me dijo que Erika le había hablado de él, aunque nunca le pareció que estuviera muy enamorada.

—¡Qué bien disimulaba tu amiga!

—Eso pensé, aunque los equivocados podemos ser nosotros.

—No creo.

—Yo tampoco —reconoció con tristeza.

—¿Te explicó algo de Peter? —preguntó Miguel, a quien el relato de Gisela empezó a parecerle demasiado lento, quizás porque estaba cansado en exceso tras el viaje.

—¿Se llamaba Peter?

—Me lo desvelaron sus padres, a ellos sí les dio su nombre.

—Poca cosa. Una vez Erika le contó que lo había visto varias veces, que le gustaba un poco, estaba a gusto con él y dudaba si eso podría tener repercusiones en su trabajo.

—¿Repercusiones?

—Eso dijo, parece que los trabajadores del BND tienen que informar de cualquier contacto con alemanes del Este.

—Por si son espías de la STASI —respondió sin que nadie le preguntara.

Gisela se le quedó mirando.

—Eres un tipo listo, yo no lo sabía.

—¿Qué le contestó vuestro amigo sin nombre?

—Que si seguían viéndose, no se arriesgara y lo notificara oficialmente al Servicio, que los de Seguridad lo investigarían y seguro que le darían el visto bueno. Si no actuaba así, le ad-

206

virtió, en unas pesquisas rutinarias, de esas que hacen sobre los propios agentes de vez en cuando, podrían descubrir la relación y expulsarla por haberla escondido. Le contestó que no volvería a verlo y, si cambiaba de opinión, seguiría su consejo.

Miguel intentó analizar la información y buscar una interpretación al comportamiento de Erika.

—¿Tú crees que no se vieron más?

—No, y tú tampoco.

—¿Por qué piensas que ocultó a sus jefes la relación que mantenía con Peter?

—No quería que lo investigaran.

—Si no era un espía del Este, no había de qué preocuparse. No ocultas tu relación con un hombre con el que te sientes bien.

—Quizás no era espía, pero no quería soportar el trago de que lo siguieran, era un hombre especial para ella.

—Cuando entró en el BND investigaron a sus padres y a sus amigos, tú incluida. No sé por qué ahora tendría que poner pegas.

—¿No me digas? —Su cara reflejó auténtica sorpresa.

—No te hagas la tonta, tú país está en conflicto permanente con Alemania del Este y estamos en la Guerra Fría.

—Vale, lo siento.

Miguel adelantó una mano para cogerle la cara por la barbilla y poder mirarla a los ojos.

—El que lo siente soy yo, no quería ser brusco. Estoy con el cuerpo un poco descolocado con el cambio horario. Sigue con la historia, por favor.

—Poco más. Como me puse un poco pesada con el rollo de que Erika estaba mal y algo había pasado, me dijo que le preguntaría a una amiga que sigue en el departamento de Erika. Han pasado dos años y, con el paso del tiempo, los secretos dejan de ser tan importantes.

—¿Cuándo te dirá algo?

—Quedé en llamarle este fin de semana, he esperado hasta hablar contigo para saber qué opinabas.

—Hazlo hoy, a ver si nos añade algo.

—Lo llamo luego y cuando puedas me telefoneas y te cuento. Pero dime, ¿qué piensas?

207

—¿La verdad?, ¿por cruda que sea?

—Te lo pido por favor.

—La relación con Peter es la que cambió su vida y los seguimientos que detecté deben tener que ver con ese vínculo.

—¿Crees que quieren matarla?

La pregunta sorprendió a Miguel, era lo único que no deseaba que la preocupara cuando se inventó la persecución de los matones para conseguir su colaboración.

—No lo creo, pero algo malo seguro que buscan. No hagas nada sin contar conmigo, volveremos a hablar y buscaremos lo mejor para Erika. De momento, es mejor que no sepa nada.

Los domingos Frédéric Leblanc intentaba desenchufar de su trabajo en el espionaje. Mikel Lejarza sabía que ese día era una excepción y su controlador estaría trabajando con intensidad desde primera hora de la mañana. El País Vasco celebraba sus primeras elecciones autonómicas, paraguas utilizado por ETA para poner un freno temporal a sus atentados. Le telefoneó a la oficina y le sorprendió que Fred no pusiera la mínima pega para quedar. Adujo que le vendría bien salir un rato a tomar el aire. Quedaron en dar una vuelta, necesitaba estirar las piernas y respirar un poco fuera del ambiente viciado por el humo del tabaco. Hacía frío, sin viento, nada que un buen abrigo no pudiera remediar. Quedaron antes de comer en la plaza de Alonso Martínez. No se esperaban tiros ni bombas, pero había que estar atentos a todo, ETA era absolutamente impredecible. Sin olvidar que aquel día histórico para el País Vasco se vivía con recelo y crispación en los activos sectores ultraderechistas de la capital.

El Lobo estaba esperando en la boca del metro observando a un chico que hacía el perrito con un yoyó cuando su controlador se bajó de un taxi. Mikel iba con su cazadora de siempre y Fred apareció con una gabardina blanca cruzada.

—Tienes aspecto de espía o, lo que es peor, de facha. Cualquier día terminarás a golpes con los comunistas.

—Déjate de idioteces y vamos a dar una vuelta hasta San Bernardo, que antes de volver al Servicio tengo que pasar por casa, o mis hijos se van a olvidar de la cara de su padre.

—He estado unos días en Miami vigilando a la alemana. Necesito que me des tu opinión.

—¿Has hablado con Goicoechea?

—Antes quería hacerlo contigo.

—Te escucho.

—El caso no está resuelto, pero he conseguido algunas pruebas que finiquitarán la investigación.

Paseaban al ritmo de los bomberos apagando un fuego, mientras el ambiente que se iban encontrando por la calle era bien pacífico: unos niños disputaban un partido de fútbol a las chapas, otros jugaban al escondite inglés y una madre regañaba a su hijo por haberse quitado el verdugo de la cabeza.

—Lo que quieras decirme, dímelo ya sin preámbulos.

—Creo que la alemana trabaja para los rusos.

—¿Crees o estás seguro?

—Cuando se lo cuente a Goicoechea, él estará seguro.

—Tú tienes dudas.

—Ya sabes que en este mundo nada es lo que parece. Me pidieron investigarla para obtener más datos de los que los ciáticos tenían sobre ella, que yo desconocía y sigo desconociendo. Descubrí una factura del tinte sin un mensaje claro, pero que escondida en un banco, prueba una relación clandestina. Después sospeché de un novio que resultó ser un alemán del Este, del que es fácil deducir que podría trabajar para los malos. Lo determinante es que hemos conseguido fotos de una reunión de la alemana con un tipo que alguien de la CIA identificará como agente del KGB o de alguno de sus Servicios aliados, y que para encontrarse con él me engañó, asegurándose de mantenerme alejado.

Fred se subió el cuello de la gabardina.

—Son pruebas concluyentes, has hecho un buen trabajo.

—Sin mis chicos habría sido imposible.

—Me has llamado porque algo te preocupa.

—¿Alguna vez has tenido la sensación al terminar una operación de que no has hecho bien tu trabajo, que no has investigado lo suficiente, que te has dejado algo importante por el camino?

—Un viejo agente me dijo un día que en el espionaje la rea-

209

lidad se difumina y las sombras adquieren consistencia. ¿Cuándo tienes que entregar el informe?

—Ya estoy fuera de plazo.

—Cuéntale a Goicoechea lo que sabes y transmítele tus dudas.

—Temo que los hechos hagan que no preste atención a mis dudas. Quieren pillarla como sea.

—Eres un agente oscuro, Mikel. Cuando acabas tu trabajo, lo que hagan los oficiales del caso con los resultados no es cosa tuya. Lo sabes perfectamente.

—Va a terminar encerrada en una jaula y después tirarán la llave al río.

—Si estuviera en Rusia, la torturarían lentamente y luego la matarían de alguna forma cruel.

—Gracias por el consuelo —dijo con ironía.

—No puedes coger cariño a las personas que investigas. Con ETA, durante tu infiltración, eso te produjo algunos disgustos.

210

—La Policía mató a compañeros a los que debía haber encerrado. Nadie merece ser asesinado por cometer un delito, por muy grave que sea, para eso está la cárcel.

—Tienes razón, pero cumpliste con tu misión. Nadie quiere encerrarla porque sí, simplemente desean sacar de la circulación a una agente doble. Tus datos lo demuestran, Mikel. Si los ciáticos identifican al tipo con que se reunió, puedes estar tranquilo, eso es definitivo.

—Entonces, ¿por qué me siento tan mal?

—Porque tienes sentimientos. Nunca pierdas el corazón, un mal que afecta a muchos compañeros con el paso del tiempo.

Llegaron a la glorieta de Bilbao y Mikel sacó los guantes y se los puso.

—¿Cuándo vas a hablar con Goicoechea?

—Cuanto antes, quiero olvidarme del asunto lo más pronto posible. Si puede verme esta misma tarde, le llevaré las fotos y le haré el informe verbal. Luego ya me encerraré a escribir.

—No se lo hagas con tinta invisible, el muy torpe solo verá hojas en blanco —dijo carcajeándose.

Mikel miró a Fred con cara de perplejidad.

—¡Seré idiota!, por eso no podíamos leer nada en la factura del tinte. El mensaje estaba escrito con tinta invisible. Cuando Silvia lo fotografió no cayó en la cuenta, porque los etarras no se comunican así.

Mientras Mikel se apretaba las manos con desesperación, Fred decidió sacar un tema que le preocupaba:

—Te preguntaba cuándo ibas a reunirte con Goicoechea porque quiero pedirte un favor. El otro día nos enteramos de algo muy extraño, creemos que los de la Contra lo han ocultado intencionadamente y puede tener algo que ver con nuestro trabajo.

—Te escucho.

El segundo jefe de Antiterrorismo le comentó que el director había convocado a principios de semana una reunión con los jefes de división porque acababa de enterarse de que en Contrainteligencia conservaban el Archivo Jano, que elaboró el SECED durante la dictadura para investigar la vida pública y privada de miles de personas que estaban en los aledaños del poder o que podrían estarlo en el futuro. Todos los altos cargos de La Casa conocían su existencia y algunos sabían que estaba guardado en el archivo de la Contra junto a otros documentos antiguos.

Miguel le interrumpió para preguntarle la razón por la que no estaban juntos todos los archivos del CESID y Leblanc le explicó que las divisiones estaban repartidas por edificios situados en distintas ubicaciones de Madrid, por lo que lo más operativo era que cada una tuviera acceso fácil a sus propios expedientes.

Después le contó que el director había anunciado a los altos cargos del CESID que una de las personas investigadas en Jano fue el rey, sin que nadie de los presentes le hubiera informado de ese hecho cuando le nombraron para el cargo. Reina, el jefe de la división de Inteligencia Interior, de la que dependía el área de Antiterrorismo, y por lo tanto, el responsable máximo de los dos, expuso que él conocía bien Jano y que desconocía que existiera documentación sobre el rey.

El director sacó una carpeta que les mostró a todos entre aspavientos para demostrar su aseveración y les advirtió que nadie bajo su mando volvería nunca más a investigar nada relacionado con el monarca. Leblanc le aclaró a Mikel que entre los jefes presentes había algunos procedentes del SECED y otros del Alto Estado Mayor, por lo que no todos se sintieron afectados por la bronca.

Solo Reina intervino para matizar que en su momento oyó hablar de que Franco había encargado algunas investigaciones relacionadas con el entonces príncipe, pero de los resultados no se hacían copias, y por lo tanto, nunca se archivaban una vez entregados al jefe del Estado o al presidente del Gobierno. El director le interrumpió con malos modos insistiendo en que el dosier estaba dentro de Jano y que quien lo colocó allí debía haberle alertado. Después, con un gesto muy teatral, hizo añicos la carpeta delante de todos.

Reina regresó a su despacho y mandó llamar a Leblanc, pues mantenían una vieja relación de amistad y confianza que no guardaba con ningún otro de sus subordinados. Se mostró muy indignado y le pidió que investigara en secreto la razón por la que los de Contrainteligencia habían sacado a la luz en ese momento el documento del rey, sabiendo que él había sido uno de los responsables de Jano. Veía detrás de todo la mano de Villalba para ganarle la batalla por el puesto de subdirector.

Leblanc conectó con todos sus contactos personales en las diferentes áreas hasta descubrir que la sede de la Contra había sido asaltada la noche del 20 de febrero. Un antiguo suboficial que sirvió años atrás en el Ejército a sus órdenes le confirmó la sospecha de que habían sido los rusos, aunque desconocía el contenido sustraído.

—Fue de madrugada, atacaron a un vigilante llamado Raúl Escobar y a Goicoechea, que pasó por allí porque se había olvidado algo.

—Por eso Goicoechea llevaba una venda en la cabeza el día que lo conocí —recordó Mikel—. No sé qué quieres que haga.

—Reina tiene un amigo en el gabinete del director y cree, y yo también, que Villalba ha aprovechado el robo para desprestigiarlo.

—Villalba me parece un cabrón, haré lo que sea contra él, pero dime cómo. Si saben que los asaltantes tienen una copia de ese dosier, veo poco recorrido en defensa de Reina.

—Indaga lo que puedas. Hay un dato llamativo: creen que ha sido el KGB, pero el Servicio de Seguridad desconoce esa información y que fotografiaran el expediente del rey. ¿Por qué narices se lo ocultan?

—Lo intentaré, pero cuando voy a la Contra me tratan como un apestado. Cuenta conmigo, lo tomaré como mi regreso ansiado a Antiterrorismo.

Goicoechea accedió a recibirlo esa tarde cuando le contó que había conseguido una fotografía muy importante. Lo citó en su despacho de la Contrainteligencia a las seis, tras echarse una siesta en casa. Antes de salir de la suya, Miguel habló con Gisela, que le desveló las últimas novedades. Su amigo sin nombre pasó a ser Edgar, lo que ya le adelantó que la revelación la había dejado fuera de sí.

Cuando Erika anunció al BND que los dejaba, hubo un traspaso al agente que iba a ocupar su destino. Entonces realizaron una rutinaria investigación de su trabajo y detectaron que en los últimos meses había estado moviendo papeles para elaborar una identidad falsa que no aparecía. La llamaron y negó rotundamente que faltara ningún documento, según ella todo estaba en orden. Se mosquearon, pero no encontraron ninguna prueba que apuntalara la sospecha. Faltaba documentación, pero nadie pudo probar que ella la hubiera hecho desaparecer. Archivaron el caso y se olvidaron.

213

Si las pesquisas habían dado un resultado positivo para Erika, Miguel no entendía el motivo por el que ella estaba tan nerviosa.

—Edgar me ha dicho que la compañera que le ha contado la historia estaba muy mosqueada porque, según su experiencia, en esos casos tan graves una investigación no suele cerrarse tan rápidamente. ¿Y si han descubierto que no actuó como debía y son ellos los que quieren matarla?

Miguel se sobresaltó. Debería haberle dicho que se había inventado la historia de que la seguían unos matones. Se limitó a tranquilizarla: si su amigo no le daba importancia, dos años después ese tema estaba más que archivado. Lo que tampoco le dijo es que esa historia dejaba aún más claro que Erika estaba trabajando para los rusos: había robado papeles para crear una identidad falsa para algún topo que llevaría un par de años moviéndose con libertad por Alemania Occidental.

Cuando entró en el despacho de Goicoechea todavía le daba vueltas a lo que Gisela le había contado y a su decepción con Erika. Su controlador lo recibió con un «Enséñame esa foto» y cuando la tuvo en sus manos le pidió todo lujo de detalles. Hizo caso a Leblanc y vació toda la información que había conseguido, incluida la factura del tinte y el novio de Alemania del Este.

—Esta tipa es una traidora, nosotros hemos conseguido demostrarlo.

Ese «nosotros» le chirrió a Miguel, pero se calló, no le apetecía tener otra bronca con ese tipo despreciable. Recordó una frase de Montesquieu: «El espionaje podría ser tolerable si fuera realizado por gente honrada».

—Ya hablaremos del mensaje, debiste decírmelo en su momento —dijo Goicoechea, quien por primera vez tampoco quiso atacarlo.

—Tardé en darme cuenta de que había utilizado tinta invisible, por eso no le di importancia en un primer momento.

—¿Del novio sabes algo más?

—Solo que se llama Peter, nada que nos diga que trabaja para la STASI o el KGB.

—Hace ya mucho tiempo que se descubrieron los primeros casos de mujeres solitarias captadas por agentes de la STASI especialmente entrenados en artes amatorias. Erika pagará como todas ellas por haber traicionado por amor a su país.

—¿Qué llevará haciendo dos años en España?

—Ya nos enteraremos. Seguro que ha participado en muchas acciones contra nuestros intereses. Se habrá acostado con algún gerifalte, esa será la parte divertida cuando descubramos su nombre y la llamemos a declarar.

—Erika no es de esas.

—Todas estas tipas lo son. Son capaces de hacer cualquier cosa para conseguir sus objetivos.

—Usted no la conoce.

—Tú sí, claro —dijo con desdén—. ¿Qué tal es en la cama?

—No me he acostado con ella.

—Al menos lo hiciste con su amiga.

A Miguel la sangre le estaba subiendo a borbotones a la cabeza. Había cumplido con su deber informando de todo lo que sabía, pero confirmó sus sospechas de que un cerdo como Goicoechea hacía tiempo que había condenado a Erika.

—Veré si el tipo de la foto está en nuestro archivo, si no se lo enseñaré a algún Servicio amigo.

—A los de la CIA.

—Hemos terminado —cortó la conversación—. Vete a casa a escribir el informe, lo quiero para mañana. Te llamaré si necesitamos algo más de ti.

Miguel estaba pendiente del tema que le había comentado Leblanc, pero no encontró la forma de sacarlo discretamente. Además, no había nadie en la Contra con quien hacerse el encontradizo. Al salir, se acercó al agente que estaba de vigilancia en la puerta.

—¿Es usted Raúl Escobar?

—No, es un compañero, hoy libra.

Capítulo 20

10 de marzo, lunes

*L*as estanterías de madera que circundaban la sala de reuniones de la división de Contrainteligencia estaban llenas de libros que habían estado en el punto de mira de la censura franquista y de otros escritos por opositores al régimen, desde la derecha democristiana hasta la extrema izquierda, sometidos a persecución por sus ideas democráticas. Tras la desaparición del SECED en 1977 y su integración en el CESID, a alguien se le ocurrió almacenar esa curiosa amalgama de rebeldía y crítica, firmada por hombres y mujeres que en ese momento ocupaban puestos destacados en la vida pública y otros muchos con una clara proyección. A principios de los años setenta habían resultado imprescindibles para que los analistas del Servicio descifraran su postura personal frente a la transición que se avecinaba tras la muerte de Franco, pero en ese momento solo se recurría a ellos cuando el autor conseguía un puesto relevante en alguna gran empresa o era designado para un cargo público o político. En los corrillos de la división llamaban a la sala Biblioteca Mocedades, aunque el que propagó el nombre no explicó bien el doble sentido. Unos pensaban que era en homenaje al tema *Eres tú*, que le valió al grupo el segundo puesto en el festival de Eurovisión, y otros apostaban por la canción *¿Quién te cantará?* El primero hacía referencia al espionaje al que habían sometido a los autores de los libros a la búsqueda de su auténtica personalidad y el segundo había triunfado por un sutil cambio de letra: «¿Quién te espiará, cuando no esté yo?».

En mitad de la habitación había una mesa maciza de la

época victoriana, en madera noble, con capacidad para doce personas, que Villalba había ordenado adquirir en el mismo lote que su escritorio y su butaca, con las ínfulas de colocarlos todos juntos en una futura ampliación de su despacho. Una pretensión arrinconada cuando el resto de jefes de división empezaron a mofarse y a hacer circular comentarios malintencionados sobre sus aires de grandeza para que llegaran a oídos del director.

Al igual que en la reunión de ese día, eran escasas las ocasiones en que se ocupaban todas las sillas. Villalba había convocado a seis de sus oficiales de inteligencia, su guardia de corps, todos jefes de área con el grado mínimo de capitán, al frente de los cuales figuraba Goicoechea. Solo había compartido el robo del dosier del rey con su segundo, aunque daba por hecho que todos estaban al tanto. Los tenía por agentes expertos y, si no accedían con naturalidad a los secretos propios, difícilmente podrían hacerlo a los ajenos. Empezó su intervención varios metros más allá de la línea de salida. Les explicó en términos genéricos que el KGB había cometido un grave delito en España y había que enviarles un mensaje diáfano y contundente para que supieran que cada violación grave de la soberanía española obtendría una respuesta contundente.

Lo escucharon en silencio, centrados en retener cada una de sus palabras e interpretarlas adecuadamente. Sus rostros no dibujaron ni una mueca cuando habló del meollo del asunto que los había llevado hasta allí. Villalba les daba veinticuatro horas para proponerle todo tipo de operaciones de venganza contra el KGB, tanto en España como en la URSS. Acciones para ejecutar dentro de una semana, con la imprescindible garantía de que nadie descubriera el sello del CESID, lo que no debía impedir que los rusos entendieran que era la dura respuesta ante su última osadía. Los presentes confirmaron que su jefe de división era un hombre de mármol, con la astucia del león.

Todos ellos entendieron que haber violado la integridad de su sede debía tener un coste simbólicamente alto para los rusos. No hacía un mes que su paciente trabajo de campo había ofrecido al Gobierno grandes resultados al pillar in fraganti al director de la compañía aérea Aeroflot con documentos que demostraban que su destino en España no tenía nada que ver

217

con los aviones y todo con el espionaje. En la misma operación, aportaron pruebas de las reuniones secretas del primer secretario de la embajada soviética con grupos de extrema izquierda, incluido el MPAIAC, el movimiento independentista canario. El caso les quedó tan bien fundamentado que la URSS no expulsó como represalia a diplomáticos españoles, según era su costumbre.

Impartidas las órdenes, todos salieron de la sala menos Goicoechea. Lejos de oídos indiscretos, Villalba le inquirió por la marcha del dosier manipulado sobre el rey que le había encargado elaborar para hacérselo llegar al líder de la oposición socialista.

—Estoy en ello, en unos días lo termino.

Después le comentó que Vinogradov le había confirmado que tenían un topo. Había recibido un informe del departamento de Seguridad, en el que reconocían carecer de pruebas incriminatorias concluyentes sobre los agentes de la división. Ninguno había mantenido encuentros o había hablado por teléfono con personas dudosas desde esa fecha, ni había recibido un ingreso bancario sin justificar. El único que podía ser catalogado como «inseguro» era el suboficial de guardia, Raúl Escobar, cuyas explicaciones sobre el asalto no habían sido plenamente satisfactorias. Proponían aplicarle una «medida extrema» para salir de dudas e intentar destaparlo.

En una reunión de Villalba con el director, habían acordado detenerlo por sorpresa y trasladarlo a un piso operativo donde lo obligarían a telefonear a su mujer para anunciarle que se iba de viaje una semana. Entonces los agentes del departamento de Seguridad lo interrogarían de la manera adecuada hasta conseguir una declaración inculpatoria, y luego le harían firmar un pacto, a cambio de que nunca mencionara la existencia del dosier del rey: por su traición con los rusos, cumpliría una condena de solo cinco años y aceptaría la expulsión de la Guardia Civil por deslealtad, pero silenciarían el motivo y le garantizarían una pensión para que pudiera sobrevivir con dignidad.

—El problema será si se mantiene en sus trece y niega que haya sido él —intervino Goicoechea.

—No podemos contemplar esa alternativa. Crucemos los dedos para que los interrogadores sepan apretarle las tuercas apropiadas y lo cante todo. Yo le habría pegado dos tiros, aunque el director es un hombre de escrúpulos. —Villalba miró a su segundo con satisfacción y notó sus dudas—. ¿Hay algo del plan que no te parece perfecto?

—No me parece muy acertado dejar a Escobar en manos de los interrogadores del departamento de Seguridad, no me fío de ellos. Es preferible que las actividades conflictivas del rey que figuran en el expediente sean conocidas por el menor número posible de personas. Si quieres, yo me podría encargar del interrogatorio, dejando que los de Seguridad se ocuparan de todo lo demás.

—Me parece una buena idea.

—Una cosa más. Este tipo de actuaciones se suelen grabar, aunque la cinta sea exclusivamente para uso interno. Yo propondría que el interrogatorio se hiciera sin cámaras para evitar pruebas que impliquen a La Casa en un espionaje al rey.

—Tienes razón, no había caído en eso, en el futuro alguien podría darle un uso que nos perjudique. Se lo comentaré al director para que imparta las órdenes oportunas.

Villalba terminó explicándole que, a fin de que el mensaje a los rusos fuera lo más contundente posible, había decidido hacer coincidir la represalia contra el KGB con la detención de Escobar.

Viajar en primera era un regalo inexcusable que sus padres le hacían a Erika cada vez que iba a verlos a Miami. Siempre se resistía al mimo, pero a la postre agradecía llegar a Madrid mucho más descansada. Lo habría dejado todo y se habría quedado a vivir con ellos para huir de sus problemas con la única condición de volver a tener doce años, para lo que habría aceptado incluso que su madre la peinara con esas coletas horribles que tanto llegó a aborrecer. Era un sueño de escapada que la sacaba por unos minutos de la pesadilla que llevaba viviendo dos eternos años.

Sentada en su confortable butaca de avión que la llevaba de regreso a Madrid, recordó cómo su historia de amor jamás soñada, en la que con mucha precaución había empezado a dejarse llevar como quien camina entre nubes, recibió un misil en la línea de flotación cuando Peter le contó las amenazas de aquel agente de la STASI. Nunca olvidaría su cara de sufrimiento respecto a su familia y a lo que se le vendría encima si no obtenía su colaboración. Se quedó perpleja, tensa, sin capacidad inmediata de reacción. Él lloró como un niño abandonado y ella fue incapaz de pensar en nada distinto al sufrimiento del hombre que le había robado el corazón. «¿Qué quieren que haga?», le preguntó una y otra vez a Peter, a quien las lágrimas le impidieron contestar. Lo vio vulnerable, incapaz de defenderse por sí mismo, de hacer frente a la amenaza con sus propios medios. Ella debía ser por tanto la fuerte de la pareja, afrontar el chantaje con frialdad. Le acababan de arruinar la relación de pareja que tanto ansiaba disfrutar y la carrera en el espionaje por la que tanto se había esforzado.

Con un Peter deprimido, inmovilizado y sin ganas de conversar, se levantó a preparar la cena. Cocinó sin encontrar una solución, como si estuviera en una casa tenebrosa en mitad de la noche y el miedo le impidiera actuar y le aconsejara esperar la salida del sol para localizar a los fantasmas que merodeaban.

Volvió al cuarto de estar, puso el mantel de hilo más elegante que le había regalado su madre, las copas de cristal de Bohemia y la cubertería de plata. Fue a buscar a Peter, en posición fetal sobre el sofá, le separó los brazos pegados al cuerpo, destensó sus piernas, consiguió sentarlo y lo ayudó a levantarse. Lo acompañó como si fuera un inválido hasta la silla y le sirvió en el cuenco la sopa recién cocinada. Se sentó frente a él:

«Ahora vamos a cenar, más tarde ya hablaremos».

Cada vez que recordaba esa noche terrible se preguntaba la razón por la que se empeñó en convertir aquella cena en una situación especial. El instinto de supervivencia, quizás la locura, la impulsaron a esa extravagancia. El escenario era el de una despedida, ¡qué felices hemos sido, hasta aquí hemos llegado! Pero también podía ser el de una especie de pantomima para, desde la atalaya del mejor decorado posible, acometer con energía la pelea a muerte que se avecinaba.

No cruzaron una palabra hasta que media hora después volvieron a sentarse, esta vez compartiendo sofá. Peter rompió su silencio.

—No puedo pedirte que hagas eso por mi familia y por mí.

—No me lo has pedido —respondió con cierta sequedad.

—Esto ha sido un error, no pensaba enamorarme de ti y te he metido en un buen lío.

—Sí que lo has hecho.

—Es mejor que te olvides de todo, haz como si yo no hubiera existido.

—Pero existes, estás aquí, a mi lado.

—No debí acercarme a ti en el mercado, no suelo hablar con desconocidos.

—Yo tampoco, me pillaste con las defensas bajas. Parecías un hombre sincero, inofensivo, necesitado de una mano amiga. Aunque en aquel momento no me dijiste que habías nacido en la Alemania comunista, claro que yo tampoco te lo pregunté.

—Si lo hubieras sabido, ¿no habrías quedado para ir al cine conmigo?

—Seguramente sí. No eres el típico chico de gimnasio que se echa colonia para impresionar a una chica. ¿Sabes?, nunca me han gustado los chicos de gimnasio, ni los que son demasiado guapos, ni los que te prometen amor eterno al día siguiente de conocerte para acostarse contigo y luego si te he visto no me acuerdo.

—Yo no soy así.

—Lo sé, Peter, por eso me gustas. Y porque te cuesta abrir tu corazón, pero cuando lo haces eres sincero, llano y cristalino. También eres atento y dulce, aunque tiendas a ser arisco con la gente.

—¿Por qué me dices todas esas cosas ahora?

—Te quiero, Peter, no sé lo que va a pasar, pero quiero que tengas claro lo que pienso. Desde el primer día me atrajo de ti tu franqueza. Si no querías hablar de algo, me lo decías abiertamente. No pronunciaste las palabras «Te quiero» hasta que estuviste seguro de hacerlo. Nunca intentaste acostarte conmigo, hasta llegué a pensar que me respetabas demasiado. —Sonrió levemente—. Eres el hombre perfecto para una mujer como yo, un príncipe azul que nunca creí que aterrizara en mi vida.

Peter se acercó a ella y la besó suavemente en los labios, mientras rozaba sus mejillas con las manos. Una lágrima caía por su rostro y otras esperaban turno en sus ojos.

221

—Hoy ese hombre perfecto me cuenta que si quiero seguir viéndolo tengo que traicionar a mi país. Y aún peor: toda su familia terminará en la cárcel si no accedo a colaborar.

—Lo siento —dijo Peter rompiendo el contacto físico—. No podía prever que pasara esto.

—Si te hubiera dicho desde el principio que trabajaba en el BND, tampoco habrías roto nuestra relación. A ti solo te importaba la Erika mujer.

—Claro que sí. Aunque si hubiera sabido que me iban a chantajear, me habría alejado de ti.

—Ya lo sé, Peter —dijo rozándole el hombro—. Nunca habrías permitido que me pasara nada.

—Me alegra que lo sepas. Voy a hablar con ese tipo de la STASI y le diré que no voy a acceder al chantaje, que haga lo que tenga que hacer. Estoy enamorado de ti y lo demás me da lo mismo.

—Sabes que no puedes hacer eso. No por mí o por ti, sino por tus padres. Ellos no se merecen pasar el resto de su vida en la cárcel.

—Lo entenderán. Algún día caerá el Muro de Berlín y serán libres.

—No digas eso, son tus padres. No los conozco, pero son parte de tu vida. Jamás me perdonaría no haber hecho nada por ellos, sería como no hacer nada por ti. Habla mañana con el tipo de la STASI, dile que haré cualquier cosa para que tú estés conmigo y tus padres sigan en libertad.

Erika se quedó dormida en su amplia butaca del avión. Todavía le quedaban cinco horas de vuelo a Madrid. El reposo le vendría genial, los acontecimientos que la esperaban iban a dejarla descansar más bien poco.

José Miguel Torres no se sorprendió cuando recibió la llamada de Goicoechea a primera hora de la mañana citándole en su despacho antes de comer. Le notó de buen humor, relajado e incluso amable, al menos todo lo que podía estar con alguien como él, a quien consideraba un siervo de segunda fila. Pensó que los de la CIA habrían dado saltos de alegría por la foto y el resto de la información que había obtenido. Como le había pasado tras el fin de su infiltración en ETA, otros se colgarían en el pecho las medallas y, si le caían las migajas, tendría suerte.

Llegó puntual y aprovechó la espera para preguntarle al de seguridad de la puerta si era Raúl Escobar. Le contestó que había salido y no volvería hasta por la tarde. Lo sintió por Fred, le gustaría ayudarlo pero en ese enjambre de avispas era complicado sacar algo en limpio sobre las maniobras sucias de Villalba contra el jefe de Inteligencia Interior.

Entró en el despacho de Goicoechea y se encontró con que también estaba un tipo fornido que conocía por una serie de fotos en las que todos llevaban poca ropa.

—Te presento a Ronald Sánchez, colega nuestro en la embajada de Estados Unidos.

El estadounidense se levantó y le estrechó la mano con energía.

—Buenos días, flaco, tu jefe es muy diplomático: soy el jefe de estación de la CIA.

Miguel se quedó callado. Desconocía lo que se le venía encima y la prudencia debía ser su primera arma. Se sentaron y Sánchez tomó la voz cantante.

—Te quería agradecer personalmente el trabajo que has realizado. Al principio pensé que estabas fantasmeando y que no ibas a llegar a nada, me equivoqué.

El Lobo iba con un jersey y una cazadora, mientras los otros dos vestían su uniforme de traje con corbata. Nada anormal, excepto porque Goicoechea tendía a quitarse la chaqueta cuando estaba en su reducto y en ese momento la llevaba puesta. Los dos tenían confianza para irse juntos de putas, pero en el despacho oficial guardaban las formas y escondían esa íntima relación.

—Me encantó eso de que en lugar de coger a Erika te lanzaras a por su amiga Gisela. Creí que eras un pendejo güevón y que te arrugabas, luego me di cuenta de que no tenía nada que ver con la chabomba.

A Miguel le costó entender el significado de algunas palabras, pero no preguntó. El por primera vez amable Goicoechea hizo una traducción:

—Ronald usa a veces palabras extrañas. Chabomba es como llama a la ropa interior femenina.

223

—No me traduzcas, bufarrón —dijo riéndose el de la CIA—, que este chico ha demostrado ser más listo de lo que pensábamos. Por cierto, no te había felicitado por tu infiltración en ETA, tengo entendido que hiciste un gran trabajo.

—Gracias, señor.

—No me llames señor, soy Ronald.

—Gracias, Ronald —corrigió obediente.

—A lo que voy, me ha sorprendido gratamente tu trabajo. La foto que hiciste en Miami ha sido definitiva para nosotros.

—La presencia del KGB queda confirmada —aventuró.

—Efectivamente, flaco. En Langley tenemos un archivo enorme con las imágenes de los espías rusos y allí estaba.

—Quizás si me hubieran contado antes lo que buscaban…

—No necesitabas saber más —intervino Goicoechea molesto por la pizca de sal que su subordinado había vertido en una conversación tan dulce.

—Los límites de la necesidad de saber, ese concepto detrás del cual se esconden los jefes para tapar sus propios errores y asegurar que los méritos vayan a ellos y los deméritos a los demás —Miguel lo dijo sin enfadarse, como si estuviera recitando una poesía en el estrado de una clase del colegio.

Sánchez intervino sin dejar responder a Goicoechea:

—Admiro a los agentes que defienden sus ideas, siempre que no sean unos pelagatos, y tú no lo eres. He trabajado con los mejores agentes de campo en las situaciones más complicadas y han aprendido que las órdenes las dan otros y cada uno tiene que cumplir con su trabajo. Volvamos al tema, flaco. ¿Has traído la copia del mensaje que escondió Erika?

—Está incluida en mi informe —dijo esgrimiendo un sobre blanco.

Cuando Sánchez lo iba a coger, Miguel se lo entregó a Goicoechea, que lo abrió, le echó un vistazo y avisó a su ayudante para que entrara y lo fotocopiara.

—¿Crees que había escrito algo con tinta invisible?

—Eso creo, aunque para el interrogatorio le bastará con mostrárselo para probar que pasó un mensaje a su contacto ruso en España.

—Si algún día te hartas de estos… —Señaló con la mano a Goicoechea—. Siempre tendrás un lugar en la CIA.

224

—Estoy bien, gracias. ¿Cuándo van a detenerla?

—Es un secreto, pero te lo has ganado: en cuanto pise suelo español.

—Aquí no tienen autoridad para hacerlo.

Sánchez sonrió, reprimiendo una carcajada. Miró a Goicoechea, que no dijo nada.

—Me encantan los pendejos que no se arrugan. La CIA no detiene, Mikel Lejarza, El Lobo, la CIA secuestra, interroga, si hace falta tortura y siempre consigue sus objetivos —afirmó endureciendo el gesto y el tono de voz—. Lo de las órdenes judiciales lo dejamos para otros. Cuando sepamos lo que necesitamos de Erika, se la entregaremos a los alemanes para que la juzguen y la encarcelen.

Miguel se reprimió, no ganaba nada con un enfrentamiento. Miró a Goicoechea, que estaba allí como si todo lo que hablaran le resbalara. El ayudante del segundo jefe de la Contra entró en el despacho para entregar la fotocopia del informe de Miguel y el original, que en unos segundos estaba en manos de Sánchez. En cuanto lo tuvo, se levantó.

225

—Ahora tengo que irme, solo quería darte las gracias por tu esfuerzo. —Abrió la cartera que había colocado junto a él en el suelo y sacó un sobre—. Como agradecimiento quería darte este detalle.

Miguel lo contempló, esta vez sí asombrado.

—Se lo agradezco —dijo educadamente levantándose de la silla—, pero no acepto dinero de ningún servicio secreto que no sea el mío.

Sánchez sujetaba el sobre en el espacio que había entre los dos. Miró a Goicoechea, que le hizo un gesto de incomprensión, y guardó el dinero en la cartera.

—Está claro que no quieres ser mi amigo. Con ese orgullo no llegarás a ninguna parte.

—Cojones sí que tienes.

Goicoechea y Lejarza se habían quedado solos en el despacho tras la salida del hombre de la CIA. Se habían vuelto a sentar y el segundo jefe de la Contra no pudo evitar el comentario:

—Ahora bien, te digo, en el futuro lo lamentarás. A Sánchez es mejor tenerlo como amigo.

—El que se ha equivocado ha sido él —dijo calmado El Lobo—. Este es mi país y mi Servicio, yo no soy su pelele. Algún día alguien tendrá las narices de pararle los pies. —Dirigió una mirada desafiante y desabrida hacia Goicoechea, que se sintió afectado por el gesto y las palabras.

—No sabes nada de cómo funcionan los servicios secretos. Crees que por solucionar problemas en la calle estás capacitado para venir aquí y dar lecciones. Si no fuera por oficiales de inteligencia como yo, el país no podría seguir adelante. Nosotros garantizamos la estabilidad. Para conseguirlo tenemos que tratar con gente como Sánchez, que nos han ayudado mucho más de lo que puedas imaginar.

Lejarza estaba disgustado por el enfrentamiento con el estadounidense, pero decidió dejarlo correr. Sánchez y Goicoechea no le importaban nada y esperaba no volver a verlos.

—Has terminado tu trabajo con nosotros. Desde este momento, vuelves a Antiterrorismo. Olvídate de lo que has vivido estas semanas y dedícate a perseguir etarras. Villalba me ha transmitido su satisfacción por tu trabajo y me ha pedido que te lo recompense.

Le entregó un sobre abierto con billetes, que Lejarza cogió y se guardó. Se estrecharon la mano por protocolo. El hombre que les había entregado a Erika con todo el dolor de su corazón pensó: «Al menos mis tres chicos tendrán un sobresueldo bien merecido». Esa noche los vería tras su regreso de Miami. Dos de ellos volaban en el mismo avión que la alemana que iba a pasar muchos años en la cárcel.

Silvia y Rai no tuvieron tiempo para desentumecer los músculos; en cuanto aterrizaron en Madrid se pusieron las pilas para abandonar el avión a toda prisa. La tripulación había dado prioridad para desembarcar a los pasajeros de primera y Erika les llevaba unos minutos de ventaja. Mikel Lejarza les había ordenado que la siguieran hasta su casa, le avisaran de que no había novedad y se fueran a dormir. El camino hasta el control de pasaportes y la recogida de maletas era el mismo para todos y estaba diseñado para que ninguna oveja se escapara del rebaño.

Los dos llevaban puestos los vaqueros y las camisetas playeras compradas en Miami. Los suéteres anudados a la cintura se los pondrían antes de salir a la calle, entristecidos por haber dicho adiós durante muchos meses al calor sofocante y la playa. Vigilar a Erika había sido poco estimulante, no había hecho nada extraño exceptuando su reunión en el Versailles. El resto del tiempo lo habían pasado tomando el sol, comiendo de vicio y descansando.

Cuando se acercaron a la aglomeración provocada por el control policial de entrada al país, atisbaron la presencia de la mujer en una cola esperando su turno. Se colocaron en filas distintas, ya no volverían a perder el contacto visual con ella.

En el vestíbulo del aeropuerto de Barajas, mezclados entre el grupo de personas que esperaban la llegada de familiares y amigos, estaban un joven español de unos treinta años y un estadounidense de treinta y cinco. El primero iba con deportivas, Levi's y una cazadora de pana. El segundo con zapatos negros, chaqueta oscura, pantalón claro y gabardina gris por las rodillas. Los dos aparentaban no conocerse y formaban parte del equipo operativo de la CIA enviado por Ronald Sánchez con la intención de seguir a Erika y secuestrarla al llegar a su casa, en una zona donde apenas habría transeúntes. Otros dos agentes esperaban cerca de la zona reservada a los taxis, al volante de sendos coches, y una tercera pareja aguardaba en las proximidades de su piso. Eran las once de la noche, el avión procedente de Miami había llegado a la hora estimada, por lo que se limitarían a seguir a rajatabla el plan previsto.

Erika pasó el control de pasaportes como una mera formalidad, se dirigió a la zona de recogida de maletas y diez minutos después la abandonaba, ajena a que sus pasos estaban siendo seguidos por dos colaboradores del CESID, a los que en ese momento se sumaban dos agentes de la CIA. Se dirigió a la parada de taxis. Una voz familiar gritó su nombre y se paró en seco.

—Hola, Gisela, ¿qué haces aquí?

—Te echaba de menos, no tenía nada que hacer y me he dicho ¿por qué no vas a buscar a Erika?, y aquí estoy.

227

Se besaron, Gisela la estrujó como si hiciera diez años que no se veían y luego agarró su bolsa de mano.

—¡Cómo pesa!, cada vez que vuelves de Miami traes un montón de ropa nueva.

—Ya sabes lo insistentes que son mis padres.

—La próxima vez te acompañaré, a ver si también a mí me modernizan el guardarropa.

—Habrá para las dos.

—Tengo el coche fuera, no es por la salida de taxis, sino por aquella otra.

Silvia y Rai contemplaron el encuentro que estropeaba sus planes. Maldijeron la presencia de Gisela y decidieron separarse. Ella se fue a coger un taxi, con el que intentaría seguirlas, y él continuó la persecución a pie, dispuesto a improvisar.

El mismo desconcierto cundió en los dos agentes de la CIA. Mejor preparados técnicamente, mandaron textos de alerta por un mensáfono a sus compañeros de los coches y acortaron la distancia que los separaba de las mujeres.

Erika y Gisela hablaron con alborozo sobre Miami hasta llegar al coche. Metieron los bultos en el maletero y se subieron. En cuanto Gisela cerró los seguros de las puertas, metió la llave en el arranque y empezó a hablar con un nerviosismo en apariencia sobrevenido.

—Dos hombres quieren matarte, llevan tiempo siguiéndote, son rusos, muy mal encarados.

Echó marcha atrás para salir de la plaza, frenó cuando escuchó el golpe arreado al vehículo parado, giró el volante a la derecha y salió del aparcamiento pisando el acelerador como si estuviera en la parrilla de salida de un gran premio de Fórmula 1.

—Pero qué dices…, ¿qué haces?

Inmersa en la huida desesperada, Gisela no tuvo en cuenta que esa zona del aeropuerto estaba atiborrada de gente y casi atropelló a una familia entera con sus maletas. Los insultos a gritos habrían podido suponer el fin de la escapada si se hubieran topado con la habitual presencia policial, pero la hora avanzada y la oscuridad jugaron a su favor. Circularon unos metros y al encontrarse con los primeros carteles indicativos de las direcciones hacia donde podían dirigirse, en lugar de seguir el que marcaba el centro de la ciudad, optó por el de la derecha sin siquiera fijarse adónde las llevaba. Para huir de unos asesinos, pensó, hay que ir en dirección contraria a la previsible.

—Gisela, por favor, casi atropellas a varias personas. ¡Estás loca!

—No permitiré que te maten. Lo he pensado muy bien, nada de improvisaciones, primero huimos y luego pedimos ayuda.

Erika estaba pasmada. Su amiga estaba chiflada, algo que podría tener solución siempre y cuando no murieran en un accidente de tráfico. Entonces entró en pánico, no se había percatado hasta ese momento.

—¡Enciende las luces! —gritó.

—Todavía no, aprendí el otro día en una película que si no te ven, no te pueden seguir.

—Haz el favor de encenderlas ya, nos vamos a estrellar.

Gisela no le hizo caso. Por suerte, esa parte de la carretera estaba iluminada por farolas, aunque ninguna de las dos sabía hacia dónde se dirigían.

—Para —pidió Erika—. ¡Para! —gritó por segunda vez—. O paras o me tiro del coche —añadió agarrando el pomo de la puerta y dándole un golpe en el brazo.

—Voy a salvarte, quieras o no. El KGB quiere matarte, tienes que esconderte donde no puedan encontrarte.

Un coche las adelantó e hizo sonar su claxon repetidas veces.

—¿Quieres encender las luces de una vez?

Los dos vehículos de la CIA desplazados al aeropuerto estaban colocados en el mismo carril que la larga cola de taxis que esperaban pasajeros, aunque bastante detrás. Nadie había alertado al equipo de agentes de posibles imprevistos, Erika vivía sola en España y estaban seguros de que el KGB desconocía el operativo para controlarla nada más aterrizar en Barajas. Era una operación sorpresa, la investigación sobre ella se había llevado en el máximo secreto.

Lo único que pudieron hacer los dos espías que las siguie-

229

ron a pie fue enviar a los conductores el modelo, color y matrícula del coche. Información inútil porque no fueron capaces de dar con ellas. Desde el aeropuerto, el agente estadounidense telefoneó a Sánchez en compañía del otro agente español y aventuró que quizás Gisela fuera una agente comunista, dado lo bien que había realizado la maniobra evasiva. Sánchez gritó contra todo y contra todos, ellos incluidos. Les ordenó que dieran vueltas por la zona y no regresaran hasta encontrarlas.

Rai telefoneó a Mikel desde otra cabina.

—La hemos perdido, jefe, y lo peor es cómo la hemos perdido.

—Explícamelo ya, déjate de acertijos.

—Creíamos que iba a coger un taxi, pero apareció la otra alemana y se fueron en su coche. No teníamos vehículo propio, así que Silvia tomó un taxi para seguirlas, pero la parada de taxi y el aparcamiento tienen salidas distintas.

—Gisela la llevará a su casa y allí está de guardia Floren.

—Ya, jefe, pero es que las vi salir y estoy seguro de que no van hacia su casa.

—Un tío listo. ¿Qué te hace pensar eso?

—Gisela salió con las luces apagadas.

—Se le olvidaría encenderlas.

—Casi atropella a varias personas y, cuando la perdí de vista, iba a toda mecha. —Hizo una pausa—. Con las luces apagadas.

—Id a casa de Erika, después a la de Gisela y si no están, me lo dices. Creí que esto había acabado y me temo que no tardaré en recibir una desagradable llamada.

Erika y Gisela se detuvieron media hora después en un bar de Guadalajara, donde desembocó su huida frenética por la carretera de Barcelona. Gisela no se sentía todavía segura, habría seguido conduciendo, pero Erika la convenció para parar. Era medianoche y estaban cerrando el local, pero aceptaron posponerlo media hora a cambio de servirles una cena con los restos de comida del día. Se sentaron a una mesa, lejos del encargado del negocio.

—Me quieres explicar qué pasa, por qué casi nos matamos en el coche.

—Tenía que ayudarte, lo primero era sacarte de allí, no había tiempo para explicarte nada.

—Ahora sí que lo tenemos, habla.

—Miguel…

—¡Vaya, es él! Ha estado conmigo en Miami.

—Ya lo sé, se lo pedí yo.

—Fue una sorpresa.

—Lo hablamos antes de que te fueras, me pidió que no te advirtiera, quizás te habrías negado.

—Lo has vuelto a ver.

—Esta mañana ha estado en casa, pero lo gordo me lo contó antes de irse contigo.

—¿Qué pinta Miguel en esta locura?

—Me dijo que un día vio a dos tipos seguirte, les hizo una foto sin que lo vieran y consiguió que un amigo los identificara: trabajan para el KGB, son dos matones de esos que dan mucho miedo.

—¿Todo eso te lo contó Miguel? —preguntó escéptica.

—A la vuelta de Miami —hablaba atropelladamente, soltando las palabras como quitándose un peso de encima—, me explicó que te había estado cuidando, que no había visto a los tipos, pero que tu vida seguía corriendo peligro.

—¿Te dijo que me lo contaras? —Erika intentaba unir las piezas.

—Todo lo contrario, me pidió que no lo hiciera, ya estudiaríamos más adelante cómo decírtelo y buscaríamos contigo una solución.

—Tú has preferido actuar —afirmó empezando a comprender.

—Soy tu amiga, si esos tipos quieren atacarte podían hacerlo ya. No me aceptaron en el BND, pero no hace falta ser espía para saber que tenían la información de tu viaje y que sabían que llegabas hoy.

Erika miró con ternura a su amiga, nunca habría podido encontrar a nadie tan auténtica como ella. Meditó unos segun-

231

dos qué información podía compartir y cuál debía guardarse. Con ese nivel tan alto de agobio, no le haría ningún bien ponerse al tanto de todos y cada uno de sus problemas.

—Miguel es un buen tío, te quiere mucho y ha asumido que tiene que protegerme por ser tu amiga —comentó sin creerse las palabras que salían por su boca, para relajar el ambiente, aprovechando que el camarero les estaba sirviendo unas raciones de chorizo grasiento y calamares recalentados que debían haber sido cocinados en el siglo XIX.

—Yo también lo quiero, es muy bueno.

—Esa es tu maldición: le gustas a todos los hombres.

Las dos rieron, expulsando una pequeña parte de la tensión acumulada.

—Su deseo de estar en tu vida y también en la mía —dijo Erika midiendo al centímetro sus palabras— lo ha llevado a ver situaciones que no existen —separó las dos últimas palabras para a continuación repetirlas en otro contexto—: No existen motivos para que el KGB me siga, y mucho menos para que quieran matarme.

—Eso no es verdad.

—¿No me digas?, ¿lo sabes mejor que yo?

—No te enfades. —Juntó las manos extendidas en gesto de ruego—. He hablado con Edgar.

—¿Que has hecho qué?

—Fui a verlo a Múnich, me sentía tan preocupada por ti que necesitaba hacer algo para ayudarte.

—No me puedo creer que hicieras eso —dijo Erika disgustada y descolocada.

—Miguel y yo pensamos que todos tus problemas pueden tener que ver con Peter y fui a preguntarle qué sabía de él.

—¿Peter?, nunca te dije cómo se llamaba.

—Tus padres se lo contaron a Miguel.

—¡Maldita sea!, Gisela, no debiste…

Ninguna de las dos había tocado los platos de comida, que en ese momento atrajeron sus miradas para evitar el choque visual.

—Lo siento, Erika, ¡quieren matarte!

—¿Qué te dijo Edgar?

—Que no creía que Peter hubiera sido importante en tu

vida. Unos días después me contó que cuando te fuiste del BND desaparecieron algunos papeles para esas cosas de identidades falsas en las que trabajabas, que se abrió una investigación y que tardaron muy poco en cerrarla.

—Hice un buen trabajo, me alegra que te lo dijera.

—Él dio a entender que te podías haber llevado esos papeles.

—¿Para qué? ¿Qué significa eso? —preguntó enfadada, volviendo a mirarla a la cara.

—No lo sé. Podrías haber dado esos papeles a algún ruso. Quizás por eso los que quieren matarte sean los del BND.

—¿No eran los del KGB?

—No lo sé, quizás unos, quizás los otros o a lo peor todos ellos —afirmó desesperada.

—Tranquilízate, Gisela, nadie quiere matarme. Miguel se lo ha inventado absolutamente todo.

—Quiere protegerte.

—Quizás sí, pero te ha metido en este lío y no debería haberlo hecho. Nunca debió entrometerse en mi vida.

—Ahora lo importante es que te escondas.

—Te repito una vez más que nadie quiere matarme.

—Hazlo por mí —dijo cogiéndole las dos manos—. Seguro que en el hostal que hemos visto en esta misma calle tienen habitaciones. Quédate en él esta noche, por favor.

Erika miró las ojeras que lucía su amiga y hasta creyó detectar alguna arruga bajo sus ojos, inapreciable hasta esa noche. Con el pelo tan bonito que tenía cuando se lo dejaba suelto, la coleta mal peinada le daba un aspecto abandonado.

—Está bien, hoy me quedo, hago algunas gestiones y mañana hablamos. Pero voy a regresar porque tengo que trabajar y seguir con mi vida normal. ¿Está claro?

—Mañana hablamos.

—¿Por qué no te quedas conmigo?

—Tengo que volver a hablar con Miguel.

Gisela se levantó a pagar y Erika se quedó pensativa. Sintió un repentino agobio al ver acercarse el momento de separarse de su amiga. Estaba inmersa en un lío demasiado embarullado y desconocía cómo podía terminar. Sintió esa angustia de quien anda paso a paso por una fina cuerda sin mirar abajo para no sentir vértigo y descubre que los castillos de naipes que sujetan los extremos están a punto de desmoronarse. El futuro nunca le había dado miedo, quizás porque no se había atrevido a mirarlo a la cara, pero en ese instante notó como se le aceleraban las pulsaciones del corazón y le faltaba aire en los pulmones. Tantas mentiras la habían dejado huérfana de personas en las que confiar, de amigos que llegado el caso pudieran echarle una mano. Acosada por una situación peligrosa que no terminaba de entender, una locura se la pasó por la cabeza.

—Una última cosa —le dijo a Gisela cuando regresó, consciente de las escasas posibilidades de éxito de su extraña idea—. Te voy a escribir una nota para Miguel, pero me tienes que prometer que no se la darás excepto que me pase algo grave, que no me va a pasar. ¿Entendido? Ah, y no hables con él antes de mañana.

—Prometido.

234   Concluida la emisión del capítulo de la serie *Fortunata y Jacinta*, protagonizada por la actriz Ana Belén, que Miguel había estado viendo en la televisión a la espera de que le confirmaran que Erika había regresado de Miami, la llamada de Rai desde el aeropuerto anunciando su huida le dejó sin nada interesante para matar el tiempo. La solución no era salir a la calle. Si las mujeres aparecían en casa de Erika, le avisarían; si lo hacían en la de Gisela, le avisarían.

Había valorado equivocadamente la reacción de Gisela ante los problemas que se había inventado sobre Erika. Él no era un amigo de toda la vida, una persona en la que poder confiar por encima de cualquier otra cosa. Le había pedido a Gisela prudencia y tranquilidad, un error imperdonable cuando alguien que quieres está en peligro.

Si habían desaparecido, sería complicado encontrarlas, al menos para él. El CESID y la CIA disponían de la Policía y la Guardia Civil desplegadas por todo el territorio. Villalba y Goicoechea despertarían si hacía falta al ministro del Interior para conseguir una orden de busca y captura contra ellas. Un nuevo favor para vender a su amigo Sánchez.

Apagó la televisión y comenzó a recorrer el cuarto de estar.

Gisela desconocía que su amiga trabajaba para el KGB y que había comenzado a hacerlo cuando todavía ocupaba un puesto en el BND. Eso se apellidaba traición y era el peor de los delitos para el país engañado, en especial para una Alemania inmersa en una cruenta Guerra Fría. Gisela le habría contado a su amiga la versión inventada por él sobre que los rusos querían matarla, y Erika habría confirmado sus sospechas de que él seguía siendo espía y jugaba a dos barajas. Solo le quedaba la posibilidad de huir a la URSS y vivir el resto de sus días refugiada en un país extraño. Apoyada por una Gisela ajena a lo que ocultaban las bambalinas de la historia, en ese momento Erika podía estar llamando a su controlador en España y dándole las palabras clave para poner en marcha el plan de evasión. Los aeropuertos eran los puntos de huida menos recomendables y las carreteras y los barcos, los más aconsejables.

Tiempo atrás leyó sobre la huida del espía inglés Kim Philby, que traicionó a su país también con los rusos. Su plan de fuga incluía permanecer escondido varios días en un refugio y esperar a la elección de un medio de transporte seguro, que en su caso fue un carguero ruso que atracó en Beirut unos días después. Si el plan de fuga de Erika contemplaba varias posibilidades para escabullirse de la persecución, era crucial descubrir dónde podía guarecerse.

Rai llamó por teléfono. No había pistas del paradero de las mujeres, sus casas estaban vacías. Miguel le pidió que los tres se fueran a descansar, les llamaría si los necesitaba, «lo cual es bastante probable».

Era la una de la madrugada, se habría ido a la cama de buena gana, pero el teléfono no tardaría en volver a repiquetear. Siguió pensando en Gisela. La había metido en un buen embrollo, la había utilizado fríamente para conseguir sus objetivos. Le había otorgado un papel secundario y ella lo había convertido en protagonista. Dar marcha atrás era imposible, cuando la pillaran sería sospechosa de todo sin ser responsable de nada.

Miguel estaba seguro de que Erika había entrado en el juego de la traición por culpa del infame Peter: robó una identidad falsa para él o para otro agente del KGB y lo hizo tan bien que los del BND no fueron capaces de incriminarla. Ahora debería pagar un alto precio: daba igual el motivo que la impulsara a hacerlo, viviría eternamente en una cárcel si antes no conseguía escapar.

Al principio de la operación, el corazón le aconsejó ayudarla. No podía creerse que fuera culpable, todos los sospechosos tienen derecho a defenderse, a que se dude de las pruebas contra ellos hasta que sean tan poderosas que no quede más remedio que detenerlos. Había actuado honestamente, aún más, había peleado por su inocencia. Pero las pruebas descubiertas eran contundentes: el mensaje escondido en el parque para que entraran en su casa mostraba su comportamiento clandestino y su reunión con el tipo del KGB, nada más y nada menos que en Miami, era concluyente. Le había dolido cumplir con su trabajo, pero carecía de alternativa.

El teléfono sonó. Miró el reloj, la una y media. Esperó unos segundos y luego lo descolgó. Escuchó la voz reseca de Goicoechea:

—Erika ha huido. Su amiga Gisela fue al aeropuerto y consiguió despistar a los de la CIA que habían ido a detenerla.

—No sabía que los americanos podían detener en España —repitió lo que ya le había espetado a Sánchez.

—Déjate de gilipolleces y escucha. Ven a la sede de la Contra, a ver si se te ocurre algo para localizarlas.

Erika cogió una habitación en el pequeño hostal de Guadalajara, donde consiguió convencer al joven veinteañero que hacía las funciones de conserje de noche de que había perdido el pasaporte, era austriaca y se llamaba Claudia Bauer. En un primer momento le puso mala cara, pero con un par de sonrisas y una buena propina aceptó que era una pobre chica, solo sería por una noche y al día siguiente iría a Madrid a denunciar el robo.

Abrió la maleta en el suelo, sacó el cepillo de dientes y se enjuagó la boca. Después descolgó el teléfono y llamó a un número de Madrid.

—Buenas noches —dijo—, quieren meter al pájaro en la jaula.

—¿Está en lugar seguro?

—Sí, solo por esta noche. Es posible que me estén buscando, aunque no estoy segura. Algo grave está pasando, pero no consigo descifrarlo.

—Intentaremos enterarnos. Deme la dirección, en unas horas irán a buscarla.

Miguel se lo tomó con calma, le esperaba una larga noche. Antes de salir avisó a los lobillos para que dos de ellos se fueran a su casa por si las mujeres lo llamaban y optó por desplazarse en moto por la independencia que le ofrecía a esas horas de la madrugada.

En la sede de la Contrainteligencia había una actividad frenética con numerosos agentes pegados al teléfono, mientras Villalba y Goicoechea estaban reunidos en el despacho del primero, sentados a ambos lados de la mesa. Nada más entrar, el jefe le lanzó el dardo envenenado que esperaba:

—Dime que no has tenido nada que ver con su huida.

Le chocó verlos a los dos sin chaqueta ni corbata, aunque se notaba que la ropa informal no era habitual en ellos.

—¿Cómo iba a tener algo que ver si he sido yo quien se la ha entregado?

—Eres un listillo, vas a tu bola y crees que tienes derecho a dar la solución que te apetece a las operaciones —le recriminó Villalba enfadado.

—No tengo motivos para escuchar sus acusaciones. Si sigue en esa línea, me voy. Ya no dependo de ustedes.

—No te vas a ninguna parte. Voy a confiar en ti por ahora, pero si descubro que la has ayudado, te meteré en la cárcel después de darte de leches.

—Si no es así, lo mismo quien le da de leches soy yo —dijo Miguel acercándose a la mesa de despacho e inclinándose hacia el extremo donde estaba Villalba para aproximar su cara a la suya.

Goicoechea puso fin al desafío apartando a Miguel:

—De momento, vamos a encontrar a Erika, más tarde ya veremos.

Los ánimos se templaron un poco.

—¿Dónde se puede haber escondido?

—Ni idea. Deduzco que ya han comprobado que no están en sus respectivas casas.

—Tenemos gente allí apostada, por si aparecen.

Un agente entró y anunció que Miguel tenía una llamada.

—¿A quién le has dado nuestro número? —preguntó Villalba.

—¿Quién te llama a las tres de la mañana? —añadió Goicoechea.

—Tengo un problema personal y he dicho que me llamaran aquí.

Salió del despacho y cogió el teléfono en el cuarto de al lado. El agente se quedó a dos pasos de él.

—Miguel —dijo la voz de Floren—, te han llamado y han dado una dirección para que te pases ahora mismo.

—Primera o segunda.

—Segunda. Te espera en el sitio donde os conocisteis.

—Ahora salgo, hasta mañana.

Volvió al despacho.

238 —Era un primo que vive conmigo —les dijo—. Tengo que irme.

—Imagino —dijo Villalba que había escuchado la conversación desde su teléfono— que primera es Erika y segunda Gisela.

—Hemos quedado en la puerta de la discoteca —reconoció al verse descubierto.

—¿Así que no las ayudaste?

—Esto lo he provocado yo. Gisela ha ayudado a su amiga porque le hice creer que el KGB iba a matarla —la justificó.

—Te acompañará el equipo operativo de la AOME que ha venido para apoyarnos. Te colocarán un micro para que escuchemos todo lo que habléis. Sácale el paradero de Erika. Goicoechea va también y me informará de lo que pase. No nos traiciones o los operativos te llevarán directamente a prisión.

La zona de Barceló estaba desierta, excepto los alrededores de la discoteca Pachá. Miguel llegó en su moto y vio a Gisela fumando mientras simulaba que acababa de salir a la calle después de haber estado bailando. Las veces que habían estado juntos allí estaba atractiva y radiante, pero esa noche su aspecto era lúgubre. Se acercó a ella.

—¿Ha ocurrido algo?

—Erika está en peligro, la he llevado a un sitio seguro.

—¿Qué dices? —preguntó simulando sorpresa—. ¿Por qué está en peligro?

—No me preguntes eso, tú lo sabes. Los rusos o los del BND la están siguiendo.

—Te dije que esperaras, que ya hablaríamos con ella.

—Pensé que la podían matar en el aeropuerto o cuando llegara a su casa. Decidí actuar, era lo mejor para ella.

—No debiste hacerlo, yo iba a explicarle…

—Ya se lo he explicado yo —le cortó—. Pero no me ha creído, piensa que son exageraciones nuestras. Ha aceptado permanecer escondida esta noche, pero se empeña en volver mañana a su vida normal, tienes que persuadirla de que no regrese a casa.

—Está bien, lo haré —dijo condescendiente—. Iré a verla, pero lo mejor habría sido pedir ayuda antes.

—¿A la embajada alemana?

—Quizás a ellos, no sé. Tendría que pensarlo. Dime dónde está.

—Me ha pedido que no te dijera nada hasta mañana. Cuando vayas, dile que lo he hecho para protegerla.

—Eres una gran amiga.

—Tú también. Apenas la conoces desde hace unas semanas y te estás arriesgando por ella. No sé cómo agradecértelo.

—Es un placer —dijo sintiendo la aguja de un puñal en el estómago.

—¿Sabes?, me dijo que cree que eres un buen tío.

Miguel no supo qué responder. Rodeado de gente que hablaba a gritos por la sensación auditiva de sordera tras haber estado varias horas escuchando música altísima, confiaba en que el micro que llevaba en la cazadora no hubiera transmitido la conversación. Al menos que no permitiera escuchar el final.

—¿Dónde está?

—En un hostal de Guadalajara…

Miguel se ofreció a llevarla a su casa antes de desplazarse a ver a Erika, pero Gisela se negó en rotundo. Se quedaría un

239

rato más por allí y luego se iría a su piso. No le quedó otro remedio que subirse a la moto y emprender camino a Guadalajara. Dejarla sola le produjo preocupación. ¿Qué pensaría cuando se le abalanzaran varios tipos desconocidos y la llevaran a un piso secreto? Por su cabeza pasarían muchas ideas y una la atormentaría: «¿Miguel me habrá traicionado?». Dudaría hasta percatarse de que él no era quien decía ser, que la había utilizado para conseguir llegar hasta Erika.

Apartó ese pensamiento de su cabeza, puso en marcha la moto y se centró en el siguiente paso. Solo llevaba un par de minutos de trayecto cuando se le cruzó un coche por delante y otro se colocó detrás. Varios hombres fornidos salieron con rapidez sin esgrimir ningún tipo de arma, su musculatura era suficiente disuasión. Apareció Goicoechea y se acercó a él.

—Tú trabajo ha terminado. Un agente se hará cargo de tu moto mientras te vienes conmigo a la sede.

—¿Estoy detenido?

—Te tendremos cerca hasta que la CIA capture a Erika. No queremos más sorpresas.

240

—He hecho mi trabajo a la perfección, no sé por qué desconfiáis de mí.

—No lo hacemos, pero quien evita la tentación, evita el peligro.

Capítulo 21

11 de marzo, martes

Josέ Miguel Torres había estado a punto de estrellar contra la pared su reloj de muñeca, que en ese momento marcaba las ocho de la mañana, al convencerse de que para fastidiarle, en la segunda parte de la noche, la manecilla de los minutos se había negado a moverse al ritmo normal. Llevaba cuatro insoportables horas encerrado en una celda improvisada, la habitación que los agentes de guardia de la Contrainteligencia utilizaban por las noches. Habría preferido que le hubieran dado una buena paliza, que la sangre le hubiera impedido respirar con normalidad y le doliera cada rincón del cuerpo, pero nadie le tocó ni un pelo. Lo invitaron a entrar en el cuarto e incluso le ofrecieron una manta. Pero no había sido capaz de echar una cabezada en el sofá, los remordimientos no dejaron de golpear la puerta de su conciencia. ¿Qué habría sido de Gisela? ¿Los incontrolados de la CIA serían capaces de torturar a Erika si se negaba a reconocer su traición? Estaba más que seguro de las respuestas, le ponían la carne de gallina y le angustiaban como a un padre que por un despiste pierde a sus hijos en el parque al que sabe que peregrinan algunos pederastas. Erika había violado la norma sagrada de lealtad en el espionaje, pero Gisela era una mera víctima de las circunstancias.

Los agentes operativos lo habían confinado allí sin informarle de nada. Villalba aprovecharía la huida del pepe para redactar un informe caliente contra él, donde descargaría todo el mal rollo compartido en las últimas semanas. Y Goicoechea se apuntaría a ratificar cualquier denuncia negativa de su jefe.

Ya tendría tiempo de centrarse en su defensa. Su objetivo inmediato era socorrer a Gisela. Necesitaba volver a verla, a pesar de saber que en sus ojos iba a leer la ira provocada por su engaño.

La puerta se abrió y apareció Leblanc, por fin una cara amiga.

—¿Estás bien? —le preguntó serio y, sin esperar respuesta, continuó—: Acompáñame, nos vamos a la sede de Antiterrorismo, el jefe te espera.

Miguel cogió su cazadora y lo siguió. El agente operativo de guardia en el pasillo había desaparecido y en el piso no se notaba una actividad distinta a la de cualquier otro día. Nadie apareció para despedirle con malas caras, a nadie le importaba lo que fuera de su vida.

Llegaron a la entrada y el agente de seguridad se levantó de su silla y se acercó a abrir la puerta de la calle a Leblanc. Miguel se quedó helado al verlo, no podía creérselo, nunca olvidaba una cara. Ser buen fisonomista era algo que se podía educar, pero a él le venía de cuna. Dudó un momento, dejó salir a su controlador y después, al hacerlo él, se dirigió al hombre:

—Gracias, Escobar.

Mikel no tuvo que hacer muchos esfuerzos para convencer a Fred de ir a desayunar al cercano bar La Escala. Dieron un paseo útil para que su controlador lo regañara por haber facilitado que las mujeres pudieran escapar. Fue una música de fondo que Mikel no tarareó. Había recibido un subidón en el momento de salir de la Contra y estaba digiriendo el descubrimiento.

Se sentaron a una mesa al fondo de La Escala, donde había mucha gente desayunando en la barra.

—¿Vas a hablarme o te ha comido la lengua el gato? —preguntó Leblanc.

—Siempre he albergado dudas sobre Erika, pero ahora ya estoy seguro de su culpabilidad.

Jose, el hijo del dueño, se acercó jovial como siempre a servirles.

—Me gustaba más la chica que le acompañó el otro día.

—Gracias, amigo, a mí también, pero esto es lo que toca hoy. Otro día quedo aquí con ella. Tráenos un par de cafés con leche y doble de churros para mí.

En cuanto se alejó, Leblanc retomó el hilo:

—La alemana está en poder de la CIA, es un tema cerrado.

Un cansado Mikel cambió sobre la marcha su orden de prioridades.

—¿Qué han hecho con Gisela?

—No tengo ni idea, estará en su casa.

—No lo creo, dame un segundo.

Se acercó al teléfono público y telefoneó a Floren, que se alegró de oír su voz. Mikel dejó para otro momento ponerle al día de su detención y le pidió que comprobaran dónde estaba Gisela. Le dio el número de teléfono del bar para que lo llamara con urgencia. Después volvió con Leblanc.

—Gisela es la única inocente en todo esto, tengo que ayudarla.

—Mientras no vuelvas a tener líos con Villalba y Goicoechea, puedes hacer lo que te plazca. Te van a abrir un expediente, pero seguro que sales indemne. Oficialmente has vuelto a Inteligencia Interior y, con lo mal que se lleva Reina con Villalba, no tienes nada que temer en lo que esté en su mano.

—Me acabo de encontrar con una nueva pista que podremos utilizar en la guerra de nuestro jefe contra Villalba y que además me deja más tranquilo en lo de Erika.

Jose les sirvió el desayuno y Miguel cogió un churro antes de seguir, estaba muerto de hambre:

—El de seguridad de la puerta era Raúl Escobar, el tipo que estaba en la sede cuando entraron los rusos a robar los papeles.

—Te he oído decir su nombre cuando salíamos. ¿No decías que no lo conocías?

—Cuando me lo mencionaste, creí que no lo había visto en mi vida, pero al cruzarme con él me acordé de algo. Un día estaba en la discoteca Pachá y Erika se fue al baño, la seguí y me la encontré hablando con un tipo mayor. Me extrañó y me contó que era uno de esos ligones pesados. Era Escobar.

243

—¿Qué me dices? Entonces la penetración de la Contra la organizó Erika y su topo era Escobar.

—Blanco y en botella, leche. Que se jodan Villalba y Goicoechea, porque no pienso contárselo, al menos de momento. Tenemos una oportunidad de ayudar a Reina hablando con Escobar y es lo que voy a hacer. Seguro que al gran jefe le parece bien que lo intente.

—Estará encantado, pero ve con cuidado. Es un tema que controlan los ciáticos y no quiero que piensen que ponemos trabas. Si hablas con Escobar, lo mismo desaparece.

Jose se acercó a ellos.

—Tiene una llamada, puede coger el teléfono en la cabina.

Mikel dejó el churro que se estaba comiendo.

—Jefe —lo saludó Floren—, la chica no ha regresado a su casa, nadie la ha visto desde ayer en el aeropuerto.

—De acuerdo, luego te llamo.

Volvió al lado de Leblanc.

—Tienes que echarme una mano. Como me imaginaba, Gisela ha desaparecido y necesito saber dónde la tienen escondida.

Villalba se reunió a las once de la mañana con los mismos jefes de área a los que el día anterior había pedido ideas para vengarse de los rusos. Estuvieron hora y media encerrados en la sala de reuniones y después volvió a quedarse a solas con Goicoechea.

—Si dejas a la gente pensar, te encuentras con más locuras de las que puedes imaginar —dijo el jefe.

—La idea que más me ha gustado —afirmó Goicoechea sarcástico— es la de meter explosivos en los puros del embajador ruso. ¿Te imaginas el titular del diario?: muerto mientras se fumaba un habano.

—Pues anda que esa de provocar el mismo día accidentes a todos los coches de la embajada.

—A mí no me ha disgustado la de secuestrar al embajador, hacerle una fotografía con una mujer fatal y filtrársela a la prensa. Sería un buen descrédito para los santones de la URSS.

—Yo seleccionaría también la de obligar a un etarra recién detenido a firmar una declaración acusando a Rusia de haberles entregado armas.

—Tampoco está mal.

—Veamos cuál de todas es más factible y empieza a planificarla. En cualquier caso —siguió Villalba—, tenemos que buscar cualquier pretexto para expulsar a varios del KGB, si es posible a todos los que tengamos localizados.

—Ten en cuenta que el mes pasado ya echamos a dos. Habrá que encontrar un argumento distinto al de los papeles del rey y conseguir que el presidente y Asuntos Exteriores se lo traguen. Eso contando con que el director lo apruebe.

—Lo hará, estate tranquilo. No sabes el cabreo que se pilló cuando le conté que habían fotografiado el dosier, pero en cuanto le puse el anzuelo de que Reina había participado en la elaboración del Archivo Jano desvió su odio hacia él.

—Mataste dos pájaros de un tiro: nosotros salimos indemnes y Reina se lleva los golpes. Lo que no entiendo es por qué no avisó de que en Jano estaba esa carpeta o por qué no la destruyó, cuando antes o después la basura caería en la puerta de su casa.

—Es torpe y esto lo demuestra. La suerte me ha acompañado. Y a ti, claro, que tras mi nombramiento como subdirector serás designado jefe de la Contrainteligencia.

—Gracias, ya sabes que siempre te apoyaré. ¿Cuándo hablas con el director para organizar la venganza contra los rusos?

—Me tiene que llamar. Date prisa con el informe manipulado que pasaremos a los socialistas, quiero que el director le dé el visto bueno antes.

Miguel se acercó por la tarde, sin compañía, hasta una vivienda de Vallecas, un barrio obrero de Madrid. Se metió en el ascensor y subió hasta el tercer piso. Buscó la letra A y llamó a la puerta. Le abrió Raúl Escobar.

—¿Qué desea? —dijo sorprendido—. Su cara me suena.

—Me llamo Mikel Lejarza, aunque todos me conocen como El Lobo.

—El infiltrado en ETA. ¿Qué busca aquí, en mi casa?

—Necesito hablar con usted.

Con la puerta del domicilio entreabierta, el cuerpo del guardia civil actuaba como parapeto en defensa de su intimidad.

—Le he visto esta mañana, ha pasado la noche encerrado en un cuarto de la sede.

—Le han informado bien.

—¿Cómo sabe dónde vivo? ¿Por qué viene a mi casa? ¿Quién le manda?

—Tenemos que hablar, es muy urgente.

—Vaya a verme mañana a la sede, no recibo visitas del trabajo en mi casa, respete mi privacidad.

—Vamos a conversar y lo vamos a hacer ahora —dijo El Lobo altivo.

—Ni en broma.

Escobar fue a cerrar la puerta y Lejarza colocó un pie bloqueándola. Al mismo tiempo se abrió la cazadora y dejó a la vista la pistola que llevaba en el cinturón.

—Si quiere hablamos por las buenas o si no, monto tal follón que su mujer y su hijo guardia civil se mosquearán.

El forcejeo había llamado la atención de la esposa de Escobar, que preguntó a gritos quién era.

—Un amigo que ha venido a verme —gritó el guardia civil abriendo la puerta de mala gana.

Lejarza entró cerrándose la cazadora. La mujer apareció para saludar al amigo del marido, extrañada por su repentina aparición.

—Alicia, este es mi amigo…

—Manuel —le interrumpió Miguel—, nos conocimos hace tiempo y me dijo que si venía por Madrid no dejara de pasar a verlo. —Dio la mano a la mujer y sonrió abiertamente—. Siento haber venido a estas horas, he quedado a cenar y solo tenía un rato para compartir una charla con mi amigo Raúl. Si se entera de que he estado en Madrid y no he venido a verlo, me mata, ¿verdad, Raúl?

—Sí, claro. Vamos a la cocina a charlar un rato.

—De eso nada —intervino su mujer—, podéis hablar en el cuarto de estar. Raulito y yo nos vamos a la cocina y os dejamos solos.

Raulito salió al recibidor. Era un guardia civil de veintipocos años, robusto, con el pelo muy corto.

—Encantado de conocerle —dijo—, mi padre no me había hablado nunca de usted.

—Quizás algún día te explique la razón de su silencio —le dijo Lejarza—, tú mejor que nadie sabes que hay cuestiones y personas de las que cuanto menos hables, mejor.

—Bueno, ya os conocéis —cortó la conversación Escobar—, así que nos vamos a charlar de nuestras cosas, que Manuel tiene que irse pronto.

Entraron en el cuarto de estar, cerraron la puerta, apagaron la televisión y se sentaron ante una mesa camilla con faldón que disponía de un brasero para calentar los pies. Era un cuarto modesto, con piezas tejidas con ganchillo adornando sillones y sofá. En la librería abundaban los libros de la época egipcia y romana. Todo estaba perfectamente ordenado y limpio.

—Ya veo que le apasiona la historia antigua.

—De ella aprendemos para no cometer los mismos errores.

—Fue una época apasionante. Faraones, emperadores…

—Un mundo que solo conozco por los libros, espero poder visitar Egipto y Roma antes de morirme.

—Seguro que sí.

—¿Qué narices quiere? —preguntó Escobar sin alzar la voz.

Estaban sentados uno frente al otro.

—Tengo buena memoria y no me cabe duda de que usted también. Nos conocimos hace diez días en la discoteca Pachá.

—No sé de qué me habla, no voy a esos sitios.

—Empezamos mal. En lugar de un rato, me temo que vamos a estar toda la noche y no sé qué le vamos a contar a su mujer y a su hijo.

—¿Quién le manda?

—Nadie de la división de Contrainteligencia, si es eso lo que le preocupa.

—Entonces, ¿qué hace aquí?, ¿para quién trabaja?

—Digamos que he colaborado con su división en una investigación, pero en realidad trabajo para Antiterrorismo.

247

De lo que hablemos aquí, eso se lo aseguro, no se enterarán sus jefes.

—Tengo que creerle, claro —dijo con escepticismo.

—Antes o después, los del departamento de Seguridad le van a detener. Villalba le tiene señalado y solo está esperando el momento oportuno para quitarle de en medio. —Iba de farol, desconocía por completo los planes del jefe de la Contra.

—Me interrogaron en su día, no tienen nada contra mí.

—¿Se lo cree de verdad? Un guardia civil con experiencia como usted no debería engañarme y, lo que es peor, engañarse a sí mismo.

—No he hecho nada malo.

—Dejémonos de tonterías. Le vi con Erika en la discoteca, ella me dijo que era un ligón de los pesados. La creí hasta que le reconocí esta mañana. Un pesado entrado en años, no se me ofenda, que se reúne con una agente rusa en una discoteca de moda.

—Me confunde con otra persona. Nunca estuve allí y no conozco a esa señorita de la que habla.

248

Lejarza se dio cuenta de que Escobar estaba dispuesto a negarlo todo hasta más allá de la evidencia para evitar la cárcel que se le venía encima. Debía buscar otro ángulo de ataque.

—Erika fue detenida ayer. Está en manos de la CIA, ahora le estarán destrozando la cara a golpes. —Un calambre le recorrió el cuerpo al oírse hablar de la alemana de una forma tan cruda—. Y si no lo han hecho ya, tardarán poco.

Escobar sintió el impacto y Lejarza lo percibió en un cambio en su semblante. Desconocía que la hubieran detenido. Aislado de cualquier información operativa, no podía saber que su secuestro por los estadounidenses no tenía nada que ver con el asalto a la sede de la Contrainteligencia.

—¿Cómo sé que no me está mintiendo? —dijo el guardia dejando por primera vez abierta la puerta a su participación.

—Se lo estoy diciendo. Nadie me manda, solo busco información. Le garantizo que nadie sabrá que es usted la fuente. Lo que haga cuando me vaya será cosa suya. Si quiere huir, allá usted, esta conversación no habrá existido. No se lo impediré, porque nunca habré estado aquí.

—No me ha contestado: ¿cómo sé que no me está mintiendo?

—Porque la CIA la ha detenido por los informes que les han pasado sus jefes gracias a mí.

En la calle hacía cuatro grados y en la casa no se notaba el frío, aunque tampoco hacía calor. No obstante, las manchas de sudor habían dibujado cercos en la parte de las axilas de la camisa de Escobar.

—Póngase de pie —dijo el guardia.

—¿Cómo dice?

—Déjeme que le cachee para comprobar que no lleva un micrófono encima.

Lejarza se levantó y dejó que Escobar lo registrara. Después volvieron a sentarse.

—No le conozco y no tengo motivos para creer que lo que me cuenta es cierto. Si lo que diga lo utiliza en mi contra, lo negaré todo.

—Le doy mi palabra, no se lo contaré a sus jefes.

—Está bien, colaboré con la mujer que usted dice. Llevo toda mi vida trabajando como un cabrón y mi mujer nunca ha podido tener esos caprichos que siempre se ha merecido. Hemos tenido que ingresar a mi padre porque Alicia ya no podía cuidarlo ella sola.

—Le entiendo, necesitaba dinero.

—Usted no entiende nada, pero me da igual. Es joven, algún día llegará a mi edad y se dará cuenta de lo difícil que es sobrevivir con dignidad.

—¿Cómo se puso en contacto con Erika?

—No sabía que se llamaba así, me dijo que era Olga y la conocí un día en un bar. Estaba comiendo el menú del día, no había mesas libres y me pidió permiso para sentarse conmigo. ¿Cómo no iba a acceder ante una chica guapa y simpática? Hablamos de tonterías y terminó sincerándose. Sabía que tenía problemas económicos y estaba dispuesta a ayudarme. Me cabreé por el engaño, le dije que no era un traidor y que informaría a mis jefes. Creo que hablé un poco alto, ella se levantó y me entregó una tarjeta con un teléfono al que debía llamar si aceptaba su ayuda. Me juró que nadie se enteraría y a cambio podría afrontar el gasto extra de la residencia para mi padre.

—Lo sabía todo de usted.

249

—Sí, caí en la tentación. Si nadie se enteraba, no hacía daño a nadie. Llamé al teléfono de contacto y quedamos. Le dije que no traicionaría ninguna operación en marcha, pero que podíamos colaborar.

—¿Se identificó como del KGB?

—No hizo falta, era evidente, de vez en cuando hablaba de Moscú.

—¿Cuántas veces ha colaborado con ella? —Lejarza sabía que con un interrogado dispuesto a hablar, el lenguaje no debía ser agresivo. Además, había violado la intimidad de su hogar.

—Era la primera vez. Olga me dio a elegir la información que le iba a pasar y, como muestra de buena voluntad, me entregó un sobre con dinero.

—¿Usted eligió el documento del rey?

—¿Del rey? No diga tonterías, no he robado ningún documento del rey.

El Lobo se quedó helado.

—Vamos a ver, Escobar. Me ha dicho que ha pasado información al KGB, pero nada que tenga que ver con el rey. Entonces, ¿qué información les pasó?

—Varias carpetas del Archivo Jano sobre la vida privada y pública de dos ministros del Gobierno. Tienen suficiente información como para chantajearlos o hundir sus carreras.

Lejarza no entendía nada. ¿Por qué le había hablado Leblanc del monarca? Probó nuevamente:

—Usted ha violado secretos del CESID y le podría caer la misma condena al margen del nombre que ponga en los expedientes que ha robado. ¿Por qué no quiere reconocer que se ha llevado investigaciones sobre el rey?

El guardia civil habló dolorido, sin comprender lo que aquel hombre le decía.

—Le estoy contando lo que pasó. Yo tomé la decisión y estuve varios días durante mis guardias de noche leyendo documentos. Encontré los de los dos ministros y me pareció que lo que habían hecho era suficientemente grave como para que en justicia pagaran por ello, se merecían un castigo. No tenía ni idea de que existía una carpeta del rey, de hecho no la vi, ni se me ocurrió buscarla. Con las de los ministros era suficiente para conseguir más dinero.

A Lejarza le costaba creer que Escobar fuera tan inocente como para pensar que, una vez que había robado papeles, los rusos no fueran a seguirle chantajeando con cualquier documento que les interesara. Pero la mente humana a veces es así: ve lo que quiere para salvarse de un peligro y mantiene en zonas oscuras aquello que pueda hundirla. Pero si no se había llevado el dosier del rey, por qué en el CESID pensaban que ese era el motivo del asalto. Volvió a la carga, pasando al tuteo:

—Tu mujer y tu hijo están ahí fuera, no les he dicho que eres un traidor y te has vendido por dinero. Pero necesito que no me mientas. Si lo haces, no podré cumplir mi promesa de guardar silencio.

—Le he dicho —dijo enfadado, pronunciando separadamente cada palabra, sin gritar— que no robé esos papeles.

—Olga te los pidió y tú no pudiste negarte.

—Olga no me pidió nada, puede que en el futuro lo hiciera, pero no tuvo la oportunidad. Esa mujer me da igual, se aprovechó de mi debilidad. Si Goicoechea no llega a aparecer esa noche, nada de esto habría pasado.

—Le diste un buen golpe.

—No tuve otra opción.

—Por mí como si le hubieras dado dos. Es una mala persona.

—Me pasé días en el archivo mirando papeles sin que nadie se enterara y precisamente el día que estoy haciendo las fotos aparece por allí. Me puse nervioso, quizás podía haber reaccionado con más picardía, pero no se me da bien improvisar.

—¿Qué te dijo Olga?

—Le entregué los documentos y me pagó. Luego no atendían a mis llamadas en el teléfono de contacto, así que fui a Pachá aquel día y le exigí que me sacaran del país, pues antes o después me iban a detener.

—Ella se negó.

—Dijo que nadie sospechaba de mí, que lo negara todo. Si me pasaba algo, ellos me ayudarían y también a mi familia, pero debía mantener la boca cerrada. Entonces apareció usted y tuve que desaparecer.

251

—Una buena oferta: guarda silencio y ellos te pagan. ¿Cómo te sientes?

—Como lo que soy, un traidor. He ayudado a mi padre, pero si él se enterara de lo que he hecho me daría un par de bofetadas.

—Esto es lo que vamos a hacer —dijo Miguel concluyendo—. Yo no he estado aquí y tú haz lo que creas conveniente. Piénsalo bien, porque no creo que Villalba tarde mucho en ordenar tu detención. Puedes huir de España, entregarte o mantener la mentira. Yo no te voy a ayudar, ni tampoco te incriminaré. —Se levantó de la mesa antes de sentenciar—: Que hable tu conciencia, sé que la tienes.

Capítulo 22

12 de marzo, miércoles

*E*rika percibió el sonido cercano de lo que parecía una puerta blindada abriéndose. Los dos hombres que la transportaban en volandas tomaron impulso, la balancearon y la lanzaron como un saco de patatas a un espacio indefinido. Se sintió por un segundo como una mujer atrapada en un edificio en llamas que salta desde el tejado esperando encontrar abajo un colchón hinchable gigante que mitigue el golpe. Sumida en una ceguera desorientadora, con una tira de tela sellando sus labios y las manos atadas a la espalda, tuvo la sensación de impotencia que precede a la llegada de un choque, quizás mortal, contra un muro o un suelo empedrado. Un momento de pánico inducido por sus secuestradores: no había hinchable, aunque la pared estaba acolchada.

La habían encerrado en una sala de interrogatorios insonorizada, por mucho que se desgañitara no conseguiría hacerse oír. Nada habría cambiado si las paredes hubieran sido de papel: los raptores encendieron una radio a todo volumen en la que los locutores no paraban de hablar en ruso y pinchar canciones tradicionales de su país. En un momento de incomprensible optimismo pensó que la liberarían de la capucha negra que le colocaron tras forzar la puerta de la habitación del hostal de Guadalajara, después de inmovilizarla entre los dos tipos más bestias que había padecido. Aunque lo peor fue que le ataran las manos a la espalda con una cuerda que primero abrió surcos en sus muñecas y luego le fue poniendo rígidos los brazos y los hombros debido a la postura tan forzada. Querían desubicarla, humillarla y mermar su resistencia en el menor tiempo posible.

La aparición sorpresa de Gisela había llegado como un torbellino. Su amiga estaba convencida de que iban a matarla y reaccionó a la desesperada. Miguel la había trastornado con sus manipulaciones. Quizás Erika debería haberle aclarado por qué era imposible que dos matones rusos intentaran acabar con su vida, pero habría tenido que ser sincera, una sinceridad para la que no estaban preparadas ninguna de las dos.

Había tardado demasiado en descubrir el juego sucio de Miguel. No sospechó de él cuando se conocieron en la discoteca y se lio con Gisela. Parecía un sencillo joven divirtiéndose en una noche de viernes. Luego la asombraron sus dos apariciones sorpresa, pero creyó que tal vez quisiera llevarse bien con ella porque era la mejor amiga de su nueva novia. ¿Cómo desconfiar de un tipo tan simpático y atento, de apariencia inofensiva? Ella lo hizo: colocó un mensaje en el buzón escondido en un banco de la plaza de Chamberí, para que su gente lo investigara. Por desgracia, el registro de su casa confirmó su coartada de detective privado y no encontraron nada que lo señalara como un agente enemigo.

254

Por segunda vez se le encendieron las luces de alarma cuando en su casa le confesó que se llamaba Mikel Lejarza y unos años antes había trabajado para el servicio secreto español infiltrado en ETA. En esa conversación después del humillante atraco, Miguel puso hábilmente en marcha una artimaña que abriera sus defensas para que se sincerara con él. Ella no interpretó adecuadamente sus gestos cariñosos, aunque su instinto la llevó a guardar silencio cuando todavía no era demasiado tarde: no podría volver a confiar en nadie después de lo que había pasado con Peter. Esa fue la única vez que había arriado la bandera de la desconfianza y los enemigos más detestables aprovecharon para colarse en su vida. Y seguía sufriendo las consecuencias: estaba enamorada de Peter. Una sandez, lo sabía, porque jamás volvería a estar con él.

Le costó reponerse del que supuso el chantaje de la STASI y saber que solo ella podía salvarlo. ¿Es que no tenía derecho a ser feliz? Cuando aquella fatídica noche Peter se fue de su casa, lloró un largo rato, descargó la tensión acumulada y se metió en la ducha. El agua fría siempre la reconfortaba cuando necesitaba enfrentarse a los problemas. Decidió pelear. La vida había que acometerla tal y como venía, de nada servía mirar hacia otro lado. Lucharía contra todo y contra todos, cayera quien cayera.

Tres días después, en una noche helada, se encontró en un parque de Múnich con el chantajista, tras las consabidas vueltas de seguridad por la ciudad para asegurarse de que nadie la seguía, durante las cuales recibió dos llamadas en teléfonos públicos para comunicarle nuevas direcciones a las que desplazarse, hasta llegar a un tercer destino que fue el definitivo. No era una agente de campo pero sabía cómo funcionaban los contactos clandestinos, los había practicado en el curso de acceso al BND.

El agente de la STASI era un tipo de mediana estatura, moreno, cara amorfa, con una larga gabardina beige y zapatos marrones desgastados, que desprendía un fuerte olor a sudor. Llevaba una cartera, donde seguro escondería una barba postiza y un peluquín, imprescindibles para cambiar de apariencia una vez terminado el encuentro. Dijo llamarse Peter, igual que su novio.

El inicio de la conversación fue tenso. El nuevo Peter se lo tomó con calma, consciente del control que debía ejercer sobre ella. Le describió pausadamente la desagradable situación que soportaría la familia de su novio si ella no colaboraba. No eran adictos al régimen comunista y les costaría poco esfuerzo justificar su desaparición. Un lenguaje crudo y directo que mantuvo para referirse a «ese joven que ha venido a Múnich y se relaciona con una espía enemiga, un delito gravísimo en mi país». Erika le animó a que aparcara el discurso de la amenaza y concretara el chantaje. El nuevo Peter no le hizo caso y pormenorizó lo mal que vivían en las cárceles los indeseables que no simpatizaban con el régimen comunista, muchos de los cuales no lo soportaban y se suicidaban.

Ella amagó con irse si no entraba en materia y él pasó a los detalles. Quería que les hiciera «un favor», dijo empleando una terminología cínica que encajaba en el papel de espía enemigo que estaba representando para amedrentarla. Sabía que se dedicaba a crear identidades falsas para espías del BND que pasaban al otro lado del Muro. Ella marcó su línea roja: no estaba dispuesta a delatar a ningún compañero para que lo detuvieran y asesinaran. Él sonrió y le cogió el brazo de una forma chabacana, mostrándole la superioridad de su posición.

No quería eso, deseaba que elaborara una identidad falsa para uno de sus agentes. Una identidad tan auténtica que nunca nadie pudiera descubrirlo. Ese hombre debería poder vivir en Alemania o cualquier país europeo capitalista sin que nadie cuestionara su pasado o presente. Si cumplía con ello, habría concluido su relación y podría vivir libremente con su novio. Erika esgrimió una sonrisa triste, los dos sabían que tras ese primer trabajo vendrían otros similares o peores. Él dio su palabra de honor, ella sabía que mentía.

Aceptó de inmediato, siempre que a cambio no volvieran a acercarse a su novio. Les conseguiría una documentación completa, aunque necesitaría tiempo para elaborarla. Se reunirían una vez a la semana y le iría pidiendo datos y acordando la cobertura necesaria. «¿Cómo sabremos que no nos engaña?», preguntó el nuevo Peter utilizando la primera persona del plural como si fuera necesario dejarle claro que eran una potente organización y no solo el hombre que la representaba. «Tendrán que confiar en mí —le respondió—, lo hago para salvar la vida de Peter y su familia. Sé que si no cumplo, los matarán. Esa es su garantía».

Sus pensamientos eran lo único que le pertenecía en aquella especie de cueva sin formas en que la habían encerrado. Desconocía cuánto tiempo llevaba soportando la emisora rusa, la oscuridad, el dolor por las ataduras, la sed y el hambre. No le habían dado de comer ni de beber, lo que le recordaba las técnicas de interrogatorio que los estadounidenses utilizaban con sus prisioneros en las guerras y golpes de Estado. Estaban intentando romper su voluntad.

Escuchó los pasos enérgicos de una persona y se apagó la emisora. Dos hombres la cogieron, la levantaron y la sentaron en una silla. Después le quitaron el capuchón y el impacto de luz la obligó a cerrar los ojos. Se había acostumbrado al ruido y a la oscuridad, sin ellos se sintió aún más desprotegida. Una voz de hombre le habló en español:

—Hola, flaca, ¿cómo te va la vida?

Mikel telefoneó a primera hora de la mañana a Leblanc para verlo, prefería no pasarse por la sede de Antiterrorismo y le pidió que se acercara al estanque de El Retiro. Mientras lo esperaba, a su cabeza acudió la imagen vivida allí cinco años antes, cuando acudió a una cita sin saber quiénes serían los etarras con los que se encontraría. La tensión, la misma que sentía en ese momento, se disparó cuando vio aparecer a dos de los activistas mejor preparados de la banda. No sabía nada de ellos, el SECED tampoco, y cuando terminaron de hablar, sendos equipos del Servicio los siguieron y consiguieron descubrir sus escondites secretos. El infiltrado había conseguido una información de una valía incalculable, que Leblanc le agradeció. Ahora la situación era bien distinta: tenía que actuar rápido, y su controlador no debía ser un receptor pasivo, tenía que ayudarlo.

Leblanc apareció media hora después, también le apremiaba hablar con Mikel. El directivo del servicio secreto era uno de los escasos hombres con corbata que paseaban por El Retiro.

—Hemos localizado a Gisela, está encerrada en la comisaría del barrio de Salamanca, la detuvieron por tráfico de drogas, llevaba encima heroína.

—Sinvergüenzas —escupió Mikel—, sabía que iban a ir contra ella, pero no imaginaba que le endiñarían un delito.

—Quieren expulsarla de España, en castigo por ayudar a su amiga.

—Tenemos que evitarlo, Fred, no ha hecho nada. Yo la engañé, el deseo de proteger a su amiga…

—No hace falta que vuelvas a contármelo. Haré lo que pueda, pero ten en cuenta que los de la Contra quieren darle una lección y entrometerse en ese tipo de decisiones está mal visto en el Servicio.

—Estoy seguro de que si quieres se te ocurrirá algo.

—Ya veremos, no te prometo nada.

—Con lo que descubrí ayer me merezco ese favor.

Mikel le explicó su visita a casa de Escobar, que señaló a Erika, a la que llamaba Olga, como su contacto con el KGB.

—Eso acaba con tus dudas sobre tu amiga. Pero te conozco, si tenías tanta urgencia en verme es que hay algo más.

—Cuando me soltó la bomba que voy a contarte, al principio no lo creí. Pensé que estaba tratando de protegerse, pero llevo toda la noche dándole vueltas y esta historia ha dado un giro importante.

El día era soleado, daba gusto pasear por El Retiro con poca gente, pero Leblanc no estaba para monsergas, así que hizo gestos con las manos para que acelerara.

—Escobar me contó que había robado informes sobre dos ministros corruptos, pero negó rotundamente que hubiera fotografiado el dosier del rey.

Leblanc frenó en seco y lo miró extrañado.

—Demonios, eso sí que es una noticia, Reina va a alucinar.

—Hay que descubrir cómo se enteraron en la Contra de que los rusos habían extraído esos papeles.

—Y quién los metió en el Archivo Jano, porque Reina niega que formaran parte del mismo, incluso que se recopilaran en un solo informe. ¿Escobar te pudo mentir?

—Ahora estoy convencido de que desconocía su existencia.

—Alguien pudo recopilarlos, juntarlos y esconderlos allí. Se produjo el asalto y por casualidad alguien pensó que ese dosier era el que habían robado.

—«Por casualidad». No ensayes conmigo teorías absurdas. —Mikel se agachó a coger una piedra y la lanzó hacia el estanque tratando de que rebotara en el agua, como hacía de pequeño en las playas del País Vasco.

—Otra posibilidad: quien los recopiló los tenía guardados, aprovechó la circunstancia del asalto, los colocó allí para que pareciera que eran los documentos fotografiados y evitar que Reina fuera nombrado subdirector del CESID.

—Aunque puede haber otras teorías, esa es la más favorable para nuestro jefe, le encantará cuando se la cuentes. ¿En quién estás pensando?

—En el mismo que tú: ha sido Villalba.

—¿Qué quieres que haga?

—Voy a hablar con Reina y te avisaré. Prepárate para conseguir las pruebas.

—Es demasiado enrevesado, hemos buscado al culpable que nos viene bien y además las pistas están en la sede de la Contra, donde no puedo entrar.

—Ya se te ocurrirá algo. Por si acaso, piensa en otros posibles culpables, yo también lo haré.

—Cuando se lo cuentes a Reina, dile que quiero que suelte a Gisela de inmediato.

—No das puntada sin hilo, que diría mi madre.

Ronald Sánchez permaneció de pie, a cara descubierta, delante de Erika. Vestía un pantalón de traje azul marino y una camisa blanca remangada. Parecía de buen humor. Hizo una seña a los dos agentes que estaban pegados a la espalda de la chica para que se alejaran un poco.

—Espero que estés cómoda en este departamento. Traedle un vaso de agua. Noto sus bonitos labios resecos y luego Miguel me dirá que no la trato bien.

Erika apenas había podido entreabrir los ojos, la escasa luz la cegaba, pero fue consciente de la intención de aquel hombre de clavarle un cuchillo en el estómago vacío sacando a relucir a Miguel. Quería dejar claro que había estado trabajando para ellos. Sánchez se sentó en una silla a un par de metros, detrás de una pequeña mesa de madera que habría estado mejor en un vertedero. Encima había esparcidos muchos papeles y fotografías.

—El pobre Miguel desobedeció mis órdenes, debía cogerte a ti, pero a él le gustaba más Gisela. —Se rio—. Estos agentes jóvenes a la hora de coger son muy exquisitos.

Se equivocaba si persistía por ese camino. Erika estaba descolocada, oía raro, tenía la boca seca, el estómago quejoso y le dolían todos los músculos, pero no sentía nada por Miguel, nada de lo que pudiera escupirle sobre su relación le haría daño. Se había equivocado cuando dedujo que trabajaba para el CESID: lo hacía para ese tipo que sin duda era de la CIA. Su gran error fue darle una carta a Gisela para que se la entregara si le pasaba algo. La escribió en un momento de debilidad, tras tanto tiempo sintiéndose aislada, urgida por la necesidad de agarrarse al único clavo ardiendo disponible. Ya no podía hacer nada para evitar lo que se le venía encima. Ser agente oscuro tenía ese inconveniente y ella lo había aceptado mucho tiempo atrás. Se lo explicaron sin resquicios para la duda: «Si algún día

259

te pillan, no podremos ayudarte y esperamos que tú niegues cualquier vinculación con nosotros».

—Gracias a Miguel, hemos podido cerrar el círculo que demuestra tu traición, has puesto en riesgo la seguridad de tu país y de todo Occidente.

Uno de los agentes llegó con el vaso de agua. Erika tenía las manos atadas a la espalda y el hombre se lo acercó a la boca con la intención de que bebiera un sorbo, aunque ella no paró hasta acabárselo, lo que la hizo atragantarse y toser.

—¿Quién es usted? ¿Para quién trabaja?

—Flaca, yo soy quien hace las preguntas. Por esta vez voy a contestarte: somos de la CIA. Y para que no te quepan dudas: Miguel ha trabajado para mí desde el principio.

—Me dan igual Miguel y usted, váyanse a la mierda.

Erika empezaba a abrir los ojos, aunque el vacío que sentía en los oídos seguía ahí.

—Te llevamos siguiendo desde hace tiempo, sabemos que trabajas para el KGB, eres una sucia agente comunista.

—¡Mentira! —gritó, no por poner énfasis sino para oírse a sí misma.

—Hace tiempo pude tener dudas, ahora no. Sabemos que tu nombre en clave para los rusos es Claudia y que te encargaron inicialmente la misión de falsificar identidades para ellos.

Era una deducción lógica, dado el trabajo que hacía en el BND. Sánchez le presentaba la información como segura aunque carecía de pruebas, aderezada con el dato contrastado de su nombre en clave.

—Después dejaste el BND y te enviaron a España. Has estado casi dos años aquí haciendo trabajos para ellos como agente ilegal, lo sabemos porque tenemos una foto tuya reciente en Miami con Vladimir Semionov, un agente del KGB encargado de ilegales como tú.

Ella trató de demostrar sorpresa, aunque le costaba controlar sus reacciones. Su mente razonaba relativamente bien, pero no tenía el cuerpo preparado para un interrogatorio de desgaste como el que estaba padeciendo.

—Claudia, encima de esta mesa tengo las pruebas de tu traición, incluida esta foto con Semionov. —Sánchez se la entregó a uno de los guardias para que se la mostrara.

Erika se contempló sentada a una mesa del bar Versailles, de Miami, con el ruso. Su treta para despistar a Miguel manteniéndolo alejado gracias a sus padres no había dado resultado. Seguro que había ido acompañado, algo que ella debió prever.

—¿Tienes algo que decir? ¿Necesitas unas lentes para verte en la foto o para ver a tu amigo?

La alemana calló, era preferible no entrar en su juego.

—Veo que todavía no estás madura. Enemigos mucho más duros y mejor preparados que tú han terminado hablando. Volveré mañana y espero que me des la identidad de los topos a los que facilitaste cobertura. Y también quiero conocer todas y cada una de tus misiones en España.

Sánchez se levantó, se acercó a Erika, con su mano derecha acarició suavemente su cara y sus labios como si fuera un novio enamorado y, sin mediar amenaza, le lanzó un puñetazo que le hizo brotar un pequeño río de sangre por la nariz.

—Eres ciudadana de un país aliado y hoy te he tratado con delicadeza. Mañana no seré tan cariñoso, flaca.

261

José Miguel Torres esperó un cuarto de hora en una sala de la comisaría a que subieran a Gisela de los calabozos. Lo acompañaba un abogado contratado por Leblanc con dinero de los fondos reservados de Inteligencia Interior, siguiendo instrucciones de Reina, dispuesto a darle a El Lobo lo que le había pedido en agradecimiento a la línea de investigación que había abierto sobre el dosier del rey. El letrado le había explicado que en unas horas presentarían a la mujer ante el juez, quien decidiría si seguía en prisión o la ponía en libertad condicional. Miguel le pidió cinco minutos a solas con ella.

Gisela entró con aspecto derrotado. Pero la cara se le iluminó al verlo, lo que demostró a Miguel que todavía no había deducido su auténtico papel.

—¿Cómo está Erika?, ¿has podido verla?

Miguel seguía perplejo: esperaba que se quejara de su detención, no que se preocupara en primer lugar por su amiga.

—Tengo que contarte algo y tenemos poco tiempo.

A su cansancio evidente, Gisela sumó un gesto de preocupación.

—Erika es una agente del KGB y ha sido detenida para ser interrogada. —De momento, decidió omitir a la CIA.

—Estás equivocado, te han engañado. Los rusos son los que quieren matarla.

—Me lo inventé para conseguir tu colaboración, no podía decirte la verdad —explicó sin tapujos.

—¿Me engañaste?

—No tenía otra opción.

—¿No eres detective?

—Trabajo para el servicio secreto español.

—¡Eres un farsante! —vociferó al descubrir el engaño—. Te acostaste conmigo para llegar a ella.

Dejó que lo insultara a gusto.

—Creí que eras una buena persona y no eres más que un sucio mentiroso, un manipulador... —Después de tanta tensión acumulada en los últimos días, empezó a sollozar descontrolada.

Miguel esperó solo unos segundos a que se desahogara.

—Se nos acaba el tiempo, quería ser yo el que te lo dijera, no que te enteraras por otro. Créeme, intenté por todos los medios demostrar su inocencia, pero las pruebas son concluyentes. Si hubiera encontrado algo en su favor, cualquier cosa, lo habría utilizado.

—Nunca has querido ayudarla, me has utilizado para meterla en la cárcel —afirmó intentando controlar su respiración alterada.

—Eres su amiga, entiendo lo que sientes, pero es un agente enemigo que también te ha engañado a ti.

—Erika nunca haría eso, no es una traidora. No has hecho tu trabajo como debías y algún día te arrepentirás.

—Lo he hecho bien, Gisela. Tú misma me contaste cómo ocultó su relación con Peter, cómo descubrieron que faltaban papeles cuando se fue.

—Todo eso puede tener otra interpretación.

—¿Cuál, Gisela?, dímela tú.

—No lo sé, yo solo soy su amiga.

Se abrió la puerta y apareció su abogado.

—Por favor, un minuto más —le pidió Miguel y vio cómo desaparecía—. Te vamos a sacar de aquí, de eso me encargo yo.

—No quiero nada que venga de ti.

—Hablaremos cuando estés fuera. Ahora haz caso en todo al abogado que te he traído, demostrará que la droga no era tuya.

—Erika creía en ti. Tanto que me dio una carta que te debía entregar si le pasaba algo.

—¿Una carta?

—La escondí en el sujetador cuando me detuvieron.

—Dámela.

—Ya no confías en ella.

—Te aseguro que si dice algo que me permita ayudarla, podrá contar conmigo sin condiciones. —Se quedó mirándola a los ojos y vio sus lógicas dudas—. No te miento.

Gisela sacó la carta, la miró unos segundos mientras la sostenía en la mano y se la entregó a Miguel. No quedaba otra alternativa, no conocía a nadie más que pudiera sacar a su amiga del embrollo.

—Ella confiaba en ti.

263

Capítulo 23

13 de marzo, jueves

Miguel entró con relativa facilidad en el hogar de Erika, la puerta era similar a otras tantas cuya mayor garantía de seguridad era la cadena de hierro que se colocaba por dentro cuando los residentes se iban a dormir. Si no había gente en el interior, una persona diestra en cerrajería tardaba poco en abrirla. Eran las siete de la mañana, el portero no había llegado y nadie en el edificio lo vio manipular con una ganzúa la cerradura.

Decidió comenzar su inspección por el dormitorio y dejar para el final el cuarto de estar, donde charlaron después de que los lobillos le dieran aquella paliza pactada y él se arriesgara equivocadamente reconociendo ser Mikel Lejarza, aunque por suerte Erika creyó que había dejado el Servicio hacía tiempo. No sabía lo que buscaba, necesitaba oler, tocar, sentir la parte más íntima de su vida para intentar entenderla. Tras leer la misteriosa carta que la tarde anterior le entregó con pesar la decepcionada Gisela, supo que algo no marchaba bien. Había montado una película para los de la Contrainteligencia y los de la CIA, cuyas escenas quizás no se ajustaran al guion original. Se le podía haber pasado algo y la respuesta podría estar escondida en esa casa. Vivía sola, nada de lo que encontrara habría sido contaminado por un marido o un novio. Su madre habría dicho que, dada la edad de Erika, llevaba camino de quedarse para vestir santos.

Haciendo el menor ruido posible, fue registrando por orden cada rincón del dormitorio. Abrió los cajones, metió la mano en las prendas de Erika intentando encontrar algo oculto. Recorrió percha a percha sus faldas, pantalones, chaquetas y camisas colgadas con disciplina germana, mirándolas, palpándolas, buceando en los bolsillos. Levantó el colchón para revisar en el somier y hasta se agachó para curiosear debajo de la cama, sin hallar siquiera una mota de polvo.

Pasó al baño, donde cada objeto estaba colocado en su sitio. Presionó la pasta de dientes, abrió los botes de crema y metió el dedo, vació los estantes buscando escondrijos en las paredes y golpeó en el falso techo por si hubiera algún compartimento. Lo único que le extrañó fueron cinco botes con sales de baño de varios colores junto a la bañera, uno de ellos con cristales rojos rubí. Gracias a la investigación específica de la noche anterior, lo identificó como cloruro de cobalto, el componente para hacer tinta invisible. Con esos cristalitos Erika había escrito el mensaje que alertó a los soviéticos para que entraran en casa de Miguel. Pero no era eso lo que buscaba.

En la cocina el proceso fue más tedioso. Abrió cada bote de comida, introdujo la mano para detectar cuerpos extraños en la harina o en los garbanzos y hasta movió la nevera a la búsqueda de un compartimento empotrado en la pared. Ya eran cerca de las ocho cuando se acercó al saloncito donde había estado charlando con ella.

265

Olía a Erika, o quizás era la sensación de estar entre sus cosas. Miró por detrás del mostrador del mueble-bar, en el que quedaba una triste y solitaria botella de ginebra; en las paredes buscó micrófonos ocultos; en el revistero dio la vuelta una a una a las publicaciones para comprobar que no ocultaran hojas entre sus páginas; se acercó a las fotos y se paró a mirarlas. Momentos felices con sus padres, con Gisela y un grupo de amigas en España. Fue hurgando en los marcos cuando finalmente la suerte entró en escena: detrás de una foto con su madre, había otra del mismo tamaño, en la que aparecía con un hombre. La sacó, volvió a colocar el marco y se sentó en el sofá que Erika ocupaba cuando estuvieron charlando.

Posaba con un tipo de su misma edad, de apariencia normal, casi aburrida, como deben ser los espías. Estaban abrazados y muy sonrientes. No miraban a la cámara, los ojos hipnotizados de amor de cada uno estaban fijos en el otro. Entrelazaban sus brazos como si no quisieran soltarse por nada del mundo.

Había encontrado la respuesta. Aquel era sin duda Peter, el hombre que cambió la vida de Erika, el que la enamoró y la obligó a navegar por las alcantarillas de la traición. Miguel pensaba que la había traicionado enamorándola con engaños para conseguir que trabajara para el espionaje enemigo. No encajaba que Erika conservara su foto, que no hubiera sido capaz de desprenderse de su recuerdo. ¿Por qué motivo guardas una foto de la persona que ha cometido una felonía de ese calibre y te ha hundido la existencia? Solo si sigues enamorada de él.

Miguel tuvo una amiga que odiaba tanto a su exnovio que también conservaba una foto de él, pero la guardaba en el congelador como un conjuro para que no volviera a molestarla. Si Erika había violado las estrictas medidas de seguridad de cualquier topo, que exigen no guardar nada que se relacione con su pasado real, era porque Peter había llevado el engaño hasta sus últimas consecuencias y ella no había descubierto su manipulación. O, rizando el rizo, porque nunca la había engañado o porque ella había aceptado dejarse manejar. Vaya misterio, pensó.

De un bolsillo sacó la nota que Erika le había enviado a través de Gisela. La leyó de nuevo, despacio:

Hola, Miguel:

Si Gisela te ha dado esta carta es porque me ha pasado algo y no sabe qué ha sido de mí. Desconozco con certeza los detalles del papel que has jugado en las últimas semanas, en cualquier caso sé que no has sido sincero conmigo. Le he dicho a Gisela que es imposible que dos agentes rusos intenten matarme, pero el hecho de que la hayas manipulado prueba que trabajas para algún servicio secreto y que me has estado espiando. Lo siento de verdad, me gustaba creer que quizás algún día podría confiar plenamente en ti. Mi vida en los últimos tiempos ha sido un compendio de situaciones complicadas y desagradables que solo tú por tu trabajo puedes entender, aunque no sé hasta dónde sabes. Mis lealtades me exigen discreción y hay muchas cosas en juego como para que pueda saltarme mi promesa de silencio. Siempre he intentado ser coherente con mi gente, aunque muchas veces no lo haya conseguido. El espionaje te exige unos comportamientos que, de haberlos conocido antes de firmar el primer contrato, quizás me habrían disuadido de seguir por un camino tan tortuoso. Tengo que darme prisa porque Gisela tiene que alejarse de mí, aunque no sé muy bien qué es lo que va a pasar. Créeme, nunca he traicionado mis principios, al igual que tú no lo habrás hecho con los tuyos. Si me ocurre algo que no espero ni deseo, no podré hacer nada para evitarlo. No obstante, creo que eres un buen tipo y por eso quiero decirte algo importante que es el secreto de mi vida: nadie es lo que parece, yo tampoco. A pesar de tu engaño, algo en mi interior me impulsa a confiar en ti. Créeme, no sé hacia dónde voy ni qué está pasando. Si consideras que puedes ayudarme, te lo agradeceré. Un beso.

ERIKA

P. D. No enseñes a nadie el contenido de esta carta.

«Nadie es lo que parece, yo tampoco.» Esas siete palabras encerraban un mensaje difícil de descifrar. ¿Por qué no le había contado con claridad su historia? ¿Qué había en su vida que no era lo que parecía? ¿Por qué le pedía ayuda si tenía claro que él había sido quien había movido los hilos para cercarla y destapar su vinculación con el KGB?

Tampoco entendía que le transmitiera la sensación de que no sabía lo que estaba pasando, como si un agente doble no viviera con la certidumbre de que en cualquier momento podía montarse un dispositivo para detenerlo. Cuando Gisela le filtró la falsa información que él le había contado, era fácil deducir que la habían pillado y que iban a por ella.

«No sé hasta dónde sabes…, algo me impulsa a confiar en ti». Palabras que sonaban a llamada de auxilio, insinuando que en su historia había elementos nuevos que podían cambiarlo todo y que solo él podía descubrir. «Nunca he traicionado mis principios», palabras que insinuaban que podía haberse equivocado. Y que dejaban claro que nadie más que él podía socorrerla.

Miró la foto, su gesto de felicidad con Peter, su cara radiante, su sonrisa extrema. Eres una traidora, pensó, lo que da significado a tu frase de que «nadie es lo que parece, yo tampoco». Él lo había demostrado, ella había trabajado para el KGB y, tras romper su vinculación con el BND, había seguido espiando para los comunistas. La Guerra Fría había aumentado ese tipo de traiciones. Pero ¿qué se le podía haber escapado?

Las horas pasaban en un sinsentido. La podían haber golpeado hasta hartarse, introducido su cabeza en una bañera hasta dejarla sin respiración, azotarla por todo el cuerpo con una toalla mojada o haberle puesto electrodos en las partes más sensibles para ver cómo se retorcía de dolor. En lugar de ello, la martirizaban dándole poca agua y nada de comida, la estaban volviendo sorda con la emisora de radio rusa, no le quitaban las esposas para nada y la tenían tirada en el suelo duro y frío. El interrogador de la CIA solo le había dado un puñetazo en la nariz, cuyo peor efecto era que dificultaba aún más su respiración con la capucha puesta.

Le costaba cada vez más desconectar de esa realidad y centrarse en sus propios pensamientos. Nada de analizar lo que podrían hacerle, esta vez sí, cuando regresara el torturador en jefe. No iba a dejar un resquicio al miedo. Las imágenes de sus padres, y las de Gisela y Peter le permitían evadirse de la tortura.

¿Dónde estaría Peter en ese momento? Permanecía ajeno a todo. Había conseguido salvarle la vida y eso era lo único que le importaba. Lo que tuvo que hacer salió bien. Una semana después de la primera cita, se encontró con el agente de la STASI, al que contó que había empezado a trabajar en el diseño de una nueva identidad, aunque necesitaba más tiempo para garantizar que nadie en el BND sospechara.

El nuevo Peter le pidió los detalles de la operación y ella le adelantó las líneas básicas. En el municipio de Wildalpen, en el distrito de Liezen, en el estado austriaco de Estiria, el encargado del registro civil había aceptado sobornos en otras ocasiones y bastaría con pagarle 5.000 chelines. Cuando acordaran los datos de la nueva personalidad y consiguiera elaborar una documentación falsa, se acercaría hasta allí haciéndose pasar por abogada y lo inscribiría como residente en la pequeña localidad. Le entregaría al funcionario los papeles falsos que demostraran que había nacido lo más lejos posible, quizás en Latinoamérica, aunque tenía familiares austriacos en línea directa. Después el topo debería irse a vivir a la zona durante una temporada para acreditar la tapadera y esperar la aprobación de la documentación definitiva y auténtica expedida por las autoridades austriacas.

El espía se mostró impresionado y le anunció que esa sería su última reunión, pues su jefe se encargaría de culminar la operación. Ese cambio pilló desprevenida a Erika, sobre todo cuando descubrió que el nuevo responsable era un agente del KGB. Vladimir Semionov mantenía unas formas menos bruscas, ella ya estaba en el redil y ahora convenía ser más seductor que agresivo, más amigo que enemigo. El agente a infiltrar era de su Servicio y habían utilizado a la STASI para la primera aproximación.

El proceso fue más largo de lo que le habría gustado a Semionov. Se vieron semanalmente, discutieron diversos extremos y al final Erika se desplazó a Austria utilizando a Gisela como tapadera de unas supuestas vacaciones. Todo salió perfecto, debían esperar al papeleo oficial y el agente ruso podría comenzar su misión.

Durante más de dos meses Erika siguió viéndose con Peter. Quedaban con la máxima discreción para que nadie se enterara. Las citas eran en otra ciudad, como Berlín el fin de semana, o Peter se acercaba a su casa de Múnich a la una de la madrugada y no salía en dos días. Estaban enamorados y actuaban convencidos de que el tiempo se les podía acabar y había que disfrutar cada segundo.

Erika tenía la boca seca por la escasa agua que le daban, pero en ese momento sintió un regusto dulzón. Nunca olvidaría esos momentos íntimos con Peter, los mejores de toda su vida. Dormir apoyada en su hombro, pasear por Múnich, Berlín o Colonia ajenos a cualquier seguimiento, comer cogidos de la mano… Momentos que le pertenecían a ella sola y le daban energías para soportar lo que viniera, por muy desagradable que fuera.

Eran las dos y media cuando Rai y Floren entraron en la casa que utilizaban en Madrid acompañando a un asustado Estévez, el jefe del archivo de la división de Contrainteligencia.

269

Les abrió la puerta Silvia, que les anunció que el jefe les esperaba en la sala de interrogatorios.

Todo había ocurrido de una forma precipitada, tal y como
pretendía Miguel. Al salir del trabajo, Estévez se dirigió a su
coche y los dos hombres se identificaron como miembros del
departamento de Seguridad y le pidieron que los acompañara. Les formuló todo tipo de preguntas que ellos se nega-
ron a contestar aduciendo órdenes y pidiéndole que se com-
portara adecuadamente como suboficial del Ejército que era y
miembro del CESID. El atemorizado director de Documentación se temió lo peor, pero trabajar en el servicio secreto incluía esas sorpresas.

Al entrar en el cuarto de estar que habían vaciado de muebles para darle apariencia de una sala de interrogatorios, Miguel le saludó y le pidió que se sentara. Le habló en un tono
amable y tranquilizador, al tiempo que enérgico.

—Soy el capitán Hernández. Siento que nos reunamos de
esta forma, pero nuestro trabajo es así. Necesitamos hablar con
usted. No está detenido, ni ha hecho nada de lo que tenga que
preocuparse.

—Se lo agradezco —dijo Estévez sin entender nada.

—Le hemos traído a la hora de la comida para que nadie se
entere de que le hemos contactado. Esta conversación es secreta y esperamos que no viole la confidencialidad.

—Así lo haré, capitán.

—Estamos investigando el asalto a su sede. Hemos interrogado a varios miembros de la Contra, que como usted han
tenido relación con el caso y que espero no le hayan comentado nada.

—Nada, no me han dicho nada.

—Perfecto, como tenemos poco tiempo, pasemos a lo que le
preocupa al CESID. ¿Quiere beber algo, un poco de agua?

—Estoy bien.

Miguel lo había embaucado con la tapadera y había conseguido que Estévez no desconfiara de él.

—¿Me puede explicar, como si yo no supiera nada, la forma
en que descubrieron los papeles extraídos del archivo?

—Claro. Nada más producirse el asalto, imaginé que una
posibilidad era que hubieran entrado a robar documentos. La

otra era que hubieran colocado micrófonos, aunque yo no lo creía, ¿sabe?

—Continúe, por favor. —Miguel se sentó frente a él, al otro lado de la mesa de hierro del cuarto de estar, tan poco apropiada para esa escena.

—Estuvimos todo el día revisando los papeles y no encontramos nada extraño.

—Se lo dijo a su jefe, Villalba.

—No, la iniciativa había sido mía y, como no encontramos nada, me callé. Goicoechea me lo ordenó al día siguiente, creo recordar, y entonces volvimos a buscar, esta vez con más detenimiento y más nerviosismo, si me permite la aclaración.

—Se lo permito y se lo agradezco, cualquier detalle que recuerde me será de gran utilidad.

—Tampoco encontramos nada, ¿sabe?, lo que me hizo comprender que los asaltantes o abortaron la operación al llegar Goicoechea o fueron muy profesionales y dejaron cada cosa en su sitio.

—¿Cuándo descubrieron que habían fotografiado el dosier del rey?

271

—Posteriormente, tras el ultimátum que nos dio Goicoechea de que algo raro tenía que señalarnos lo que habían robado. Hicimos zafarrancho y uno de mis hombres encontró esa carpeta fuera de su lugar.

—¿Me lo puede explicar con detalle, por favor?

—El Archivo Jano procedente del SECED es algo que se consulta a veces, ¿sabe?, pero está muerto. Me explico: no guardamos información nueva, por lo que simplemente buscamos la carpeta que nos piden y luego la volvemos a guardar en su sitio. Tal y como nos entregaron el archivo, así permanece.

—La carpeta del rey estaba fuera de su lugar.

—Sí, se lo expliqué a Goicoechea. El título era «Borbón, Juan Carlos. Rey». Según el criterio de archivo, debía estar guardado en la B, pero estaba en la R, sabe. Ninguno de mis hombres habría cometido ese error.

—¿Quizás fue en el antiguo SECED donde se equivocaron al clasificarla?

—Es posible, aunque lo dudo. Los que trabajamos en los archivos no indagamos en la identidad de las personas,

¿sabe?, solo se miran las primeras letras, lo demás da igual.

—¿Goicoechea sabía que esa carpeta existía?

—Se sorprendió mucho cuando se lo dije, yo diría que se llevó un gran disgusto. Imagínese usted, nos la habían fotografiado sin enterarnos.

—¿Conoce la reacción posterior de Villalba?

—No, señor.

—Me cuesta entender que pusiera la palabra «rey» cuando en la época de la investigación era príncipe.

—Se lo explico: en la portada estaba borrada la palabra «príncipe», ¿sabe?, lo que quiere decir que cuando murió Franco cambiaron el enunciado.

—Gracias por ser tan claro, Estévez. Otra duda que tengo es cómo no se dieron cuenta de la mala ubicación de la carpeta en las ocasiones anteriores en que buscaron algo raro.

—No lo sé, señor, es muy complicado descubrir qué pueden haber tocado unos asaltantes que son profesionales y están formados para dejarlo todo igual. No sabíamos qué buscar, solo que debíamos notar algo raro o algo que faltara. Piense que el orden de las carpetas no era nuestro objetivo, creíamos que podían haber robado alguno de los documentos incluidos en alguna de ellas.

—También pudieron equivocarse.

—También, sí señor.

—Una última cosa: ¿Quiénes conocen los criterios para archivar que ustedes siguen?

—No le entiendo.

—Todos los que trabajan en el archivo deben guardar los documentos según unos criterios comunes. Además de usted y su gente, ¿quién los conoce?

—Todo el mundo debería conocerlos, aunque me temo que nadie los conoce en realidad. Hace tiempo enviamos una circular explicándolos, para que cuando vinieran a pedirnos documentación supieran cómo hacerlo y cómo rellenar la ficha. Sirvió de poco, ¿sabe?, prácticamente a todos les tenemos que guiar nosotros.

—Gracias, no le molesto más. Le recuerdo que esta conversación es confidencial y no puede comentarla con sus jefes o compañeros, ni siquiera con su mujer.

—Lo tengo claro, ¿sabe?, llevo unos cuantos años trabajando aquí.

Erika ignoraba cuánto tiempo había pasado desde que el tipo de la CIA la había interrogado por primera vez y se había despedido golpeándola en la cara. Cuando de nuevo apagaron la radio, la sentaron en la silla y le quitaron la capucha supo que comenzaba el segundo acto.

—Hola, flaca, espero que hayas reflexionado.

Seguía con dificultades para oír y se sentía débil, pero sabía lo que tocaba: hablar o que la torturaran sin miramientos.

—¡Sí, lo he hecho! —gritó para poder oír su voz.

—Espero que hayas decidido hablar —dijo remangándose la camisa blanca, igual a la del día anterior.

—Hablaré.

Ronald Sánchez estaba paseando por delante de ella cuando se quedó parado, sorprendido por su declaración de intenciones.

—Así me gusta, flaca, tienes un cuerpo muy bonito como para que te lo destrocemos.

Se sentó en la silla, detrás de la mesa llena de folios y fotos, y se encendió un pitillo. Después esperó a que el fósforo de madera se consumiera, mientras miraba fijamente a su víctima.

—¿Cuándo comenzaste a trabajar para el KGB?

—¡Hace algo más de dos años!

—No hace falta que hables tan alto, te oigo bien. ¿Cómo te captaron?

—Me ofrecieron dinero.

—¡Venga ya!, eso no se lo cree nadie, tu padre tiene mucha plata.

—Antes me chantajearon con matar a mi padre. ¿Podría liberarme las manos?, me duelen mucho las muñecas.

Sánchez hizo un gesto afirmativo y uno de los guardias le quitó las esposas. Erika estiró y contrajo compulsivamente las manos. Después respiró hondo y miró a Sánchez.

—Mi padre vive en Miami con mi madre, como ya sabe.

273

Conozco cómo trabajan los rusos y lo poco que les cuesta cumplir sus amenazas. O colaboraba o lo mataban. La vida de mi padre vale más que cualquier otra cosa. Me exigieron cobrar, imagino que para tenerme atrapada. Hay un banco en Suiza donde me ingresan el dinero, que nunca he tocado.

—¿El número de cuenta?

—Lo tengo apuntado en casa.

—¿Por qué has decidido colaborar?

—Callar no me va a llevar a ningún sitio. Me han pillado, todo ha terminado, sabía que pasaría algún día, así que no merece la pena retrasarlo. Creí que me detendría el BND, nada cambia que hayan sido ustedes.

—Te habrían tratado peor que nosotros.

—Quizás sí, quizás no. Ya se lo contaré si me entregan a ellos.

—¿Qué trabajos has hecho para los rusos?

—Soy una residente ilegal. Presto mi casa para gente de paso, transporto documentos, hago seguimientos y cosas que usted ya sabe.

—Trabajaste en el departamento que elabora documentación falsa en el BND.

—No les di nada, me negué en rotundo. Querían conocer la identidad de los agentes alemanes que había ayudado a infiltrar en el Este, pero no acepté, fue mi línea roja. No moriría nadie por mi causa. Además, si hubiera colaborado, antes o después el BND habría abierto una investigación al notar cosas raras, habrían atado cabos y me habrían pillado.

—¿Qué hiciste para ellos en Alemania?

—Me prepararon, me dieron unos cursos y me inventé una enfermedad para salir del BND y, con toda la respetabilidad que eso me daba por si alguien me investigaba, como hablaba español me vine a trabajar a España. Aquí nadie sospecharía de una alemana occidental.

—Con quién más te veías además de con Semionov.

—Con Yuri.

—¿Yuri qué?

—Yuri a secas. Sabe de sobra que en este mundo asqueroso nadie utiliza su verdadero nombre.

—¿Lo reconocerías en una foto?

—Claro que sí.

—¿Qué información has tenido en tu poder?

—Mucha.

—¿Cuál?

—La desconozco. Era una mensajera, no una agente activa. Me dan un microfilm, un sobre, un osito, una cajetilla de tabaco, y tenía que viajar a alguna ciudad para entregarlo.

—No me estás contando todo lo que has hecho. Y flaca, sabes que yo lo sé.

—Eso es todo lo que he hecho. Tráigame fotos y le señalaré a todas las personas con las que he tratado. Hable con el BND y pregúnteles si han notado algo raro en los dos últimos años con sus agentes en el exterior, verá que no los he traicionado. Los rusos son buenos, pero no tanto.

—Hablas convencida, se ve que los rusos te han preparado bien. Pero esta es solo tu primera declaración. Me enteraré de todo. Hoy te trataré como colaboradora y hasta dejaré que duermas en un colchón. Si descubro que me engañas, lo pagarás. Mañana vendré con las fotos y la documentación de operaciones rusas en España.

275

Sánchez no mencionó su mayor preocupación: las identidades falsas que seguro había elaborado para agentes soviéticos. Esperaría a que vaciara toda la información sobre sus actividades en España y entonces volvería a la carga sobre ese asunto.

Erika estaba tan cansada que no pudo mostrar la alegría que sentía. Esperaba que algo cambiara en el exterior de aquella cueva y su gente descubriera dónde estaba. Miguel había dejado de ser un motivo para la esperanza.

Capítulo 24

14 de marzo, viernes

*L*as ocho de la mañana era la hora mágica para Antonio Goicoechea. Salir de casa lo alejaba de su esposa, a la que se había unido veinte años atrás, una eternidad, tras un largo noviazgo y una boda de uniforme y vestido blanco con larga cola. No recordaba cuándo desapareció el amor y sospechaba que su hastío era correspondido, aunque su mujer siempre había disimulado mejor. A los chicos todavía les quedaban muchos años antes de casarse y aunque le encantaría separarse antes de llegar ese momento, la ausencia de una ley de divorcio lo impedía. En los medios de comunicación se debatía sobre la necesidad de permitir a los matrimonios fracasados la ruptura de los lazos legales, pero él creía que eso nunca llegaría y, aunque legalmente lo aprobaran, no necesitaba por el momento cambiar de estado civil. Soportar a la parienta, como él la llamaba, era imprescindible para convivir con sus hijos y que alguien competente y cariñoso se preocupara de ellos en cada momento del día.

A esa hora, con el sol tomando posesión de sus dominios, se sentía pletórico, lleno de vitalidad. Dejó el coche en el aparcamiento cercano a la sede de la Contrainteligencia y salió a la calle para andar un par de minutos hasta su puesto de trabajo. Distinguió en la puerta a Mikel Lejarza, no debía haber tenido suficiente con la noche de castigo encerrado en una habitación y quería más.

—He venido a verle, tenemos que hablar.

—No tengo nada que hablar contigo —dijo en tono chulesco parándose delante de él—, en poco tiempo ya no trabajarás en el CESID. Te van a expulsar por haber ayudado a las dos mujeres a escapar.

—Te conviene que charlemos.

Goicoechea se quedó sorprendido ante el tuteo de El Lobo.

—Te veo altanero y farolero. Conmigo siempre te has equivocado, chico.

—El único que se equivoca eres tú. O hablamos y te enseño las fotos que tengo tuyas o se las hago llegar a la cornuda de tu mujer. Tú decides.

—¿Fotos?, ¿qué fotos?

—Si quieres verlas, tiene que ser en tu despacho.

—¿Me estás chantajeando?

—Tú lo has dicho.

Entraron en la sede, Goicoechea saludó a Escobar, que estaba de vigilancia en la puerta, Lejarza lo ignoró como si no lo conociera y se fueron al despacho del segundo jefe de la Contra, que se quitó la chaqueta, la colgó en el perchero y se sentó en su sillón.

—Enséñame lo que tienes.

Lejarza le pasó un juego de las imágenes captadas por una prostituta durante la juerga que compartió con Sánchez.

—¿Crees que con este material puedes chantajearme? —dijo y lanzó con desprecio las fotos sobre la mesa.

—Puedo y lo haré.

—A nadie le interesa mi desnudo, véndeselas a *Interviú*.

—A tu mujer le encantará verte en mitad de una orgía con varias chicas mucho más jóvenes que ella. Y a nuestro director le alucinará saber que montas juergas sexuales con el jefe de estación de la CIA.

—Cuestión de trabajo.

—¿Sin que haya informes escritos que expliquen la información obtenida? Te abrirán un expediente y a ti sí que te echarán a patadas.

—¿Qué quieres de mí? —dijo aceptando que pintaban bastos y que lo tenía atado de pies y manos.

—Lo primero, que sepas que tengo bien guardados los negativos y nunca los encontrarás. Si se lo dices a tu amiguete Sánchez y decidís tomar represalias, mis amigos distribuirán copias a tu mujer y al director.

277

—Entendido. ¿Qué más?

—Comprendo que hayáis ayudado a los americanos a capturar a Erika y que me hayáis utilizado para facilitarles la información que les faltaba. Ahora necesito saber cómo sospecharon que trabajaba para el KGB.

—No tengo ni idea. Nos piden ayuda, nosotros se la damos. Más tarde, se la cobramos. Así funcionan los asuntos del espionaje, aunque no entiendas de estas cosas.

—No te conviene ponerte soberbio, no estás en posición. Contesta a mi pregunta, dime algo que no sepa.

—Está bien, con Erika Meller detenida, esos detalles apenas importan. Sánchez me contó que un desertor les había dado un nombre en clave, Claudia, que tras sus primeras investigaciones en el extranjero parecía ser ella. Carecían de pruebas concluyentes, las estaban buscando cuando pillamos a su gente investigándola en la calle. Llegamos al acuerdo de que nosotros haríamos el trabajo, este es nuestro territorio, y así apareciste tú.

—¿Dónde la tienen?

—Qué tonterías preguntas. No me lo han dicho y no se lo he preguntado.

—El único que dice tonterías eres tú, pedazo de gilipollas. O me lo dices o me voy cabreado de aquí.

Las fotos seguían esparcidas encima de la mesa, entre los dos.

—Si te ayudo, quiero que me entregues los negativos.

—O me lo dices, o envío las fotos y acabo con tu falso matrimonio y con tu carrera en el espionaje.

Goicoechea cedió. Estaba en manos de El Lobo.

Mikel quedó en la cafetería Hontanares, en la avenida de América, con Leblanc. Hacía esquina con la calle Francisco Silvela, donde estaba la sede de Antiterrorismo, así que era un enclave cómodo para que su controlador se acercara dando un paseo. Era uno de los locales de la capital que le refrescaba viejos recuerdos. Llevaba cinco años sin pisar el local, pero nunca olvidaría la cristalera de aquel bar, que permitió a la unidad operativa del SECED grabarlo durante un encuentro con etarras al que asistió Wilson, uno de los capos de la banda. Gracias a esa reunión, agentes del espionaje pudieron seguirlo hasta Barcelona y, tras varias semanas, facilitar información a la Policía para que desarticularan toda la estructura de ETA en la Ciudad Condal.

Hacía un día desapacible, con lluvia y viento, lo que no le impidió pasarse antes por una tienda de discos para comprarle uno a su controlador. Se lo entregó en cuanto se sentó con él.

—Julio Iglesias. Gracias, Mikel. ¿Me he hecho merecedor de un regalo?

—Me enteré de que había sacado un nuevo vinilo y, como sé que te gusta, pues nada...

—Gracias otra vez, ¿vas a pedirme algo?

—Siempre te pido algo y tú intentas ayudarme, pero hoy tengo que contarte algunas cosas que he hecho por mi cuenta.

—Con este preámbulo tan cariñoso has conseguido ponerme nervioso.

El bar estaba lleno del personal de oficinas cercanas que habían salido a tomar café y a fumar un pitillo. Ellos estaban sentados a una mesa alejada de la barra y ninguno de los dos se había quitado la prenda de abrigo.

—Hace un rato he chantajeado a Goicoechea y me ha dicho dónde tienen los ciáticos escondida a Erika.

—Narices, Mikel, para qué quieres esa información y cómo has chantajeado a Goicoechea.

—¿Qué te contesto primero?

Leblanc le miró disgustado.

—Vale, vale. Hace tiempo los lobillos lo pillaron en una orgía con Sánchez y varias prostitutas. Tengo las fotos.

—Menudo cabrón estás hecho —dijo de una manera afable—. Eres un auténtico peligro.

—Tú me formaste.

—Lo hice demasiado bien, aunque olvidaste tener en cuenta que Goicoechea es uno de los nuestros.

—Nadie tan corrupto como él es de los nuestros. Se cree muy listo, pero gracias a las fotos me ha contado lo que quería.

—¿Qué vas a hacer con la información del paradero de Erika?

—Rescatarla de las garras de la CIA.

—¿Estás mal de la cabeza o qué te pasa? ¡Es una agente enemiga! —reaccionó con disgusto.

—Ya no estoy tan seguro.

—Esa misión terminó, no estás metido en ese rollo.

—Tengo un compromiso moral con Erika.

—¡Venga ya!

—No podemos pasar por la vida de las personas como si fuéramos dioses.

—Esa moral tuya te traerá muchas complicaciones.

—Me da igual. Creí cerrada su historia, pero algo me dice que no descubrí todo lo que había escondido.

—¿Has encontrado algo nuevo?

—Goicoechea me ha dicho que un desertor ruso se la señaló a la CIA.

—¿Sobre qué dudas?, ¿cuántas pruebas necesitas para dar por cerrado el caso?

—Sé que son muchas las pruebas que la incriminan, pero hay un nuevo elemento a tener en cuenta: Erika me mandó una carta a través de Gisela, me la dio cuando fui a verla a comisaría.

—¿Qué te dice?

—Que «nadie es lo que parece, yo tampoco; no sé hasta dónde sabes; nunca he traicionado mis principios, y algo me hace confiar en ti.»

Leblanc miró a Mikel sorprendido. Bebió un trago de café para evitar ser brusco con sus comentarios

—¿Qué significado das a esas palabras?

—Que me he equivocado, que detrás de Erika tiene que haber elementos que expliquen su comportamiento. No he llegado hasta el fondo, y solo yo puedo descifrar el enigma.

Leblanc se terminó el café. Mikel era su criatura, le había enseñado todo lo que sabía y por suerte no se había convertido en una réplica de él, sino en un hombre independiente con su propia forma de ver el mundo. Pero en algo se debía haber equivocado en su formación.

—Mira los hechos, Mikel. Te he dicho infinidad de veces que nada que no se pueda demostrar nos sirve en las investigaciones. Nos podemos mover por impulsos, por creencias, pero al final solo cuenta lo que podamos demostrar.

—Me estás diciendo que no soy objetivo.

—Eso lo has dicho tú, pero estoy de acuerdo. Una mujer que trabaja para el KGB, y lo sabes perfectamente, te escribe palabras sin sentido y tú te conviertes en el príncipe encantado que va a rescatarla al castillo protegido por los demonios de la CIA. Son palabras huecas que te envía una mujer que ha conseguido seducirte.

—Nunca me he acostado con ella.

—Para que una mujer te seduzca no hace falta el sexo. Seducen las personas, aunque sean del propio sexo, por motivos muy distintos, a veces inexplicables. Nos convencemos de que son de una forma y nos aferramos a esa imagen cuando descubrimos que nos han engañado. Créeme, Mikel, lo que dices no tiene sentido.

—Necesito hablar con ella y que me lo cuente todo a la cara.

—Estás fuera de la operación, si yo fuera el director y me enterara, te echaría por meterte donde nadie te llama. Y el jefe te echará.

—Te lo he contado porque eres mi amigo, no quiero hacer nada a tus espaldas, la decisión la tengo tomada.

—También dejarás sin trabajo a los lobillos.

—Ya se lo he advertido, lo saben.

—Vas a montar un follón de tres pares de narices. Nadie se mete con la CIA en España de esa forma.

—Pues ya es hora de que alguien les deje claro que España no es una de sus repúblicas bananeras. Tendríamos que ser nosotros los que estuviéramos interrogándola.

—Muchos en el CESID pensamos que hay que poner freno a las actividades de la CIA, pero ese no es el camino.

—Por encima de mi trabajo como espía, soy un ser humano. Si creo que me he equivocado, hago todo lo posible para arreglarlo.

—No puedo ayudarte y, cuando todo esto pase, no podré hacer nada por ti, habrá acabado tu carrera en el espionaje.

—Lo sé, pero prefería ser honesto contigo. Otra cosa: tengo que hablar con Reina, creo que se me ha ocurrido algo para solucionar lo del dosier del rey.

—¿Quieres que el jefe te ayude en lo de Erika?

—Son temas distintos, pero si me puedo llevar por delante a Villalba, mejor que mejor.

Floren había tomado el mando de la operación por orden de Mikel. Se reunió con Silvia y Rai en el cuarto de estar de su casa y extendió sobre la mesa un enorme mapa del barrio de Mirasierra, en las afueras de Madrid. Buscó la dirección que Goicoechea le había dado a su jefe y ubicó con una cruz el punto exacto donde Erika estaba secuestrada. Era una calle corta con dos posibles salidas. Se desplegarían con dos coches y una moto, que aportaría más movilidad. Rai y él irían en los vehículos de cuatro ruedas, los aparcarían al principio y al final de la calle, en sentidos opuestos. Silvia dejaría la moto un poco más alejada.

Cada uno cogió una pequeña cámara fotográfica, un radio-transmisor y una bolsa para el cambio de apariencia con pelucas, barbas y ropa. Sabían cuándo llegarían a la zona del piso operativo de la CIA, pero desconocían cuándo saldrían de allí. Primero buscarían una ubicación segura, después investigarían el área, más tarde harían una aproximación al chalé y finalmente montarían guardia para detectar si entraba y salía gente. El objetivo era buscar una forma de penetrar sin ser vistos, para esa misma noche rescatar a la alemana. Les parecía una locura enfrentarse a la todopoderosa CIA, pero no era la primera vez que acometían medidas suicidas a las órdenes de Mikel. Y probablemente no sería la última.

En la jefatura de la división de Inteligencia Interior, situada en el mismo bloque del paseo de la Castellana donde el director tenía su gabinete, Reina había recibido en su despacho a Frédéric Leblanc y Mikel Lejarza.

—Lo sabía, lo dije, el dosier sobre el rey es un invento. Nunca lo montamos, no éramos tontos, hicimos cosas sobre el entonces príncipe, pero nada de archivarlo, habría sido como pegarnos a nosotros mismos un tiro en el pie. Villalba puede jurar por su madre que el KGB tuvo acceso al Archivo Jano y que había una carpeta sobre el rey, pero miente como un bellaco. Alguien lo colocó intencionadamente allí para intentar implicarme.

Reina era un teniente coronel alto y fuerte, cerca de los cincuenta, con canas incipientes en las patillas, voz ronca, ojos agudos enmarcados en gafas de pasta y sin pelos en la lengua. Lejarza era el único que iba con vaqueros en aquel despacho con muebles funcionales, nada que ver con las antigüedades que otorgaban un aire señorial al de Villalba.

—¿Has podido descubrir qué documentos dicen que incluía el dosier? —preguntó Leblanc.

—El director lo rompió delante de los jefes de división. Está muy cabreado conmigo y, cuando vuelva a hablar con él, debo disponer de información contrastada para convencerlo. No puedo acusar a Villalba sin pruebas.

—¿Qué investigaciones hizo usted sobre el entonces príncipe? —preguntó Miguel.

—Estoy en el espionaje desde finales de los sesenta y nunca montamos una operación de calado sobre él, fijaros lo que os digo, ninguna. Conspiró todo lo que pudo para llegar a ser rey y traer la democracia a España, acertada o equivocadamente, pero nosotros no informamos de ello, y menos en los últimos años de Franco.

—Algo haría que pueda aparecer en ese dosier —afirmó Miguel, acostumbrado a ser franco delante de sus jefes.

—Lo he estado repensando, solo se me ocurre la Operación Compás, no creo que deba mencionaros nada sobre ella.

—Yo le agradecería que lo hiciera, quizás nos dé alguna pista sobre cómo han elaborado el dosier.

Reina, resuelto a evitar la peligrosa trampa que le habían tendido y que ponía en jaque su ascenso a subdirector, obvió en un segundo sus reparos iniciales. Les explicó que en 1970, cuando trabajaba para la Organización Contrasubversiva Nacional, el antecesor del SECED, el director, José Ignacio San Martín, los llamó a él y a otro compañero para encargarles un trabajo que le había solicitado directamente Luis Carrero Blanco, vicepresidente del Gobierno. Con muchos circunloquios y medias palabras, les comentó que existía la sospecha de que el yerno de Franco, el marqués de Villaverde, hubiese recabado apoyo entre los masones franceses para conseguir que el sucesor del Generalísimo no fuera Juan Carlos, aunque hubiera sido designado el año anterior, sino Alfonso de Borbón, que estaba saliendo con su hija Carmen.

—Comprenderéis ahora la preocupación de San Martín por guardar el máximo secreto y que nunca nadie se enterara de lo que estábamos haciendo. Incluso nos pidió que ninguno de los agentes que participaran en las investigaciones tuviera la mínima idea del objetivo último.

—Eso me pasa a mí con frecuencia —rio El Lobo.

Estuvieron con ese trabajo casi cuatro años, tiempo que da para justificar cualquier hipótesis siempre que al redactar el informe se escojan los datos adecuados. En enero de 1973 Reina elaboró un informe a la medida de Carrero Blanco. Como pago por la ayuda, el marqués de Villaverde ofrecía abrir la masonería española a las mujeres.

—Luego dice Fred que tienen narices algunas cosas de las que yo hago —comentó Lejarza—. ¿Qué dijo Franco?

—Que si su nieta se hacía masona, nunca sería reina de España.

284

—Muy interesante —dijo El Lobo distrayendo su mirada en un punto perdido del despacho.

—La operación benefició a Juan Carlos —dedujo Leblanc—, pero él no tuvo nada que ver en ella.

—Absolutamente nada. Fue el vicepresidente del Gobierno quien quería quitarse de en medio al yerno de Franco porque estaba obsesionado con que podía ser masón y debía evitar un futuro rey al servicio de la sociedad secreta.

—Si el resto de las operaciones que aparecen en el informe son como esta, quien ha elaborado el dosier conoce muy bien los secretos del Servicio —afirmó Lejarza.

—Solo hay un hombre que haya podido investigar esas operaciones y se beneficie de tu descrédito —le advirtió Leblanc a Reina refiriéndose a Villalba.

—Hay algo que no encaja. Me he enterado de que el dosier estaba lleno de informaciones que relacionan al rey con la CIA —dijo Reina sin citar a su amigo del gabinete del director, aunque los otros dos supusieron que había sido esa la fuente.

—Tratan de perjudicar también a los americanos —dijo Lejarza.

—Eso nunca se sabe, también puede beneficiarles, depende de cómo se cuenten las cosas.

—O de lo que pretenda quien lo elaboró —siguió Leblanc.

—Villalba se lleva genial con la CIA —añadió Lejarza.

—Por eso digo que me extraña, aunque para conseguir ser subdirector no considerará que haya obstáculos imposibles de derribar.

Lejarza había recogido la información que buscaba: era el momento de enseñar la carta que llevaba escondida.

—Se me ha ocurrido el modo en que podemos pillar con las manos en la masa al responsable de inventarse el dosier y colocarlo en el Archivo Jano para que saliera a la luz casualmente.

Reina se interesó de inmediato:

—Cuéntamelo, Mikel.

Erika se encontraba recuperada físicamente. Había podido dormir bastante cómoda sobre un colchón de cierta calidad, la comida y la bebida habían calmado su quejoso estómago, la ausencia de música le había despejado la cabeza y las manos sin atar habían supuesto un importante alivio. El tipo de la CIA no tardaría mucho en llegar y le exigiría los detalles de todos los trabajos que había hecho para los rusos. No sabía cuánto tiempo podría seguir engañándolo con su actitud colaboracionista, pero intentaría prolongarlo lo máximo posible. Sabía que los suyos estarían buscándola, pero temía que no supieran cómo encontrarla. Miguel era el único que disponía de la información para sacarla del encierro, pero no podía esperar que el responsable de haber acumulado pruebas contra ella cambiara de opinión. No le había dado argumentos poderosos, solo palabras que le habrían sonado huecas. Pero tampoco confió en su momento en Peter y este la sorprendió positivamente cuando ya no esperaba nada de él. Había sido la gran sorpresa del drama representado.

Una vez que escuchó con congoja el chantaje de la STASI, no tardó mucho en darse cuenta de que Peter no era el amante entregado que decía ser. ¿Cómo podía haber sido tan inocente de creer que el amor aparece por casualidad en un mercado haciendo la compra? ¿Cómo no notó, ella que era tan precavida, que la invitación a ir al cine era premeditada? ¿Cómo no se mosqueó cuando de sopetón encontró al hombre que respondía exactamente a sus expectativas y sabía cómo tratarla? Había sido una operación diseñada con esmero para engañarla y conseguir su colaboración con los alemanes del otro lado del Muro.

Con la cabeza bien fría, analizó cada una de sus citas con Peter. Su comportamiento, sus detalles, sus palabras, sus gestos. Todo había sido una burda obra de teatro escrita para manipular a una chica tonta e impresionable. Conocía otros casos de mujeres solitarias que habían caído en las redes de lo que llamaban los Romeo, hombres normales reclutados por la STASI en Alemania Oriental para captar informadoras en diversas instituciones occidentales.

Analizó cómo responder. Ni la vida de Peter ni la de sus familiares corrían peligro, todo era un cuento. Su supuesto novio la había engañado y ahora ella le devolvería la bofetada. Entraría en su juego, sería ella quien los manipularía y actuaría tan bien que nunca se darían cuenta.

286

Nada de lo que hizo ese día y el siguiente fue capaz de apartar de su mente, ni por un segundo, el plan de venganza. Solo pensaba en la forma de resarcirse del engaño, de hacerle pagar por la estafa, de que se arrepintiera el resto de su vida de haberle destrozado el corazón y haber acabado con sus ilusiones.

Lo más sorprendente sucedió cuando Peter se presentó en su casa. Había llamado por teléfono aduciendo la necesidad de hablar con ella urgentemente. Accedió, por supuesto, era el momento perfecto para comenzar su actuación. Peter se sentó frente a ella y habló sin lágrimas, con la máxima serenidad.

—Te he engañado, Erika, todo ha sido un montaje. Me llamo Peter, es verdad, pero hace algo más de un año tuve que aceptar trabajar para la STASI. Me enviaron aquí para convertirte en doble agente. Quiero decirte algo: estoy enamorado de ti, no debía suceder, pero ha sucedido. No aceptes el chantaje, niégate. Me da igual lo que me pase, me importas más que nadie en el mundo. No traiciones tus principios por mí y no olvides nunca que eres el amor de mi vida.

Entonces Erika decidió que haría cualquier cosa por salvar a ese hombre. Quizás no podría vivir con él, pero siempre llevaría dentro el amor más sincero y resistente que hubiera conocido cualquier mujer.

La puerta de la cueva se abrió cortando los pensamientos de Erika. Dos guardias entraron acompañando al tipo de la CIA.

—Hola, flaca, espero que hayas disfrutado del colchón.

Erika se mostró afable, representando a la perfección su papel. Se sentó por sus propios medios en la silla, dispuesta a contestar a cualquier pregunta. Sánchez le enseñó varias fotos en blanco y negro de rusos que trabajaban en España para que los identificara. Negó con la cabeza varias veces hasta que reconoció a un tipo con el pelo blanco: era Yuri, su contacto. Sánchez le pidió datos de lugares en que se habían reunido, horas, sistemas de comunicación, cómo iba vestido en cada cita. Contestó sin vacilar en algunas ocasiones y pensándoselo en otras. Cómo iba a recordar el color de sus chaquetas o zapatos. Sánchez aceptaba sus dudas y le pedía que lo pensara otra vez, sin anotar nada, lógicamente todo estaría siendo grabado por una cámara que no alcanzaba a descubrir.

Después llegó el turno de sus misiones en España, los encargos que había cumplido para el KGB. Esta vez fue ella la que disertó con amplitud sobre sus viajes dentro y fuera del país llevando mensajes escondidos. En Madrid el buzón para recibir y entregar recados estaba debajo de un banco del parque de Chamberí. A Barcelona llevó en dos ocasiones bolsas pequeñas que entregó a un vendedor de billetes de la estación de tren, a quien decía una frase predeterminada y el tipo respondía con otra. Sí, reconoció, en ambos casos era la misma persona. Bigote, moreno, marcas de granos, poco más de treinta años.

Así durante unas larguísimas tres horas, especialmente agotadoras porque Sánchez, que no paraba de encender pitillo tras pitillo, no hacía otra cosa que pedirle concreciones en todo, mostrando falta de confianza y la necesidad de contar con los detalles más nimios para comprobar la información.

—Vamos a parar. Aprovechando que mañana es sábado, volveré por la mañana y también por la tarde. Intenta recordar cada dato de tus misiones para el KGB. Te aseguro que si colaboras te lo tendremos en cuenta. Que descanses, flaca.

287

Υ

Rai controló la entrada de Ronald Sánchez a las cinco de la tarde y Floren lo vio salir cerca de las nueve. Había sido el único visitante desde que comenzaron la guardia. La presencia del jefe de estación de la CIA les confirmó que Erika estaba secuestrada dentro.

Floren telefoneó a Mikel un rato después y se permitió una broma sobre que, esta vez, iba vestido.

—Es un tipo asqueroso, tened cuidado con los ciáticos, tienen muchos medios y pueden detectaros.

—Tranquilo, jefe. ¿Lo intentamos esta noche?

—¿Estáis seguros de que podéis hacerlo? No vaya a ser que os pillen y la jodamos.

—Seguro que la esconden en la planta de abajo, aunque Sánchez ha entrado y salido por la de arriba. Estas casas tienen una escalera exterior que da acceso directo al sótano desde el jardín. Han tapiado la puerta y hay una cámara apuntando hacia allí, por lo que está claro que quieren controlar esa vía. Si conseguimos entrar sin que nos vean, podremos liberarla.

—Me parece una operación demasiado arriesgada. Piensa cómo podéis hacerlo sin armar alboroto y sin que nadie de los que estén dentro se entere.

—Déjalo en mis manos, jefe.

—Yo no puedo ir, me reconocerían.

—Confía en nosotros, tendremos mucho cuidado y seremos muy discretos. Tú preocúpate de lo que te pedí esta tarde.

Capítulo 25

15 de marzo, sábado

$\mathcal{A}$ pocos minutos de las cuatro de la madrugada no había un alma trasnochadora ni un vehículo circulando por el barrio de Mirasierra. Silvia había acercado su moto al coche de Rai en la esquina sur de la calle, donde los dos esperaban desde hacía un rato. Floren permanecía en su vehículo, en el otro extremo de la vía. A medianoche, antes de que cerrara el bar más próximo, habían ido a cenar y a descansar un poco. Allí acordaron los últimos detalles de su despliegue. A Mikel no le gustaría mucho el plan convenido, pero no encontraron una alternativa más segura para ejecutar esa noche. Si salía mal y los pillaban, siempre podía negar que los conociera.

—Nunca nos dejaría tirados —adujo convencida Silvia.

—Si nos detienen, debemos hacernos pasar por simples delincuentes y aceptar que tras un tiempo en la cárcel se acabó nuestra vida en el CESID —intervino Floren—. Mikel nos ha advertido que no contamos con el visto bueno de los altos mandos.

—Su carrera también se acabará —añadió Rai—. Podremos regresar a Valencia, lo único malo es que tendremos que volver a trabajar.

—Esto que hacemos ¿qué es? —preguntó Silvia.

—Pasarlo en grande —respondió Rai—, nunca antes habría imaginado currar de espía, a las órdenes de un jefe como Mikel y que además nos pagaran.

—Tuvimos suerte al encontrarle y que nos reclutara —siguió Floren—, pero si para conseguir el éxito en la misión tiene que renegar de nosotros ante quien sea, seguro que lo hará.

—Jamás —respondieron al unísono Silvia y Rai.

Con un reducido manto de estrellas iluminando la noche y un frío que pasmaba, a la hora pactada se acercaron los tres a la casa. Desconocían cuántos ciáticos había dentro, aunque uno de ellos la había abandonado a la hora de cenar. Esperaban que la supuesta clandestinidad concediera a los moradores cierta relajación y no estuvieran alerta ante la posibilidad de recibir un ataque. Lo único extraordinario era el favor que habían pedido a Miguel y esperaban que lo pudiera cumplir.

Miraron el reloj, faltaba un minuto para las cuatro. No se veían luces en el interior de la casa y en el jardín el foco próximo a la piscina se había apagado a la una de la madrugada. En la calle la farola más cercana estaba a treinta metros.

Justo a las cuatro, la farola dejó de iluminar, desconocían cómo pero Mikel había conseguido neutralizar las luces del barrio. Disponían de media hora, el tiempo necesario que habían calculado para llevar a cabo la penetración. Vestidos con plumíferos oscuros y vaqueros, se pusieron los pasamontañas negros, no fuera que las cámaras se encendieran antes de tiempo y dejaran inmortalizados sus rostros.

Los tres saltaron la verja sabiendo que nadie podía verlos, que no sonaría la alarma y esperando que, si alguien estaba de guardia, el sueño lo hubiera vencido sin que llegara a notar el apagón. Los hombres se dirigieron corriendo a la entrada del sótano y, delante del objetivo de la cámara que los habría grabado si hubiera estado en funcionamiento, se dedicaron a desbloquear la puerta. Al mismo tiempo, Silvia se parapetó en el lado contrario al de las bisagras de la puerta principal con una porra en la mano y una pistola en la otra.

Floren y Rai descubrieron pronto que era imposible violentar la puerta que daba acceso al piso bajo, solo les quedaba acceder por la casa al cuarto donde creían que tenían a la alemana, pero ¿cómo? La respuesta vino sola. La puerta principal se abrió y un tipo fornido de pelo casi al cero apareció y los detectó de inmediato.

—¿Qué hacen aquí? —gritó en un mal español dirigiéndose a ellos con una pistola en la mano.

Silvia aprovechó que no la había visto, se le acercó por detrás dando un par de sigilosos pasos y, con todas sus fuerzas, le arreó un golpe en la cabeza que le hizo derrumbarse, pero no le dejó grogui. De nuevo le atizó sin compasión una y otra vez hasta comprobar que lo había dejado sin sentido.

Los tres entraron en la casa confiando en que nadie hubiera percibido el incidente. Al cerrar la puerta, todo quedó en penumbra, excepto una luz puntual, quizás una vela, procedente del primer cuarto del pasillo, posiblemente la habitación del tipo que yacía en el exterior. Con cierto nerviosismo, buscaron la escalera que llevaba al sótano. Silvia y Floren bajaron, mientras Rai esperó arriba, junto al hueco, para alertar sobre la aparición de incómodas visitas.

Las pequeñas linternas les abrieron camino hasta la puerta blindada. Se desesperaron: sus ganzúas no servían de nada ante esa muralla de hierro. Floren subió a la planta para buscar la llave en el cuarto con luz, pero los minutos dedicados a esa labor resultaron un desperdicio. Salió a la calle y metió la mano en los bolsillos del agente todavía inconsciente. En uno del pantalón encontró un llavero, lo cogió, entró de nuevo en la casa y ya iba corriendo hacia la escalera cuando alguien le dio el alto. Se quedó paralizado por el susto y el miedo, y muy despacio con los brazos abiertos se dio la vuelta para encararlo. Vio a otro tipo igual de fuerte que el que estaba tirado en la entrada, iluminándolo con una linterna, su cara cubierta aún con la capucha y apuntándole con un revólver.

—¿Adónde cree que va?

—He venido a por la mujer —dijo imitando el acento ruso.

—Pues no se la va a llevar. Póngase de espaldas contra la pared, y rápido, o le pego un tiro.

Floren obedeció. Unos segundos después notó el frío hierro en la cabeza y una mano que le agarraba las suyas con intención de esposárselas. En ese momento apareció Rai apuntando al estadounidense también a la cabeza.

—Suelte el arma o le pego no uno sino dos tiros.

—Antes mataré a su amigo.

—No es mi amigo, en el KGB nos da igual perder a un agente. Lo importante es matar americanos.

291

La contundencia de su argumento le hizo bajar la pistola al estadounidense y en ese instante Rai le sacudió un golpe certero en la cabeza. Otro agente de la CIA por los suelos. Floren se dio la vuelta, miró a su compañero y bajó las escaleras corriendo, mientras Rai arrastraba el cuerpo del hombre, al que le había abierto una brecha en la cabeza, hasta la habitación más cercana.

Probó varias llaves hasta dar con la que abría la puerta del cuarto que se había convertido en una celda para Erika. La mujer se quedó paralizada al despertarse y ver a dos encapuchados que le metían prisas para huir.

—¿Quiénes sois?

—Nos manda Miguel.

En ese momento, oyeron un tiro procedente del piso superior. Erika estuvo a punto de gritar, pero se contuvo. Sus dos visitantes le ordenaron que se pusiera detrás de ellos y los siguiera.

292

Figueras iba a recibirlo aunque todavía no lo supiera. La noche anterior, el jefe de su gabinete había informado a Reina de que el director del CESID acudiría al despacho a tratar algunos asuntos a pesar de ser sábado y le haría un hueco a las 11.00. Si él se presentaba de improviso alegando un asunto urgente, seguro que lo recibiría. Una artimaña diseñada por un amigo de toda la vida.

—Estoy muy ocupado y apenas tengo tiempo libre —dijo el director—, así que espero que lo que quiera decirme merezca la pena. Estamos en mitad de una crisis con los americanos.

—¿Ha pasado algo?

—Nada que le incumba.

—He estado investigando profundamente el caso del dosier del rey y puedo afirmarle, sin ningún tipo de dudas, que nunca existió como tal, que en el SECED nunca se elaboró. Alguien lo fabricó posteriormente.

—Venga, Reina, déjese de estupideces. Lo tuve en mis manos, lo leí y sé perfectamente lo que decía.

—Es una falsificación, señor. Yo fui uno de los oficiales a

cargo de la elaboración del Archivo Jano y se lo puedo garantizar.

—Me da igual lo que se invente ahora, esta casa está llena de manipuladores. Llevo toda mi vida sirviendo en el Ejército, he pasado momentos muy complicados, pero lo de esta casa es lo peor que he vivido. Hay que recuperar el honor y la lealtad de una vez.

—Si usted me dice lo que había en ese dosier, le puedo confirmar si corresponde a la realidad. Para que me crea, le traigo el nombre de algunos oficiales que participaron en la elaboración de Jano para que pueda llamarlos y comprobar todo lo que le digo.

—¿En qué cabeza cabe que alguien fabricara el dosier para que lo fotografiaran los rusos?

—Es que no lo fotografiaron.

Figueras comenzó a desesperarse ante la cabezonería de Reina.

—¿También me va a decir que lo del asalto es falso? ¿Cree que soy un pardillo o qué?

—No, señor, es lo último que osaría pensar. Alguien colocó el dosier en Jano, pero los rusos no lo tocaron. Era una estrategia para engañarle a usted.

—No puede haber metido la pata y ahora intentar sacarla inventándose un culpable —dijo cada vez más acalorado.

—Tenemos un testimonio que lo prueba.

—Un testimonio del que nadie me ha informado.

—Porque es parte de la conspiración. Le han presentado los hechos de tal forma que usted no tenía otra posibilidad que creerlos.

—¿Cuál es ese testimonio, Reina? —preguntó enérgico.

—El del hombre que se llevó los papeles.

—Escobar no ha reconocido nada todavía. Pronto será detenido y entonces cantará, si es que es el culpable.

—Seguro que sí, pero alguien manipulará sus palabras y la verdad quedará oculta.

—Veo que usted es un gran experto, espero que me cuente cómo se hace eso —preguntó con sorna.

—Llegando a un acuerdo con él que no quede recogido y posteriormente grabándole una declaración pactada de haber

293

trabajado para el KGB y ser el responsable del robo de los papeles, incluido el dosier del rey, que nunca vio.

Figueras se quedó pensativo. Villalba le había recomendado no grabar la declaración para no dejar testimonios sobre la existencia del dosier. No era lo mismo que decía Reina, pero se parecía.

—Me está hablando de que alguno de mis hombres me está tendiendo una trampa.

—Sé que mi acusación es grave, pero así es, director. Déjeme que le haga una pregunta: ¿Qué documentos había en la carpeta?

—No puedo hablar del contenido, ni quiero hacerlo.

—Dígame los temas por encima.

—Las relaciones del rey con el tema del Sahara, sus contactos de la CIA —explicó genéricamente.

—Esta es la lista de agentes que participaron en Jano —dijo entregándole una hoja con nombres—. Todos le dirán lo mismo que yo: nunca investigamos los contactos del rey con los americanos. Nos enterábamos de cosas, incluso creíamos que Estados Unidos lo apoyó para llegar a la Corona, y que uno de los pagos fue la entrega del Sahara sin montar conflictos, pero le aseguro que nunca lo pusimos por escrito. Nadie nos lo pidió, ni un Franco moribundo ni ninguno de los miembros de su Gobierno que podían hacerlo.

—Lo comprobaré, no le quepa duda.

—En la que sí participé, no sé si aparecerá en el dosier, fue en la Operación Compás, montada para acusar de masón al marqués de Villaverde y que no consiguiera que su hija Carmen fuera reina de España por estar casada con Alfonso de Borbón. Gente de la lista que le he entregado se lo podrá ratificar: entregamos el informe y rompimos los papeles. Jamás fue archivado.

Figueras no supo qué decir, los argumentos de Reina parecían consistentes. En situaciones como esa pensaba el error que había cometido al dejar el Ejército y aceptar dirigir el CESID. Sus subordinados eran en su mayoría militares y guardias civiles, pero se movían por unos principios que nada tenían que ver con los que enseñaban en las academias militares. Sus compañeros de armas le advirtieron antes de tomar posesión que el personal del Servicio era gente complicada, pero lo que llevaba vivido allí superaba cualquier pronóstico. No obstante, él era general y no podía dar su brazo a torcer delante de un teniente coronel.

—Confirmaré cada extremo de lo que me ha contado. Si descubro que me ha engañado, le expulsaré.

—Estoy en sus manos. Pero quería decir algo más. Creo que he encontrado la forma en que podremos descubrir al traidor, la persona que ha intentado manipularle.

—Le escucho.

—Es mejor que no sepa los detalles, no sea que salga mal. Así su responsabilidad será nula.

—Entonces ¿qué quiere?

—Necesito que ponga a un equipo del departamento de Seguridad a seguir las veinticuatro horas a Escobar. Si ya están en ello, me gustaría que redoblaran las medidas, y si no, que lo hicieran de inmediato. También me gustaría que me diera manga ancha para seguir al sospechoso, aunque oficialmente usted no sepa nada.

Reina contempló la cara de asombro de su director y rezó para que el plan de Lejarza diera resultado. En caso contrario, no solo no sería ascendido a subdirector del CESID, sino que debería ir buscando destino en un cuartel.

295

Poco después del mediodía, Ronald Sánchez, altanero y encolerizado, entró en el despacho de Goicoechea, que llevaba trabajando sin parar con Villalba desde las seis de la madrugada. Acomodados en sillas colocadas en el lado de la mesa más cercano a la puerta, acercaron otra para que el jefe de estación de la CIA se sentara entre los dos de manera informal. Sánchez iba con su atuendo habitual y aburrido, y los españoles se habían quitado las americanas y arremangado las camisas, que se veían arrugadas por las tensas horas vividas tras el sobresalto del amanecer.

—Ha sido una cagada, huele peor que el Che Guevara cuando estaba vivo —espetó Sánchez a un milímetro de traspasar la línea que marca la pérdida de control.

—No sabía que el Che oliera mal —dijo Goicoechea intentando mostrar tranquilidad—. Si no se lavaba, viviendo siempre en la selva, debía ser un asco.

—Lo hicimos matar porque nos tocó las narices y eliminamos una gran peste del mundo. Igual que vamos a hacer ahora, cuando pillemos a los boludos del KGB que atacaron a mis hombres. —El gesto del dedo índice recorriendo de lado a lado su propio cuello fue suficientemente explícito.

—¿Cómo evoluciona el agente al que le pegaron el tiro?

—Jodido, pero fuera de peligro. Le dieron en la pierna, se ve que los cabrones no tuvieron huevos para rematarlo. Una compasión que yo no tendré con esos cagones.

—Tranquilízate —intervino Villalba—, es un ataque en nuestro territorio y tenemos tanto interés como tú en resolverlo. Los culpables lo pagarán.

—No me basta con buenas palabras, os huelo la debilidad a distancia, necesito hechos y los necesito ya. Esos bufarrones descubrieron la ubicación de la base clandestina, pocas personas sabían dónde estaba, alguien se lo filtró y a ese tarao lo cortaré a trocitos. Dejaron sin sentido a uno de mis hombres, al otro lo hirieron y liberaron a la alemana sin que yo hubiera concluido el interrogatorio. No permitiré que este desastre quede así, no saben a quién intentan reventarle las pelotas.

—Varios de nuestros equipos llevan horas investigando en Mirasierra, seguro que encuentran alguna pista. Hemos pasado fotos y datos de Erika Meller a estaciones de tren, aeropuertos y puertos. Si aparece, la detendrán de inmediato.

—No me place cómo manejáis la situación. No sería la primera vez que el KGB saque a uno de los suyos de un país sin que nadie lo impida. —Entonces se acordó de un detalle—. ¿Habéis investigado el apagón de luz? A las cuatro de la mañana y durante media hora, coincidiendo exactamente con el tiempo que duró el ataque, solo puede haber sido provocado.

—En la compañía eléctrica dicen que fue un pequeño fallo técnico —respondió tímidamente Goicoechea.

—No me seas güevón. No existen esas casualidades, ni aquí ni en la selva colombiana.

—Volveremos a investigarlo si hace falta. —Villalba intentó calmarlo—. Estamos hartos de los rusos. Estoy preparando una primera represalia para mañana, para que sepan con quién se juegan los cuartos.

—No seáis pelagatos, los rusos hacen aquí lo que les sale de las narices. Mis hombres están indagando, quiero que tengan plena libertad para hacerlo sin trabas.

—Dalo por hecho —concedió Villalba—, entre todos resolveremos esta hecatombe. El director me ha concedido todos los poderes para actuar.

—Para colmo —dijo mirándoles alternativamente y moviendo las manos como si se le hubieran descontrolado—, he tenido que soportar las malas formas de Bachmann, que se subía por las paredes. En lugar de entregarle a Erika Meller con las pezuñas esposadas, acompañada de su declaración inculpatoria completa, me he tenido que limitar a informarle verbalmente de que es una agente del KGB que ha estado los dos últimos años espiando en España y que se nos ha escapado cuando todavía no le había sacado nada sobre la documentación que había robado en la sede del BND o de los agentes alemanes infiltrados en el otro lado del Telón de Acero, a los que ha podido delatar y cuya vida en estos momentos corre peligro.

—Ni se te ocurra decirle que te hemos ayudado —le advirtió Villalba.

—Se enterará, flaco, la pillemos o no. Mi gran vergüenza ha sido tener que explicarle a ese nazi barbacho por qué un Servicio aliado como la CIA ha estado investigando a una antigua agente del BND sin decírselo a su delegado en España. Vosotros tendréis que pasar por lo mismo.

Tras un par de golpes en la puerta, un agente de la Contra entró en el despacho, se dirigió a Villalba y le dijo algo al oído.

—Hazle pasar.

Frédéric Leblanc entró despertando la curiosidad de los presentes. No hicieron falta presentaciones, Sánchez y Leblanc se conocían de algunas reuniones sobre terrorismo. Villalba le dejó su silla, junto al estadounidense y Goicoechea, y se sentó para dirigir la reunión al otro lado de la mesa, el sitio habitual de su segundo. Después le invitó a hablar.

—Aquí hace calor, me voy a quitar la americana. —Leblanc

297

se acercó al perchero de madera donde ya había otra chaqueta y colgó la suya—. No sé si debería mencionar este tema delante del jefe de estación de la CIA.

—Me han dicho que tiene información sobre el asalto a esta sede, sabemos que han sido los rusos y Sánchez nos está ayudando. Le escuchamos.

—Mikel Lejarza está fuera de Madrid, le mandé ayer al País Vasco por un asunto de ETA —mintió sin sonrojarse.

—¿Qué tiene eso que ver? —le interrumpió Goicoechea.

—Antes de emprender el viaje me contó algo que deben saber. Cayó en la cuenta pocas horas antes de irse. Mientras trabajaba para ustedes, un día estaba en una discoteca con Erika Meller cuando la chica hizo un aparte con un hombre mayor, creyendo que nadie los veía. Él no lo identificó hasta que el día que estuvo aquí encerrado se cruzó con él en la puerta. —Hizo una pausa dramática antes de facilitar el dato definitivo—: Era Escobar, el agente que está ahora en el mismo puesto. —Miró uno por uno a los tres hombres y se encontró con caras de desconcierto. Decidió exponer él mismo las conclusiones—: Yo sabía que ustedes habían sufrido un asalto y que les habían sustraído un dosier. Con esa información es fácil deducir que Escobar era el topo de Erika en la Contra, robó los papeles, le dio el golpe en la cabeza a Goicoechea —dijo señalándole— y ocultó las pruebas de su asalto gracias a su conocimiento del dispositivo de seguridad de la sede.

—¿Por qué no me lo contó Lejarza a mí, como era su deber? —preguntó Goicoechea enfadado.

—Depende ya de nosotros, quería venir, pero era más urgente su misión fuera. Le dije que yo se lo contaría. Además, él desconocía que se hubiera producido un asalto —mintió de nuevo.

Villalba iba a decir algo, pero Sánchez se le adelantó:

—Hay que detener a ese güevón inmediatamente, nos guiará a la guarida donde tienen escondida a la alemana.

—Escobar no sabe nada de ella —matizó Goicoechea—, es un mero colaborador sin acceso a información sensible, lleva vigilado desde el suceso y especialmente estos últimos días. Es mejor dejarle en paz al menos veinticuatro horas, ver si la encontramos por nuestros medios, y luego detenerlo. Los rusos también pueden estar vigilándolo y si lo hacemos desaparecer creerán que la situación puede ser un caos para ellos y hasta serían capaces de matar a Erika para evitarse líos.

Villalba cortó el debate:

—Leblanc, le agradecemos la información, nos será de mucha utilidad. ¿Ya se la ha pasado al departamento de Seguridad o lo hacemos nosotros?

—Por favor —dijo simulando complicidad—, es un asunto suyo, resuélvanlo como ustedes deseen. En su momento, si hace falta, Lejarza declarará lo que vio.

—Muchas gracias.

—Ahora me voy. Aprovecharé para pasar el resto del sábado con mi familia. Les dejo que sigan con su reunión, conozco la salida.

Se levantó, se colocó de espaldas a los tres, cogió su americana y con suma rapidez y la máxima discreción sacó algo de ella que deslizó en el bolsillo interior de la chaqueta de Villalba. No se puso nervioso, pero rezó para que no lo hubieran visto.

Al salir a la calle, Leblanc se quedó parado mirando hacia la acera de enfrente, a los árboles sin hojas de El Retiro, que lucían tristes, un estado de ánimo contrario al suyo. Había sembrado la semilla y tocaba esperar a que floreciera. Colocar el micrófono en la chaqueta de Villalba era la única forma de descubrir su reacción ante la noticia que les acababa de comunicar. Si por desgracia metía la mano en ese bolsillo para buscar algo, lo detectaría de inmediato con facilidad y la operación se derrumbaría. Había notado el bulto de la cartera en el otro bolsillo interior y solo un bolígrafo enganchado en el borde del que había depositado el micro. Esperaba que la suerte le acompañara.

Comenzó a andar en dirección al coche camuflado del área de Antiterrorismo desde el que debían captar el sonido emitido por el micro, cuyo radio de acción era reducido. El plan le pareció un poco chapuza desde el primer momento, aunque la escasez de tiempo no daba para poner en marcha nada mejor preparado. Cuando Reina le llamó para dar luz verde a la interrupción sorpresa de la reunión en la Contra, le advirtió de que si algo salía mal el director negaría conocer cualquier extremo de la operación. No sabía cómo lo conseguía Mikel, pero todos terminaban bailando al son de la música que él tocaba.

Vio el coche aparcado con dos de sus hombres y entró en la parte de atrás. La recepción de sonido no era de mucha calidad, aunque sí suficiente para entender que, tras su salida del despacho, los tres hombres habían discutido sobre la detención de Escobar. Goicoechea y Sánchez mantuvieron sus diferencias sobre si proceder de inmediato y Villalba terminó decidiendo esperar unas horas. Antes debían volcarse en encontrar el escondite de la doble agente alemana.

Leblanc comenzó a escuchar en caliente la conversación y se le cayó el alma a los pies. Los tres hombres se despedían y Villalba y Sánchez salían del despacho. Entonces les llegó un ruido debido, según el agente encargado de la recepción, al roce de un cuerpo con la chaqueta. Después sonó limpia la voz de Goicoechea telefoneando a la Policía.

¡Ese no era el despacho de Villalba!, y la chaqueta que estaba colgada no era la suya, sino la de Goicoechea, que era a quien le había colocado el micro. Leblanc les pidió a los agentes que le informaran personalmente de lo que escucharan y se fue a su despacho. Tanto trabajo para nada, debían buscar una alternativa.

Mikel Lejarza llegó al piso secreto de los lobillos cerca de la una, cuando ya conocía el contenido de la conversación de Reina con el director del CESID, y Leblanc acababa de irrumpir en la reunión de Villalba y Goicoechea con Sánchez. Le abrió la puerta Rai, que le señaló la habitación del fondo. Antes de hablar con Erika, optó por reunirse con los tres en el cuarto de estar. Los felicitó por la operación de unas horas antes y luego se puso serio.

—Si no teníais clara la forma de penetrar, no debisteis ejecutar la liberación. Salió bien, pero corristeis un riesgo demasiado alto. Os podrían haber matado.

—Necesitabas que rescatáramos a Erika —afirmó Silvia— y eso es lo que hemos hecho. Podía haber sido una catástrofe, sí, pero lo hemos conseguido sin que nadie haya descubierto nuestra identidad. Piensan que han sido los rusos y eso es lo que cuenta.

—Ahora la persigue la Policía española, el CESID, la CIA y hasta el BND. Sin contar a los rusos, que no deben entender que ellos hayan sido incapaces de encontrarla y alguien la haya rescatado.

Los tres lobillos guardaron silencio.

—Por suerte —continuó—, el americano solo está herido.

—Me pilló por sorpresa —explicó Rai—, se despertó y me atacó, no tuve otra opción.

—A ver como salimos de esta. Voy a reunirme con ella.

Miguel abrió la puerta, que estaba cerrada con llave. Erika estaba tumbada en la cama, lo miró y se le iluminó la cara. El infiltrado se sentó cerca de ella y se dieron un prolongado abrazo. La chica lo apretó bien fuerte, parecía que iba a empezar a llorar, pero se contuvo.

—No creí que vinieras a rescatarme y sigo sin entender por qué lo has hecho.

—Tu carta, en ella me decías eso de que «nadie es lo que parece, yo tampoco». Y también que era la única persona que podía ayudarte. Lo he hecho, ahora merezco una explicación.

—El tipo de la CIA me dijo que trabajabas para él.

—Mentira bien tirada. Soy agente del CESID y me prestaron durante unas semanas para darte caza.

—Me cazaste.

—Siempre miré el asunto con la máxima objetividad, las pruebas fueron concluyentes.

—¿Qué tal está Gisela?

—Ayer la saqué del calabozo. Los de mi Servicio quieren vengarse de ella por haberte ayudado, es lo normal en estos casos. Si no podemos evitarlo, la expulsarán de España y tendrá que volver a Alemania.

Erika estaba estirada en la cama, con la espalda apoyada en la almohada sobre la pared, vestida con una falda y una camisa prestadas por Silvia. Tenía la nariz amoratada, el único detalle a la vista del interrogatorio de la CIA.

—Sabes tan bien como yo que es ajena a todo. Solo intervino para salvarme.

301

—Jamás encontrarás una amiga tan leal.

—Lo sé. La lealtad es algo poco habitual.

—De lealtad tú sabes mucho.

Miguel estaba muy cerca de ella en la cama, de lado, mirándola a la cara, pidiéndole aclaraciones con la mirada y sus gestos, confiando en que no se hubiera metido en aquel berenjenal para nada. Los lobillos se la habían jugado y él necesitaba justificar una aventura tan disparatada.

—Esta liberación es un engaño, ¿verdad?

—No te entiendo.

—Es un ardid de la CIA para que te cuente a ti lo que creen que no les he contado a ellos.

—Te equivocas. Te ha liberado mi equipo, que trabaja exclusivamente para mí, aunque les paga el CESID. Nadie sabe lo que ha pasado, cuando mis jefes se enteren lo menos que harán es expulsarme, sin contar que los ciáticos están de los nervios por su agente herido. Todo el mundo en Madrid te está buscando y tengo que decidir ahora mismo qué hacer contigo. Así que cuéntame la verdad.

Erika le acarició con la mano suavemente el brazo y escenificó una sonrisa forzada.

—¿Hasta dónde sabes?

—Trabajabas en el BND y un día te enamoraste de Peter. De este hombre.

Sacó del bolsillo de la cazadora la foto que había encontrado en el registro de su casa y se la entregó.

—Oh, Miguel, la encontraste. No debí traerla, pero necesitaba sentirme cerca de él.

—Al haber nacido en Alemania Oriental, lo lógico es que sea un agente de la STASI, te tendió una trampa amorosa y cuando te tenía bien enganchada te exigió trabajar para ellos. En algún momento te pasaron a los rusos, para los que has estado trabajando desde entonces.

—El tipo de la CIA, uno que no dejaba de llamarme flaca...

—Sánchez, el jefe de estación.

—Sánchez me enseñó la foto que imagino me tomaron tus hombres en Miami.

—Dejarme con tus padres fue una de tantas manipulaciones.

—No me quedaba otra opción.

—Como a mí, trabajamos para un servicio secreto. Solo que yo lo hago para el de mi país y tú para el del enemigo.

La mujer acusó el zarpazo, pero no hizo nada por defenderse.

—¿Qué más sabes?

—Haces trabajos para los rusos en España, tienes un buzón de contacto en la plaza de Chamberí…

—No sabía que lo habías descubierto, aunque lo de mi trabajo en España te lo habrá contado Sánchez.

—Ya te he dicho que no trabajo para ese cabrón. Descubrimos un mensaje que dejaste, una hoja de la tintorería.

—Buen trabajo, Miguel.

—Tengo prisa, Erika —dijo suavemente haciéndole un cariño en la mano—. Ya te he demostrado mi independencia de la CIA e incluso del CESID. Necesito que me lo cuentes todo antes de que irrumpan en el piso los ciáticos, los soviéticos, los alemanes o yo qué sé quién. No quiero que mi gente acabe en la cárcel y se queden sin trabajo por mi culpa.

—Está bien. La STASI primero y luego el KGB me captaron, pero no sucedió exactamente como piensas. Peter fue el anzuelo, pero finalmente me pidió que no aceptara el chantaje, estaba realmente enamorado de mí.

—Aceptaste para salvarle la vida.

—No había alternativa. Me pidieron que buscara una identidad falsa para uno de sus agentes. Elaborada con los criterios del BND, resultaba aún más difícil de detectar que las que ellos fabricaban. Se la hice y después dejé el Servicio. Les convencí de que si lo hacía más veces terminarían descubriéndome y todo se vendría abajo. Así que pedí la baja.

—Entonces fue cuando te inventaste la enfermedad.

—Ya te conté que la tenía desde hacía tiempo, no era tan grave, pero conseguí un certificado médico hinchado y me largué. Necesitaban un agente ilegal en España y yo, con mis antecedentes en el BND, era una candidata perfecta. Gisela me buscó un trabajo en su empresa como tapadera y ya está, solo se trataba de no llamar la atención.

—¿Has vuelto a ver a Peter?

Erika dudó un segundo.

—No, lo dejamos. Era un peligro para mi tapadera.

—¿Dónde está ahora? —preguntó extrañado por su contestación distante, como si no le importara.

—No lo sé, regresó a algún lugar de Alemania Oriental.

—Escobar va a terminar en la cárcel por robar información para ti. Me contó que te hacías llamar Olga.

—Lo siento por él, le pagué bien, sabía a lo que se arriesgaba.

—¿Por qué elegiste el nombre de Olga?

—Alguno le tenía que dar —dijo mientras cambiaba de postura y encogía las piernas.

El Lobo no dejaba de observar sus reacciones. Se levantó de la cama, necesitaba poner distancia física con Erika y se acercó a la puerta. Su historia estaba perfectamente hilada, pero estaban apareciendo nubarrones. En alto pronunció para sí mismo: «Nadie es lo que parece, yo tampoco». Lo repitió dos veces.

—¿Por qué me dijiste esa frase?

—No sé, estaba escribiendo con rapidez una nota para ti. Me lo pidió Gisela.

—No es verdad, Gisela me dijo que había sido idea tuya. Lo hiciste porque creías que te íbamos a detener, la CIA o nosotros. Te pusiste nerviosa y consideraste que la única persona que te podía ayudar era yo. La tensión te llevó a mandarme un mensaje que, sin desvelarme nada, me insinuaba que había algo especialmente secreto en tu historia. ¿Por qué, Erika?, ¿por qué recurriste a mí?

—No lo sé, fue un momento de debilidad. Eres una buena persona.

—¡Déjate de bobadas! —gritó por primera vez—. Todo lo que me has contado no encaja con el mensaje sincero que me escribiste. Me decías que nunca habías traicionado tus principios y lo que me has contado es una asquerosa traición, por mucho que lo hicieras por amor. Puede que no me hayas mentido, pero no me has contado toda la verdad.

Erika guardó silencio.

—Acabo de decir que no me has mentido, pero sí lo has hecho. Sabes dónde está Peter y utilizaste el nombre de Olga con una malvada intención. Quiero que me cuentes la verdad y lo vas a hacer ahora. Me lo merezco por lo que he hecho por ti y se lo merece Gisela. Somos las dos únicas personas que nos hemos arriesgado para evitar que te mataran. A ella la van a expulsar de España, y a mi gente y a mí nos van a meter en la cárcel. Estamos en un buen follón por tu culpa. Empieza a hablar, ya.

Raúl Escobar había estado toda la tarde en casa viendo la televisión, mientras su mujer hacía ganchillo a su lado. Intercambiaron pocas palabras y él estuvo mirándola de reojo y haciéndole gestos cariñosos. Habían quedado a cenar con unos amigos y el suboficial le pidió que lo cancelara. No le apetecía salir. A las ocho su hijo se despidió de los dos, se iba con su novia y su pandilla a tomar algo y luego de copas. Su padre le dio un abrazo exageradamente intenso y un beso. Tanta demostración de afecto poco habitual mosqueó a su hijo, que le preguntó si le pasaba algo. «Nada, ¿es que no puedo estar cariñoso con mi hijo?»

Media hora después, fue a su dormitorio, se puso una camisa limpia, el pantalón gris de los fines de semana, un jersey azul y el abrigo bueno. Apareció en el cuarto de estar y, ante la sorpresa de su mujer, le dijo que se iba a dar una vuelta antes de cenar. Ella se ofreció a acompañarlo, pero él prefería ir solo. Le dio un par de besos, «Cada día te quiero más, como si fuera el primer día que te conocí», y se fue. No respondió a su mujer cuando le formuló la misma pregunta que su hijo: «¿Te pasa algo?».

Al salir del portal no miró a los lados y comenzó a andar sin premura. Habría estado más tranquilo llevando su pistola, pero no le pareció oportuno. Si tenía que pagar por lo que había hecho, no opondría resistencia. Estaba arrepentido de haberse vendido a los rusos, pero ya no servía de nada darse golpes en el pecho, era demasiado tarde para arreglarlo. Debía afrontar el pago del daño causado.

No vio el Seat 1500 que iba muy despacio detrás de él, pegado a los vehículos aparcados en la acera. Lo habían visto salir y se pusieron rápidamente en marcha. Delante solo iba el conductor y detrás otro hombre. Hacía mucho frío, pero llevaban las ventanillas bajadas.

Antes de que Escobar llegara al cruce de calles, el Seat aceleró y el pasajero que iba en la parte posterior sacó una metralleta por la ventana. Esperó a tenerlo a tiro y cuando el dedo iba a apretar el gatillo para disparar, un coche les dio un golpe por detrás que lo descolocó. Al mismo tiempo, un segundo vehículo se les interpuso por delante. Cuatro hombres salieron de los coches con pistolas en las manos y con rapidez detuvieron a los dos atacantes. Escobar contempló la escena durante un momento sudando, se dio la vuelta y regresó a su casa. Se santiguó dos veces, «Gracias, Dios mío».

Capítulo 26

16 de marzo, domingo

*F*rédéric Leblanc acudió a la sede de la Contrainteligencia a las nueve menos cinco, unos minutos antes de la hora en la que había sido citado. Reina le había sacado de la cama con palabras aceleradas, risas intermitentes y abundante satisfacción: lo acababa de despertar Villalba para convocarlo a una reunión. El jefe de la división de Inteligencia Interior, su gran enemigo, había declinado acudir alegando otras ocupaciones y le anunció displicente que le enviaría a alguien. «A Leblanc, entonces», le pidió el encargado de la Contra.

En la entrada no estaba Escobar, Leblanc conocía la razón. Su sustituto le pidió que esperara, los jefes estaban en una reunión y en cuanto concluyera le avisaría. No tenía prisa, había sido una suerte que lo llamaran por propia iniciativa esa mañana. Tenía un mensaje importante y urgente para Bachmann, el responsable de la estación del BND en España, que asistía a la misteriosa reunión. Esa mañana, Goicoechea no había repetido chaqueta, por lo que el micro había perdido su utilidad. Con la información del día anterior había sido más que suficiente.

Los cuatro hombres estaban en la sala de reuniones, más preparada para ese encuentro que los despachos. A Villalba, Goicoechea y Sánchez se había unido un enfurecido Bachmann.

—No entiendo no avisar sobre Erika, es nuestra competencia —le estaba recriminando el alemán de nuevo a Sánchez.

—En Langley me lo prohibieron. —El americano echó

balones fuera—. Debíamos confirmar primero nuestras sospechas y luego demostrar con pruebas que se había hecho la rata.

—¿Cómo dices?

—Hacerse la rata, que había faltado a la obligación contraída. No podíamos actuar de otra forma.

—Somos aliados.

—Por eso lo hicimos, nos preocupamos por vosotros.

—En Pullach mis jefes no piensan igual. Creen una traición.

—Os lo íbamos a decir cuando firmara su declaración, pero los rusos la rescataron. Además, ya no era agente vuestra y estaba espiando en España para nuestro enemigo.

—Esa cosa es otra —dijo el alemán muy disgustado mirando a Villalba—. Vosotros debisteis avisar, decirme a mí. ¿Para qué sirve colaboración?

—Es suelo español, Franz, a quienes estaba haciendo daño era a nosotros. La operación era responsabilidad de la CIA, ellos recibieron la primera filtración y se pusieron a trabajar.

—Nosotros haber ayudado muy bien. Ahora no tener nada. Si robó papeles BND ¿cómo demostrarlo sin ella dos años después? ¿Cancelamos todas las operaciones hizo? ¿Cuántos agentes nuestros detrás Muro Berlín están en peligro? Un gran daño.

—Mejor saberlo ahora que desconocerlo —añadió Sánchez.

—Sospechan dónde ocultan los rusos.

—No lo sabemos —dijo Villalba—, aunque seguimos alguna pista.

—Nosotros buscarla sin resultados. Los rusos son buenos en esto. ¿Qué sabemos de actividades?, ¿qué te contó, Sánchez?

—Se arrugó pronto, la pendeja se dio cuenta de que no tenía salida. Reconoció que trabajaba para el KGB y que realizó muchas misiones en España. Tenemos nombres y datos.

—¿Habló de Alemania?

—Negó haber robado nada, aunque no la creí. Sabemos, y tú también, Bachmann, que estaba en falsificación de documentos y algo seguro que se llevó. Sin contar con la información que les debió pasar.

—¿No reconoció?

—Había dejado el tema para el final, porque detecté que era lo que más le costaba. Pero me la quitaron de las manos antes de que la hiciera hablar.

—Hay que cogerla como sea.

—Lo haremos, te lo prometo —dijo Villalba—. Ahora tenemos una reunión importante.

—Mantenga información para mí.

—Así lo haremos.

Bachmann salió de la sala de reuniones. En el pasillo le esperaba un agente de la Contra que lo acompañó hasta la salida. En el recibidor se encontró a Leblanc esperando. Se estrecharon la mano, el español le pasó el brazo por el hombro, en un gesto de desmedida confianza, lo llevó hasta la puerta y le susurró al oído:

—Tome buena nota de lo que le voy a decir: llámeme dentro de cuatro horas, tengo noticias muy importantes para su uso exclusivo.

Leblanc había cumplido su misión y ahora tocaba reunirse con Villalba, no sabía qué mosca le había picado un domingo por la mañana.

—Siéntese, por favor.

Se sorprendió al ver a Sánchez, no tanto a Goicoechea. Villalba fue directo al grano:

—Un coche de su área fue visto en la zona de Mirasierra donde estaba la base operativa de la CIA a la hora en que Erika fue liberada.

—No sé de qué me habla. —Leblanc era sincero, aunque intuía por dónde iban los tiros.

—Uno de los chalés cercanos tenía cámaras enfocadas a la calle y cuando volvió la luz, que se había ido de una forma sorprendente, grabó a un coche cuya matrícula reservada corresponde al CESID y hemos descubierto que es uno de los suyos.

—Tendré que investigarlo, no teníamos en marcha ninguna operación en la zona.

—No nos mienta —intervino Goicoechea—, El Lobo era uno de los atacantes de la base americana.

—Imposible, ya les dije que lo mandamos al País Vasco.

—Si Lejarza o cualquiera de sus hombres atacaron a los míos y se llevaron a la alemana, montaremos un conflicto diplomático —advirtió Sánchez.

—Yo que usted también lo montaría, pero le digo que no fuimos nosotros —repitió Leblanc cada vez más acosado y cada vez más tranquilo.

—Voy a informar al director —dijo Villalba amenazante—, esto no quedará así. Otro tema es su falta de palabra.

—No me ofenda, Villalba.

—Constato un hecho. Usted o cualquiera de sus jefes hablaron con quien fuera, posiblemente el director, para informarle del papel de Escobar en el asalto. Me dijo que yo me encargaría de ese asunto y nos hemos tenido que enterar por su esposa de que esta mañana se lo han llevado los del departamento de Seguridad.

—La primera noticia.

—Si yo no se lo he dicho a nadie, usted tampoco y su mujer no sabía nada, ¿me quiere decir qué ha pasado?

—No tengo ni la más remota idea.

—Dígame dónde tienen a Erika.

—Si lo supiera, ya se lo habría dicho.

—Reina está detrás de todo esto y lo descubriré.

—Haga lo que crea conveniente. Es su potestad.

—Lo haré, no lo dude.

Alexey Vinogradov salió de la embajada rusa en la calle Maestro Ripoll poco después de las cuatro de la tarde. Se subió a su Volvo aparcado a escasos metros y arrancó sin darse cuenta de que tres coches se ponían en marcha en el mismo instante. Habían sido prevenidos por los agentes del punto de observación del CESID en el edificio que estaba frente a la delegación diplomática.

Había quedado con un español de la Asociación de Amistad Hispano-Rusa, nada especial, una reunión de amigos, aunque la presencia de un espía enemigo en cualquier encuentro siempre era algo de interés para el servicio secreto español.

En esta ocasión, el encuentro era lo de menos para la gente del CESID. Los tres coches esperaron a que el Volvo de Vino-

310

gradov se alejara de la embajada para pararlo en una maniobra que no le dejaba escapatoria. Al ser domingo, había poca gente en la calle, pero les hubiera dado lo mismo que hubiera estado atestada. En unos segundos bloquearon el paso al coche, sacaron al espía ruso, lo metieron en otro vehículo y un agente se hizo cargo del Volvo.

Vinogradov no se lo esperaba, aunque lo que más le sorprendió fue compartir asiento con Villalba. Ya en marcha, el jefe de la Contra le informó:

—Se acabó su vida en España. He querido venir en persona a comunicárselo. El Ministerio de Asuntos Exteriores ya ha firmado la orden y en breve se lo notificarán a su embajador.

—¿Es un chantaje para que les ayude en algo?

—No queremos nada de usted. Es un borracho con dos altercados denunciados en España, suficiente para declararle persona no grata.

—En comisaría le di la información que me pidió.

—Usted es el responsable del ataque a mi división y se larga. Esto es España, no uno de los países socialistas en los que hacen lo que les viene en gana. Hemos hablado con Erika Meller, ha reconocido trabajar para ustedes.

—No sé de quién me habla.

—Erika le identificó en una foto, su nombre en clave es Yuri. A ella la llaman Claudia y organizó el asalto, ordenado por usted.

—Está bien, se lo reconozco, pero yo nunca le encargué esa operación, se lo aseguro.

—Puede mentir todo lo que quiera, ya me da igual.

—Le doy mi palabra, jamás ordené hacer eso. Es un montaje de la CIA, ellos nos han implicado. Créame, por favor, se lo pido.

—Podría intentar suspenderlo todo si acepta devolvernos a la chica.

—¿Devolvérsela?

—Ustedes asaltaron la base donde la CIA la estaba interrogando y ahora la tienen en su poder.

—Nosotros no hicimos eso.

—¿Nos la entrega o se va?

—No la tenemos, se lo juro, tiene que creerme.

Villalba separó de un golpe la mano que le había puesto en el brazo.

—Es usted un mentiroso compulsivo.

—No me expulse, mi mujer no lo aguantará.

—Ya está decidido.

—Es injusto.

—Deje de humillarse, no colabora como esperaba y se va. Le vamos a dejar en su delegación, solo he querido comunicárselo en persona. Es usted una sucia rata.

El coche paró en la puerta de la embajada rusa. El agente del KGB se bajó del vehículo, pero regresó al segundo para decirle algo a Villalba a través de la ventanilla:

—Nunca ordené a Claudia entrar en su sede. Lo habría hecho de haber podido, pero no sé cómo. Sabemos que ha desaparecido, pero desconocemos dónde está.

Villalba no quiso escuchar más mentiras, nadie podría amargarle el placer de haber expulsado a su enemigo. Cuando volviera a la URSS lo mandarían a Siberia, quizás más lejos. Su sustituto se andaría con más cuidado.

Capítulo 27

17 de marzo, lunes

*B*achmann llegó al piso de los lobillos a primera hora de la mañana con un aparatoso sombrero vaquero con las alas extendidas y un abrigo suelto y ancho casi hasta los pies, un cambio de apariencia estrafalario para otorgarle invisibilidad ante las previsibles cámaras de grabación activadas en la calle. Nadie debía poder demostrar que había entrado allí. Telefoneó a Leblanc el día anterior a la hora establecida y le facilitó un teléfono de contacto en el que estaría disponible a partir de la madrugada. La llamada se retrasó más de lo esperado, ya había salido el sol cuando la recibió y le comunicaron que acudiera «en solitario, sin nadie que le acompañe».

Silvia le abrió la puerta entre sonrisas por su aspecto, lo invitó a entrar y lo dejó esperando en el cuarto de estar. Rai y Floren, desplegados en las calles cercanas en misión de contravigilancia para detectar la presencia de agentes de cualquier servicio secreto, habían avisado de la llegada del alemán, matizando que iba solo y conducía su propio coche.

Erika había vaciado el sábado toda su enrevesada historia ante Lejarza y unas horas después le tocó repetirla palabra por palabra en presencia de Leblanc. Los dos hombres se reunieron más tarde para fijar los detalles de su respuesta contundente, revisados y aprobados a lo largo del domingo por Reina, que gozaba de plenos poderes, otorgados por el director del CESID, para solucionar el caso. Mikel impuso algunas condiciones que tardaron en aceptar. Sus dos jefes veían conflictivo ponerlas por escrito en un documento oficial, aunque fuera reservado, pero les convenció de que, frente a los comportamientos deleznables de tantas personas y organismos, el resultado positivo de su labor facilitaba conseguir concesiones. «Así es Mikel», le respondió Leblanc a Reina cuando le preguntó extrañado si al infiltrado se le había reblandecido el corazón.

Leblanc y Lejarza entraron con gesto frío en el cuarto de estar donde los esperaba ansioso el experto espía alemán, al que le estrecharon la mano sin muchas ganas. Se sentaron alrededor de la mesa y Leblanc se dispuso a tomar la palabra cuando Bachmann se le adelantó:

—¿Tener datos agente Meller?, ¿saber dónde esconde KGB?

—Tenemos alguna información —dijo Leblanc—, pero le ruego que hoy no represente el papel de agente ingenuo, al menos no con nosotros. Todo irá mejor si nos tratamos con el debido respeto.

El delegado del BND en España descruzó las piernas y volvió a cruzarlas en sentido contrario. Su postura había cambiado, reflejo del cambio de actitud, al menos hasta escuchar lo que iban a decirle.

—Imagino la exagente de mi servicio estar aquí. Estoy ansioso interrogarla y entregarla a justicia de mi país.

—¿Está seguro? —preguntó Lejarza.

—He hablado con jefes en Alemania, quieren pague su traición.

—Lo harán con discreción, imagino —preguntó Leblanc.

—No soportar más escándalos. Traidores tienen sitio en cárcel, mejor no publicidad.

—Mi compañero Mikel le va a contar una historia que le ayudará a entender lo que hemos descubierto y luego usted decidirá. Le ruego que no le interrumpa, diga lo que diga.

Lejarza empezó la historia retrocediendo al momento en que una joven Erika, con poca experiencia en el BND, fue destinada a la sección de falsificación de documentos, donde consiguió destacar inventando nuevas formas de conseguir identidades para agentes en el extranjero en misiones especialmente arriesgadas. Algún infiltrado del KGB o la STASI en el espionaje alemán occidental les advirtió de los éxitos que estaban consiguiendo gracias al trabajo de Erika, una mujer solitaria, con sus padres viviendo en el extranjero, pocos amigos y relaciones complicadas con los hombres. Se les ocurrió diseñar una operación Romeo, consistente en enviar a un agente que la enamorara y le diera la vuelta para que trabajara para ellos.

Previamente, la STASI investigó su vida y le hicieron un perfil sicológico para que el Romeo, llamado Peter, supiera cómo conquistarla. Erika cayó en la trampa como una inocente mujer que cerca de los cuarenta años comenzaba a desechar la idea de poder encontrar a su media naranja.

Tras varios meses de relación, Peter lanzó su anzuelo, se inventó que la STASI amenazaba con matarle a él y a su familia, y ella, entonces sí, cayó en la cuenta de que había sido engañada. Una agente tan preparada y lista diseñó una respuesta para devolverles el engaño, pero al cuadrado. Sus planes se trastocaron a los dos días cuando Peter reconoció la trampa y que se había enamorado de ella de verdad. Esta declaración matizó los planes de Erika, pero no los cambió del todo. Estableció contacto discreto con altos mandos del BND y puso sobre la mesa toda la historia. Y, lo más significativo, les explicó sus planes, que fueron recibidos con entusiasmo.

—Erika les propuso acceder a facilitar una identidad inventada al infiltrado ruso con el apoyo del Servicio, dejarle trabajar libremente y tenerlo controlado las veinticuatro horas. Todo lo que hiciera sería información de gran valía para ustedes. —Mikel señaló con dedo acusador a Bachmann—. Les permitiría conocer los planes de su enemigo y marcar a los agentes que se pusieran en contacto con él. Se convertiría en uno de los activos más productivos que tendrían nunca.

Bachmann no dijo nada esperando el final de la historia. La tensión se reflejaba en su cara, aunque intentara poner la misma expresión anodina que le salía cuando iba perdiendo al póquer.

Erika elaboró esa identidad, prosiguió Lejarza, sin que nadie de su sección lo supiera, detalle básico para evitar indiscreciones en un servicio como el BND, con tantas historias de infiltrados a sus espaldas. Actuar en solitario en la clandestinidad le otorgaba la máxima credibilidad y disminuía el riesgo de ser descubierta, aunque si llegaban a sospechar de ella, nada podrían hacer para protegerla. Por eso decidieron aprovecharse de la enfermedad del corazón que sufría para aumentar los beneficios. Una vez entregados los papeles de la nueva identidad, como Erika hablaba español se ofreció a su contacto del KGB para trabajar con ellos en España, a cambio de una alta suma de dinero. Aceptaron, por supuesto. Garantizaban que no los traicionaría en el futuro y tendrían a una agente ilegal ayudándoles en el sur de Europa.

Cuando abandonó su destino se efectuó una auditoría en su área, habitual cuando alguien se va, que puso en riesgo ser descubierta la nueva identidad que había montado para el agente del KGB sin conocimiento de sus jefes directos. Los altos mandos del BND se enteraron de las sospechas despertadas porque había desaparecido documentación oficial, pero la encubrieron de inmediato dando por buena su labor y cerrando la investigación sin dar explicaciones de ningún tipo.

—Lo curioso, Bachmann, es que usted fue destinado a Madrid como delegado del BND un mes antes de la llegada de Erika y le voy a decir la razón de la coincidencia: su misión principal era controlarla, nunca ha dejado de trabajar para ustedes, convertida en lo que llamamos una agente triple. En Madrid, Erika ha hecho en estos dos años un montón de operaciones para el KGB de las que le informaba puntualmente a usted.

Lejarza hablaba mirando a la cara de Bachmann, que rehuía sus ojos acusadores, aunque mantenía la compostura y el gesto duro.

—De hecho, el buzón de la plaza de Chamberí donde dejaba sus mensajes escritos con tinta invisible no era para comunicarse con los rusos, sino con usted. Y fueron sus agentes los que entraron en mi casa intentando descubrir si mi identidad era auténtica. Por suerte, fueron torpes.

Cuando a su regreso de Miami Erika se quedó sola en el hostal de Guadalajara, siguió el agente español, tras ser alertada por su amiga Gisela de que sus días en libertad estaban a punto de concluir, a quien llamó para que la ayudara no fue a su controlador en el KGB, sino a un teléfono para contactos urgentes del BND, donde quedaron en enviarle un equipo para rescatarla, que llegó cuando la CIA ya la había secuestrado.

El quid de la historia que Lejarza le estaba contando estaba por llegar, era la conspiración que Bachmann confiaba que no hubieran descubierto para evitar un siniestro total. El Lobo se la escupió en ese momento:

—Erika también realizaba misiones en suelo español para el BND. Habían detectado una persona vulnerable en la división de Contrainteligencia, un suboficial con acceso a información sensible, que pasaba por graves problemas económicos, y mandó a Erika a captarlo. Para que Escobar pensara que era rusa, adoptó el nombre de Olga, muy frecuente en el país. Siempre la habían adoctrinado para que, si algo salía mal, las pistas de su actuación ilegal a las órdenes del BND condujeran hacia los rusos. Se lo dejaron claro cuando la advirtieron de que si era detenida e interrogada por la CIA o el CESID, podía reconocer su vinculación con el KGB, pero nunca con el espionaje alemán. Nadie creería a los rusos cuando desmintieran que una de sus agentes había realizado determinados trabajos que ellos no le habían encargado.

Bachmann fue a intervenir, pero Leblanc lo frenó con la mano y le advirtió que Lejarza todavía no había concluido. El infiltrado le acusó de que los alemanes querían tener acceso a la documentación secreta del CESID y consiguieron los informes del Archivo Jano sobre dos ministros del Gobierno, material con el que podrían chantajearlos cuando necesitaran conseguir algo de ellos que beneficiara los intereses germanos.

—El jefe de toda la operación es usted —dijo Lejarza—. Y su brazo armado es Erika Meller. Muchos en el CESID se han creído lo de los rusos y se llevarán una decepción cuando descubran que han sido nuestros grandes aliados alemanes los que han robado información sensible.

—Erika nunca debió hablar, es traición a su país —dijo Bachmann.

—Lo ha hecho bajo presión —dijo Lejarza—. Aunque los americanos todavía no saben nada y los rusos tampoco. Ya conoce la noticia de la expulsión de Vinogradov por problemas alcohólicos. El pobre borracho debe estar fuera de sí, sin entender nada: tenía en Madrid una agente llamada Claudia, a la que acusan de montar una penetración en la sede de la Contrainteligencia, algo imposible pues él nunca la puso en marcha. En poco tiempo algún medio publicará una explicación con esas palabras tan recurrentes de que realizaba actividades incompatibles con su estatus diplomático. El Gobierno guardará silencio, pero alguien le filtrará a la prensa unos motivos inventados para evitar que se sepa que el CESID elaboró investigaciones injustificables sobre dos ministros que han sido robadas por los rusos. Eso, mientras el Gobierno desconozca quiénes han sido los auténticos ladrones, que lo sabrán en cuanto nuestros jefes les informen de la responsabilidad del BND, el servicio secreto de Alemania Occidental, que ha intentado jugárnosla.

—Si destapan trabajo Erika, rusos avisarán infiltrado en Alemania con identidad falsa y operación importante habrá acabado.

—Es posible —intervino Leblanc—, pero es un pago justo por haber violado nuestra seguridad. Estoy seguro de que a mi presidente le encantará telefonear al suyo y pedirle todo tipo de explicaciones. Todavía cree que la Guerra Fría es entre Estados Unidos y sus seguidores contra la URSS y los suyos. Así aprenderá que los que dicen ser nuestros aliados son tan peligrosos como los enemigos.

—¿Podemos arreglar situación? Usted, Miguel, no querer ver en cárcel a Erika.

—Lejarza le ha contado la historia, pero soy yo el que decide, siguiendo instrucciones de nuestro jefe.

—Ruego reconsideren situación. Poder llegar acuerdo.

—Podremos hacerlo con algunas condiciones.

—Escucho.

—La primera es que jamás utilicen los documentos robados. Si nos enteramos de que se acercan a alguno de los ministros o aparece publicado alguno de los datos allí contenidos, encenderemos el ventilador.

—De acuerdo.

—Además, nos facilitarán información sobre las actividades de ETA que sé que acumulan y sobre otros temas de nuestro interés sin pedirnos nada a cambio durante dos años.

—Demasiado tiempo, ¿no?

—Acepta o no acepta.

—Tendré que consultarlo.

—La respuesta tiene que ser ahora, en este momento.

—Acepto.

—Sabemos —siguió Lejarza— que dotaron de una nueva identidad a Peter, y los rusos creyeron que había huido. Pues bien, queremos que faciliten otra identidad falsa a Erika y que le permitan reunirse con él. Oficialmente, también habrá escapado. Otra cosa: se quedará con el dinero que los rusos le han estado ingresando en una cuenta suiza como pago a sus servicios y ustedes seguirán pagando mensualmente su sueldo durante diez años.

—Eso es complicado. Conseguir otra identidad, tanto dinero…

—Lo harán —intervino Leblanc—, y además nunca le contarán que fue una condición del CESID.

—¿Del CESID o de Lejarza?

—Lo mismo da —siguió Leblanc—. Si la cumple, tenderemos un velo sobre el asunto y nos olvidaremos de todo.

—¿Puedo ver a mi agente?

—No es el momento. Nosotros la sacaremos de España, que la cosa está muy complicada para ella. Ustedes la recogerán en París dentro de dos días. Tendrán que dotarla de un hilo abierto de comunicación para mandarnos mensajes periódicamente sin que sean neutralizados por ustedes. Será la garantía de que han cumplido su parte del pacto.

319

Capítulo 28

18 de marzo, martes

*E*n el antedespacho del director del CESID permanecían sentados y expectantes Villalba, Goicoechea y Lejarza. Apenas intercambiaron unas palabras cuando apareció El Lobo y Villalba le preguntó qué narices hacía allí. El infiltrado le contestó con su mejor cara de falsa ingenuidad que no tenía ni idea y el jefe de la Contrainteligencia le auguró amenazante que sus días estaban contados, seguro que Figueras lo había convocado para expulsarlo. No solo había intentado evitar la detención de Erika y Gisela, sino que daba por segura su participación en la liberación de la rehén que había estado en poder de la CIA. Le había comentado al director la última vez que lo vio que una persona como él no era nada de fiar y no debería estar más tiempo en el servicio. Mikel le dedicó una sonrisa desafiante y su única respuesta fue preguntarle a Goicoechea por su amigo Sánchez. No le contestó, estaba agobiado desde el momento en que le comunicaron que el director quería verlo y más cuando coincidió allí con Villalba.

Se abrió la puerta del despacho y el jefe de gabinete pidió a Goicoechea que pasara, provocando incomodidad en Villalba, que creía que su grado militar le debía dar prioridad. El segundo de la Contra entró y, para su sorpresa, se encontró en una especie de tribunal. Figueras aparecía estirado en su silla prominente con gesto altivo, tras el escritorio; Reina y Leblanc le miraban fríos como fiscales al otro lado, en cada uno de los extremos de la mesa, y había una silla vacía entre ellos, más cerca de la puerta, en la que se sentó, sin duda el rincón del acusado.

—Estoy absolutamente decepcionado con usted, Goicoechea. Su comportamiento ha sido indigno de un trabajador de esta casa.

—No sé de qué me habla, director.

—Intenta engañarme hasta el final, pero esta vez no se va a salir con la suya. Sabemos que usted colocó en el Archivo Jano un dosier prefabricado sobre el rey para que fuera descubierto por los trabajadores del archivo tras el asalto a su sede.

—No es verdad, director, es una injuria, le han engañado.

—¿Niega haber colocado a propósito el informe en el Archivo Jano?

—Lo niego rotundamente.

—¿Fue usted el que lo elaboró o su compinche?

—No lo hice y no tengo colaboradores, alguien está intentando incriminarme para destruir la reputación que me he ganado en los años que llevo trabajando en el Servicio.

—Está bien, Leblanc, por favor explíquele las pruebas que tenemos, ya me estoy hartando.

—El domingo estuve en la reunión con usted, Villalba y Sánchez. Al irme coloqué un micrófono en el bolsillo de la chaqueta que estaba colgada en el perchero. Mi deseo era ponérselo a Villalba, a quien creíamos responsable de esta conspiración, pero me equivoqué y se lo puse a usted.

Leblanc se levantó y, ante la sorpresa de Goicoechea, metió la mano en el bolsillo interior de su americana y extrajo un pequeño micrófono que le enseñó y luego se lo entregó al director.

—¿Han utilizado medios ilegales para investigarme?

—Los mismos medios internos que siempre se utilizan en La Casa para constatar la lealtad de sus empleados —matizó Leblanc—. El hecho es que lo que inicialmente fue un error se convirtió en la pista que nos llevó al auténtico culpable. Usted llamó al jefe de estación de la CIA, su compinche, como le ha llamado el director, y se citaron en el comedor privado de un restaurante, donde gracias a ese micrófono nos enteramos de sus dudas de poder manipular el testimonio de Escobar cuando fuera detenido por el departamento de Seguridad y de su decisión de matarlo para evitar que les dejara en evidencia cuando declarara que había robado varias carpetas, pero no la del rey.

321

Agentes del departamento de Seguridad les fotografiaron a los dos juntos al salir a la calle.

—Está mintiendo.

—El director ya ha escuchado la conversación y visto esas fotos, junto a otras en las que aparece durante una orgía acompañado de su amigo Sánchez.

—El Lobo me chantajeó para que le dijera dónde tenían a la chica, él fue quien la liberó y casi mata a un agente de la CIA.

—Usted y Sánchez —siguió Leblanc sin atender a su comentario— quisieron aprovechar el robo en la Contra para llevar a cabo una maniobra que los beneficiara a ambos. La aparición del dosier haría que el director perdiera la confianza en Reina y nombrara subdirector a Villalba. Con él en el puesto, usted sería ascendido a jefe de la Contra y Sánchez tendría a dos amigos bien colocados para seguir haciendo en España lo que le viniera en gana.

—No fui yo, Villalba es quien me lo encargó.

—¡No mienta más! —gritó Figueras—, sabemos que él no ha tenido nada que ver. Ha actuado para aprovecharse de los acontecimientos, como usted sabía que haría, y así convertirse en mi mano derecha. Esa es otra historia, ahora necesito que me diga quién elaboró el dosier.

—Lo hizo Sánchez, creía que al tratar mal a la CIA descubriendo las ayudas que habían dado al rey durante la transición nadie pensaría que ellos estaban detrás del asunto.

—Entiendo que en sus archivos los americanos tengan guardadas sus relaciones con el rey y que a la hora de inventar el dosier cargaran las tintas para asustarnos. Pero uno de los temas que aparecía era la Operación Compás, que Sánchez no podía conocer y de la que solo podía tener noticia alguien de dentro del Servicio. Alguien que conociera bien que fue una operación para que Alfonso de Borbón no fuera rey, pero que pudiera manipularlo para acusar falsamente, sin necesidad de pruebas, al rey Juan Carlos. Ese alguien miserable, Goicoechea, es usted.

—Director, yo no…

—Lo que usted ha hecho es gravísimo. Yo le mandaría a un castillo a purgar una pena eterna, pero Reina y Leblanc me han aconsejado que evitemos una polvareda que perjudicaría a esta casa. Quiero que me escriba una detallada declaración reconociéndolo todo y, si no guarda silencio sobre este escándalo, la utilizaremos para meterle en una jaula para el resto de su vida.

—Además, si me lo permite, director —intervino Reina—, si no acepta la oferta tendría que sumar a su deslealtad una condena muy alta por el intento de asesinato de un suboficial del Ejército.

—Yo no he tenido nada que ver con eso.

—Usted dio su aprobación a Sánchez para que contratara a dos mercenarios italianos, pertenecientes a un grupo de extrema derecha, para que mataran a Escobar.

—¿Qué va a ser de mí? —preguntó desesperado.

—Va a ser expulsado del CESID —sentenció Figueras—. Ya tiene plaza adjudicada en el Regimiento de Defensa Contra Carros Toledo 35, en Zamora. Allí permanecerá sin pedir cambio de destino hasta que ascienda a coronel, y le aseguro que me encargaré personalmente de que nunca llegue a general. Hemos terminado, desaparezca de mi vista.

Goicoechea abandonó abrumado el despacho y se encontró con Villalba y Lejarza expectantes. Le dijo a su todavía jefe que pasara y luego miró con desprecio al infiltrado.

—Eres un hijo de puta. Como a todo cerdo, a ti también te llegará tu San Martín.

—Disfruta en Zamora, hay muy buena gente, a tu familia le encantará. Creo que nunca pasaré a verte.

Villalba entró en el despacho algo preocupado tras contemplar el semblante demacrado de su segundo, descubrió la silla vacía y tras decir «A sus órdenes, director», se sentó sin mirar a Reina y Leblanc.

—En este trabajo —empezó Figueras—, hay una cosa tan grave como equivocarse y es no enterarse de nada. Goicoechea y Sánchez le han utilizado inventándose un dosier del rey, porque sabían que usted lo iba a aprovechar intentando echarle la culpa a Reina, que fue uno de los que participó en la elaboración del Archivo Jano. Eso es lo de menos, lo de más es que he estado a punto de nombrarle subdirector. Si no es capaz de descubrir que su principal colaborador le manipula, que es capaz de hacer con usted lo que quiera, cómo va a ejercer ese puesto de responsabilidad a mi lado. En unos días será oficial que Reina ocupará la subdirección.

—No entiendo nada —se defendió aprovechando el silencio del director—. ¿Cómo han podido colarme un informe falso? ¿El jefe del archivo era su cómplice?

Figueras invitó a Leblanc a responder.

—Los rusos planearon el asalto y Escobar era el encargado de ejecutarlo. Al aparecer Goicoechea, no se le ocurrió otra solución que dejarlo sin sentido. Fotografió dos expedientes que previamente había buscado, pero ninguno de ellos era el del rey, porque nunca estuvo guardado en el Archivo Jano. Sánchez y Goicoechea vieron la posibilidad de conseguir que usted trepara en el escalafón y urdieron elaborar el dosier con la información que ellos pensaban que podría desprestigiar al rey, aunque alguna parte fuera falsa, con el consiguiente escándalo, para de esa forma apartar a Reina de la carrera al ascenso. Goicoechea colocó el informe en el Archivo Jano y lo hizo de tal modo que llamara la atención del personal del archivo. Él sabía lo maniático del orden que es Estévez, estudió las normas de catalogación y lo escondió intencionadamente mal. Lo demás ya lo conoce.

Villalba se dirigió a Figueras:

—Yo no soy responsable de nada, director, me han engañado, no volverá a suceder.

—Claro que no volverá a suceder. Va a seguir en el puesto un par de semanas más, y luego pedirá la baja voluntaria. El resto de su vida profesional lo hará en cuarteles o donde le dé la gana. Eso o le expulso yo, usted decide.

Villalba se levantó, mantuvo la dignidad que le impedía suplicar y con la cabeza bien alta salió del despacho. Se cruzó con Lejarza, al que ni siquiera miró.

El Lobo entró en el despacho cansado, nervioso, sin un solo gesto de triunfo. Estar delante del director del CESID le imponía. Leblanc le señaló la silla vacía.

—Estos días he tenido que hacer más limpieza que en todos los meses que llevo en este destino y en gran parte es culpa suya.

—¿Me está piropeando, director? —bromeó Lejarza.

—No es mi estilo, pero gracias a su ayuda hemos resuelto el caso. No estoy muy convencido de la presencia de civiles en el CESID, pero su caso es una buena excepción. Acabo de anun-

EL DOSIER DEL REY

ciarles a Villalba y Goicoechea que no contaré más con su presencia. No es el castigo que me hubiera gustado, sobre todo en el caso de Goicoechea, pero el Servicio debe ser prudente en sus acciones y no debe dar pistas a los medios de comunicación para que rebusquen en la mierda y nos hagan daño.

—Yo creo que el que la hace debe pagarla, pero usted manda.

—Me ha informado Reina que el asalto a la base secreta de la CIA no fue organizado por el KGB, sino por el BND. Nunca creí que esas cosas llegaran a pasar, pero de todo se aprende en este sillón que ocupo. Tendemos a pensar que solo nuestros enemigos son capaces de hacernos daño y a veces son los que se dicen amigos los que nos atacan. Leblanc ha cerrado un acuerdo con el jefe de estación alemán, Bachmann, para zanjar también ese asunto. Creo que le ha informado de una parte del contenido, ¿le parece bien?

—Sí, señor, sacaremos más beneficios de esa forma que aireándolo y con algunas expulsiones.

—Al jefe de estación de la CIA lo van a retirar pronto. He hablado con Langley y están de acuerdo. Me han pedido disculpas, como si yo no supiera que en cuanto puedan volverán a actuar a su aire, sin respetarnos.

—Director —dijo respetuosamente Lejarza—, querría interceder por Escobar, nos ha ayudado mucho, siempre supo que debía responder por sus errores y se arriesgó a que los mercenarios italianos lo mataran para que pudiéramos demostrar la trama que habían montado Sánchez y Goicoechea.

—Los italianos no han dicho ni mu, prefieren cumplir la condena en la cárcel que enfrentarse a la CIA. Pero Escobar es un traidor y no puede seguir con nosotros, ni con la Guardia Civil.

—Sin él no habríamos conseguido unos resultados tan buenos —adujo Leblanc—. No pasa nada por olvidar lo sucedido, no volverá a hacerlo.

—Está bien, acepto, y no le contaremos nada a la Guardia Civil. ¿Qué ha pasado con la mujer?

Leblanc y Lejarza se miraron y habló el primero:

—No la hemos encontrado, se ha evaporado. Bachmann no nos quiere decir nada, pero imaginamos que la habrán sacado del país y ahora estará muy lejos de Europa, donde nadie pueda encontrarla.

—Goicoechea acaba de decirme que usted, Lejarza, ayudó a su liberación.

—Inventos, director, yo estaba de viaje.

—Por cierto, Lejarza, le tengo que afear su comportamiento. Eso de fotografiar sin autorización a un alto mando del Servicio es algo que no debe repetirse.

—Lo siento, director, me equivoqué.

—¿Sabe lo que le digo?, volverá a hacerlo, estoy seguro. Pero le advierto que si sigo sentado en esta silla, tendré que echarle.

—Entendido, director.

—Una última cosa: voy a cerrar el expediente que le abrieron en la Contrainteligencia. Pero no se olvide de que hay que cumplir las normas, están para respetarlas.

—Lo sé, director, he aprendido la lección. Jamás volveré a actuar por mi cuenta.

Leblanc lo miró y no pudo reprimir una discreta sonrisa.

Epílogo

*R*egresar a las alcantarillas del terrorismo fue el único premio que Mikel Lejarza recibió de la operación bautizada en los archivos del CESID como Claudia. Ese mismo 18 de marzo hubo un acontecimiento que retrasó sine die las celebraciones. Por la mañana, el terrorista Henry Parot intento asesinar en Madrid al general de división Fernando Esquivias Franco y a su ayudante, el coronel Manuel Mier Hidalgo. Había atado a una farola una motocicleta Mobylette, repintada de rojo, cargada de explosivos. El terrorista la activó con un mando a distancia. El resultado fue que los hombres a los que deseaba matar resultaron heridos y la vida que segó fue la del escolta José Luis Ramírez Villar, un joven de diecinueve años que estaba haciendo la mili como policía militar.

El área de Antiterrorismo se puso en marcha. La tregua no declarada de ETA había durado menos de un mes y, cuando su objetivo de no hacer ruido durante las primeras elecciones autonómicas en el País Vasco había concluido, volvieron al ataque sin compasión.

José Miguel Torres Suárez no esperó a que Leblanc se lo pidiera. Telefoneó a los tres lobillos y todos juntos subieron en coche al País Vasco. Había que seguir en la lucha para acabar con la banda terrorista. Durante las horas de viaje hasta Bilbao, con Lejarza al volante y Silvia a su lado, fueron hablando del trabajo que se les venía encima.

El Lobo les confesó que se sentía más a gusto en la lucha contra ETA, en la que los enemigos estaban identificados y sabías quién era el bueno y quién el malo. No como en la operación que acababa de concluir, en la que todas las partes tenían dos caras y no respetaban los principios básicos de cualquier relación.

—No entiendo la razón —dijo Silvia— por la que el único que se va de rositas es el delegado del BND, que es el organizador del robo en la Contra.

—Hemos solucionado el problema de los dos dosieres auténticamente robados, que es lo importante —contestó Mikel—. Los alemanes eran los que tenían bazas para negociar y todos hemos cedido para llegar a un acuerdo beneficioso para ambas partes. Un acuerdo labrado al margen de Figueras, que es un general que carece de profundos conocimientos del espionaje y quizás habría puesto trabas a alguno de los puntos acordados.

—Pero Reina dio el visto bueno previamente —dijo Rai.

—Fred y yo no lo podíamos haber cerrado sin su autorización. Aceptó porque yo le puse en bandeja convertirse en subdirector de La Casa y él a cambio facilitó la resolución del asunto con los alemanes.

Durante el largo viaje, Lejarza les confió también que no entendía cómo los servicios secretos de los países occidentales dedicaban tantos esfuerzos a espiarse entre ellos, en lugar de centrarse en conseguir información de sus enemigos.

—Una cosa que no comprendo —dijo Floren— es que el tema se haya resuelto a base de expulsiones. El ciático fuera, Goicoechea fuera, Villalba en unas semanas fuera. Creo que habría que haberlos juzgado y condenado.

—A mí me habría encantado poder ver en la cárcel a Goicoechea, pero en este mundo de los servicios secretos las cosas se resuelven en silencio siempre que se puede. Están obsesionados con que nadie conozca sus trapos sucios, especialmente los que terminan con un castigo a los aliados o a los propios agentes. Ha sido siempre así y ya veréis como nunca cambia.

—Escobar se ha librado de una buena —añadió Floren.

—Me contó que quería viajar a Italia y Egipto antes de morir, porque es un gran amante del mundo misterioso de los faraones y los emperadores. Si cumple su sueño, quizás tenga la suerte de que se le aparezca alguno de ellos y consiga darle la necesaria paz de espíritu después de pisotear los valores que le enseñó su padre y que él inculcó a su hijo.

—Por cierto, Mikel —dijo Silvia sin dar mucha importancia a lo que iba a preguntar—, ¿cómo terminó lo de Gisela?

Miguel apartó la vista de la carretera para mirarla burlonamente y antes de empezar a hablar presionó con su mano la rodilla de su amiga.

—Valiente bicho estás hecho. Ayer la colé en vuestro piso cuando no estabais ninguno de los tres y la dejé hablar con Erika casi una hora.

—Eres un blando, jefe. —Rai sonrió.

—Ser duro no implica ser mala persona. Quizás no vuelvan a verse nunca o tarden mucho en estar juntas, era necesario que aclararan algunas cosas.

—Diez contra uno a que has quedado con el bombonazo de Gisela para cenar cuando vuelvas a Madrid —apostó Floren.

—Y para besitos —añadió Rai.

—Vaya pandilla de impresentables que tengo a mis órdenes, sois de lo peor. Sí, he quedado en llamarla. ¿Qué pasa?, no pudimos hablar ayer y tenemos también que aclarar nuestras cosas.

—¿La expulsarán de España? —preguntó Silvia.

—No seas inocente, chica —dijo Rai—, eso nunca lo habría permitido nuestro jefe.

—Ya quisiera yo tener el poder que imagináis. Pero sí, se queda. Leblanc lo ha solucionado.

Quince días después. Lejarza estaba en San Sebastián cuando recibió una carta con matasellos de Miami. La letra desgarbada era de hombre y la dirección del remitente era la casa de los padres de Erika. La abrió impaciente y sacó una cuartilla y otro sobre. Helmuth le informaba de que había recibido una carta de su hija en la que incluía un sobre para él. Le daba las gracias por lo que había hecho por Erika, aunque desconocía los detalles, y lo invitaba a visitar Miami cuando quisiera.

Abrió el otro sobre, con solo unas líneas escritas a mano por la alemana que le había traído de cabeza en las anteriores semanas.

Hola, Miguel (¿o debo decir Mikel o José Miguel?):

Aprovecho una carta que un «conocido» va a llevar a mis padres para escribirte dos letras, más adelante lo haré extensamente, pero no quiero dejar pasar más tiempo sin decirte alguna cosa. Te agradezco de todo corazón lo que has hecho por mí. No te lo reconocí la última vez que hablamos, pero tenías razón: cuando te escribí la carta misteriosa tuve un momento de debilidad pensando en la posibilidad de que, si caía en manos de la CIA, me torturarían o matarían, sin que el BND pudiera hacer nada para evitarlo. En mi Servicio confiaban en que yo me identificara como agente ruso y nunca los implicara en mis actividades. Te pedí socorro, confiando en tu buen corazón. Nadie más en el mundo habría leído entre líneas mi ruego, solo tú fuiste capaz de enfrentarte a todos para ayudarme. Ahora vivo con quien ya sabes. Espero verte algún día. Cuida de Gisela, está loca por ti.
Un beso,

ERIKA

P.D. Nadie es lo que parece, tú tampoco.

Agradecimientos

*E*scribir *El dosier del rey* ha sido una estupenda aventura. En el camino me he encontrado numerosos obstáculos que no podría haber saltado sin los brazos entusiastas y acogedores de buenos amigos, que con frecuencia desconocían el sentido de las dudas que abría ante ellos.

Mikel Lejarza recibió el original cuando mi querida editora, Blanca Rosa Roca, que tanto me cuida, ya lo estaba leyendo. Esta vez no me preguntó si lo mataban y pasamos unas horas deliciosas en las que se transportó al pasado para recordar tantas cosas... que no puedo contar.

Son bastantes los libros que he leído para documentarme adecuadamente sobre el mundo de las alcantarillas en España tras la caída de la dictadura de Franco. De entre todos ellos quiero resaltar el de mi apreciado Alfredo Grimaldos, *La CIA en España*, que bucea por el desconocido mundo del espionaje y la política en la Transición.

Mis amigos Javier Estades y Paloma Valera nos acogieron a Alicia y a mí en su casa de Miami durante los días que visité la ciudad para buscar exteriores y sentir su alma. El *cortaíto* en Versailles, soberbio.

Eva de Miguel y Carlos Figueras me mostraron el carácter y el corazón de los alemanes y me ayudaron con el idioma.

Laura Gómez y Rubén García Talavante aceptaron compartir sus experiencias y buscar opciones que solucionaran mis dudas sobre las complicadas relaciones entre hombres y mujeres.

Santi Etxauz, uno de los mejores periodistas de la historia

en el País Vasco, que dio la cara por el derecho a la información en la etapa más dura de ETA, me abrió la puerta al euskera.

Manuel Cerdán, uno de los grandes del periodismo de investigación, fue la persona que hace años me presentó a Mikel Lejarza, de quien escribió una muy buena biografía.

Sergio de Otto leyó el primer manuscrito cumpliendo el plazo acordado de respuesta a pesar de la maravillosa irrupción de sus nietos, la nueva bendición de su vida.

Alicia Gil, mi mujer, diseccionó el texto con su sinceridad habitual y me reclamó más muertos. Esta vez no pudo ser, pero en la siguiente intentaré hacerle caso.

Este libro utiliza el tipo Aldus, que toma su nombre
del vanguardista impresor del Renacimiento
italiano Aldus Manutius. Hermann Zapf
diseñó el tipo Aldus para la imprenta
Stempel en 1954, como una réplica
más ligera y elegante del
popular tipo
Palatino

* * *
* *
*

El dosier del rey
se acabó de imprimir
un día de primavera de 2016,
en los talleres de Rodesa
Villatuerta (Navarra)

* * *
* *
*